Das Mirakel von Köln

Bettina Szrama, geboren 1952 in Meißen, ist Diplom-Agraringenieurin und absolvierte nach Führungspositionen in der Landwirtschaft 1991 ein Literaturstudium an der Schule des Schreibens (Axel Andersson Akademie) in Hamburg. Danach journalistische Tätigkeit für Regionalzeitungen und Tierzeitschriften, seit 1994 verstärkte belletristische Aktivitäten. Mitglied im »Freier Deutscher Autorenverband« (FDA–NDS.) und Quo Vadis – Autorenkreis Historischer Roman. Mitglied der VG Wort. Mitglied im »Syndikat – Autorengruppe deutschsprachige Kriminalliteratur«. Im Emons Verlag erschien »Der Henker von Lemgo«.

Dieses Buch ist ein Roman, und alle darin geschilderten Ereignisse sind frei erfunden. In besonderem Maße gilt das für Handlungen und Äußerungen der auftretenden oder erwähnten Personen, auch wenn einige von ihnen nicht der Phantasie der Autorin entsprungen sind. Darüber hinaus sind Ähnlichkeiten mit lebenden oder toten Personen rein zufällig.
Eine Erklärung wichtiger Begriffe und Wörter findet sich auf Seite 281.

BETTINA SZRAMA

Das Mirakel von Köln

HISTORISCHER KRIMINALROMAN

emons:

Bibliografische Information der Deutschen Nationalbibliothek
Die Deutsche Nationalbibliothek verzeichnet diese Publikation in der Deutschen Nationalbibliografie; detaillierte bibliografische Daten sind im Internet über http://dnb.d-nb.de abrufbar.

MIX
Papier aus verantwortungsvollen Quellen
FSC® C083411
www.fsc.org

Umschlagmotiv: nach einer Vorlage von akg-images/Erich Lessing
Umschlaggestaltung: Tobias Doetsch
Druck und Bindung: CPI – Clausen & Bosse, Leck
Printed in Germany 2012
ISBN 978-3-95451-029-0
Historischer Kriminalroman
Originalausgabe

Dieses Buch wurde vermittelt durch die Literaturagentur erzähl:
perspektive Michaela Gröner und Klaus Gröner GbR, München
(www.erzaehlperspektive.de).

Für Fredy Freivalds, der mir bei meiner Recherche und beim Schreiben stets den Rücken freigehalten hat

»Denn die Pforte ist weit, und der Weg ist breit,
der zur Verdammnis führt, und viele sind's, die auf ihm hineingehn.«

(Mat 7,13 Jesuswort, Lexikon Bibelzitate Auslese
für das 21. Jahrhundert/Alte Sprüche fleischliche Lust)

Handelnde Personen

Christina Plum – Tochter eines Boten der Gürtelmacher
Bernard Fresenius – Generalvikar
Sophia Agnes von Langenberg – Nonne im Kloster Santa Klara
Ursula – Äbtissin des Klosters Santa Klara
Elisabeth Voss – Postmeisterin und Ursulas Schwester
Jacob Voss – Domherr, Ursulas und Elisabeths Bruder
Marie – Laienschwester im Kloster Santa Klara
Dr. Johann zum Romschwinckel und *Dr. Walram Blankenberg* – Schöffen des kurfürstlichen Hohen Weltlichen Gerichtes und Hexenkommissare
Dr. Friedrich Wissius – rechtskundiger Beamter und Hexenkommissar; die städtischen Rechtsvertreter *Eberhard Jabach* und *Caspar Ceil* sowie *Pater Vincentius Justiniani OP*, päpstlicher Inquisitor und Lizenziat *Jacob von Bulderen*
Ferdinand von Bayern – Kurfürst und Erzbischof von Köln
Reichsgraf Leonard von Taxis – kaiserlicher Generalpostmeister
Johann von Coesfeld – nach dem Poststreit um die Postlizenz derer von Taxis eingesetzter Postmeister der Stadt Köln
Hinrich von Climbach – Dekan von St. Severin
Mhon Ursel, Mhon Biel, Gertraud von Neuss, Mehrems Magd, Margareth Raußrath, eine Wäscherin, und *Magdalena*, eine Nonne – betreiben den Gasthof »Raben«
Leonardo – geistlicher Begleiter des Generalvikars, Beichtvater Sophias auf Schloss Lechenich
Margarethe Plum – Christinas Mutter

Prolog

In der Nacht zum Ostersonntag des Jahres 1622 erschütterte kurz vor dem Nachtgottesdienst ein gellender Todesschrei die Mauern des altehrwürdigen Klosters Santa Klara. Wie eine Schlange wand er sich durch die heiligen Arkaden, hallte von den für die Ewigkeit geschaffenen Mauerwänden wider und drang schließlich durch eine verschlossene Eichentür – in die Zelle von Schwester Sophia.

Erschrocken fuhr die Nonne von ihrer Matratze hoch, bekreuzigte sich und lauschte, noch benommen vom Schlaf, in die Dunkelheit. So lange hielt sie den Atem an, bis sie ihr eigenes Herz klopfen hörte. Nach einer Weile ängstlichen Wartens kam sie zu der Überzeugung, dass es wahrscheinlich wieder einer ihrer ständig wiederkehrenden Alpträume gewesen war, der sie aufgeschreckt hatte. Nachdem nichts weiter zu vernehmen war als das dünne Piepsen einer allzu nachtaktiven Maus, schickte sie rasch ein Vaterunser gen Himmel und beschloss dann, den von Gott gegebenen Schlaf fortzusetzen.

Es dauerte nicht lange, und ihren Körper umhüllte jene sanfte Wohligkeit, die sie alsbald zurück in das Reich der Träume entführen würde. Doch noch bevor sie die Schwelle ins Traumland überschritt, schlug sie die Lider wieder auf. Von Neuem glaubte Sophia einen grässlichen Schrei gehört zu haben, der ihr nun heftiges Herzklopfen verursachte. Sie wusste nicht, ob alles nur eine Sinnestäuschung gewesen war oder in den Klostermauern tatsächlich jemand geschrien hatte. Etwas anderes wusste Sophia jedoch mit Sicherheit: Seit ihrer Krankheit hatte sie immer stärker seherische Fähigkeiten entwickelt. Siedend heiß schoss ihr der Gedanke wie eine Offenbarung durch den Kopf: Mutter Benedikta ist in Gefahr.

Mit einem Sprung stand sie barfuß auf dem Boden neben ihrer Matratze, tastete sich zur Gebetsnische vor, nahm das Öllämpchen vom Gebetstisch und rannte mit flatterndem Hemd zur Tür hinaus. Auf dem Gang lief sie rasch noch einmal zurück und zog unter der Matratze ein kleines Buch hervor, das sie vor ihrer Zelle unter ihrem Gewand zu verbergen versuchte. Doch bevor sie es in dem groben

Nachtgewand verschwinden ließ, spürte sie eine Hand auf ihrem Arm. Zu Tode erschrocken, schaute sie auf eine vermummte Gestalt, die ihr mit einer Handbewegung Schweigen gebot.

»Pater Antonio«, flüsterte sie erschrocken. »Was macht Ihr hier? Ihr wisst doch, dass Euch ohne Begleitung der Weg zu den Nonnen verboten ist?«

»Die Sorge um Euer Wohlergehen hat mich zu Euch geführt, meine Liebe. Habt Ihr nicht auch den Schrei gehört? Es scheint, als ob Gottes Zorn uns nun ereilt. Lasst uns endlich die Gelegenheit nutzen und gemeinsam aus dem Kloster fliehen«, sagte Antonio leise und zog sie in die Arme. »Ich liebe Euch, Sophia.« Der große, kräftige Mann hatte sein Gesicht unter einer schwarzen Kapuze verborgen, die ihm weit über die dunkle Soutane reichte.

»Nein, Antonio. Wir können nicht mehr vor unseren Sünden davonlaufen. Gott weiß alles. Aber ich bitte Euch, nehmt das an Euch.« Sie sprach hastig und drückte ihm das Buch in die Hände. »Verbergt es gut. Ihr wisst, was mir das Tagebuch bedeutet. Ihr selbst habt alles für mich aufgezeichnet. Niemals darf die Wahrheit in die falschen Hände gelangen. Es würde unser Verderben sein. Ich träumte vom Tod unserer Äbtissin Benedikta. Schlimme Vorahnungen plagen mich seitdem. Deshalb müsst Ihr das Tagebuch für mich aufbewahren, bei Euch ist es sicherer!« Sophia stellte sich auf die Zehenspitzen, lüftete seine Kapuze etwas und küsste ihn. Dann lief sie, ohne sich noch einmal nach ihm umzusehen, den langen Gewölbegang hinunter, an der Klosterküche vorbei und in das Erdgeschoss zum Dormitorium, wo sich der Schlafsaal der Laienschwestern befand. Hier hielt sie nur kurz in ihrem Lauf inne, lauschte und rannte dann von einer furchtbaren Ahnung getrieben weiter zur Zelle der Äbtissin. Waren die Schreie von hier gekommen? Hinter ihr tauchte plötzlich, genauso außer Atem wie sie, eine weitere Konventualin des Klarissenklosters auf: Schwester Ursula, die Schatzmeisterin des Klosters. Mit strenger Hand führte sie die Aufsicht über das Gotteshaus und trachtete insgeheim nach dem Amt der Äbtissin, weshalb ihr Sophia, die von allen Klarissen einer Heiligen gleich verehrt wurde, ein ständiger Dorn im Auge war – aber das war nicht der einzige Grund.

Kühl und mit hochgezogenen Brauen streifte sie Sophias Nachtgewand, bevor sie steif bemerkte: »Eure heiligen Gebete, ehrwürdige Schwester Sophia, scheinen in unseren Klostermauern ihre Wirkung verloren zu haben. Dem Teufel gefällt es bei uns.«

Geräuschvoll öffneten sich auf dem Gang jetzt weitere Schlafzellentüren, und immer mehr durch die Störung aufgeschreckte Nonnen und Laienschwestern tauchten auf. Ihre Gebetslichter, mit denen sie sich in der Dunkelheit vorantasteten, flackerten wie Glühwürmchen unruhig auf und nieder, bis eine der Nonnen mit einer Fackel die Talglichter in den Nischen im Mauerwerk entzündete und den Gang in warmes Licht tauchte. Es wurde leise gewispert und ängstlich gemutmaßt.

»Schon gut, Schwestern. Noch besteht kein Anlass zur Sorge. Ihr habt alle gesehen, dass Mutter Benedikta beim Abendmahl noch bei bester Gesundheit war«, ergriff Sophia das Wort. »Das Böse in ihr, das sich ihrer Seele bemächtigt hatte, ist ihr nach der heiligen Prozedur wieder aus dem Mund entwichen. Alle haben gesehen, dass sie nach der Teufelsaustreibung von Pater Antonius geläutert war. Sie hat sogar wieder der Messe beigewohnt.« Sophia versuchte, die aufgeregten Klarissen zu beruhigen, und dennoch zitterte ihre Hand, als sie entschlossen den Griff der Tür nach unten drückte, hinter der nun ein hohles Röcheln und Kratzen erklang.

Das Eisen knarrte, und die schwere Holztür gab ein dumpfes, quietschendes Geräusch von sich. Sophia nahm die Fackel, um in der Dunkelheit etwas zu sehen, und betrat dann mutig das Zelleninnere. Nur einen Augenblick später prallte sie erschrocken zurück, wobei sie mit ausgebreiteten Armen zu verhindern suchte, dass die Schwestern an ihr vorbei in die Zelle stürmten.

Der Anblick, der sich ihr bot, war erschütternd. Die Matratze der Äbtissin war aufgeschlitzt und voller Blut. Selbst die helle Wand dahinter war rot. Das Kruzifix am Kopfende hing verkehrt herum am eisernen Bettkranz, und die hölzerne heilige Madonna, die sonst ihren Platz auf dem Gebetstisch hatte, lag zerbrochen neben der Äbtissin, die sich unter qualvollen Zuckungen in Erbrochenem und Blut auf dem Boden wälzte.

Als die Gemarterte die offene Tür bemerkte, kroch sie mit letzter Kraft zu der vor Entsetzen starren Ordensschwester. Sie war vollständig bekleidet, trug sogar ihr Skapulier. Mit jedem Meter, den sie zurücklegte, entrang sich ihren Lippen ein Klagen und Stöhnen. Doch je näher sie Sophia kam, umso schwächer wurde sie. Vor ihren Füßen sackte der Kopf der Äbtissin dann kraftlos zu Boden. Als Sophia sich über sie beugte, um ihren Herzschlag zu fühlen, vernahm sie zwischen Stöhnen und unverständlichen Worten den einen Satz: »Rette deine Seele, Schwester, der Teufel ist hier, um uns zu holen!«

Verwirrt, mit der Angst im Herzen, Gott könnte ihre Gedanken lesen, berührte Sophia die Äbtissin an der Schulter, doch diese bäumte sich mit einem markerschütternden Schrei auf, sackte anschließend wieder kraftlos in sich zusammen und schied Sekunden später unter einem Schwall wüstester Verwünschungen aus der hiesigen Welt.

Nachdem es eine Weile still geblieben war und der gemarterte Körper sich nicht mehr bewegte, trippelten die Nonnen an Sophia vorbei in die Zelle. Mit dem notwendigen Abstand umstanden sie fassungslos betend die Tote. Sophia bekreuzigte sich. Für einen winzigen Augenblick war ihr, als tauchten zwanzig Jahre verdrängter Sünde wieder vor ihr auf, dann rollte sie den federleichten toten Körper auf den Rücken und drückte die starren Augen zu. In diesem Moment traf sie Ursulas harter Blick. Die Kälte, die von der Klarissin ausging, ihre steife Unbeweglichkeit und die unangebrachte Feindseligkeit im Angesicht des Todes verwunderten sie nicht.

»Erst Schwester Johanna und nun auch noch Mutter Benedikta. Wer soll das verstehen?«, bemerkte Sophia und versuchte, ihre Gefühle hinter ihrer sanftmütigen Gleichgültigkeit zu verbergen. »Zwei so teuflische Verbrechen kurz hintereinander werden die Kommissare des Hohen Gerichts anlocken. Sie werden kommen und in unseren Mauern herumschnüffeln.«

»Wieso schließt Ihr auf ein Verbrechen, Schwester Sophia? Soweit uns bekannt ist, habt Ihr Bruder Antonius mit Beten kräftig beigestanden, den Teufel von der Äbtissin abzuwehren. So wie schon zuvor bei Schwester Johanna, der Herr sei ihrer armen verirrten Seele gnädig, aber wie es scheint, ist Euch das in beiden Fällen nicht gelungen. Es reicht eben nicht, im Angesicht des Heiligenscheins, der Euch umgibt, den Menschen Gottes Zorn zu prophezeien, wenn sie nicht zur Umkehr bereit sind«, kam es spöttisch von Ursula zurück. »Unsere beiden Schwestern haben Euch vertraut und es mit ihrem Leben bezahlt.«

»Ich habe keine Ahnung, wovon Ihr redet und womit ich Euren Unwillen auf mich gezogen habe, Schwester Ursula«, rechtfertigte sich Sophia äußerlich ruhig, innerlich aber wachsam, während sie die Tote nach Verletzungen absuchte. »Bedenkt, dass es Gott ist, der mich lenkt und der durch meine Hände Wunder vollbringt. Erinnert Euch nur an die Nonne der Sankt-Vinzenz-Klause, die erst im Februar auf meine Fürbitte bei unserem Allerheiligsten hin von einem schmerzhaften Beinleiden genas. Wenn Ihr sagen wollt, dass meine Bemühungen, das Böse aus Benediktas Körper zu vertreiben, zu ihrem Tod geführt haben, dann irrt Ihr Euch. Unsere gütige Mutter ist nicht durch die Teufelsaustreibung gestorben, sondern durch ihren Mörder – oder ihre Mörderin.«

Mit einer raschen Bewegung verschwand Sophias Hand in einer Falte des Habits der Äbtissin und legte unterhalb ihres Herzens eine blutige Klinge mit einem goldenen Knauf frei. »Man hat die Ehrwürdige Mutter mit einem Dolch getötet – wie schon zuvor Schwester Johanna.«

Ein strafender Blick aus Ursulas stechenden Augen war die Antwort auf die Entdeckung. Die Klarissin hasste es, unrecht zu haben. Insgeheim war die Äbtissin für sie nur eine weitere Besessene des Klosters Santa Klara gewesen.

»Seltsam, wie zielstrebig Ihr eben nach dem Dolch gegriffen habt, liebe Sophia«, höhnte sie leise. »Wenn Ihr von einem Verbrechen ausgeht, könnte ich daraus falsche Schlüsse ziehen. Zudem litt unsere Schwester an der ›schüttelnden Gottesstraf‹, das wisst Ihr ebenso gut wie ich und alle hier Anwesenden«, zischte sie. »Vielleicht wollte sich Mutter Benedikta auch nur selbst von ihrer Krankheit befreien und hat mit dem Stilett ein wenig nachgeholfen, wer weiß das schon? Wenn ich es recht bedenke, kann nur das die Erklärung für ihren Tod sein.«

Sie bedachte Sophia mit einem durchdringenden Blick, die daraufhin nach Worten suchte und verwirrt die Klinge aus der blutigen Wunde entfernte. Dann aber wurde sie sich ihres Rufes als lebende Heilige bewusst, und ihr Körper straffte sich.

»Ihr behauptet also, dass Schwester Benedikta selbst Hand angelegt hat? Das würde bedeuten, die Mutter Oberin hätte ihre Seele wissentlich der Verdammnis preisgegeben.« Eine Nuance leiser fügte Sophia an Ursula gewandt hinzu: »Und eine Nachfolge ihres

Amtes gleich mit eingeplant. Es würde mich also nicht wundern, wenn Ihr etwas nachgeholfen habt.« Dann sagte sie wieder für alle hörbar: »Danach sieht es jedoch nicht aus. Eher ergibt sich aus den Vorkommnissen doch die Frage, ob jemand von uns Schwestern einen Nutzen aus ihrem Tod zieht.«

Diesmal hielt Sophia Ursulas Blick stand, die kaum hörbar erwiderte: »Euch ist bewusst, dass Ihr, eine Nonne von hoher Geburt und mit einem selbst aufgesetzten Heiligenschein, am ehesten in die Auswahl als Nachfolgerin der Äbtissin von Santa Klara kämt? Ihr Tod ist eine willkommene Gelegenheit für Euch.«

Sophia überhörte die Anschuldigung. Die Ausweitung des Streites im Angesicht des Todes entbehrte in ihren Augen jeder christlichen Würde. Mit fester Stimme ordnete sie an, die sterblichen Überreste der Äbtissin noch in dieser Nacht in der Klosterkirche aufzubahren, bevor sie zurück in ihre Zelle ging, um für die nun folgende Prozedur das graubraune Ordensgewand mit dem schwarzen Schleier anzulegen. Geschmückt mit einem Skapulier, sollte es ihre Würde als Heilige wieder festigen. Doch erschöpft von dem Erlebten, schloss sie die Zellentür und ließ sich mit den Händen vor dem Gesicht auf einen Stuhl fallen.

»Warum mussten die Schwestern nur sterben?«, murmelte sie. »Warum jetzt auch Mutter Benedikta? Nach so vielen Jahren? Oh, Herr, habe ich dir nicht mein Leben und meine Liebe geopfert. Habe ich für meine Sünden nicht gebetet?«

Plötzlich fühlte sie sich beobachtet, hob erschrocken den Kopf und blickte zur Gebetsnische. Etwas in der abgeteilten Zimmerecke mit dem Tisch, den Ikonen, den Heiligenbildern und dem Gesangbuch hatte sich verändert. Als ihr Blick zu dem Gekreuzigten über der aufgeschlagenen Bibel wanderte, erbleichte sie zutiefst erschrocken. Sie sprang auf, wankte, fiel auf die Knie, schlug mit zitternden Fingern das Kreuz vor der Brust und starrte dann mit zum Gebet gefalteten Händen auf das Kruzifix: Aus dessen Dornenkrone floss rotes Blut. In dünnen Rinnsalen lief es aus den Wunden des Gekreuzigten und tropfte auf die Bibelseiten, die sich wie von selbst nach jedem Tropfen, der es berührte, umblätterten. Das Geräusch des sich umschlagenden Papiers brachte Sophia wieder in die Wirklichkeit zurück. Hastig griff sie nach dem schweren Kruzifix, drückte es an ihre Brust und rannte wie eine Besessene in die Kapelle, wo der Sarg mit den sterblichen Überresten der Äbtissin bereits auf den Stufen vor dem Altartisch mit dem Triptychon aufgebahrt worden war. Alle Ordensschwestern, die Novizinnen in ihren ärmellosen Gewändern eingeschlossen, umstanden im Halbkreis betend den Holzsarg. Auch der eilig hinzubeorderte Pater Antonius fehlte nicht. Beim Anblick der Toten war es Sophia, als führe ein Windstoß durch die murmelnde Mauer aus braunen Habits und weiten Mänteln. Unter den schwarzen Schleiern leuchteten die ihr zugewandten Gesichter starr und bleich, so weiß wie ihre leinenen Brustschleier. Das Kruzifix an die Brust gedrückt, Gesicht und Hemd vom heiligen Blut beschmiert, wankte Sophia wie im Traum durch die Gasse, die sich zwischen den Nonnen bei ihrem Erscheinen gebildet hatte. Vor Pater Antonius, der die Tote segnete, blieb sie stehen. Niemand hatte sie aufgehalten, alle waren ihr teils neugierig, teils entsetzt gefolgt, bis sich der Durchlass zwischen den Körpern hinter ihr wieder schloss.

Sophia legte dem Pater das blutende Kruzifix auf die Stufen vor seine Füße, dann drehte sie sich langsam um. Ihre Augen suchten Ursula, die Schatzmeisterin, doch sie fanden nur Leere. Verzweifelt hob sie die blutroten Hände, dann fing der Herrgott sie schützend in seinen Armen auf. Ein Aufschrei ging durch die Menge, als Sophia ohnmächtig die Stufen hinab vor ihre Füße rollte.

I.

Vier Jahre waren seit den seltsamen Ereignissen im Kloster Santa Klara vergangen, aber statt dass eine rasche Aufklärung stattgefunden hätte, häuften sich die Gerüchte um die Klarissen. Da allseits von Vorgängen dämonischer Besessenheit und blutigen Teufelsaustreibungen gemunkelt wurde, hatte Seine Erzbischöfliche Gnaden, der Kurfürst Ferdinand, seinen besten Mann, den Generalvikar Bernard Fresenius, persönlich mit der Untersuchung des verjährten, aber noch immer höchst pikanten Falles betraut, der den Ruf des Franziskanerordens ebenso wie den des Erzbischofs zu schädigen drohte. Nachdem der zuvor vom Papst beauftragte Nuntius das Gerücht von einem heiligen Wunder im Kloster angezweifelt und das blutende Kruzifix nach Rom mitgenommen hatte, wies der Erzbischof zunächst seinen Generalvikar an, Einspruch beim Nuntius einzulegen. Er sollte sich darauf berufen, dass nach kirchlichem Recht derartige Vorgänge vom Bischof selbst auf Echtheit zu überprüfen seien.

Doch der Nuntius, der schon lange nach der Oberaufsicht über die Franziskanerkonvente schielte, zeigte Bernard Fresenius die kalte Schulter. So quälte sich nun eine schwarze Reisekutsche mit dem Generalvikar vom Amte Lechenich kommend schwerfällig die alte Königsstraße nach Köln entlang, die wegen ihrer eingefahrenen Radspuren, Unebenheiten und Risse ebenso beschwerlich zum Gehen wie zum Reiten und Fahren war.

Einer der zwei Reisenden in der Kutsche wurde so kräftig durchgeschüttelt, dass er es nicht nur einmal bereute, seinen schnellen Braunen für diesen Auftrag im Stall zurückgelassen zu haben. Jeder Sattel wäre in diesem Moment bequemer gewesen, jedes Pferd schneller. Zum Glück hatte er in weiser Voraussicht die Soutane gegen eine leichtere Reisekleidung eingetauscht. Da er sich jedoch immerfort nach der herunterrutschenden Kappe bücken musste, war die streng gelegte Lockenpracht seiner dunkelblonden Haare mittlerweile so durcheinandergeraten, dass seine markanten Züge mit der etwas zu breit geratenen Nase fast verwegen wirkten.

Der Generalvikar ertappte sich dabei, wie er erleichtert ein Gebet murmelte, als endlich die gewaltige Stadtmauer mit ihrer Brustwehr, den zahlreichen Türmen, Pforten und Schießscharten vor ihm auftauchte. Mit Grausen erinnerte er sich daran, wie sich vor noch nicht ganz drei Stunden urplötzlich der Himmel verfinstert und es zu hageln begonnen hatte. Hagelkörner so groß wie Hühnereier waren wie ein böses Omen vom Himmel gefallen, sodass er hatte befürchten müssen, das Kutschendach würde einem weiteren Unwetter nicht standhalten. Er wertete das Vorkommnis noch immer als einen schlechten Vorboten und riskierte jetzt einen Blick durch das Fenster, um abzuschätzen, wie weit es noch bis zum Kloster Santa Klara war. Als er am nordwestlichen Ende der Mauer die Umrisse des Klarenturmes schemenhaft gewahrte, atmete er erleichtert auf. Die zu erwartenden penetranten Ausdünstungen des Nonnenaborts, der in diesem Turm untergebracht war, schienen ihn nicht zu stören. Sie waren ihm um ein Vielfaches willkommener als jeder weitere Hagelschauer.

Auf Höhe des Weyertors mit seinen zwei mächtigen Flankentürmen wurde das Gefährt überraschend aufgehalten. Zwei Amtsschützen kreuzten seinen Weg und jagten im Galopp an ihm vorbei, ohne ihm, wie es üblich gewesen wäre, ihren Schutz anzubieten. Warum sie die fürstliche Kutsche ignorierten, sollte der Generalvikar sogleich erfahren. Nur wenige Meter vor ihm walzte sich eine grölende Menschenmenge durch die steinerne Pforte, die, wie er durch das Kutschenfenster erkennen konnte, ein noch kindliches Weib vor sich hertrieb, das immer wieder hinfiel, sich aufrappelte und erneut zu Boden stürzte.

Als es länger als erwartet auf dem Weg liegen blieb, streckte er den Hals vor, um besser sehen zu können. Ihm war an dem Mädchen etwas aufgefallen, das seine Neugier weckte. Obwohl es gefährlich war, auf Straßen auszusteigen, die von Räubern und Plünderern belagert wurden, gab er dem Kutscher mit der Hand ein Zeichen, auf die Gruppe zuzufahren, die jetzt über die Hilflose herfiel, mit den Füßen nach ihr trat und mit Stöcken auf sie einschlug.

Da der Pöbel die herannahende kurfürstliche Kutsche gewahrte, stob er erschrocken auseinander und ließ das Gefährt passieren, bevor er anschließend wieder neugierig im Halbkreis zusammenrückte. Der Generalvikar Bernard Fresenius gebot dem Kutscher zu halten, gab dem ihn begleitenden Geistlichen Anweisungen, auf seinem Platz zu bleiben, und stieg an ihm vorbei aus der Kutsche.

Das junge Weib hatte indessen die Verwirrung des Pöbels genutzt und sich hinter einem Steinhaufen in vermeintliche Sicherheit gebracht, die sich aber bald als tödliche Gefahr entpuppte. Bernard bemerkte sofort, wie einige Vorwitzige nach Steinen griffen, um die junge Frau damit zu traktieren. Ein scharfer Blick aus seinen graugrünen Augen genügte jedoch, um sie zum Rückzug zu bewegen. Er wusste um seine autoritäre Erscheinung und die Gabe, Menschen seinen Willen aufzuzwingen. Er schürzte sein Gewand, um eine Pfütze zu überspringen, lief rasch um den Steinhaufen herum und beugte sich zu dem Weib hinab. Es erschien ihm noch jung, höchstens zwanzig Jahre, obwohl die Bemitleidenswerte ihr Gesicht vor ihm unter den Händen verbarg. Ohne Scheu berührte er die junge Frau am Arm und forderte sie auf: »Zeig mir dein Gesicht, Jungfer! Ich will sehen, ob ich dir helfen kann.«

Gehorsam ließ die Frau die Hände sinken, und Bernard sah, was er bereits vermutet hatte. Weißer glasiger Schaum tropfte ihr aus den Mundwinkeln, während ihre Augäpfel hin und her rollten, sodass er das Weiße in ihnen sehen konnte.

»Kannst du aufstehen?«, fragte er und hielt ihr auffordernd die Hand hin.

Die Frau schüttelte ängstlich abwehrend den Kopf. Auch jetzt fielen Bernard ihre seltsam abgehackten Bewegungen auf, als wären Hals und Kopf nicht richtig miteinander verbunden.

»Sag mir deinen Namen.« Er warf einen strengen Blick auf die Menge hinter sich, die wieder näher an sie heranrückte und böse Verwünschungen grölte. Als er keine Antwort erhielt, bohrte er ungeduldig weiter. »Seit wann hast du diese Anfälle schon?«

Er bückte sich über sie und betrachtete forschend ihr Gesicht, während er mit den Händen ihren Körper nach Verletzungen abtastete. Ihre Muskeln verkrampften sich erneut, was eine veränderte Stellung der Gliedmaßen zur Folge hatte. Trotz allem entbehrte ihr Gesicht nicht eines gewissen Liebreizes, der ihm bekannt vorkam und ihn an eine Nonne im Kloster Santa Klara erinnerte. Die junge Frau zog unter seinen Berührungen ihre zuckenden Füße unter den Unterleib und machte Anstalten, den Oberkörper aufzurichten. So gut er es vermochte, half er ihr. Auf zitternden Beinen, gestützt von seinen Armen, wimmerte sie leise, wobei sie sich bemühte, sich mit dem Handrücken den Schaum von den blau angelaufenen Lippen zu wischen.

»Geht nur, hoher Herr, und überlasst mich dem Pöbel. Ihr seht doch, mir sitzt der Teufel im Leib. Ich bin besessen und habe den Tod verdient.«

Während sie die Worte sprach, richtete sie sich so weit auf, dass sie ein paar Schritte machen konnte. Sie war groß, schlank und von anmutiger Erscheinung, sodass er sich erneut in seiner Vermutung bestätigt sah, dass er die schöne, anscheinend fallsüchtige Frau kannte.

»Es muss nicht immer gleich der Teufel sein«, beruhigte er sie und gab seiner Stimme einen gütigen Klang. »Willst du mir nun deinen Namen nennen?«

»Christina.«

»Gut, Christina, und willst du mir denn auch verraten, wer dein Vater und deine Mutter sind? Vermutlich sorgen sie sich um dich.«

Das Interesse an ihrer Person schien dem Mädchen etwas von ihrer Angst zu nehmen. Zum ersten Mal blickte sie ihm offen und klar in die Augen, sodass er auch die ihren sehen konnte. Sie waren blau wie die Farbe des Meeres und des Himmels. Ein teuflisches Zeichen. Der Höllenfürst besaß die Gabe, jederzeit sein Gesicht zu ändern und versuchte, sich insbesondere hinter auffallender Schönheit zu verbergen. Für einen Moment überfielen Bernard Zweifel, und er zog die Anwesenheit des Teufels doch in Erwägung. Dann aber siegten das Herz und der gesunde Menschenverstand in ihm, und er beschloss, die junge Frau erst einmal mit ins Kloster zu nehmen.

»Mein Vater ist Heinrich Plum, Bote der Gürtelmacherzunft. Meine Mutter Margarethe verkauft die Ernte aus unserem Garten auf dem Neumarkt. Heute Morgen fühlte sie sich nicht wohl, deshalb bin ich für sie mit dem Salat zum Markt gefahren. Dabei ist der Dämon wieder über mich gekommen«, erklärte sie ihm leise.

Die letzten Worte waren vom Pöbel nicht ungehört geblieben. Aufgebracht rückten die Hexenjäger näher und bildeten einen Kreis um die Frau und ihren Retter, drohend und zu allem bereit. Die Lautesten von ihnen hielten jetzt faustgroße Steine in den Händen. Ihre wütenden Schreie schwollen zu einem ohrenbetäubenden Orkan an. Länger vermochte Bernard Fresenius die aufgebrachten Bürger durch seine Autorität nicht mehr hinzuhalten. Unwissenheit und Sensationsgier forderten immer vehementer, die Hexe zu steinigen.

Obwohl er sich selbst in größter Gefahr befand, hielt er Christina die Hand hin, die sie angesichts der von Gott geschickten Hilfe nun doch vertrauensvoll ergriff. Der Generalvikar zog die Frau an seine Brust und verbarg sie unter seinem Mantel. Mit ihr im Arm, die andere Hand an der Waffe, die er auf Reisen immer bei sich trug, und bereit, jederzeit ihrer beider Leben zu verteidigen, drängte er durch die dichte Mauer aus erhitzten Leibern, nicht ohne die Menge mit strafenden Blicken und Flüchen zu bedenken. Die Leute wichen schweigend vor ihm zurück. Während er hastig ein Gebet murmelte, spürte er ihr Lauern nach einer Schwäche, nach einem Fehler von ihm, der ihnen die Chance geben würde, sich augenblicklich in ein Rudel hungriger Wölfe zu verwandeln.

Ein paar Schritte vor dem wartenden Gefährt winkte er rasch seinen beiden Dienern auf dem Kutschenkasten. Die beiden Musketiere richteten die Waffen auf den Pulk, um gegebenenfalls dazwischenzuschießen, doch im Fall der Fälle würden sie gegen die mordlüsterne Menge nur kurzzeitig etwas ausrichten können, das wusste der Generalvikar. So ließ er sich erleichtert in die Polster fallen, als er hinter Christina in die Kutsche gehechtet war und die Pferde im Galopp lospreschten.

Die junge Frau war gerettet, aber was sollte er nun mit ihr anstellen? Im Kloster würde sie in ihrem Zustand den Anfeindungen der Nonnen ausgesetzt sein. Er besah sich ihre ärmliche und verschmutzte Kleidung. Sie wollte so gar nicht zu dem schönen Gesicht mit den feinen Zügen passen, das, immer noch verängstigt, ihm Rätsel aufgab. Schamvoll hatte sich die Frau vor ihm in die Polster zurückgezogen und versuchte, die an ihrem Körper hängenden Stofffetzen zu ordnen, um ihre Blöße vor ihm zu verdecken. Sie blutete aus einer Kopfwunde. Die reiche Ausstattung der Kutsche mit ihren Samtpolstern und der Tapete aus gewebtem Teppich schien sie zu verunsichern. Zudem hatte sie wohl erkannt, dass sie sich in der Begleitung eines hohen Priesters befand, und das anfängliche Vertrauen wich der erneuten Angst vor dem Unbekannten. Der zweite, jüngere Geistliche saß ihr mit übereinandergeschlagenen Beinen gegenüber und hatte die Kapuze tief in das Gesicht gezogen. Einige Male warf er ihr einen belustigten Blick über den Rand der Bibel zu, die er in der Hand hielt. In leiser Hoffnung, bei ihm Beistand zu finden, versuchte sie, ihn festzuhalten, doch sein Interesse galt weniger ihr als der Heiligen Schrift.

»Wohin bringt Ihr mich, Hochwürden?«, fragte sie leise, bereit, bei der kleinsten unbedachten Bewegung seinerseits aus der Kutsche zu springen.

Bernard Fresenius lächelte amüsiert über die unbegründete Angst. »Soll ich dich zu deinen Eltern bringen, Christina?«, fragte er nach kurzem Überlegen, um ihr die Angst zu nehmen.

Umso mehr überraschte ihn ihre Antwort und das heftige Kopfschütteln. »Nein, Hochwürden, alles, nur das nicht! Setzt mich irgendwo am Wegesrand ab und lasst mich mit Gott meines Weges ziehen.«

Verwundert durch das seltsame Ansinnen einer jungen Frau, die gerade dem Tode entronnen war, wurde er neugierig. »Warum soll ich dich nicht zu deinen Eltern bringen? Lieben sie dich etwa nicht?«

Erneut schüttelte sie die nassen, verklebten Locken. Sie wurde unsicher und suchte nach Worten, während er sie beobachtete, als betriebe er eine Studie. Seltsam, schon wieder glaubte er, Sophia vor sich zu sehen. Die Ähnlichkeit mit der Nonne rief Erinnerungen und seltsame Empfindungen in ihm wach. Unbeabsichtigt zärtlich berührten seine Hände die ihren. Christina zuckte leicht zusammen, entzog sie ihm aber nicht. Ein dämonischer Zauber? Sein Blick bohrte sich in ihre Pupillen. Er musste herausfinden, ob diese Frau ein Geschenk Gottes war oder Luzifer sein Spiel mit ihm trieb.

»Ist es vielleicht doch der Teufel, der sich deines Körpers bemächtigt hat, meine Tochter? Hast du ihn schon einmal gesehen? Sag, wann plagt er dich am meisten? Wenn dich Gefühle beherrschen wie Wut, Ärger oder gar Furcht? Und welche Stelle, Jungfer, schmerzt dich zuerst?« Er war sich sicher, dass nur solche Fragen die Wahrheit zutage fördern würden. Er musste sich Klarheit über ihr Leiden verschaffen, wenn nötig auch mit Schärfe. Wie er wusste, litt auch die heilige Sophia an dieser Krankheit.

Doch Christina zog sich nur tiefer in ihre Ecke zurück und reagierte mit stummem Trotz. Die Kutsche durchquerte jetzt die Weingärten nördlich des Klosters, und der Klarenturm, das Wahrzeichen des Nonnenklosters, tauchte oberhalb der römischen Stadtmauer vor ihnen auf. Sie mussten nur noch an dem tiefen, von Weinstöcken umsäumten Grabenzug vorbeifahren, dann würden sie durch die dem Generalvikar vertraute Pforte in den Klosterhof einbiegen.

Die Zeit drängte, und so beugte Bernard Fresenius sich ihr entgegen und umschloss fest ihre zarten Hände. Die Ähnlichkeit ließ ihm keine Ruhe. Mit milder Stimme versuchte er, sie umzustimmen. »Ich bin nicht der Großinquisitor. Du musst dich nicht vor mir fürchten. Ich möchte nur allzu gern von dir erfahren, ob du diesem Zustand noch immer den Tod vorziehst, meine Tochter. Und vielleicht kann ich dich sogar vor einem unüberlegten Schritt bewahren. In wenigen Augenblicken erreichen wir das Kloster Santa Klara. Könntest du dir vorstellen, in den heiligen Mauern Erleuchtung zu finden?«

»Aber was soll eine vom Teufel Besessene wie ich in einem Kloster, Hochwürden?« Verblüfft über diesen Vorschlag, riss Christina die Augen weit auf und sah Bernard geradewegs ins Gesicht.

»Deine Krankheit auskurieren, mein Kind. Ich wüsste dort auch jemanden, der dir vielleicht helfen könnte.«

»Meine Krankheit?« Christina winkte ungläubig ab und ließ sich in die Polster zurückfallen. »Ich wurde mit dem teuflischen Makel bereits geboren. Er ist die Strafe für meine unselige Geburt. Wahrscheinlich hätte ich gar nicht auf diese Welt kommen dürfen, so sagt jedenfalls mein Vater. Er hat den Teufel oft genug aus mir herausgeprügelt, aber der Dämon ist dadurch nur noch stärker geworden. Lasst mich gehen und meinem Leben ein Ende setzen, nur so kann ich mich von ihm befreien.«

»Dein Freitod ist ebenso eine Sünde wie die, eine Hexe zu sein. Aber wieso unselige Geburt?« Die beiläufige Bemerkung der jungen Frau hatte ihn stutzig gemacht.

»Ach, Hochwürden, mein Vater pflegt oft zu klagen, dass mich der Teufel im Galopp verloren hätte und der Herrgott ihn doch endlich von mir, der Hexe, befreien möge«, seufzte sie, aber ihre Worte gingen im Gepolter der in den Klosterinnenhof einfahrenden Kutsche unter.

Bernard, abgelenkt von dem Anblick des gewaltigen Schiffs der Nonnenstiftskirche am östlichen Laufgang des Kreuzhofes, zog ein kleines Spitzentuch hervor und gab dem Kutscher damit ein Zeichen, den Kapitelsaal anzufahren, das längste Gebäude vor dem geöffneten Klostergang. Vor der Klosterküche ließ er das Gespann in einer Ecke des Kreuzhofes anhalten.

Beim Aussteigen warf er einen Blick auf die angrenzenden Gebäude mit Wasch- und Badehaus, der Bäckerei, den Stallungen und den Räumen für die Mägde. Er hielt sich das Tüchlein vor die Nase, gab ein weiteres Christina und gebot ihr, die sich neugierig und mit gerümpfter Nase umsah, es ihm gleichzutun. Wind war aufgekommen, und die Nonnen hatten die im Dachaufbau endende Lüftung des Klarenturmes geöffnet. Der penetrante Geruch des Gebäudes, in dem die Nonnen ihre Notdurft verrichteten, legte sich in einer übel riechenden Wolke über die blühenden Kräuter und Gemüsegärten im Innenhof und durchflutete beißend die Kreuzgänge.

Im Gewölbe des Laufganges wurden Bernard Fresenius und seine Begleiter bereits von der Torhüterin und zwei Nonnen erwartet, die die Gäste zur Äbtissin Ursula geleiten sollten. Ihrem Amte gemäß war die Torhüterin eine ältere Nonne, deren strenge, fast maskuline Gesichtszüge von Entschlusskraft und Durchsetzungsvermögen geprägt waren. Unter dem Schleier blitzten jedoch zwei sehr lebendige graue Augen auf, und nachdem sie sich vor dem Generalvikar und seinem Begleiter züchtig verneigt und das dargebotene Kreuz geküsst hatte, gab sie den Gästen mit einem Kopfnicken zu verstehen, ihr zu folgen. Für den Bruchteil einer Sekunde streifte ihr Blick das Mädchen an der Seite des Geistlichen, bevor sie ihnen lautlos und barfüßig über den Steinfußboden vorausschwebte.

Es schien, als hätte der Generalvikar Christina für einen Moment vergessen, während sie dem Geräusch seiner schweren Schritte, die sich in dem hohen Gewölbe verliefen, in gebührendem Abstand folgte. Endlich unbeobachtet, schenkte sie ihre Aufmerksamkeit seinem jungen Begleiter. Der Priester, der dem Geschehen schon in der Kutsche wenig Beachtung geschenkt hatte, schritt auch jetzt mit gefalteten Händen, den Blick züchtig auf den Boden gerichtet, neben ihr her, aber Christina bemerkte trotzdem, dass er ein angenehmes Gesicht hatte, dessen Teint im Gegensatz zu ihrem hellen samtig olivbraun schimmerte.

»Darf ich Euren Namen erfahren, Hochwürden?«, fragte sie scheu und schaute sogleich angenehm überrascht in seine großen warmen braunen Augen.

Er lächelte ein seltsames Lächeln, welches ihr unter die Haut ging. Sofort fasste sie Vertrauen zu dem jungen Mann, der ihr jetzt amüsiert zuzwinkerte. »Leonardo.«

Als er ihr Interesse bemerkte, konnte er sich nicht enthalten, sich ein wenig vor ihr zu brüsten. »Es ist noch gar nicht so lange her, dass ich das Sakrament der Priesterweihe empfing und an der Universität in Rom Philosophie und Theologie studiert habe. Den Generalvikar zu begleiten ist für mich eine große Ehre.« In seinen Worten klangen Stolz und gutmütiger Spott mit, die auch seine Haltung ausdrückten. Christina hätte gern noch länger der weichen Stimme mit dem beruhigenden Klang gelauscht, doch Leonardo legte den Finger auf die vollen Lippen und wies mit einer Kopfbewegung auf die mächtigen, mit kunstvollen Fresken verzierten Säulen, welche die Gewölbedecke trugen.

»Sieh nur diese Pracht und Schönheit«, verrieten seine Augen, während sie von den offenen, lichtdurchfluteten Gängen in einen geschlossenen weiß getünchten Flur gelangten. Eine nie gekannte, fast unheimliche Ruhe umfing Christina zwischen den hellen Wänden mit den eingelassenen schmalen Fenstern, die ins Nichts hinausgingen.

So muss der Weg zur Himmelspforte aussehen, dachte sie und spürte, wie ihr Herz schneller zu schlagen begann. Wohin wurde sie gebracht? Sollte sie weglaufen? Sie brauchte sich nur umzudrehen und den Weg zurückzugehen, den sie gekommen waren. Verstohlen sah sie zu Leonardo, der stumm betete und sie nicht mehr beachtete. Sie fühlte sich allein, und abermals nistete sich die Furcht in ihrem Herzen ein. Das Kribbeln in Armen und Beinen nahm zu, und sie spürte, wie das Fremde in ihr erneut die Macht über sie zu gewinnen versuchte. Bevor sie gänzlich den Boden unter den Füßen verlieren würde, nahm sie all ihre Kraft zusammen und brach das Schweigen. »Ist es noch weit, Hochwürden Leonardo?« Doch der junge Priester war wie vom Erdboden verschwunden. Stattdessen nahte ihre Erlösung.

Vor einer oben abgerundeten Tür aus dunklem Ebenholz, die mit einem Kranz kunstvoll geschnitzter Heiliger verziert war und in deren eisernem Schloss ein riesiger Schlüssel steckte, stoppte die Führerin und öffnete die Tür. Der Generalvikar drehte sich nach Christina um, nachdem er ein zaghaftes Zupfen an seinem Umhang verspürt hatte.

»Keine Angst, mein Kind«, beruhigte er sie mit seinem Blick.

»Gott zum Gruß, Ehrwürdige Mutter«, sagte er laut und betrat mit Christina das Zimmer. Mit großen Schritten steuerte er auf den Schreibtisch in der Mitte des Raumes zu, hinter dem ihn die Äbtissin bereits erwartete. Sie trug die übliche Kleidung der Klarissen, einen kastanienbraunen Habit.

Christina nutzte den Schutz seines breiten Rückens und bestaunte die heiligen Frauen Ursula, Agnes, Katharina und Barbara, die sie aus prunkvollen Rahmen von den hellen Wänden herab anlächelten, bevor sie in banger Erwartung die Augen auf die Äbtissin richtete. Ihr Schreibtisch stand vor einer Darstellung der Dreifaltigkeit.

Die Nonne hatte sich beim Eintritt des Generalvikars erhoben und empfing ihn mit in übertriebener Freundlichkeit ausgestreckten Armen. »Hochwürden, was für ein hoher und seltener Besuch in unseren Klostermauern. Zu lange schon haben wir Eure Anwesenheit vermisst.« Sie trippelte um den Schreibtisch herum, beugte das Knie vor ihm und küsste den Ring an seiner Hand, sichtlich bemüht, einen guten Eindruck zu machen.

Für Christinas Empfinden war ihr Verhalten zu übertrieben. Die Demut, die sie Bernard Fresenius entgegenbrachte, wirkte gespielt, fast einstudiert. Zudem ignorierte die Äbtissin den jungen Priester, der nun wiederaufgetaucht war und rasch durch die Tür trat. Sie hatte nur Augen für den Vertreter des Erzbischofs, was Christinas Abneigung gegen die Äbtissin verstärkte, obwohl die Nonne bisher kein Wort zu ihr gesprochen hatte. Menschen wie sie hatte Christina schon zur Genüge kennengelernt. Sie gefielen sich im Dienst am Nächsten wie im Schöntun und wollten ständig hören, wie dankbar man ihnen sei. Wurden sie enttäuscht, konnten sich Mitleid und Barmherzigkeit jedoch schnell in Unwillen oder gar Hass verwandeln. Vom Vater, der manchmal als Leichenbitter in der Kirche auf Leichenbegängnissen die Totenzettel verteilte, wusste sie, dass jeder dem Generalvikar, dem Verwalter des Erzbischofs, Respekt und Zurückhaltung entgegenbrachte. Das Gebaren der Äbtissin Ursula aber ging weit über jeden normalen Respekt hinaus. Von Zurückhaltung war keine Spur, und Christina glaubte sogar, so etwas wie ein lüsternes Funkeln in ihren Augen gesehen zu haben, als sie zu ihm aufgeblickt hatte.

Bernard Fresenius schlug das Kreuz über ihr und gebot ihr, sich zu erheben, indem er ihr mit einer höflichen Geste die Hand entgegenstreckte. Sein Gesicht blieb unbewegt, es erging ihm nicht anders als Christina. Das Gespräch mit der Äbtissin war ihm unangenehm, er wollte es schnell hinter sich bringen. Ihm war bekannt, dass die ehemalige Schatzmeisterin sich die Stellung der Äbtissin mit einer List erschlichen hatte, und es wäre das Mindeste gewesen, dass ihre Stellvertreterin Sophia bei der Begrüßung der Gäste anwesend war. Er dämpfte ihren Überschwang: »Ehrwürdige Mutter Ursula, sagt, was geht hier vor? Wo ist Schwester Sophia? Ich hatte sie ebenfalls hier erwartet.«

»Unsere heilige Schwester zieht es vor, in ihrer Zelle zu Christus, unserem Bräutigam, zu beten. Seit Gott uns vor vier Jahren ein Zeichen schickte, ist ihre Seele ausschließlich mit Gebeten und göttlichen Lobpreisungen beschäftigt«, antwortete die Nonne mit hochmütigem Unterton.

»Dann bringt mich zu ihr«, befahl der Generalvikar ungerührt und schob sich vor Christina, um sie vor den Blicken der Äbtissin zu schützen, die nun neugierig sehen wollte, wer sich hinter seinem Rücken verbarg.

»Und wen, Hochwürden, habt Ihr uns da mitgebracht?« Sie ignorierte seinen Wunsch und machte ein paar Schritte um ihn herum.

»Ein armes, von Gott verlassenes Kind, das ich am Wegesrand fand und dessen körperlicher Zustand mich dauerte. Da unsere Heiligkeit Schwester Sophia in einer beständigen Beziehung mit Christus, unserem Herrn, steht, wird sich ihr Herz sicher auch diesem Mädchen öffnen.«

»Was ist mit der Jungfer, ist sie krank?«

Die Äbtissin ging nun um den Generalvikar herum. Sie hatte eine hohe Stirn und ein blasses Gesicht mit recht breiten Wangenknochen, die von einem hellen Brustschleier sowie zwei weiteren weißen und schwarzen Schleiern eingerahmt wurden. Die grauen

Augen, die Christina jetzt unverhohlen musterten, hatten ihren freundlichen Ausdruck verloren, blickten jetzt nur noch kalt und farblos.

Christina duckte sich ängstlich unter ihrem Blick und sah sich hilfesuchend nach dem jungen Priester um. Sein Lächeln beruhigte sie. Zu ihrem Glück schwand das Interesse der Äbtissin an ihr schnell wieder. Ihrer hohen Stellung im Kloster gemäß schenkte sie Christina nur so viel Aufmerksamkeit, wie vonnöten war. Erneut richtete sie die Augen auf den Generalvikar und sagte mit dem ihr eigenen spöttischen Unterton in der Stimme: »Unsere geheiligte Schwester wird ihr sicher helfen. Schließlich versteht sie es vorzüglich, für das Heil ihrer Nächsten bei Gott, unserem Herrn, um Erhörung zu bitten.«

Wieder glaubte Christina, gesehen zu haben, wie ein herablassendes Lächeln ihre Mundwinkel umspielte, bevor sie anordnete: »Die Jungfer kann im Westflügel bei den Laienschwestern unterkommen. Sie wird angemessene Kleidung erhalten und sich in der Küche und Wäscherei bei den Schwestern nützlich machen.« Dann wurde ihre Miene amtlich. »Bevor ich Euch zu Schwester Sophia führe, habe ich noch ein paar Fragen an Euch, Hochwürden. Darf ich erfahren, welche Dringlichkeit Euch in unser bescheidenes Kloster führt? Sicher ist es nicht allein die Jungfrau, deren Schicksal Euch am Herzen liegt?«

»Das habt Ihr richtig erkannt, Ehrwürdige Mutter. Lange Jahre war ich Eurem Kloster fern und komme auch jetzt leider in keiner angenehmen Angelegenheit. Das Kloster Santa Klara ist in den letzten Monaten zu sehr in das Interesse unseres so geschätzten Erzbischofs Ferdinand gerückt. In seinem Auftrag soll ich die Geschehnisse um das blutende Kruzifix genauer untersuchen.«

»Aber das Mirakel befindet sich doch gar nicht mehr in unseren Mauern«, protestierte die Äbtissin schwach. »Bereits vor vier Jahren, gleich nach der Erscheinung, hat sich der päpstliche Nuntius des Wunders angenommen und es nach ausreichender Untersuchung nach Rom zum Heiligen Vater mitgenommen.«

»Es geht unserer bischöflichen Eminenz auch weniger um ein von Gott gesandtes Wunder, Ehrwürdige Mutter, sondern vielmehr um die schwerwiegenden Vorkommnisse, die in der Vergangenheit im Kloster für Verwirrung gesorgt haben. Darunter fällt auch der mysteriöse Tod Eurer Vorgängerin Schwester Benedikta, der noch immer der Aufklärung bedarf. Natürlich stimme ich Euch zu, was die Untersuchungen des Nuntius betrifft, dennoch fühlt sich der Erzbischof dazu berufen, das Mirakel nochmals auf seine Echtheit hin zu überprüfen.«

Einen Moment lang war es still im Raum. Die Äbtissin hatte sich zurück hinter ihren Schreibtisch begeben und schien in Gedanken versunken, bevor sie sich zu einer Antwort entschloss. Wieder war Christina überrascht von der Art, mit der die Nonne ihr Mienenspiel beherrschte.

»Aber was hat das eine mit dem anderen zu tun, Hochwürden? Der Nuntius hat schon genügend Verwirrung gestiftet, indem er in seinen Berichten an die Verwaltung in Rom die freie Handhabung unserer Klausur beanstandet hat. Den Grund dafür kennt Ihr genauso gut wie ich. Schwester Sophias dämonische Versuchungen im Kloster waren es, die letztendlich die Zweifel am heiligen Wunder aufwarfen.«

»Jetzt sprecht Ihr unrecht, Ehrwürdige Mutter. Mir scheint, als würden Hass und Missgunst Eure Zunge lenken«, widersprach der Generalvikar ungehalten. »Schließlich hat der Nuntius bei seinen umfassenden Untersuchungen herausgefunden, dass das Blut am Kruzifix menschlichen Ursprungs war. Nach dieser Feststellung musste er das angebliche Wunder entweder für eine Täuschung des Teufels oder für einen menschlichen Racheakt halten. Gleichwohl dürfte Euch bekannt sein, dass die Franziskanerorden dem neuen Katholizismus unseres überaus frommen und romgetreuen Erzbischofs Ferdinand und der Jesuiten skeptisch und indifferent gegenüberstehen. Besonders Euer Kloster befindet sich in einem Zustand, den wir als verwahrlost und orientierungslos bezeichnen würden. Mir scheint, unter Eurer Führung, Mutter Oberin, herrschen Unzucht und Skandale. Ihr müsst Euch also wieder an eine Beobachtung der Klausur gewöhnen.«

Die Äbtissin schluckte den Vorwurf, während der Generalvikar in ihrem Gesicht vergeblich nach Anzeichen von Reue oder Einsicht suchte. Ihre unbeweglichen Züge waren undurchschaubar.

»Wenn Ihr meine Meinung dazu hören wollt, Hochwürden«, hob sie schließlich die Stimme, »geht es dem Erzbischof bei seinen Machtstreitigkeiten mit dem Nuntius nur um die Oberaufsicht des

Franziskanerordens. Belanglose Vorkommnisse werden an den Haaren herbeigezogen, die einen willkommenen Anlass bieten, um die Ruhe hinter unseren Klostermauern zu stören.«

Ihre Zunge war scharf wie ein Schwert. Er befürchtete, dass er sich an ihr die Zähne ausbeißen würde. Selbst Christina spürte, dass er das Gespräch beenden wollte.

»Wo ist Euer Respekt geblieben, Ehrwürdige Mutter?«, tadelte er sie und fügte dann hinzu: »Bringt mich jetzt zu Sophia.«

Die Äbtissin Ursula ließ die Zurechtweisung wortlos über sich ergehen und beugte gehorsam das Haupt. Was hinter ihrer Stirn vorging, als sie mit gekreuzten Händen vor der Brust voranschritt und die kleine Gruppe zum Südflügel führte, wo sich die Kammer der besagten Nonne befand, wusste sie geschickt zu verbergen.

Schwester Sophias Privatbereich durfte nur im Ausnahmefall betreten werden. Bernard Fresenius orientierte sich zunächst mit einem Blick durch das kleine Sichtfenster, bevor er mit Christina an seiner Seite die Tür öffnete. Hätte sie gewusst, dass ein so hoher Geistlicher nie ohne offizielle Begleitung die Zelle einer Nonne betreten durfte, wäre ihr sein Verhalten seltsam vorgekommen. So aber folgte sie ihm in die Zelle, in der sich die Nonne bei ihrem Erscheinen aus ihrer knienden Stellung von ihrem Gebetsschemel erhob. Durch das kleine Fenster über dem Gebetspult drangen Strahlen der Nachmittagssonne und umhüllten die schlanke Frauengestalt, deren Gesicht im Schatten verblieb. Der Generalvikar verharrte einen Moment lang, bekreuzigte sich hastig und lief dann mit ausgebreiteten Armen auf die Nonne zu. Ein seltsames Verhalten, das sich so gar nicht mit seinem hohen Stand und dem Respekt vor der heiligen Sophia vereinbarte. Er hinderte die Nonne daran, vor ihm auf den Boden zu sinken, und zog sie sanft an seine Brust. Mit weicher, fast zärtlicher Stimme, in der eine seltsame Ungeduld mitschwang, sagte er zu ihr: »Nicht Ihr solltet vor mir knien, Sophia, ich bin es, der das Haupt vor Euch zu beugen hat. Sagt, geht es Euch gut? Fehlt es Euch auch an nichts? Oh, wenn Ihr wüsstet, wie untröstlich ich bin, dass ich Euch nicht unterstützen konnte. Erst nach meiner Rückkehr aus Rom habe ich vom Erzbischof erfahren, dass Schwester Ursula die geheime Wahl gewonnen hat.«

Die Nonne hielt sich steif in seinen Armen. Es schien, als verbarg sich hinter ihrem Lächeln ein sanfter Widerstand. »Danke, Hochwürden. Aber es geht mir gut. Gott ist bei mir und wacht über mein Wohlergehen.«

Bernard Fresenius musterte die Nonne mit seinen graugrünen Augen, als wollte er sich an ihren schönen Zügen für alle Zeit festsaugen. »Tatsächlich? Ich habe aus Sorge um Euch kaum Schlaf gefunden. Ihr habt nun Feinde, wie mir zu Ohren gekommen ist. Eure Aufzeichnungen dürfen unter diesen Umständen auf keinen Fall in die falschen Hände gelangen. Wollt Ihr sie mir nicht anvertrauen?«

»Ich habe sie bereits Pater Antonius gegeben. Er wollte noch Ergänzungen hinzufügen«, antwortete Sophia und löste sich endlich aus seinen Armen. Seine Ängste schienen sie unberührt zu lassen. Stattdessen betrachtete sie nun Christina.

»Ich habe Euch eine junge Frau mitgebracht«, sagte der Generalvikar, als er Sophias Interesse an Christina gewahrte. »Ich fand sie in einem erbarmungswürdigen Zustand. Um ein Haar hätte man sie getötet. Nun bitte ich Euch, Euch ihrer anzunehmen. Eure seherischen Qualitäten sowie Eure Erfahrungen in der Heilkunde werden sicher helfen, sie von ihrer Krankheit zu befreien. Sie leidet an Fallsucht.« Er zog Christina hinter seinem Rücken hervor, um sie Sophia vorzustellen, kam aber noch einmal auf sein vorheriges Anliegen zurück. »Bevor Ihr Euch bekannt macht, Sophia, gestattet mir, die Aufzeichnungen von Pater Antonius auszuleihen. Ich möchte sie für meine Studien benutzen.«

Doch Sophias Aufmerksamkeit konzentrierte sich ausschließlich auf Christina, während sie seine Bitte mit einer Handbewegung abwies. »Später, Bernard!«

Die Nonne lächelte huldvoll und streckte ihren Arm aus, als wollte sie Christinas Wange berühren, zog ihn aber im gleichen Augenblick wieder fort. Erschrocken von der Reaktion, wich Christina einen Schritt zurück und suchte im Gesicht des Generalvikars nach einer Erklärung. Sophia war leichenblass geworden. Die Falten in ihrem schönen Gesicht hatten sich vertieft, und in ihren Augen lag jetzt ebenso viel Furcht wie in Christinas.

»Schafft sie fort, Bernard!«, schrie sie schrill und stieß den Generalvikar von sich. Dabei gestikulierte sie mit von sich gestreckten Händen, als wollte sie den Teufel aus ihrer Zelle vertreiben. »Schnell, bringt sie aus diesen Mauern fort. Seht doch nur, sie hat mein Gesicht! Oh, Bernard, merkt Ihr denn nichts? Diese Ähnlichkeit ist Gottes Strafe!«

Der Generalvikar schaute von ihr zu Christina, nahm ihr ungebändigtes Haar zwischen seine Hände und formte es zu einem Knoten, sodass ihr Gesicht einen strengeren Ausdruck bekam. Sekundenlang verharrte er schweigend vor ihr und verglich ihre Züge kritisch mit denen der Nonne. Dann endlich ließ er Christina los, packte Sophia an den Schultern und schüttelte sie. »Kommt zu Euch! Es ist nur eine verblüffende Ähnlichkeit, und ja, sie ist mir schon auf dem Weg hierher aufgefallen. Was daran macht Euch nur solche Angst? Euch, die Ihr sonst so besonnen seid. Die Ihr dem Teufel seit Jahren mutig den Kampf ansagt?«

Aber die Nonne wollte sich nicht beruhigen lassen und begann erneut, wie von Sinnen zu schreien und ihn wegzustoßen. Die Geräuschkulisse lockte die Äbtissin herein, die das Gespräch heimlich hinter der Tür belauscht hatte. Ungeachtet der Anwesenheit des Generalvikars, stürzte sie in die Zelle, packte Christina am Arm und zog sie energisch in den Kreuzgang hinaus. Während der Generalvikar noch immer bemüht war, Sophia zu beruhigen, zog die Äbtissin die junge Frau hastig hinter sich her zum Westflügel und schubste sie in eine Kammer neben den Werkstätten und Vorratskammern.

»Vorerst wirst du dir hier bei den Laienschwestern eine Zelle mit Schwester Marie teilen«, ordnete sie an, schlug die Tür hinter sich zu und stürmte mit rauschendem Habit zurück, um für den Generalvikar und den Geistlichen Leonardo Gästezimmer im Außenflügel herrichten zu lassen.

Die Geschehnisse der letzten Stunden waren zu viel für eine so zarte junge Frau wie Christina. Noch einen Moment horchte sie verstört den sich entfernenden Schritten hinterher, dann, als sie sich in der Kammer umsehen wollte, ergriff die Krankheit erneut von ihrem Körper Besitz. Wie aus heiterem Himmel begann sich alles um sie herum zu drehen, immer schneller und schneller stürzten die Wände auf sie herein. Panisch warf sie sich gegen die Tür, doch noch bevor ihre Hand den rettenden Riegel finden konnte, schlug sie hart auf dem Boden auf und verlor das Bewusstsein.

Als sie erwachte, blickte sie in zwei große rehbraune Augen, die sie staunend und besorgt musterten. Es dauerte einen Moment, bis sie begriff, dass es Schwester Marie sein musste, in deren warmen Händen ihr Kopf ruhte.

»Was machst du hier auf dem Boden?«, fragte die Nonne verwundert. Sie schien ein paar Jahre älter als Christina selbst zu sein. Ihr blasses Gesicht mit den wohlgerundeten Zügen und lustigen Grübchen in den Wangen kam Christina nach der überstandenen Qual wie das Antlitz der heiligen Gottesmutter vor. Verhalten lächelte sie sie an.

»Du musst das neue Mündel des Generalvikars sein. Ich habe schon von dir gehört, denn hier im Kloster machen Neuigkeiten schnell die Runde«, plapperte Marie. »Bist du krank, oder hat dich der Hunger umgeworfen?«, wollte sie besorgt wissen, während sie Christina beim Aufstehen half. »Ach, ich weiß schon, sicher hast du dir im Kloster den Teufel eingefangen. Jede von uns wird irgendwann von ihm befallen«, scherzte sie, um ihre neue Zellengenossin aufzuheitern, als sie sah, dass diese wieder auf ihren Füßen stand und sich verunsichert im Raum umblickte.

»Keine Angst. Ich bin übrigens Marie, eine der fünf Laienschwestern im Kloster«, erklärte sie ihr. »In diesen heiligen Mauern stehst du unter Gottes Schutz. Er ist immer bei dir.« Zur Bestätigung ihrer Worte nahm sie Christina lächelnd an der Hand und führte sie zu einem kleinen Pult. Hier entzündete sie eine Kerze vor einem hölzernen Kruzifix und zog die Neue sanft neben sich auf die Knie.

»Du kannst nicht früh genug damit beginnen, Gott mit deiner ganzen Kraft, deinem ganzen Herzen und deiner ganzen Seele zu danken. Die Aufgabe einer Nonne ist es, Gott zu dienen, und dafür lieben wir unseren Herrn. Und vergiss nicht, ihm auch dafür zu danken, dass du eine Freundin wie mich gefunden hast.« In Maries Worten klang zu viel Sarkasmus mit, als dass sie sich mit ihrer fast demütigen Haltung hätten vereinbaren lassen. Dennoch imponierte Christina, wie sie die Hände faltete, das Kreuz küsste und sich zwischendurch anmutig bewegte, als wolle sie die langen Haare unter dem Schleier zurückstreichen, dabei aber gelangweilt seufzend aus ihren großen braunen Augen blickte, als wäre alles nur eine auferlegte Tortur.

Christina wollte es ihr gleichtun und faltete die Hände. Sie sah Marie zu, die ihre Lippen bewegte und schnell und leise einen Gebetstext sprach, schaffte es aber nicht, ihr zu folgen. Zu sehr belasteten sie die Eindrücke der letzten Stunden, als dass sie sich hätte konzentrieren können.

»Ich bin Christina«, erhob sie das erste Mal ihre Stimme. »Sag, wie soll ich zu Gott beten, wenn ich doch den Teufel im Leib habe?«, fragte sie die Nonne und schämte sich zugleich dafür. »Ich weiß nicht einmal, warum ich hier bin. Niemand, nicht einmal der Herrgott, kann mir sagen, warum ich so bin, wie ich bin. Der Pöbel wollte mich töten – ach, hätte er es nur getan«, seufzte sie und fügte rasch hinzu: »und Hochwürden, mein gütiger Retter, will mich nun sicher auch nicht mehr, nachdem die heilige Nonne bei meinem Anblick in Geschrei ausgebrochen ist. Gott hat sich von mir schon lange abgewandt.«

Marie bekreuzigte sich rasch und beendete ihr Gebet. Sie sah Christina einen Augenblick lang mit schief geneigtem Kopf an, rollte mit den Augen und lächelte dann verschwörerisch. »Mach dir keine Gedanken, Christina. Schwester Sophia, so munkelt man, ist seit ihrer Krankheit nicht mehr richtig im Kopf, und die Äbtissin schwärmt heimlich für den Generalvikar und versucht, es hinter einer undurchdringlichen Maske zu verbergen. Du siehst, hier bei uns im Kloster geht es genauso zu wie bei euch da draußen. Woher kommst du?«

»Mir hat der Teufel als Vater einen Gürtelmacherboten gesandt, der die Gürtel benutzte, um mich blau und grün zu schlagen. Es bereitete ihm übermäßige Freude, mich zu treten und an den Haaren zu reißen, um danach zu Gott zu beten, er möge ihn von mir befreien. Er hat mir auch eine Mutter gegeben, die ebenso Schläge bekam, wenn sie es wagte, mich vor seiner rohen Hand zu beschützen. Alles Geld, das wir mit dem Verkauf von unserem angebauten Gemüse verdienten, setzte er im Wirtshaus sofort in Branntwein um, und anschließend wurde alles nur noch schlimmer für mich.« Christina wunderte sich über sich selbst, dass sie sich dieser Fremden anvertraute.

Trotz ihres Temperaments hörte die Nonne Christina aufmerksam zu. Sie hoffte, dadurch ihr Vertrauen zu gewinnen. Längst schon hatte sie erkannt, was die Jungfer bedrückte. »Und seit wann plagt dich das teuflische Übel?«, fragte sie neugierig und auch ein wenig belustigt über Christinas Naivität.

»Die Anfälle kommen oft in kurzer Folge. Schon von Kindesbeinen an fuhr das Böse wie ein Blitz in meinen Leib. Wenn ich wieder zu mir kam, stand mein Vater oft mit dem Beil über mir, um mich für immer von Luzifer zu befreien, wie er sagte.«

»Wir Schwestern haben dem Dämon einen Namen gegeben: das Sankt-Johannes-Übel. Fast jede zweite Nonne leidet darunter«, stellte Marie nachdenklich fest, bevor sie nun Christina ihre temporeiche Geschichte erzählte. »Du musst wissen, dass auch mich manchmal Anfälle dieser Art plagen, meistens dann, wenn ich wütend werde und nach überstandenen Schlägen. Denn ich bin weder von hohem Adel wie Schwester Sophia, noch bin ich eine reiche Bürgerliche wie unsere ehrwürdige Frau Äbtissin. Mein Vater ist der Halfe vom Roisdorfer Hof, den er als Lehen für das Kloster bewirtschaftet. Jedes Jahr fordert die Äbtissin von ihm die Hälfte der Weinernte, neun Malter Roggen sowie zwei Wagenladungen Weinbergspfähle. Wenn ihm wie im vorigen Jahr Regen und Hagel die Ernte vernichten und er nicht liefern kann, wird er furchtbar wütend, und er drischt dann nicht nur auf Mägde, Knechte und seine Tochter ein. Alles, was ihm vor die Füße läuft, bekommt seinen Zorn zu spüren. Mich trieb er gern vor Tagesanbruch aus dem Bett auf die Koppel. Mit bloßen Füßen musste ich nach dem Pferd suchen, einem bösen Gaul, der um sich trat und biss, um später ohne Rast einen Wagen mit zwanzig Fudern Getreide zu beladen, schneller als der stärkste Knecht. Ich war damals erst elf Jahre alt. An den Fastnachtstagen hatte ich zusätzlich täglich für die Unschuld, die an diesen Tagen verführt wird, vier Vaterunser zu beten. Die Wahlsprüche meines Vaters lauteten stets: ›Herr, wie du willst, und nicht, wie ich will‹ und ›Herr, gib Geduld, und dann schlag tüchtig zu‹. Ich habe ihn dafür gehasst, bis ich den Zustand nicht länger ertragen konnte und in meiner Verzweiflung letztendlich Ruhe und Geborgenheit im Kloster gesucht habe. Das ist schon einige Jahre her. Da die Mitgift für meinen Eintritt sehr gering war und mein Vater nur den Zehnten für mich bezahlen kann, bin ich nur eine Laienschwester. Zusätzlich arbeite ich für die Chorschwestern und sorge dafür, dass es ihnen an nichts fehlt und sie den Konvent nicht verlassen müssen. Obwohl die ehrwürdigen Schwestern ganz und gar nicht immer gut zu mir sind, habe ich im vergangenen Jahr mein Gelübde abgelegt. Ich hoffe, dass dadurch wenigstens meine Zukunft gesichert ist.«

Christina fiel es schwer, dem raschen Geplapper der Nonne zu folgen, hatte es aber nicht gewagt, sie zu unterbrechen. Und je mehr sie über sie erfuhr, umso stärker wurde das Gefühl der Verbundenheit. Zum ersten Mal fühlte Christina sich in der Nähe eines Menschen wohl und dankte Gott insgeheim für dieses Geschenk.

»Du sprichst so offen und plauderst Dinge aus, die nicht für jedermanns Ohren bestimmt sind. Hast du keine Angst, dass der Herrgott dich dafür straft?«, fragte sie jetzt leise und schaute sich vorsichtig nach unliebsamen Lauschern um.

»Ich vertraue dir. Gott hat zu mir gesprochen. Zudem hast du ein ehrliches Gesicht und bist keine Nonne«, rechtfertigte Maria ihre Geschwätzigkeit. Als sie Christinas fortwährenden Blick zur Tür bemerkte, fügte sie etwas leiser hinzu: »Du musst wissen, dass nicht alle ehrwürdigen Schwestern aus freiem Willen im Konvent sind. Nicht alle leben die ungeteilte Liebe zu Gott und den Menschen wie unsere Begründerin. Die heilige Klara von Assisi hat einst dafür gekämpft, nach dem franziskanischen Armutsideal leben zu dürfen, aber heute ist es der Besitz einer jeden Nonne, der ihren Stand im Konvent bestimmt. Je größer er ist, umso mehr Ansehen wird sie unter den anderen Schwestern haben. So wie etwa Schwester Sophia. Du hattest das Vergnügen mit ihr ja schon?«

»Hochwürden sagte, die hohe Frau könne mich heilen. Aber ihre Reaktion war so ganz anders als erwartet. Zurückgeschreckt ist sie vor mir und geschrien hat sie, dass mir noch die Ohren klingen.« Christina schüttelte sich bei der Erinnerung an die Begegnung mit der Nonne.

Marie schien nicht sonderlich überrascht. »So eine Schlange. Möglich, dass sie sich ein Kind wünscht, das so aussieht wie du. Du bist ihr sehr ähnlich, fast wie aus dem Gesicht geschnitten. Im Kloster wird getratscht, dass unserer ehrwürdigen Schwester Sophia Jesus oft als ein kleines Kind erscheint, mit dem sie im Traum spielt und das sie versorgt«, bemerkte sie grinsend.

Marie ließ sich neben Christina auf der Matratze nieder, verschränkte die Beine unter dem Habit und rückte näher. Aus Vorsicht dämpfte sie ihre Stimme zu einem geheimnisvollen Flüstern. »Sophia von Langenberg ist die reichste Nonne im Konvent. Äußerlich lebt sie als Einzige streng nach der päpstlichen Klausur, wie es von ihr verlangt wird. Siebenmal in der Zeit von Laudes, Prim,

Terz, Sext, Non, Vesper und Komplet vereinigt sich ihre Stimme in der Kapelle mit der Stimme des Herrn in Dank, Lobpreis und Fürbitte. Dabei rezitiert und singt sie im Geiste das kirchliche Stundengebet mit allen Brüdern und Schwestern auf der ganzen Welt. Trotzdem geht das Gerücht um, sie sei nicht aus freien Stücken eine Klarissin geworden. Es soll enttäuschte Liebe gewesen sein, die sie zu diesem Schritt bewogen hat. Nach ihrem Eintritt in den Konvent vor ungefähr zwanzig Wintern hat der damals junge Beichtvater, Pater Antonius, sie betreut. Der Priester war stets in ihrer Nähe zu finden und hatte freien Zugang zu ihrer Zelle. Nach dem Tod der Schwester Benedikta wurde er nur noch selten gesehen. Ich vermute, dass alles mit dem Kruzifix zusammenhängt, das damals in ihrer Zelle zu bluten begann. Alle Schwestern, die auf Pater Antonius angesprochen werden, lächeln gütig und schweigen. Das verlangt ihr Gehorsam als Mägde und Teilnehmerinnen am Erlösungswerk von ihnen, aber insgeheim wissen alle, dass Pater Antonius nicht nur der Beichtvater der Äbtissin war. Immer wieder geschehen seltsame Ereignisse im Kloster. Sophias Tagebuch gilt seit dem Wunder als unauffindbar. Hochwürden Pater Antonius soll es für sie geführt und all ihre Visionen darin festgehalten haben. Irgendjemand muss sich wohl vor den Enthüllungen in diesem Buch fürchten. Seit einiger Zeit geht das Gerücht um, die verstorbene Mutter Benedikta habe etwas mit den Geschehnissen zu tun. Vielleicht wurde sie ja deshalb getötet? Nicht von einem Dämon, wie behauptet wird, sondern von Menschenhand? Weißt du, was ich denke?« Die Nonne brachte ihren Mund nah an Christinas Ohr, bis ihr Atem diese kitzelte. »Alles hat etwas mit der Schwester des Domherrn Jacob Voss und unserer Äbtissin zu tun. Elisabeth Voss ist eine reiche Bürgerliche, geht gar zu oft im Kloster ein und aus und ist fast jeden Tag bei ihrer Schwester. Einmal habe ich ein Gespräch zwischen den beiden Frauen belauscht, Gott möge mir die Sünde verzeihen, und dabei ganz nebenbei von Sophias Vater erfahren, Nikolaus von Langenberg. Er ist ein hochgestellter Advokat und Diplomat, und man munkelt, er stünde im Dienst des Königs von Frankreich. Um die Stellung seiner Tochter im Kloster zu sichern, soll er sie jahrelang mit Geldgeschenken unterstützt haben, von denen auch der Konvent profitierte. Seit den Vorkommnissen um das Mirakel hat er sich jedoch überraschend von seiner Tochter abgewandt und die großzügigen Schenkungen eingestellt. Wenn mich jemand fragt, würde ich sagen, Schwester Sophia hat in dem Generalvikar einen neuen Gönner gefunden. Keinem Weib in unserem Konvent, das Augen im Kopf hat, kann entgangen sein, dass er ihr in unkeuscher Liebe zugetan ist.«

Weiter kam die Nonne mit ihren Schilderungen nicht. Plötzlich öffnete sich knarrend die Zellentür, und die Äbtissin stand im Türrahmen. Die beiden Verschwörerinnen fuhren bei ihrem Anblick von der Schlafstatt hoch, und Marie schlug reuevoll die Augen zu Boden. Sie hatte gesündigt, über die Erzählung ihre Aufgaben vergessen und musste nun mit Recht eine Bestrafung erwarten. Demütig faltete sie die Hände vor der Brust, wobei sie es vermied, der Äbtissin in die Augen zu sehen, während Christina eine erwartungsvolle und trotzige Haltung annahm. Als Gast im Kloster war sie Äbtissin Ursula keinen Gehorsam schuldig, zudem trug sie sich mit dem Gedanken, die düsteren Mauern, die ihr mehr Furcht als Vertrauen einflößten, rasch wieder zu verlassen.

»Hier finde ich Euch also, Schwester Marie? Seit einer halben Stunde werdet Ihr im Speisesaal zur Vesper erwartet. Ihr wisst, dass Ungehorsam von Gott, unserem Herrn, bestraft wird. Eure Aufgabe war es, heute Abend die Schwestern beim Abendbrot zu bedienen«, sagte sie streng. Die an sich schon groß gewachsene Äbtissin wirkte im Fackellicht des Dormitoriums noch größer und gebieterischer.

»Ich bitte um Entschuldigung, Ehrwürdige Mutter«, hauchte Marie, »ich werde gern einen Psalm für Euch beten und Gott, unseren Herrn, in Reue um Vergebung meiner Sünden bitten.«

»Nichts da, Ihr werdet Euch augenblicklich in den Ostflügel begeben. Erwartet mich im Chor!«, entschied die Mutter Oberin. »Und du wirst zur Strafe, da du Schwester Marie aufgehalten hast, heute nichts zu essen bekommen«, wandte sie sich Christina zu. »Ansonsten wird im Kloster zur Terz, Sext und Vesper gespeist. Und wage ja nicht, außerhalb dieser Zeiten nach Essen zu verlangen, das kommt einer Sünde gleich. Für deinen Unterhalt im Kloster wirst du morgen in aller Frühe in der Kleidung der Ausgehschwestern in der Stadt mit einem Sack von Tür zu Tür gehen und um Lebensmittel für die Chorschwestern bitten.«

»Ich möchte aber nicht für den Konvent arbeiten, schließlich will ich überhaupt nicht hierbleiben. Wo ist der Generalvikar? Bringt mich zu ihm, Ehrwürdige Mutter!«, entrüstete sich Christina und wollte sich an der Nonne vorbeidrängen.

Doch diese hielt sie am Ärmel zurück. »Vergiss nicht, dass du den Teufel im Leib trägst, mein Kind. Das Leben außerhalb dieser Mauern würde für dich den Tod bedeuten. Der Pöbel würde sich auf dich stürzen und dir die Eingeweide aus dem Leib reißen«, versuchte die Äbtissin sie einzuschüchtern, und ihre Worte blieben nicht ohne Wirkung.

II.

Gehorsam kam Christina am nächsten Morgen ihrer Aufgabe nach und zog gemeinsam mit den Laienschwestern und einem Eselgespann, das sie zuvor mit leeren Säcken und Körben beladen hatten, durch die Stadt. Gegen Mittag kehrte sie, reichlich mit Gaben beschenkt, gehorsam und müde wieder ins Kloster zurück. Nachdem sie Eier, Speck und andere Lebensmittel in der Küche abgeliefert hatte, wartete bereits die nächste Arbeit auf sie. So sah man Christina alsbald im milden Licht der herbstlichen Nachmittagssonne neben Marie im Klostergarten mit gebücktem Rücken und einer Hacke in der Hand durch die Rabatten mit den Heilkräutern schreiten.

Eigentlich hätte Marie die Aufgabe in der Kühle des Morgens erledigen sollen, doch wie so oft hatte sie die Stunde des Morgengebetes dazu genutzt, heimlich Latein zu lernen, und darüber wieder einmal die Zeit vergessen. Gott hatte ihr unlängst, wenn auch auf zweifelhaftem Weg, zu einer Bibel aus der Bibliothek verholfen. Sie war ihr beim Abstauben der Bücher aus dem Regal in den Arm gefallen, und Marie hatte die Gelegenheit ergriffen und sie unter ihrem Habit in ihre Zelle geschmuggelt. Hier hielt sie das wertvolle Buch nun vor den strengen Augen der Äbtissin verborgen und nutzte fortan jede Minute, um mit dem ebenfalls entwendeten Federkiel die gelesenen Wörter abzuschreiben, zu konjugieren und deklinieren. Hörte sie Geräusche in den Gängen, so täuschte sie rasch ein Gebet vor, bevor sie sich Momente später wieder dem Text widmete.

Seit dem »Fund« der Bibel hatte Marie sich bereits viele andere Bücher auf die gleiche Weise ausgeliehen, diese aber immer wieder zurückgebracht. Das Lernen von Lesen und Schreiben war normalerweise nur den Chorschwestern vorbehalten, Laienschwestern war es bei höchster Strafe verboten, die Lateinschule im Kloster zu besuchen, geschweige denn die Bibliothek für eigene Zwecke zu betreten. Zu Maries Aufgaben gehörten nur die niederen Arbeiten wie Putzen, Kochen und die Gartenarbeit oder die Sorge um die Gäste und die Pflege der Kranken. In der Abgeschiedenheit des Klostergartens, zwischen Salbei, Thymian, Ringelblumen, Engelwurz, Malve und den bezaubernden Farbspielen von Duftveilchen, Lavendel und Akelei, fühlte sich die junge Nonne aber genauso wohl wie hinter ihren Büchern. Hier konnte sie die Ruhe genießen und hing ihren Träumen nach.

Im Gemüsebeet, vor der mit Efeu, dem Symbol des Todes und der Auferstehung, umrankten Mauer, erhob sich Marie aus ihrer gebückten Stellung und streckte sich. Einen Moment lang sah sie nachdenklich auf Christinas Rücken hinab und sagte dann: »Lass uns im Schatten der Obstbäume etwas ausruhen. Einen Buckel vom Arbeiten bekommen wir noch früh genug.«

Christina richtete sich ebenfalls auf und folgte leise stöhnend der Nonne, während sie sich die steifen Hüften rieb. »Es ist ziemlich anstrengend, in gebückter Haltung die Pflänzchen auszusortieren und die Erde zu lockern«, bemerkte sie. »Die Nonnen hätten sich lieber für Hochbeete ohne die vielen schmalen Wege und die Sträucher entscheiden sollen.«

»Die Nonnen?«, lachte Marie. »Ich selbst habe den Klostergarten angelegt und extra die Form des Kreuzes Christi gewählt, das Zeichen unseres Herrn.«

»Du? Aber was ist mit dem Kompost, dem vielen Abfall? Man könnte ihn aufschichten und später mit blühenden Gewächsen bepflanzen.« Christina dachte an die Gemüsebeete daheim, während Marie es sich zu ihren Füßen unter einem Apfelbaum bequem machte.

»Den Kompost verstreue ich zwischen den Reihen. Ich könnte daraus auch ein Hochbeet aufschichten, aber unsere Heilpflanzen sind nun mal überwiegend Sumpfpflanzen. Die Arten eignen sich nicht für Anpflanzungen dieser Art.«

»Du weißt viel über die Gartenarbeit«, staunte Christina, prüfte einen der Äpfel auf seinen Geschmack und versenkte dann ihre weißen Zähne in seinem saftigen Fleisch.

»Ich liebe Pflanzen, Blumen und den freien Himmel über mir«, lächelte Marie kurz, bevor sich ein Schatten auf ihr hübsches Gesicht legte. Nachdem sie sich davon überzeugt hatte, dass sie niemand beobachtete, zog sie Christina rasch am Ärmel zu sich herab. »Mir ist zu Ohren gekommen, dass unsere Äbtissin Ursula den Garten an die südliche Mauer verlegen will. Man spricht schon im ganzen Kloster davon. Vielleicht hat sie von meiner Vorliebe für Heilpflanzen erfahren und will mir damit das Herz aus der Brust reißen? Der Garten ist das Einzige, was mir an Erinnerung an meine Kindheit geblieben ist. In ihm gedeihen auch Heilkräuter, mit denen ich zum Beispiel der kranken Mhon Ursel Linderung ihrer Schmerzen verschaffe. Die alte Frau leidet an einer schweren Geisteskrankheit und wohnt in der Nähe der Klostermauer, im Gasthof ›Raben‹. Ohne meine Kräutlein würde sie bald sterben. Auch Mhon Biel, ihre Base, leidet daran. Manchmal hole ich ihre reine Wäsche von den Frauen aus der Klosterwäscherei und bringe sie zurück, so wie ich es auch mit der Wäsche der Postmeisterin mache. Dabei erfahre ich so einiges, das ich sonst nie erfahren würde. Über die Frauen um Mhon Ursel und Mhon Biel, zu denen auch die Margareth vom ›Goldenen Löwen‹ und die Magdalena, eine Laienschwester aus dem Kloster, gehören, spricht man nicht gut. Sie leben in einer selbstständigen christlichen Gemeinschaft. Allesamt sind sie Witwen, die zum Teil das Handwerk ihrer im Krieg verstorbenen Ehemänner ausüben und als exzentrisch gelten. Die Leute sagen, sie wären wirr im Kopf, denn die Kirche sieht solches Gebaren nicht gern. Wahrscheinlich will die Äbtissin den Garten verlegen, damit ich ihnen nicht mehr helfe.«

»Es sind Besessene?«, fragte Christina neugierig. »Aber sie sind doch sicher viel ärmer als die reichen Nonnen im Kloster und haben deine Hilfe nötig?«

Marie winkte ab. »Natürlich. Du hast noch immer nicht begriffen, dass Gott nur für die Reichen da ist, oder? Die Armen vergisst er gern mal, besonders die Frauen ohne männlichen Schutz und die, die sich über ihr Schicksal zu erheben suchen. Ihnen haftet schnell der Makel der Besessenheit an, ganz anders als unseren Chorschwestern. Zurzeit regiert hier im Kloster der Teufel mit Völlerei und Missachtung des Zölibats. Niemand hält sich mehr an die vom erzbischöflichen Kirchenrat geforderte Katechese.« Sie grinste zweideutig. »Wahrscheinlich ist der Generalvikar auch deshalb angereist, aus Sorge um das Seelenheil der Schwestern und um sie wieder zu einem christlich-katholischen Leben zurückzuführen.«

»Verabscheust du etwa dein Nonnendasein?«, fragte Christina und ließ sich auf die Knie neben Marie nieder.

»Ach, weißt du … Wenn ich nicht auf die Almosen der Chorschwestern angewiesen wäre, auf den Schlafplatz, das Essen und die spätere Versorgung im Alter, dann hätte ich mich ganz sicher nicht für den Schleier entschieden«, seufzte Marie. »Wenn der Herrgott sehen könnte, welche Sünden tagtäglich zwischen unseren Brüdern und Schwestern geschehen, dann würde er sie mindestens mit Aussatz bestrafen. Auch unsere Brüder widmeten sich einst dem Totengedenken und -geleit, der Armenfürsorge und der Unterstützung von Kranken. Ehrerbietig dienten sie ihrem heiligen Patron, Franziskus von Assisi. Doch seit ihrer geplatzten Prozession vor vier Jahren, an einem Freitag vor Palmsonntag, als sie Gott für das Wunder danken und loben wollten und anstelle der heiligen Prozession einen götzenverehrenden Triumphzug inszenierten, ist in unserem Orden nichts mehr, wie es nach außen hin scheint. Unsere Äbtissin strebt nach der Leitungsgewalt, weil die Jesuiten es ihr vormachen und sie dadurch ihrer Schwester Elisabeth imponieren kann. Weißt du, was ich vermute? Elisabeth Voss versucht hier im Kloster Chorschwestern für ihre Idee eines neuen christlichen Frauenordens zu gewinnen. Darüber geraten sie und ihre Schwester, die Äbtissin, manchmal heftig in Streit. Aber andererseits: Was soll mich das stören? Es geschehen gerade so viele Veränderungen. Ich habe meine eigenen Träume, Christina. Ich träume davon, viel zu lernen, und würde nur allzu gern arme Waisenkinder unterrichten. Von einer Mitschwester hörte ich von einer Namensvetterin, die in einer jesuitischen Gemeinschaft ohne Ordenskleid und strenge klösterliche Klausur lebt. Später erfuhr ich, dass dieser Frau vom Kardinal in einer großen Stadt, die sich München nennt, eine Mädchenschule genehmigt wurde. Eine solche Schule wünsche ich mir für Köln. Das ist mein Traum, der es wert ist, dieses unwürdige Leben im Kloster zu ertragen.«

Maries Wissen sowie ihr Redefluss, der kein Ende zu nehmen schien, beeindruckten und verunsicherten Christina gleichermaßen. Mit einem Räuspern versuchte sie, dem Gespräch eine andere Richtung zu geben. »Hast du denn keine Angst, dass deine Einstellung dein Leben gefährden könnte?«, fragte sie und wollte wieder zur Gartenarbeit zurückkehren.

Doch Marie redete in Gedanken versunken weiter und rührte sich nicht von der Stelle. »Ich kann verstehen, dass du das Kloster wieder verlassen möchtest, Christina. Bereits das Genießen eines

Apfels ohne Erlaubnis ist für eine Nonne eine Sünde. Hier ist es wie bei Adam und Eva im Paradies. Nur dass dich aus diesem Paradies hinter den Klostermauern niemand hinauswirft. Und wenn du eigenständig fliehst, kann es dir sogar passieren, dass man dich wieder einfängt, zurückholt oder auch tötet …«

Christina hörte nur noch mit halbem Ohr zu. Sie befürchtete ernsthaften Ärger, falls ihr schon viel zu lang währender Müßiggang entdeckt werden würde. »Lass uns zur Wäscherei gehen, Marie«, unternahm sie einen letzten Versuch, die Nonne an ihre Aufgaben zu erinnern, und diesmal hatte sie Erfolg.

»Wie konnte ich die Wäscherei nur vergessen?«, rief Marie und sprang rasch auf. »Ich muss dich schrecklich mit meinem Geschwätz gelangweilt haben. Vor dem Abendgebet wollte ich Mhon Ursel noch die Wäsche vorbeibringen.« Erschrocken warf sie einen Blick auf die Kirchenuhr. »Sie wartet sicher schon auf ihre Arznei.« Rasch schüttelte sie sich Erde und Staub vom Habit, griff nach dem kleinen Kräuterstrauß, der im Gras lag und den sie zuvor für die Kranke gepflückt hatte, und forderte Christina auf, ihr zu folgen.

Während Christina mit einem Korb Äpfel und Kräuter am Arm mit der nun voraneilenden Marie Schritt zu halten versuchte, brannte ihr eine letzte wichtige Frage unter den Nägeln. Obwohl sie ahnte, dass Marie wieder kein Ende der Antwort finden würde, stellte sie sie. »Wer ist der Generalvikar eigentlich? Kennst du ihn? Ist er ein guter Mensch?«

Marie hielt abrupt inne und drehte sich zu ihr um. »Ein Heiliger ist er jedenfalls nicht. Aber warum willst du das wissen?«

Christina zuckte mit den Schultern. »Er hat mich mit seinem eigenen Körper gegen den Pöbel verteidigt und mir das Leben gerettet.«

»Ich sagte dir doch schon, dass du unserer Chorschwester Sophia sehr ähnlich siehst. Vielleicht hat er es ja deshalb getan.«

Es entstand eine Pause. Christina schlussfolgerte, dass Marie der Gesprächsstoff ausgegangen war, doch weit gefehlt. Scherzhaft drohte ihr Marie mit dem Finger. »Hast du dich etwa in ihn verliebt? Jetzt gib es schon zu! Unter seiner Alba ist er immerhin ein schöner Mann.«

»Er ist vor allem ein frommer, vernünftiger und kluger Mann«, reagierte Christina rasch, wurde aber dennoch rot bis zu den Haarwurzeln, weil sie plötzlich an den Priester Leonardo denken musste.

»Ja, klug ist er tatsächlich. Und groß und stattlich. Er hat ein fröhliches Gemüt und ist ein glänzender Redner. Zudem genießt er den Ruf eines großen Theologen. Vor der Welt ist er ein wortgewandter Prediger, dazu ein blendender Unterhalter, wenn es um Frauen geht. Er ist äußerst gebildet und verfügt über Kenntnisse in Bereichen, die mit seinem Stand eigentlich nichts zu tun haben: Er singt ausgezeichnet, versteht viel von Musik und Geschichte und spricht, da er weit herumgekommen ist, mehrere fremde Sprachen. Und obgleich er noch verhältnismäßig jung ist, wurden ihm doch schon die höchsten Weihen seines Ordens verliehen. Seit vier Jahren gehört er als Priesterherr dem Domkapitel an, und nachdem er die Verwaltung unserer Stadt erfolgreich modernisiert hat, hat ihn der Erzbischof zum Generalvikar ernannt. Seitdem kümmert er sich um die kirchliche Erneuerung des Erzbistums. Ich persönlich halte ihn für einen Ehrgeizling und möchte nicht ausschließen, dass sich ein Intrigant hinter seiner Fassade verbirgt. Puh.« Marie hatte sich atemlos geredet und musste kurz Luft holen. »Möchtest du noch mehr über ihn wissen?«, fragte sie und zwinkerte Christina schelmisch zu.

Doch diese war nur verwirrt von Maries Antwort. »Hast du das alles aus deinen Büchern?«, wollte sie wissen.

»Ja, und ich habe gute Ohren«, lachte Marie und ergriff ihre Hand. »Aber genug geplaudert. Komm, die Wäsche wartet nicht, und Mhon Ursel braucht ihre Medizin.«

Wenige Minuten später belud Marie einen kleinen Leiterwagen mit frisch gestärkter Wäsche, während Christina den Esel anschirrte. Sie stand noch unter dem Eindruck der Klosterwäscherei mit ihren riesigen steinernen Spülbecken, die vom Brunnen her mit Frischwasser gespeist wurden. Im aufsteigenden Dampfnebel hatte ihr Marie erklärt, wie die hier arbeitenden Dienerinnen und Laienschwestern die feineren und empfindlicheren Wäschestücke mit Talk und Pflanzenasche behandelten, die gröbere Hauswäsche mit Lauge aus Buchenasche wuschen und anschließend mit Schlagkellen den Schmutz herausschlugen. Frauen mit hochgekrempelten Ärmeln wuschen und bläuten auf den Knien im Spülbecken Wäsche, sodass Christina Mitleid mit ihnen hatte. Doch kaum jemand beachtete sie, nur ein, zwei Frauen wandten ihr die müden und verschwitzten Gesichter zu. Ungehindert folgte Christina Marie zu der Trockenwäsche, wo sie von einer Nonne zwischen Mangelbrettern, Wäschepressen und kunstvoll verzierten Bolzeneisen die fertig aufgestapelte Wäsche in die Hand gedrückt bekamen.

Kurz darauf lenkte Marie das beladene Gefährt durch die Straßen und schimpfte dabei wie ein Rohrspatz über den störrischen Esel, der sie bei jeder Unebenheit zum Halten zwang, sodass sie, wollten sie noch vor der Dunkelheit im »Raben« ankommen, selbst Hand anlegen mussten. Eine von ihnen schob den Wagen, während die andere das störrische Tier am Halfter führte.

Der Hof innerhalb der Stadtmauer bestand aus einem Fachwerkhaus mit einem Speicher, einem Brauhaus und Pferdeställen und gehörte nach dem Erlass des Magistrats zur Brauereizunft. Das Gehöft lag günstig für Postreiter und Wandersleut, die von der Wirtin mit köstlichem Bier erfrischt wurden. Zugleich nahmen die Postreiter gegen entsprechende Gebühr von hier private Briefe mit.

Christina musste beim Eintritt durch den Rundbogen des Tores unmittelbar an das Kloster denken. Doch die Klosteranlage war um ein Vielfaches größer und strahlte im Gegensatz zu dem Brauereigehöft eine fast unheimliche Ruhe aus, während um sie herum das Leben hektisch und laut pulsierte. Pferdegespanne und Reitpferde wechselten im Minutentakt vor den Eingängen, während Männer durch die geräumige Diele polterten. Die schwüle Luft war mit dem Grölen vereinzelter Zecher und den verschiedensten Gerüchen angefüllt. Es roch nach Malz, Gerstensaft, Milch und Kuhdung.

Marie trat mit dem Wäschekorb auf dem Rücken durch die Tür. Rasch gingen die beiden Frauen an den besetzten Tischen vorbei, kämpften sich durch Rauchschwaden und Essensdüfte und verschwanden dann hinter einem Vorhang im angrenzenden Kuhstall, wo sich Christina etwas ängstlich an den neugierig glotzenden und muhenden Rindviechern vorbeidrückte, bis unter der letzten Kuh eine kleine Frau mit rundlichen Hüften hervortrat und mit einem Eimer voller Milch in der Hand auf sie zukam.

Das Weib hatte die Röcke hochgeschürzt und am Gürtel festgebunden. Füße und Beine waren schmutzig und steckten in klobigen Holzpantinen, doch das Gesicht unter dem Turban aus grauem Stoff lachte ihnen herzlich entgegen. »Schwester Marie, welch Ehre für unser Haus!«, rief die Frau und streckte ihr die kräftigen Hände entgegen. Sie wirkte auf Christina auf Anhieb sympathisch, als sie deren warme Finger wie die einer Vertrauten drückte. »Ich bin Gertraud von Neuss. Wie ist dein Name, schönes Kind?«

»Christina«, lächelte sie zurück, und als die grünen Augen sie nicht wieder losließen, überkam sie das seltsame Empfinden, als stünde sie einem Mann gegenüber, der sie mit aufdringlichen und verliebten Blicken musterte.

Marie war ihre Unsicherheit nicht entgangen, und so sprang sie ihr helfend bei. »Sie ist nichts für dich, Gertraud«, scherzte sie. »Sie ist noch Jungfrau und Gott versprochen.«

»Also auch eine Schwester vom Kloster?«, stellte die Bäuerin enttäuscht fest, zwinkerte Christina aber gleich darauf aufmunternd zu. »Na, wir werden uns schon verstehen. Kommt, ich führe euch zu Mhon Ursel. Sie kann es kaum erwarten, ihre Kräuter zu bekommen.« Ihre runden Wangen zeigten beim Lächeln kleine Grübchen, und um ihre Augenwinkel hüpften unzählige Fältchen.

Als Gertraud mit den beiden in die Wohnstube trat, rollte Christina eine Welle von Wärme und Geborgenheit entgegen. Sie hatte den Fuß noch nicht ganz über die Schwelle gesetzt, da wusste sie bereits, dass sie sich unter den Frauen wohlfühlen würde.

Als Erste fiel ihr die junge Nonne am Fenster ins Auge. Sie hatte ihren Schleier abgelegt und beugte sich vor einem Spinnrad über einen Berg gelber fettiger Schafwolle. Sie war Christina schon im Kloster begegnet. Ihr Name war Magdalena, und sie gehörte zu den Laienschwestern, die die Klostermauern für Besorgungen verlassen durften. Zaghaft lächelte sie der Nonne zu, die sich bei ihrem Eintritt erhoben hatte und ihr mit ausgestreckten Armen entgegenkam. »Was für einen lieben Gast bringst du uns denn heute mit, Marie?«, rief sie und küsste Christina auf die Stirn. Dann nahm sie sie zur Seite und begann mit ihr eine angeregte Plauderei. Sie redete von einer neuen geistlichen Orientierung, Volksmission und der Stellung der Frau im christlichen Leben. Es waren Worte, von denen Christina nichts verstand.

Marie hatte sich derweil über ein altersmäßig schwer einzuschätzendes Weib auf der Ofenbank gebeugt, das eine Gans zwischen seinen Knien hielt, die es mit geschickten Fingern von ihren Daunen befreite. Das Tier wand sich zwischen den knochigen Händen der

Frau und empörte sich laut schreiend über die Behandlung, die ihm widerfuhr. Marie wechselte ein paar Worte mit der Frau, bis sie ziemlich laut und für alle hörbar fragte: »Wo ist Mhon Ursel, Mhon Biel?« Als diese mit dem Kopf in Richtung des Alkovens im hinteren Teil der Stube wies, klopfte Marie ihr dankend auf die Schulter.

Als Christina sich aus ihrem Gespräch gelöst hatte und an der Frau vorbeiwollte, hob diese den Kopf und grinste Christina mit ihrem zahnlosen Mund an. »Die Schwester glaubt, ich sei schwerhörig«, meckerte sie. »Dabei bin ich die Einzige hier, die noch Flöhe husten hört.«

Die Worte dämpften Christinas Eindruck von Geborgenheit, und als Marie den Vorhang am Alkoven zurückzog und Christina in ein von unzähligen Falten entstelltes Gesicht sah, das von einem Kranz schlohweißer Haare eingerahmt wurde, erschrak sie aufs Äußerste.

Das alte Weib beantwortete Maries liebevolle Begrüßung mit einem bösen Blick aus ihren rotgeäderten Augen. »Schick sie weg!«, schnarrte sie, als sie ihr ausgemergeltes Gesicht Christina zuwandte. »Schick Sophia weg, sie gehört nicht hierher.«

»Aber Mhon Ursel, das ist nicht Sophia. Eine liebe Maid ist sie, die mir sehr ans Herz gewachsen ist und die du sicher ebenso lieben wirst.«

Die Frauen im Raum, selbst die, welche am Tisch bisher schweigend ihre Suppe gelöffelt hatten, erhoben sich und traten neugierig näher. Offenbar schien Mhon Ursel so etwas wie die Hauptperson unter ihnen zu sein.

»Schick sie weg, sie bringt nur Unglück ins Haus«, beharrte sie.

»Aber Mhon Ursel«, lenkte Marie ein, »bei Gott, unserem Herrn und Erlöser, ich würde doch nie die heilige Sophia in dieses Haus bringen. Außerdem verlässt sie den Konvent sowieso nie, das weißt du doch.«

»Stell dich nicht so an, Mhon Ursel«, kam Gertraud Marie zu Hilfe. »Und selbst wenn Sophia hier wäre, so schlimm ist sie doch gar nicht. Ihre Gaben nimmst du doch auch an. Sie lebt eben nach ihrem Glauben und betet rund um die Uhr für unser aller Seelenheil.«

»Mit Beten allein kannst du Elend und Armut nicht besiegen. Außerdem wissen wir doch alle, warum sie so eifrig betet«, schnarrte die Alte zurück und stützte sich auf ihre spitzen, ausgemergelten Ellenbogen. Ihre leeren, unergründlichen Augen, die auf Christina wie ein schwarzer tiefer Brunnen ohne Boden wirkten, bohrten sich in ihr Gesicht und erforschten misstrauisch jeden ihrer Züge, bis es Christina zu viel wurde und sie das Gesicht abwandte. Mhon Ursel war so alt, dass Christina ihre Jahre kaum zu schätzen wagte, ihr Körper so klapprig, ihre Haut so durchscheinend und ihre Haare so lang, dass sie ihr wie ein lebendes Mirakel vorkam.

»Wer bist du also, und wieso wohnst du in ihrem Körper?«, fragte die Alte und richtete einen knochigen Finger auf sie. »Ich kann das Unglück förmlich riechen, das du ausströmst. Du bist in diesem Hause nicht willkommen.«

Plötzlich begann die ausgestreckte Hand zu zittern, dann wurde der ausgemergelte Körper von einem Krampf gebeutelt. Er bäumte sich auf und verbog sich rücklings wie eine Feder, sodass es aussah, als schwebe er über dem Strohsack. Schaum trat aus dem zahnlosen Mund, und das Kruzifix an der Wand über Mhon Ursel fiel auf ihre Brust. Den Frauen schienen solche Anfälle nicht unbekannt zu sein, denn sie gingen bereits wieder ihrer Arbeit nach, während Marie und Gertraud noch ihre Körper über Mhon Ursel warfen, um sie zu bändigen.

Christina sah dem Geschehen zu. Sie war bleich geworden, gab sich die Schuld an dem Anfall und wollte nach der anfänglichen herzlichen Aufnahme diesen Ort schnellstmöglich verlassen. Der niedrige Raum kam ihr plötzlich düster vor, die Balken über ihr schienen zu ächzen: »Verlasse dieses Haus, du gehörst nicht hierher!« Die Gerüche und der Qualm begannen ihre Schleimhäute derart zu reizen, dass ihr die Phantasie lodernde Flammen vorgaukelte, die gierig nach ihr lechzten. Panisch rannte sie zur Tür hinaus, hielt auf der Treppe suchend nach dem Eselgespann Ausschau und dachte nur noch an eines – sie wollte nach Hause. Doch als sie den Esel losgebunden hatte, auf den Wagen sprang und die Zügel an sich riss, spürte sie eine Hand an ihrem Fuß.

»Willst du wirklich ohne mich fahren?«, hörte sie Marie fragen und sah in ihr enttäuschtes Gesicht. »Was hat dich nur so erschreckt? Sie ist doch nur eine alte kranke Frau und wird dir schon nichts anhexen.«

»Aber sie ist nicht so krank, um nicht zu erkennen, dass mit mir etwas nicht stimmt. In ihren Augen habe ich den Teufel und das Höllenfeuer gesehen. Ich weiß wirklich nicht mehr, was ich noch glauben soll. Was haben nur alle gegen mich? Ich will zu meiner Mutter zurück, in mein Zuhause und mein altes Leben. Es ist einfacher, Schläge zu ertragen als Kälte und Zurückweisung.« Ihr fielen die Zügel aus den Händen, und sie begann hilflos zu weinen.

»Oh, mein Gott«, murmelte Marie und ärgerte sich über ihre eigene Unvorsichtigkeit. »Ich hätte wissen müssen, wie Mhon Ursel auf dich reagiert. Ich bin an allem schuld«, gab sie reumütig zu und wollte ihren Fehler wiedergutmachen. Rasch kletterte sie zu Christina auf den Wagen. »Wir fahren zum Kloster zurück«, entschied sie. »Dort ist immer noch der beste Ort für deine Seele. Sie muss heilen, und das kann sie nur an einem Ort der Besinnung und der Ruhe. Gebet und Beichte werden dir sicher guttun.«

III.

In dieser Nacht sowie der folgenden wollte Christina nicht in den Schlaf finden. Sie hielt noch immer an ihrem Vorsatz fest, das Kloster zu verlassen, wusste aber nicht, wie sie es anstellen sollte, ohne Marie zu verletzen. Nachdem sie sich schweißgebadet hin und her geworfen hatte, beschloss sie, sich die Füße im Kreuzgang zu vertreten. Sie hoffte, die frische Nachtluft würde ihre Gedanken ordnen. Eine Weile lief sie planlos durch die Gänge, bis sie plötzlich auf eine kleine Gruppe barfüßiger Nonnen traf, die gemeinsam ihrem Nachtgebet nachging.

Erschrocken drückte Christina sich in eine Mauernische, um sie vorbeizulassen und dann wieder zu Maries Zelle zurückzukehren. Unbewusst änderte sie dabei die Richtung und lief vor der Gruppe bis in den östlichen Teil der Gänge, wo eine seitlich ins Mauerwerk eingelassene Treppe ihre Aufmerksamkeit erregte. Neugierig und lautlos stieg sie die Stufen hinauf, an deren Ende ein Gang mit vergitterten Fenstern begann. In dem Glauben, alle Wege würden zum Dormitorium führen, tastete sich Christina am kalten Mauerwerk entlang, bis sie sich in der von Kerzen hell erleuchteten Klosterkirche wiederfand. Sie erschrak. Also war das der falsche Weg gewesen. Sie wollte die Treppe schon zurückgehen, als sie im hinteren Kirchenschiff einen riesigen Altar entdeckte. Noch nie hatte sie einen so großen Schreinkasten aus purem Gold gesehen. Im Schein der Kerzen funkelte er in einem Glanz, von dem ihr ganz schwindlig wurde. Sie konnte nicht anders, als von seiner Schönheit wie magisch angezogen durch die Chorreihen bis zu den Altarstufen zu laufen. Verzückt blieb sie auf der untersten stehen und bestaunte selbstvergessen den hervorstehenden Mittelschrein, dessen farbige Fresken auf den beiden Flügeltüren es ihr angetan hatten.

Ungeachtet aller Gefahren und beeindruckt von der seltsamen Macht, die der Altar auf sie ausübte, machte sie ein paar Schritte nach vorn, um das prachtvolle Werk genauer zu betrachten. Ihr Blick wurde von drei Franziskanermönchen gefangen genommen, von denen der dritte, der gekreuzigte Franziskus von Assisi, huldvoll auf sie hinabzulächeln schien.

Je länger sie ihn betrachtete, desto mehr gaukelte ihre Phantasie ihr vor, sein Blick weise ihr eine bestimmte Richtung. Doch tatsächlich entdeckte Christina unmittelbar neben dem Schrein, wohin der Blick fiel, eine Wendelstiege, die offenbar zum nördlichen Turmaufgang führte und hinter der sich eine in den Boden eingelassene Klappe befand. Christina bückte sich und begann den viereckigen Stein nach einer Öffnung abzusuchen. Dabei musste sie aus Versehen einen Hebel zwischen den Ornamenten berührt haben, denn plötzlich schob sich der Stein unter Quietschen und Knarren wie von selbst zur Seite und gab den Blick auf eine Treppe frei, die ins Kellergewölbe führte.

Ihr erster Impuls war es, zur Pforte zurückzulaufen, doch dann siegte ihre jugendliche Neugier. Auf den Knien über die Öffnung gebeugt, lauschte sie in die Tiefe hinein und suchte mit Blicken die Stufen ab. Als Christina davon überzeugt war, dass von der Treppe keine Gefahr ausging, beschloss sie hinabzusteigen.

Kurz darauf gelangte sie in ein beleuchtetes Gewölbe mit schweren Kellertüren, die links und rechts in die dicken Wände eingelassen waren. Christina stellte sich auf die Zehenspitzen und riskierte einen beherzten Blick durch das vergitterte Sichtfensterchen in der ersten Tür.

Die Strafe für ihre Neugierde folgte prompt, als sie erschrocken zurückprallte und sich dabei den Kopf stieß. Während sie sich die schmerzende Stelle rieb, bereute sie es, Marie nichts von ihrem Spaziergang gesagt zu haben. Jetzt fielen ihr die versteckten Hinweise in den Geschichten ihrer Zellengenossin wieder ein, die Vorgänge im Kloster vermuten ließen, die nicht für jedermanns Ohren und Augen bestimmt waren.

Doch Christina fühlte sich wie von unsichtbarer Hand festgehalten, unfähig, auch nur einen einzigen Schritt in Richtung Treppe zu machen. Ausgestattet mit den Vorteilen ihrer Jugend, großem Wissensdurst und gesundem Menschenverstand, murmelte sie ein leises Gebet, so wie sie es in Kindertagen immer getan hatte, gab ihre kauernde Stellung auf und wagte mutig einen weiteren Blick durch das Fensterchen. Sie wollte sich vergewissern, dass sie nicht Opfer einer Vision geworden war.

Zunächst nahm sie nur das große Kruzifix aus Rosenholz im Hintergrund und den Tisch mit den verschiedenen Instrumenten,

Peitschen und der Bibel wahr, bevor sie die von Fackeln beleuchteten farbigen Bilder an den Steinwänden erblickte.

Mystisch und abschreckend präsentierte sich ihr der heilige Franziskus bei einem Exorzismus, während Satan mit grässlich verzerrten Zügen auf ihn hinabgrinste. An der gegenüberliegenden Wand trug eine Hexe Manuels Schädel durch die Lüfte, während sich ringsum alte und junge Hexen und sogar ein ganzer Hexenkonvent mit Satan in den verführerischsten Posen räkelten.

Am meisten erschreckte Christina allerdings das Holzkreuz in der Raummitte, auf das eine Nonne gebunden war. Sie war nackt, wie Gott sie geschaffen hatte, nur ein Tuch bedeckte ihren Kopf, unter dem sich die langen blonden Haare wie ein Teppich ausbreiteten.

Die größte Überraschung stellte hingegen der Mann neben der Nonne dar. In ihm hatte Christina den Generalvikar wiedererkannt. Barhäuptig, vom Nabel bis zu den Knöcheln in ein armseliges Tuch gehüllt, mit verdeckter Scham, aber nacktem Oberkörper blickte er auf die Nonne hinab. In seinen Händen hielt er einen Stab mit mehreren Schnüren, die in Knoten und Widerhaken endeten. Regungslos stand er da, als sei er im Gebet versunken, bevor er zum Schlag ausholte.

Ein zischendes und dann klatschendes Geräusch war zu hören und Christina sah, wie die Nonne sich aufbäumte und ihre weiße Haut unter jedem der nun folgenden Schläge aufriss und zu bluten begann. Ihr Körper, besonders ihre Schultern und ihr Becken, wiesen schon nach kurzer Zeit so viele blutige Verletzungen auf, dass Christina stumm Gott anflehte, er möge der Tortur ein schnelles Ende bereiten. Sie ahnte längst, welche Nonne ihr Gesicht unter dem sackähnlichen Tuch verbarg.

Aber der Generalvikar schlug weiter zu, während er ihren Körper gleichermaßen kasteite und küsste und sein Mund immer lautere beschwörende Gebetsformeln murmelte. Als die Sünderin sich besonders unter einem Schlag aufbäumte, hatte Christina genug gesehen. Entsetzt floh sie zurück in die Kirche und warf sich, am ganzen Körper bebend, auf die Stufen vor dem Altar.

Nach einer kurzen Verschnaufpause begann sie wie von Sinnen mit den Fäusten auf die Stufen zu trommeln. »Heiliger Franziskus, ich bitte dich, sag mir: Ist der Generalvikar verrückt oder gar irr?

Weshalb tut ein hoher Herr so etwas? Welche Sünde kann so groß sein, dass er die Nonne so hart bestrafen muss? Oder ist mein Retter gar der Teufel in Menschengestalt?«

Das Erlebte und der Umstand, keine Antwort auf ihre Fragen zu erhalten, ließen einen Weinkrampf folgen. Der Vater hatte ihr von Geißelungen unter Priestern erzählt, die ihre Hiebe zählten und gegen ihre Sünden aufrechneten, und von Völkern anderer Kulturen, wo sich Männer und Frauen gegenseitig auspeitschten. Schwach konnte sie sich entsinnen, dass der Pastor ihr einmal erklärt hatte, bei der Geißelung würde durch den Schmerz das Selbst ganz aufgehoben werden, um in der Vorwegnahme einer endzeitlichen Befreiung gemeinsam mit Christi in den Himmel aufzufahren.

Obwohl sie den Sinn seiner Worte nie verstanden hatte, hatte sie ihm doch geglaubt, es aber niemals für möglich gehalten, dass Menschen sich freiwillig solche Schmerzen zufügen. Die Ruhe und der harmonische Frieden in der Kirche wirkten auf sie wie ein Witz. Warum ließ sich die Nonne von dem Mann schlagen, der sie so offensichtlich liebte? Christina dachte an die Mutter, die ebenfalls vom Vater geschlagen worden war, aber sofort wanderten ihre Gedanken wieder zu dem Generalvikar: ein kräftiger Mann in der Blüte seiner Jahre, mit nacktem und verschwitztem muskulösem Oberkörper.

Doch anstelle der Verachtung, die sie für ihn empfinden sollte, rief der Gedanke an das Bild, das er abgegeben hatte, eine nie gekannte Erregung in ihr wach. Leise schimpfte sie vor sich hin, den Blick auf den heiligen Franziskus gerichtet, der unverändert auf sie hinablächelte und dessen Lächeln ihr nun wie die Fratze der Scheinheiligkeit erschien. »Warum hat Hochwürden mich überhaupt hierhergebracht? Warum hat er mich nicht dem Pöbel überlassen? War es Barmherzigkeit, oder steckte vielleicht doch ein ganz anderer Grund dahinter?«

Inzwischen verkündete der dumpfe Klang der Glocke, dass es gefährlich werden könnte, würde sie noch länger im Kirchengebäude verweilen. Rasch sprang sie auf und rannte an den Chorstühlen vorbei durch die Pforte den Gang zurück, den sie gekommen war.

Im Kreuzgang kam ihr Marie entgegen. Die Nonne war voller Sorge, hatte sie bereits vermisst und nach ihr gesucht. Als sich Christina aus der Freude heraus, sie wiederzusehen, ihr in die Arme warf, gebot sie ihr mit dem Finger an den Lippen zu schweigen und zog sie hinter sich her in ihre gemeinsame Zelle.

»Wo bist du gewesen?«, flüsterte Marie atemlos, als sich die Tür hinter ihnen schloss. »Die Äbtissin hat nach dir verlangt.«

»Ich habe die Latrine gesucht und mich dabei im Kreuzgang verlaufen«, log Christina und vermied es dabei, Marie in die Augen zu sehen.

»Seltsam, der Latrinenschacht befindet sich an der Nordmauer im Klarenturm, ich aber bin dir im östlichen Kreuzgang begegnet«, stellte Marie fest. Sie glaubte Christina kein Wort. »Du hast nicht etwa nach etwas anderem gesucht? Oder wolltest du wieder fliehen und mich hier allein zurücklassen?«

»Wer ist diese Sophia?«, wechselte Christina schnell das Thema. »Warum wird sie von den Frauen gehasst, obwohl sie doch eine Heilige ist? Und was hat das alles mit mir zu tun? Das hat es doch, oder?«

»Darum geht es also?«, erwiderte Marie nur wenig überrascht. »Die Alte hat dich also doch erschreckt. Ich kann dir ihre Reaktion auch nicht erklären. Früher pilgerten Hunderte von gläubigen Christen zu unserem Kloster, nur um von der heiligen Sophia den Segen zu empfangen oder von ihr von ihren Leiden geheilt zu werden. Sophia war eine Berühmtheit bis zu dem Tag, an dem das Kruzifix blutige Tränen zu weinen begann. Du musst wissen, dass die Chorschwestern untereinander wie Krähen sind. Neid und Missgunst bestimmen ihr Dasein. Jeder Fehler wird zum Anlass genommen, um der anderen die Augen auszuhacken. Vielleicht existiert ja tatsächlich ein Geheimnis, das dich mit Sophia verbindet? Ich werde meine Augen und Ohren jedenfalls von nun an offen halten. Und vielleicht erfahre ich etwas und kann dir deine Frage bald beantworten«, lächelte sie und hoffte, Christina damit aufzumuntern.

Doch die zog es nach den letzten Worten vor zu schweigen, und Marie drang nicht weiter in sie. »Komm, wir wollen einen Psalm beten«, sagte sie, um Christina abzulenken.

Gleich darauf kniete sie nieder und begann mit so viel Inbrunst und Erhabenheit »Der Herr ist mein Hirte« zu beten, dass Christina ihr zunächst ergriffen lauschte und sich dann, von dem Gebet in den Bann gezogen, neben sie niederließ. Immer stärker wurde das Verlangen danach, getröstet zu werden und ihren Tränen freien Lauf zu lassen, sodass Christina neben Marie so vehement wie noch nie zuvor zu ihrem Schöpfer betete.

Gegen Morgen versuchte sie noch ein paar Stunden des verlorenen Schlafes nachzuholen, aber das Erlebte wollte nicht weichen. Es bescherte ihr Alpträume, aus denen sie immer wieder erschrocken hochfuhr. Als sie plötzlich neben ihrem Bett eine dunkle Erscheinung bemerkte, die sie lange stumm zu betrachten schien, war sie sich unsicher, ob diese ihrem unruhigen Traum entstammte oder real war. Christina bewegte sich keinen Zentimeter und hielt selbst, als die Gestalt sich zu ihr hinabbeugte und ihr mit dem Handrücken über die Wange strich, den Atem an, bis die Erscheinung wieder lautlos durch die Tür entschwunden war. Dann endlich zog sie sich die Decke bis zum Kinn und lauschte starr vor Angst schlaflos in die Dunkelheit.

Am nächsten Tag nach der Heiligen Messe schien die Äbtissin im Refektorium, wo die Nonnen ihr Mittagessen einnahmen, wie verwandelt. Zwei Dinge hatten diesen Sinneswandel herbeigeführt. Es war Mittwoch, der Tag, an dem regelmäßig einflussreiche Franziskanermönche und hohe geistliche Würdenträger dem Kloster ihren Besuch abstatteten. Zudem hatte sie vor dem Mittagessen eine wichtige Unterredung mit dem Generalvikar gehabt, in der sie zu einem Ergebnis gekommen waren, das sie heiter stimmte. Es wurde in Erwägung gezogen, dass Christina den Schleier nehmen sollte. Da die junge Frau aber über keinerlei Mitgift verfügte, musste ein reicher Gönner gefunden werden. Die Äbtissin erhoffte, diesen unter den reichen Würdenträgern zu finden, deren Sinn an diesem Tag stets nach Abwechslung und schönen Mädchen stand.

»Wahrhaftig«, lobte sie Christina vor den anderen Nonnen, nachdem sie sie eine Weile gemustert hatte, »die Tracht unserer Ausgehschwestern steht dir vortrefflich, mein Kind. Du siehst darin richtiggehend entzückend aus. Du würdest eine wunderschöne Nonne abgeben, die man nur gernhaben könnte. Lass dich noch einmal ansehen, geh ein paar Schritte auf und ab und halt dich gerade. Nun, Schwestern, ist sie nicht zauberhaft? Sie müsste sich nur noch den schrecklich naiven Ausdruck abgewöhnen«, sagte sie, während sie Christina zeigte, wie sie Kopf, Hände und Arme zu halten und die Füße zu setzen hätte, wollte sie den Nonnen von Adel ähneln. Dann ließ sich die Äbtissin auf einen Stuhl nieder und wies auf den Platz neben sich. »Komm, mein Kind, ich beiße dich nicht«, sagte sie und schob den Teller mit Brot zu ihr. »Stärke dich nur ordentlich, mein Kind. Heute hast du die Ehre, unsere Beichtväter, die Franziskanerpater und einige unserer hohen geistlichen und weltlichen Würdenträger kennenzulernen.«

Mit keinem Wort erwähnte die Äbtissin die Arbeit, die sie ihr aufgetragen hatte, und hörte auch beim Essen nicht auf, ihr zu schmeicheln, wie sehr die Kutte ihren Teint betone und wie gut sie ihre Figur zur Geltung brächte. Sie vergaß auch nicht, Christina das Leben im Kloster in den allerschönsten Farben auszumalen, und fragte sie, ob sie sich nicht vorstellen könne, nach dem Postulat den Schleier zu nehmen. Doch Christina witterte hinter der übertriebenen Aufmerksamkeit der Äbtissin nichts Gutes und blieb misstrauisch.

Während die Chorschwestern in die Schmeicheleien der Äbtissin einfielen, Christina Avancen machten, an ihren Kleidern und Haaren zupften und ihr den Ausblick auf das Klosterleben mit vielen kleinen Anekdoten versüßten, bemerkte Christina, dass ausgerechnet Schwester Sophia beim Mittagessen fehlte. Mehr als einmal versuchte sie, Marie darauf anzusprechen, die gemeinsam mit den anderen Laienschwestern die Nonnen bediente, für die selbst aber kein Gedeck auf dem Tisch zu finden war. Doch Marie verrichtete ihre Aufgaben stumm und ergeben. Nur selten kreuzten sich die Blicke der Zellengenossinnen, und es war stets die junge Nonne, die zuerst wegsah, so als hätte sie ein schlechtes Gewissen.

Am Nachmittag traf im Speisesaal hoher Besuch ein. Eine angesehene Bürgerliche erschien, die vom städtischen Syndikus und mehreren in graue Kutten gehüllten männlichen Gästen begleitet wurde.

Christina vermutete, dass es sich um die von der Äbtissin erwähnten Franziskanerpater und Würdenträger handelte. Im Gegensatz zu den Patern trugen die hohen Herren sogar Schuhe! Unter ihnen waren seine Hochwürden, der Weihbischof, und Monsignore, der Domherr Jacob Voss, Ursulas Bruder, der trotz seines Alters von Angesicht ein so schöner Mann war, dass die Nonnen verzückt vor ihm zu Boden sanken. Er war von hoher Gestalt, einem Kriegsmann ähnlich, von gleichmäßigem Wuchs und augenscheinlich von solcher Weisheit und Beredsamkeit, sodass er sehr bald einen interessierten Kreis weiblicher Zuhörer um sich versammelt hatte.

Nachdem die Äbtissin die Gäste zur nachmittäglichen Stunde in dem großen Saal empfangen hatte, ließ sie ihnen zu Ehren erlesene Speisen auftischen. Obwohl den Nonnen der Genuss von fettem Fleisch verboten war, füllten bald gebratene Schweinskeulen, Geflügel und Fisch sowie Eierspeisen, frisches Obst, Gemüse und ausgesuchte Kräuter die üppige Tafel. Die Nonnen bedienten eigenhändig und eifrig die Herrschaften und sparten dabei nicht an lüsternen Blicken. Dazu wurde reichlich Klosterwein aus kleinen Holzfässern ausgeschenkt, sodass alsbald eine ausgelassene Zecherei im Gange war. Auch die anfangs noch recht züchtigen gemeinsamen Gesänge nahmen einen anderen Charakter an, als die Äbtissin Ursula, vom übermäßigen Weingenuss gezeichnet, ein Lied auf dem herbeigerückten Cembalo anspielte. Mit erhitzten Gesichtern grölten zuerst die Franziskanerpater unchristliche Reime, dann fielen auch die Nonnen und die hohen Würdenträger ein.

Ein Mönch kam vor ein Nonnenkloster
mit seinem riesenlangen Paternoster.
Er kam wohl vor 'ne Klostertür,
da schaut eine kranke Nonn' herfür.
Der Mönch, der stieg die Treppe rauf,
die Nonn', die sah von unten 'nauf.
»Ei, Pater, was ist das für 'n Ding,
das unter Eurer Kutte schwingt?«
»Ja, das ist mein Patientenstab,
mit dem ich kranke Nonnen lab.«
Er führte sie auf den untern Gang
Und labte sie dort drei Stunden lang.
Er ging mit ihr auf den Orgelboden
und orgelte nach allen Noten.
»Ei, Pater, das hat wohlgetan,
da fang' wir gleich von vorne an.«
Und als neun Monat' vergangen war'n,
die Nonn' ein geistig Knäblein gebar.

Fast jeder der Mönche hielt bald eine halb entkleidete Nonne im Arm, und der Bruder der Äbtissin vergnügte sich gleich mit drei liebeshungrigen Schwestern. Ihre Blicke wurden wild und leidenschaftlich, ihre Gesichter zeichneten rote Flecken, und ein Mönch sprach dem köstlichen Wein so reichlich zu, dass er sich schließlich unter dem Tisch erbrach.

Christina hatte sich während des Gesangs an das Ende der Tafel zurückgezogen. Mit starrer Miene verfolgte sie, wie Marie dem Treiben auf den Knien eines Paters ausgelassen frönte, wobei unter dem verrutschten Habit ihr weißes Fleisch hervorblitzte. Ungeniert küsste sie den Pater auf den Mund, während er ihre Schenkel mit groben Händen liebkoste. Christina war die Einzige im ganzen Saal, die kein Vergnügen an der illustren Feier zu finden schien. Stattdessen drückte alles an ihr Entsetzen und Langeweile aus. Angewidert konnte sie nur daran denken, die Gesellschaft möglichst schnell und unbemerkt zu verlassen.

In ihrer Verwirrung entging ihr, dass die Nonne neben ihr den Platz mit der hohen Frau getauscht hatte. Deren Gesicht war vom Wein bereits reichlich gerötet, und als wieder ein Lied zur Heiterkeit beitrug, sang sie die Strophe voller Gefühl mit, während sie die junge Frau fixierte. Dabei schob sie ihr über den Tisch eine Auswahl an Leckerbissen zu, die man ihr vorgesetzt hatte.

Als das Lied endete, legte sie plötzlich die Arme um Christina und flüsterte ihr die süßesten Komplimente ins Ohr. Verwirrt und angeekelt versuchte Christina, sich ihr zu entziehen, während sich ihre Augen in der Hoffnung auf das Auftauchen ihres Retters, den Generalvikar, an der Tür festsogen.

Doch das Weib ließ sich von ihrer abweisenden Art nicht entmutigen, sondern zog Christina in einem unbedachten Moment auf ihren Schoß, wo sie sie zu liebkosen begann, ihr Heimlichkeiten anvertraute und ihr immer wieder versicherte, dass sie allen weltlichen Freuden entsagen würde, wäre sie nur ein bisschen lieb zu ihr. Aus Scheu vor ihrer hohen Stellung wagte Christina nicht, sich zu wehren. Es hätte ihr auch nichts genützt, denn der strenge Blick der Äbtissin ruhte auf ihr.

Immer wieder schlug die Frau die Augen nieder, und ihre Hand, mit der sie Christina umfasst hielt, umschlang diese immer fester, während sie mit der anderen ihr Knie tätschelte. Einmal seufzte sie tief und hauchte dann: »Liebst du mich, mein Kind?« Ihre Hand streichelte nun Christinas nackte Haut und drückte sie bald hier, bald dort voller Leidenschaft. Atemlos und mit leiser, veränderter Stimme forderte sie Christina auf, ihr Wangen und Mund zu küssen.

Christina wollte sich ihr nun mit der Kraft ihrer Jugend entziehen, gab sogar vor, sich übergeben zu müssen, was durchaus den Tatsachen entsprach, denn der Geruch von Wein, der sich mit dem von Speiseresten vermischte und aus dem Mund der Frau drang, verursachte ihr eine penetrante Übelkeit.

Sie zitterte vor Angst, und das Herz klopfte ihr zum Zerspringen, als sie bemerkte, dass die Äbtissin sich ihnen langsam näherte. Mit fast aufdringlicher Liebenswürdigkeit legte sie die Arme um ihre Schultern und die des liebestollen Weibes. Während sie einen vertraulichen Blick mit dem Weib tauschte, zischte sie Christina mit falscher Liebenswürdigkeit ins Ohr: »Merke dir, mein Kind, die hohe Frau Voss, meine mir von Gott gegebene Schwester, ist nicht nur unsere, sondern von nun an auch deine Gönnerin. Sie hat deine Liebe und Dankbarkeit verdient.« Sie dachte dabei an die Mitgift, die ihre Schwester Elisabeth für Christina aufbringen wollte, denn die Ähnlichkeit mit Sophia war auch ihren scharfen Augen nicht entgangen. Ob Wunder der Natur oder Geheimnis, das es zu ergründen galt, unter diesen Umständen durfte Christina das Kloster nicht mehr verlassen.

Die Worte bewirkten nur, dass Christina noch verzweifelter wurde. Hilflos wanderten ihre Blicke zwischen der Äbtissin und dem aufdringlichen Weib hin und her.

Als die Arme sie erneut umschlingen wollten, schob sie sie heftig von sich, sprang auf und stürzte zur Tür.

Wie vom Donner gerührt hielt sie jedoch plötzlich mitten in der Bewegung inne und starrte überrascht auf die offene Tür, in der die Nonne Sophia erschienen war. Im Nu herrschte im Saal hinter ihr Totenstille. Christina hätte an Sophia vorbeilaufen, sie zur Seite drängen können, doch etwas hielt sie zurück.

Die Nonne trug eine Binde um die Stirn. Ihr aufgelöstes, langes blondes Haar fiel über den braunen Habit wie ein Mantel. Aber das, was Christina so gelähmt hatte, waren unzählige Raupen, die sich in Sophias Haaren verfangen hatten und sich auch an ihrer Kleidung labten, die bereits größere Löcher zierten. Mit einer grotesk anmutenden Hüpfbewegung versuchte die Nonne, die Insekten abzuschütteln. Dabei kreuzten sich einen Moment lang ihre Blicke, und Christina, Sophias Geißelung im Keller wieder vor Augen, bekam Mitleid mit ihr. Ihr war bekannt, dass die haarigen Insekten Reizstoffe in ihren Härchen hatten, die zu Ausschlägen führen konnten, und so gesellte sich zu der Anteilnahme auch noch die Angst um die Nonne hinzu.

Ohne sich um die Blicke der anderen zu scheren, begann sie zögerlich, auf eine erneute Zurückweisung gefasst, mit flinken Fingern einige Strähnen von Sophias Haaren von den Raupen zu befreien. Doch ihre Besorgnis war unbegründet. Ein dankbarer Blick traf sie aus blauen Augen, bevor Sophia sich wütend im Saal umsah, einen Arm dabei weit ausstreckte und auf die Äbtissin wies, um dann auf die Bürgersfrau zu deuten, die rasch ihr Gesicht unter der Kapuze ihres Umhanges verbarg und sich ebenso schnell anschickte, mit ihren kirchlichen und weltlichen Begleitern das Refektorium über einen Seitengang zu verlassen.

»Euch alle, besonders Euch, Ursula, soll die Verdammnis treffen! Es sind die Sünden Eurer Lasterhaftigkeit, die uns soeben eine der schlimmsten Plagen seit Jahren beschert haben. Unser Kloster wurde unter einem Regen von gefräßigen Raupen begraben. Sie haben die gesamte Ernte, die Heilpflanzen und den Wein vertilgt, und Ihr seid schuldig. Oh, ich habe geahnt, dass so etwas einmal geschehen wird. Immerfort habe ich für Euch, meine Schwestern, gebetet, dass Ihr endlich auf den rechten Weg zurückfindet, aber Gott hat meine Gebete nicht erhört. Zu viele Sünden lasten auf uns.« Wie zur Bestätigung zitierte sie mit wütender Stimme eine Stelle aus der Bibel. »Da sprach der Herr zu Moses: ›Recke deine Hand über Ägyptenland, dass Heuschrecken auf Ägyptenland kommen und alles auffressen, was im Lande wächst, alles, was der Hagel übrig gelassen hat.‹ So ist es uns nun mit den Raupen ergangen. Und Ihr, Madame, Ihr aus der Stadt solltet Euch nicht heimlich wegstehlen. Ihr tragt ebenso Schuld. Und gelingt es uns nicht, auf diesem falschen Weg umzukehren, so wird sich Wasser in Blut verwandeln, Frösche und Stechmücken werden uns heimsuchen, die Viehpest, die Blattern und die …«

Sophia kam nicht mehr dazu, die letzten der zehn Plagen anzuführen. Ihre Worte hatten im Saal für Empörung und Erschrecken gesorgt. Ein Teil der Mönche und Schwestern stürzte zu den Fenstern, allen voran Marie, während der andere Teil die Nonne anstarrte, bis die Äbtissin sich erhob und Sophias Beschuldigung höhnisch zurückwies. »Vielleicht straft Gott uns ja auch Euretwegen! Ihr seid doch die Abtrünnige!«

Ihre Worte trieben Sophia die Zornesröte ins Gesicht. Mit aufeinandergepressten Lippen sah sie der Äbtissin in die Augen. Einen unendlichen Moment lang hielten die beiden Frauen ihren Blicken stand. Dann aber stürzte Marie wie eine Furie mit Tränen in den Augen auf sie zu. Aufgebracht schrie sie Christina an, die sich mühte, eine Haarsträhne Sophias von einem besonders klebrigen Exemplar zu befreien. »Und du willst meine Vertraute sein? Warum schlägst du dich auf Schwester Sophias Seite? Ich denke, sie verabscheut dich? Mir hat man gerade das Herz herausgerissen. Ja, sieh sie dir nur gut an, all die frommen Frauen hier. Sämtliche von ihnen sind besessen. Und jene da«, sie wies auf die Äbtissin, welche die Chance des Tumults ergriff, um hinter der Bürgersfrau das Refektorium zu verlassen, »sie hat meinen Garten Eden zerstört und es wie eine Plage aussehen lassen. Aus Neid, aus Hass? Oder weil sie einfach zerstören muss, was andere lieben? Ich habe sie beobachtet, habe sie mit Satan in der vergangenen Nacht gemeinsam tanzen sehen! Mit ihm an ihrer Seite hat sie die gefräßigen Raupen ausgesetzt.«

»Jetzt seid Ihr aber ungerecht, Schwester Marie. Der Schmerz hat Eure Sinne verwirrt. Bedenkt, wessen Ihr Eure Mutter Oberin beschuldigt«, meldete sich die hohe Frau zu Wort, die den Saal noch nicht ganz verlassen hatte.

»Oh, Gott, so strafe mich, wenn ich denn lüge. Aber mir ist sehr wohl aus sicherer Quelle bekannt, dass Ihr, ehrwürdige Frau, vor einiger Zeit Schmetterlinge aus Brüssel mitgebracht und sie der Mutter Oberin zum Geschenk gemacht habt. Man braucht nur eins und eins zusammenzählen, dann weiß man, dass Eure Schwester die Insekten vermehrt hat. Der Wein im Klostergarten fiel nicht zum ersten Mal einer Raupenplage zum Opfer – das ist der Mutter Oberin bekannt. Für ihre Intrige gegen mich hat sie sich ihr Wissen zunutze gemacht, die Teufelin, und den gesamten Klostergarten verwüstet. Sie hatte schon immer vor, meine Heilkräuter zu vernichten. Ihr solltet Euch tunlichst hüten, eine solche Missetäterin zu verteidigen! Denn wie schnell könntet Ihr in den Ruf geraten, Euch magischer Kräfte bedient zu haben?« In ihrer Aufregung bemerkte Marie nicht, dass sie im Begriff war, sich um Kopf und Kragen zu reden. »Ich weiß auch, dass Ihr Euren toten Vater, den Postmeister von Köln, in Brüssel verbergt und ihm keine Totenruhe gönnt, um die gut bezahlte Postmeisterstelle nicht zu verlieren. Obwohl unser Kloster auf Eure Gunst angewiesen ist, seid Ihr für mich eine Heuchlerin und Intrigantin!« Sie wandte sich an Christina. »Und du, hüte dich vor ihnen, sie sind allesamt besessen und böse.« Dann hastete sie wie eine Irre an ihr vorbei.

»Um Gottes willen, Marie, versündige dich nicht!«, rief Christina ihr erschrocken hinterher.

»Das habe ich bereits getan, als ich Nonne wurde! Gott steh mir bei!« Sie verließ den Saal, aber ihr wirres Gezeter war noch eine geraume Weile im Kreuzgang zu hören.

Christina sah den unheilverkündenden Blick der Bürgersfrau, den diese Marie hinterherwarf, bevor auch sie wie ein Schatten verschwand, und kam sich hilfloser denn je unter all den Nonnen vor. Die Schwestern schlugen nun phantasierend das Kreuz und flehten Gott laut um Barmherzigkeit an. Christina suchte bei der heiligen Sophia Schutz, doch diese blickte an sich hinunter und wies fassungslos auf die Raupen, die einem Teppich gleich den Boden bedeckten. »Oh, Jesus, wirf einen Blick des Erbarmens auf uns!«, rief sie aus. Sie versuchte mit zitternden Händen ihren hinuntergerutschten Schleier zurechtzurücken, wurde aber von aus dem Saal drängenden Nonnen daran gehindert, sodass sie sich rasch umwandte und mit ihnen das Refektorium verließ.

Die Raupen hatten eine Spur der Verwüstung im Klostergarten hinterlassen. Wo zuvor blühende Weinreben, Obst, Gemüse, Rosen, Mandelbäumchen, Heilkräuter und vieles an Pflanzen und Blumenpracht mehr zur Besinnlichkeit eingeladen hatten, sah es jetzt aus wie auf einem Schlachtfeld. Die Bäume, Sträucher und selbst das Stroh vom Wagen vor den Wirtschaftsräumen waren kahl gefressen worden. Nackt und ohne Blätter reckten sich die Baumgerippe wie düstere Gespenster der Abendsonne entgegen, die eine Stunde zuvor von einer tiefschwarzen Wolke Millionen kleiner, gefräßiger Raupen verdunkelt worden war. Mit ihrem unersättlichen Appetit hatten die Plagegeister alles verschlungen, was ihnen vor die Kiefer gekommen war, und binnen Minuten die Ernte und Arbeit eines ganzen Jahres vernichtet.

Christina stand zwischen den aufgeregten Nonnen im Kreuzgang. Der Anblick des kahlen Klosterhofes machte ihr Maries Verzweiflung verständlicher. Diese hatte sich von den tuschelnden Schwestern entfernt und kniete nun allein unter den Resten des Apfelbaumes, unter dem sie beide noch am Vortage miteinander geplaudert hatten. Die kahle Baumkrone knarrte leise im Wind, als weine sie mit ihr.

Als Christina Maries Namen rief, blickte sie in ihre Richtung, öffnete den Mund, brachte aber keinen einzigen Laut hervor. Stattdessen senkte sie den Kopf schnell wieder tief auf die Brust und begann zu beten. Zwischendurch hob sie die gefalteten Hände immer wieder zum Himmel und schrie sich den Schmerz aus der Seele.

Christina musste bei ihrem Anblick die Tränen zurückhalten. Heimlich schaute sie zur Äbtissin, die zwischen den Nonnen regungslos und mit starrem Gesicht auf die Verwüstung hinabblickte. Dabei versuchte sie sich vorzustellen, wie sie in der Nacht in den Garten geschlichen war, heimlich die Raupen freigelassen und mit anderen Nonnen Luzifer beschworen hatte, ihnen eine Plage zu schicken – einzig und allein aus Gemeinheit gegen Marie. Es war ein abstruser Gedanke, aber vielleicht hatte sie ja wirklich dabei mitgeholfen. Viele Menschen taten Dinge, die man ihnen nie zugetraut hätte.

Als Kind hatte Christina einmal eine ähnliche Tragödie erlebt. Ein Heuschreckenschwarm hatte die gesamte Kohlernte ihrer Familie vernichtet. Wie eine riesige Gewitterwolke waren die Plagegeister nach einer langen Regenzeit mit dem Wind erschienen und über die Felder hinweggefegt. Und Vater und Mutter hatten gefürchtet, die ewige Verdammnis komme über sie.

IV.

Noch Tage nach dem Ereignis ging die Furcht um, eine weitere Plage könnte das Kloster treffen, und die düsteren Mauern hallten vor angstvoller Stille wider. Lediglich die unentwegten Gebete der Nonnen, die Gottesdienste und Bußübungen klangen in den Gängen nach – bis zu jenem Tag, an dem der dumpfe Schlag der Kirchglocke die Nonnen zu einer ungewöhnlichen Zeit in die Klosterkapelle rief. Der Klang der Glocke war an diesem Tage anders als sonst. Ohrenbetäubend laut kroch er wie ein Wurm durch die Kreuzgänge und verklang erst, als alle Mitglieder des Konvents, unter ihnen auch Christina, sich im Chor zusammengefunden hatten. Die Schwestern, die die letzten Tage barfuß, schweigend und ins Gebet vertieft verbracht hatten, tuschelten jetzt aufgeregt miteinander.

Sie knieten in ihren Chorstühlen, und der Altar war in gespenstisch flackerndes Kerzenlicht getaucht, während der restliche Teil des Chores im Dunkel lag.

Christina hatte Schwierigkeiten, die einzelnen Nonnen auszumachen. Unruhig wanderten ihre Augen auf der Suche nach Marie umher, als plötzlich ein groß gewachsener Priester, der Ähnlichkeit mit dem Generalvikar hatte, geleitet von zwei Geistlichen, durch einen kleinen giebelgekrönten Nebeneingang trat. Sein Haupt wurde von einer Scharlachmütze mit zwei Schlitzen für die Augen bedeckt.

Der Priester stieg die Stufen hinauf und verneigte sich feierlich vor dem Altar. Die Casula, das Gewand, das seinen Körper umhüllte, war von der gewohnten Form, geschlossen und glockenförmig, jedoch von tiefschwarzer Farbe. Das darübergelegte Band, als Amtszeichen seiner Würde, zeigte einen schwarzen gehörnten Bock anstelle der üblichen schmückenden Kreuzzeichen in einem Dreieck, das von Weinäpfeln und Euphorbien eingerahmt wurden. Der Generalvikar führte das Messeritual durch, während die Geistlichen ihn kniend mit lateinischen Gesängen begleiteten.

Dann stieg er rückwärts die Stufen hinab, kniete auf der letzten nieder und rief mit schwankender, aber scharfer Stimme: »Erzzaubergeist, der du unsere heilige Schwester Sophia angegriffen hast, so fall nun wieder von ihr ab. Es sei dir befohlen. Ich beschwöre dich bei den fünf Wunden Jesu zu dieser Stunde, böser Geist, falle ab von diesem Fleisch, von Mark und Bein und lasse unsere Schwester wieder gesunden. Im Namen des Vaters, des Sohnes und des Heiligen Geistes. Satan und alle bösen Geister, im Namen Gottes verbiete ich euch ihr Haus und ihren Hof, im Namen der Heiligen Dreieinigkeit verbiete ich euch ihr Blut und Fleisch, ihren Leib und ihre Seele. Jedes Loch in ihrer Zelle verbiete ich euch, bis ihr alle Berge gerüttelt, alle Gewässer gewartet, alle Blätter an den Bäumen und alle Sternlein am Himmel gezählt habt, bis dann kommt der liebe Tag, an dem die Mutter Gottes ihren zweiten Sohn gebären mag!«

Gebannt hörte Christina seinen Beschwörungen und den Gesängen der Priester zu, die immer dumpfer und unheimlicher klangen. So gefangen war sie von dem Spektakel, dass sie die aufsteigenden Zweifel und Fragen nach dem Warum ignorierte. Anfänglich hatte sie noch geglaubt, der Generalvikar versuche den Dämon, der die Raupenplage verursacht und von Sophia Besitz ergriffen hatte, zu vertreiben. Dann aber sah sie zu ihrem Entsetzen, wie die beiden Priester die Nonne aus dem Chorstuhl zum Altar geleiteten, und erkannte, dass sie einem Exorzismus beiwohnte. Zwei Franziskanermönche traten aus dem Dunkel, entledigten die in den Beinen immer wieder einknickende Schwester unter Gesängen und Beschwörungen ihres Habits und banden sie rücklings auf ein auf der untersten Altarstufe liegendes Kreuz. Die Frau war nackt und wunderschön, unverkennbar die heilige Sophia. Ihr weißer Körper wies von dem Gift der Raupen Geschwülste und Entzündungen auf.

Der Generalvikar legte ihr mit der linken Hand eine Stola auf die Stirn, während er mit der rechten ihren Kopf hielt. »Weiche, Satan!«, befahl er. »Im Namen des Vaters, des Sohnes und des Heiligen Geistes.«

»Amen!«, riefen die Priester, dann folgte Schweigen, und aus dem Räucherbecken in der Kapelle stieg Nebel auf.

Indes erklomm der Generalvikar erneut den Altar, wandte sich zu den leise betenden Nonnen und segnete sie gestenreich mit der linken Hand. Dann schwenkte er für alle sichtbar ein Kruzifix und ging mit ihm auf Sophia zu, die noch immer ausgestreckt und totengleich auf dem Kreuz lag und keinen Laut von sich gab. Als der Priester das Kreuz über sie hielt und ihren Körper mit Weihwasser besprengte, wand sie sich mit einem grässlichen Schrei in ihren Fesseln, ihre Pupillen nahmen die Farbe von Blei an, sie gluckste, verlor die Stimme und wurde dann wieder ruhig, den Mund weit geöffnet, die Zungenspitze hoch am Gaumen. Einige der Nonnen begannen nun ebenfalls schrill zu kreischen, sanken zwischen die Chorstühle und wälzten sich auf dem Boden. Ohne dass Christina es verhindern konnte, wurde sie von der Hysterie der Nonnen angesteckt. In dem aus dem Räucherbecken aufsteigenden Dampf glaubte sie die roten Hörner des Teufels zu sehen, wie er mit der Äbtissin in einem und der Bürgersfrau im anderen Arm auf dem Altar saß, ungesäuertes Brot aß, es in Gänze wieder ausspie und sich damit das Hinterteil wischte, um es letztendlich unter den Frauen zu verteilen. Christina war, als würde er auf sie zukommen, sie mit seinen behaarten Armen umfangen und ihr Mund und Hals küssen wollen.

Irgendwann erwachte sie wie aus einem tiefen Schlaf in dem Alkoven in ihrer Zelle. Sie brauchte einige Zeit, um sich zu orientieren. Als sie sich auf die Arme stützen wollte, spürte sie heftige Kopfschmerzen, Maries Arme, die ihr aufhalfen, und ihre Hände, die ihr mit einem feuchten Tuch die Schläfen abtupften.

»Was ist passiert?«, fragte sie und versuchte sich zu erinnern, aber die Bilder in ihrem Kopf waren ein einziges Chaos.

»Du bist in der Kirche ohnmächtig geworden. Schon das zweite Mal habe ich dich nun in diesem Zustand gefunden«, antwortete Marie. »Das ist ganz und gar nicht gut.« Als sie sah, dass das Blut zurück in Christinas Wangen floss, erhob sie sich, um sie wieder zu verlassen.

»Marie!« Christina haschte nach ihren Händen. »Warum willst du ohne eine Erklärung schon wieder gehen? Was ist passiert?«

Marie sah sich hektisch um, drückte dann Christina zurück in die Kissen und flüsterte: »Ruh dich aus und vergeude nicht deine Kräfte. Du wirst sie noch brauchen. Meide solche Teufelsaustreibungen, aber vor allem den Rauch, der aus dem Räucherbecken aufsteigt. Er vernebelt dir die Sinne und ist schuld an deiner Ohnmacht. Aber vor allem: Vertraue niemandem! Und am allerwenigsten dem Generalvikar. Sicher wollte er mit der Teufelsaustreibung nicht Sophias Ruf als Heilige retten. Sie ist zwar ein bisschen verrückt, aber bestimmt die Letzte der Chorschwestern, die vom Teufel besessen ist. Mir scheint, er treibt ein falsches Spiel.«

»Aber ist er nicht gerade deshalb hier? Um die dämonischen Vorkommnisse aufzuklären? Weshalb hat er dann –«

»Still! Sprich darüber zu niemandem«, hörte sie Marie noch zischen, dann herrschte nur noch Stille. Marie hatte die Zelle verlassen.

Schon kurze Zeit später ließ der Generalvikar Christina zu sich in sein Arbeitszimmer rufen. Er empfing sie hinter einem Tisch und einem Stapel schwerer Bücher sitzend, erhob sich bei ihrem Eintritt aber rasch. Nachdem sie, wie sie es bei der Äbtissin gesehen hatte, seinen Mantel und den Rosenkranz zwischen seinen Fingern geküsst hatte, bot er ihr seinen Stuhl an.

»Setz dich, mein Kind«, sagte er. »Ich möchte, dass du gefasst empfängst, was ich dir zu sagen habe.«

Seine Worte ließen Neuigkeiten erahnen. Gehorsam sank Christina auf den Stuhl und starrte den Geistlichen schweigend an. Obwohl sie ihm mittlerweile misstraute, zog er sie als Mann auf wundersame Weise noch immer an. Regungslos saß sie vor ihm, die zwielichtigen Facetten seines Wesens lebendig und zugleich warnend vor Augen.

»Würdest du gern Lesen und Schreiben lernen?«, fragte er entgegen ihrer Erwartung. Er machte einen Schritt auf sie zu, fasste ihr mit einer väterlichen Geste unter das Kinn und hob ihren Kopf, um ihr besser in die Augen sehen zu können.

Christina wand sich unter seinem Blick, wollte ihm ausweichen. »Ich kann bereits schreiben, Hochwürden«, begehrte sie auf und senkte sogleich die Lider, nur um sie einen Augenblick später wieder zu heben und ihn geradewegs anzusehen. Eine wichtige Frage musste er ihr noch beantworten. »Hochwürden, Ihr habt mich auf der Straße dem sicheren Tode entrissen. Glaubt Ihr tatsächlich, dass Ihr mich auch hier im Kloster vor ihm beschützen könnt?«

Ihre Worte überraschten ihn. Er zog die Brauen hoch und sah nachdenklich auf sie hinab, bevor er mit warmer Stimme antwortete: »Ich habe dir versprochen, dass ich auf dich aufpassen werde, mein Kind, und ich werde mein Versprechen halten.«

»Aber wo seid Ihr dann, wenn ich Euch brauche, Hochwürden?«

»Du findest mich immer hier, mein Kind«, entgegnete er lächelnd, ohne ihre Angst zu verstehen. »Sieh doch, gerade will ich dich davon überzeugen, Lesen und Schreiben zu lernen. Wissen ist eine große Macht. So groß, dass sie dich vor dir selbst und vor den Anfeindungen anderer beschützen kann. Eines Tages wirst du mir sehr dankbar für mein Angebot sein.«

Als Christina ihm nicht wie erhofft vor Dankbarkeit zu Füßen fiel, sondern ihn weiterhin verständnislos mit großen Augen ansah, versuchte er, sie mit einem altbewährten Trick für seine Ziele zu begeistern. »Sag, wer hat dir bisher das Schreiben beigebracht, mein Kind? Dein Vater?«

»Nein, es war unser Pfarrer, Hochwürden. Als mein Vater noch ein angesehener Mann in der Zunft der Gürtelmacher war, hat er mich des Öfteren von unserem Pastor in der Kirche die Bibel lesen lassen.« Während sie sprach, überlegte sie, ob hinter seinem Angebot nicht doch eine andere Absicht steckte. Aber welche?

»Ich kann dir mehr beibringen als nur das Verstehen der Bibel, mein Kind. Du sollst Schreiben, Lesen und alles über unsere heilige Kirche und die Wissenschaften lernen. Viele Bücher bergen ein geheimes Wissen, das du dir aneignen wirst. Und wenn du genug von mir und aus den Büchern gelernt hast, wirst du die Bibliothek des Klosters verwalten. In ihren Schriften verbergen sich ungeahnte Schätze. Schätze, die du dir nicht einmal in deinen kühnsten Träumen vorstellen kannst. Sie werden dich mächtiger machen, als alles Gold dieser Welt es könnte. Sieh mich an.« Wieder hob er ihr Kinn und drehte ihr Gesicht zu sich. »Diese Schätze haben mich zu einem einflussreichen Mann gemacht, zu einem Verfasser von Vorschriften und Andachtsübungen, der damit die Heiligen und Reliquien unserer Kirche stärkt. Derzeit studiere ich die Geheiligten unserer Zeit, zu denen auch unsere Chorschwester Sophia gehört. Ich verbringe die meiste Zeit meines Lebens mit dem Wälzen zahlreicher Urkunden, alter Quellen und Notizen.«

Seine Worte hatten verständlich geklungen und Christinas Zweifel vorerst zerstreut. Worte, die sie nicht unberührt gelassen und ihr erlaubt hatten, währenddessen seine Züge zu studieren. Solange er von sich erzählt hatte, war sein schönes Gesicht sanft, offenherzig und freundlich, ja fast heiter gewesen. Dann jedoch hatte er sich von ihr beobachtet gefühlt, die Stirn leicht gerunzelt, die Brauen zusammengezogen, die Augen niedergeschlagen und plötzlich wieder ernsthaft und streng ausgesehen.

Die Widersprüchlichkeit in seiner Mimik schrieb sie seinem Wesen zu. Immerhin war er kirchlicher Amtsträger, Mensch und Exorzist in einer Person. Vielleicht waren ja alle Geistlichen so voller ambivalenter Gefühle, suchte sie nach einer Erklärung.

Aber ihr Misstrauen kehrte schneller als erwartet zurück. »Und was verlangt Ihr dafür von mir, Hochwürden?«, fragte sie.

»Du wirst bei uns im Kloster bleiben, den Schleier nehmen und Gott Keuschheit, Armut und Gehorsam geloben«, erklärte er ihr ohne Umschweife.

Also doch. Ein wahrlich teurer Preis, um Lesen und Schreiben zu lernen. Lieber wäre es ihr gewesen, er hätte sie mit Beschimpfungen und Beleidigungen bedacht, ja, selbst der Tod durch den Pöbel wäre ihr willkommener gewesen als das langsame Sterben hinter Klostermauern, das sein Vorschlag miteinschloss.

Ihr Gesicht war blass, als sie es wagte, ihm zu widersprechen. »Ich bitte Euch, Hochwürden, begrabt mich nicht bei lebendigem Leib. Ich hatte auf Eure Hilfe gegen den Dämon in mir vertraut und habe mich willig führen lassen. Aber ich kann kaum glauben, dass Gott mich hier einsperren will. Ich weiß, dass ich für die Welt außerhalb dieser Mauern eine Besessene bin, aber ich habe noch eine alte Mutter und einen Vater, für die ich sorgen muss und die sicher schon meine Rückkehr erwarten.«

»Mein Gott, was habe ich nur angerichtet?«, entfuhr es dem Generalvikar überrascht. Erschüttert zog er Christina sanft in seine Arme. »Aber liebes Kind, was hast du denn? Dein Gesicht ist so blass, man möchte meinen, der Dämon hätte wieder Macht über dich gewonnen. Deine Antwort erschreckt mich. Ich wollte dir nur helfen und dir eine glänzende Zukunft sichern, der als Bibliothekarin im Kloster nichts entgegensteht. Auch für deine Mitgift ist bereits gesorgt, und eine hohe Dame von Rang, die Schwester unserer ehrwürdigen Äbtissin, Frau Elisabeth Voss, wird für deinen Unterhalt im Kloster aufkommen.«

Er hatte noch nicht zu Ende gesprochen, da schossen Christina auch schon die Tränen in die Augen, und blankes Entsetzen machte sich auf ihrem Gesicht breit. Der Generalvikar ließ den Sturm ihrer Emotionen vorüberziehen und wartete, bis sie sich wieder beruhigt hatte. Schließlich konnte er nicht wissen, dass sie mit jener hohen Dame bereits eingehende Bekanntschaft gemacht hatte.

»Du musst den Schleier nehmen, mein Kind«, sagte er eindringlich, als Christina wieder gefasst wirkte. »Du hast keine andere Wahl. Ich kann dich nicht mehr aus dem Kloster entlassen. Ich weiß nicht, ob es Gott oder der Teufel war, der mich deinen Weg kreuzen ließ, aber ich bin mir sicher, es war Schicksal. Ich habe beschlossen, meinen Aufenthalt im Kloster noch etwas hinauszuzögern, um dich auf deinem neuen Weg zu begleiten.«

Seine Worte verwirrten sie immer mehr. Bei dem Gedanken, nicht nur für alle Ewigkeit lebendig begraben, sondern obendrein den absonderlichen Gemeinheiten der anderen Nonnen ausgesetzt zu sein, überfiel sie pure Verzweiflung. Sie konnte sich nicht vorstellen, was für einen gewichtigen Grund es geben sollte, ihr den Schleier aufzuzwingen. Das Versprechen, Lesen und Schreiben zu erlernen, schien ihr nur als Vorwand zu dienen. Niedergeschlagen sank sie in den Stuhl zurück, starrte vor sich hin und schluchzte einige Male laut auf.

Dann erhob sie sich wieder und lehnte sich gegen die Wand, um im gleichen Augenblick wie wild mit dem Kopf dagegenzuhämmern. Der Generalvikar beobachtete sie mit wachsender Sorge. Er hatte Mitleid mit ihr, wartete aber geduldig, bis sie sich ihren Schmerz aus der Seele geweint hatte. Sie konnte ja nicht wissen, dass die Ähnlichkeit mit Sophia ihn mehr beschäftigte, als ihm lieb war. Dass Christinas Schönheit zugleich ihr Verderben war und er ein Geheimnis in seiner Brust hütete, das nun, nach ihrem unerwarteten Auftauchen, seine Arbeit, sein Leben und seine Macht in Gefahr brachte. Doch in den Klostermauern würde Christina seiner Kontrolle und Aufsicht unterliegen. Wenn seine Vermutung stimmte, so durfte die junge Frau das Kloster nie mehr verlassen.

»Was verlange ich denn so Schreckliches von dir, mein Kind?«, unternahm er den Versuch, sie zu beruhigen. »Gut, gut, du sollst den Schleier nehmen, aber warum sträubst du dich so dagegen? Noch bist du eine Postulantin, und das Noviziat dauert zwei Jahre. Anschließend hast du die freie Wahl, ob du dein Gelübde ablegen willst oder nicht. Während dieser Zeit würdest du fleißig lernen und Wissen anhäufen, das sonst nur den Töchtern aus reichem Hause vorbehalten ist. Und bedenke nicht zuletzt, dass Beten und Arbeiten in der Abgeschiedenheit des Klosters, fern von allen menschlichen Lastern, dir vielleicht auch bei der Bewältigung deiner Krankheit helfen wird.«

»Aber ich fühle mich nicht zum geistlichen Stand berufen, Hochwürden. Seit Jahren schon kämpfe ich gegen den Teufel in mir an, und Arbeit habe ich zu Hause auch mehr als genug. Ich fürchte, Ihr werdet mich nach dem Noviziat nicht gehen lassen und mich in den Nonnenstand zwingen. Aber würdet Ihr dann noch im Sinn Gottes handeln? Und was wisst Ihr denn schon über die Frau, die meine Mitgift stellt?«

Jetzt war es der Generalvikar, der nach Worten suchte. »Ich wünsche doch nichts mehr, als dass du glücklich wirst, mein Kind«, sagte er dann mit fester Stimme. »Und deine Gönnerin ist eine gute Frau. Frau Voss ist Postmeisterin, unserem Kloster sehr zugetan und hat schon viel Gutes für uns getan.«

»Ausgerechnet der Schwester der Äbtissin verpasst Ihr einen Heiligenschein? Ich hätte es mir denken können«, erwiderte Christina mit beißender Ironie. »Aber ich will ihr Geld nicht!«

Doch der Geistliche überhörte ihre Äußerung. »Unüberlegte Worte, in jugendlichem Zorn gesprochen«, murmelte er. »Du bist undankbar.«

Er drehte ihr den Rücken zu, begab sich zum Cembalo im Hintergrund seines Arbeitszimmers, schob den Schemel zurecht, ordnete seinen Habit, setzte sich und begann leise eine unbekannte Melodie zu spielen.

Überrascht hörte Christina ihm zu und kämpfte dabei gegen die Empfindungen an, die sich in ihr ausbreiteten. Sie konnte sich noch sehr gut an das Instrument erinnern. Die wollüstigen Lieder, die darauf gespielt worden waren, hallten noch in ihrem Gedächtnis nach. Die Finger des Generalvikars glitten, schwebten fast über die Tasten. Noch während sie den Tönen lauschte, schwor Christina sich, niemals Nonne zu werden und niemals jemandem zu vertrauen. Sie ahnte, dass sie sich bereits wieder in den Klauen des Bösen befand. »Darf ich Euch jetzt verlassen, Hochwürdiger Vater?«, fragte sie, als sie feststellte, dass das Interesse des Generalvikars nun ausschließlich der Musik galt.

Er nickte ihr zu, schlug das Kreuz und gebot ihr mit einem gütigen Kopfnicken zu gehen. Rückwärts und mit einer leichten Verbeugung verließ sie das Arbeitszimmer.

Im Kreuzgang empfing sie ein ungewöhnlicher Lärm, und sie suchte hinter einem mächtigen Stützpfeiler Schutz. Eine Nonne mit einer Glocke in der Hand rauschte an ihr vorbei und tat läutend kund, dass niemand seine Zelle verlassen dürfe. Der Grund waren zwei Schwestern, die ihr in einigem Abstand folgten und die zwischen sich eine ihrer Mitschwestern in einem groben, sackähnlichen Gewand, dabei barhäuptig und barfuß, durch den Gang schleppten.

Das Herz drohte Christina stehen zu bleiben, als sie in der Nonne mit blutender Nase und zerschundenen Beinen Marie erkannte. Die junge Laienschwester wand sich vergeblich in den Griffen der Nonnen, warf sich zu Boden und flehte den Himmel um Erbarmen an. Doch alles war vergeblich. Gnadenlos wurde Marie bis vor die Tür der Äbtissin geschleift und dann in die Zelle getreten.

Christina war der Gruppe gefolgt. Mit bis zum Hals klopfendem Herzen überzeugte sie sich davon, dass alle Zellentüren geschlossen waren.

Sie hatte Glück im Unglück. Das Sichtfensterchen in der Tür zur Zelle der Äbtissin war zwar von innen verschlossen, aber im morschen Holz des Türchens klaffte ein winziger Spalt, durch den Christina spähen konnte. Die Nonnen hatten Marie vor den Schreibtisch der Äbtissin gestoßen und zwangen sie mit dem Gesicht zu Boden. Ursula trat mit unbewegter Miene hinter dem Schreibtisch hervor und verständigte sich dann mit einer edlen Frau im Reisekostüm, die sich nun von dem schmalen Fenster löste, von wo aus sie nachdenklich den Flug der Krähen verfolgt hatte, die den Kirchturm in Scharen umkreisten.

Christina erkannte in ihr die Bürgersfrau aus dem Speisesaal wieder und verzog bei dem Gedanken an die Begegnung mit ihr angewidert das Gesicht. Das ist nun die biedere Seite der Postmeisterin und Schwester der Äbtissin, dachte Christina, meiner angeblichen Gönnerin, wie mir alle einzureden versuchen.

Die Frau trug ein hochgeschlossenes, über den Hüften gerafftes Kleid aus kostbarem Brokat mit einem am Hals geschlossenen Kragen und hielt ihre roten Locken streng unter einer weißen Haube mit einem den Rücken hinabwallenden Schleier verborgen. Auf ihrer Brust und am Kragen glitzerte ein mit Diamanten besetztes Geschmeide. Man hätte das etwas herbe Gesicht mit den grünen Augen und dem markanten Kinn, das die Verwandtschaft mit der Äbtissin verriet, beinah schön nennen können, wäre da nicht der verkniffene Zug um die schmalen Lippen gewesen.

»Kniet Euch vor Eurer Mutter Oberin nieder und empfehlt Eure Seele Gott«, befahl die Postmeisterin gefährlich leise.

»Ehrwürdige Mutter«, flehte Marie nun auf Knien, das tränennasse Gesicht zur Äbtissin erhoben, »eh ich der hohen Frau gehorche, darf ich Euch fragen, was Ihr mit mir zu tun gedenkt und was man mir vorwirft? Worum muss ich Gott anflehen?« Ihre Begleiterinnen standen mit einer finsteren und verbissenen Miene hinter ihr.

»Bittet um Vergebung für alle Sünden Eures Lebens, wenn Er Euch im nächsten Augenblick erscheint«, antwortete die Äbtissin kalt. »Ihr habt eine allzu lockere Zunge.«

Christina erinnerte sich der Worte, die Marie in ihrer Erregung der Postmeisterin im Speisesaal hinterhergeschrien hatte, und vermutete einen Zusammenhang mit den Qualen, die Marie zugefügt worden waren. Am liebsten hätte sie laut um Hilfe gerufen, doch ihre Kehle war trocken, und ihr Verstand befahl ihr zu schweigen, um die Nonne nicht noch mehr in Gefahr zu bringen.

Gerade als sie erwog, zum Generalvikar zurückzulaufen, um ihn zu bitten, ihr zu helfen, musste sie entsetzt mitansehen, wie eine der beiden gewichtigen Nonnen Maries Arme nach hinten bog, während ihr die andere kräftig vor die Brust stieß. Marie fiel hart zu Boden, griff in ihrer Hilflosigkeit nach den wallenden Gewändern um sie herum und erhielt dafür erneut Schläge auf Kopf und Rücken. Wie ein Hund kroch sie der Äbtissin zu Füßen, bis diese befahl: »Hebt sie auf!«

Erneut packten die Nonnen zu und stellten Marie mit dem Rücken gegen die Wand. Der Kopf fiel ihr wie ein Stein auf die Brust.

Die Äbtissin Ursula trat dicht vor sie, legte ihr die Hand unter das Kinn und drückte ihren Hinterkopf gegen die Wand. »Wir wissen, was Ihr ausgeplaudert habt. Also gesteht es uns lieber freiwillig, bevor wir Euch körperlich dazu zwingen müssen.«

»Gütige Mutter«, Marie beugte sich nach vorn, ergriff das Skapulier der Äbtissin und küsste es, »ich schwöre bei dem mit Dornen Gekrönten, dessen Hände und Füße von Nägeln durchbohrt sind und der ebenso frei von Schuld ist wie ich, dass ich nichts Unrechtes über Euch und das Kloster gesagt habe.«

»Schweigt, Lügnerin! Es ist kein Geheimnis, dass Euer Mund alles ausplaudert, was Ihr wisst. Obendrein habt Ihr Euch die Frechheit herausgenommen, mich und die Frau Postmeisterin vor dem gesamten Kloster als Intrigantinnen und Hexen zu beschuldigen. Wenn Ihr uns freiwillig erzählt, aus welcher Quelle Eure Informationen stammen, soll die Strafe, die Euch erwartet, gelindert werden. Uns ist bekannt, dass Ihr früher ebenfalls bei unserem Pater Antonius gebeichtet habt. Dass Schwester Sophia seine Geliebte war, pfiffen schon die Spatzen vom Dach – aber Ihr, eine einfache Laienschwester? Pater Antonius war anscheinend kein Kostverächter, was die fleischlichen Gelüste betrifft. Ich muss also annehmen, dass Ihr die Beichte bei ihm dazu benutzt habt, das Zölibat zu brechen. Schon das allein ist ein Regelverstoß, aber wie es scheint, habt Ihr auch als Letzte überhaupt mit ihm gesprochen. Seitdem ist er verschwunden und mit ihm das Tagebuch der Schwester Sophia. Vielleicht stammen Eure Anschuldigungen ja aus dem Schriftstück?«

Christina presste ihr Ohr noch fester gegen das Holz. Sie hatte schon in der Stadt von dem Priester gehört, der nach dem Mirakel vom Nuntius als Sophias Beichtvater abberufen worden und bald darauf verschwunden war. Worauf wollte die Äbtissin also hinaus?

»Pater Antonius war genauso Euer Beichtvater, Mutter Oberin. Warum sollte er ausgerechnet mir, einer Laienschwester, wie Ihr so schön betont habt, Informationen anvertraut haben, die nicht für mich bestimmt waren?«

Christina war erleichtert, dass Marie anscheinend zu sich selbst zurückgefunden hatte. Auch die plötzliche Nervosität der Äbtissin, die sie mit einem verlegenen Lächeln vor der Schwester zu verbergen versuchte, entging ihr nicht.

»Die Frage ist nichtig. Man hat Euch mit Pater Antonius gemeinsam in der Kapelle gesehen«, mischte sich nun die Postmeisterin ein, während sie sich mit der Äbtissin durch Blicke verständigte. Diese schien Maries versteckten Hinweis auf die Einhaltung des Zölibats ihrer Schwester während der Beichte verstanden zu haben. Die Postmeisterin gebot den Nonnen nun, von der Gepeinigten zurückzutreten. Sie selbst führte Marie zum Stuhl und ließ sie sich setzen.

»Bei der Liebe zu Gott, unserem Herrn, schwöre ich Euch, hohe Frau, dass ich von dem Pater keine Informationen erhalten habe und er keine von mir. Ich habe ihn seit der letzten Beichte nicht wiedergesehen«, beteuerte Marie. Auf ihrem Gesicht lag ein winziger Hoffnungsschimmer.

»Nehmen wir also an, Ihr sprecht die Wahrheit. Aber …« Die Postmeisterin machte eine Pause, dachte nach und log dann, um Marie auf den Zahn zu fühlen: »In Eurer Matratze haben wir ein Schreiben gefunden. Es enthält Beschreibungen bestimmter teuflischer Vorgänge im Kloster, in die auch ich und meine Familie verwickelt sein sollen. Ich nehme an, es stammt aus Sophias Tagebuch. Nur sie ist so detailliert über alle Vorgänge im Kloster informiert. Wir wissen, dass sie das Tagebuch Pater Antonius gegeben hat. Wahrscheinlich, weil sie ihre eigenen Lügengespinste nicht mehr ertragen konnte.« Die Postmeisterin fasste Marie scharf ins Auge. »Bedenkt recht, was Ihr mir darauf antwortet. Denn sollten Eure Behauptungen die Klostermauern verlassen, so wäre dies ein Grund, die Kommissare zu einer Untersuchung in Hexendingen in unser Kloster zu locken.«

Bei dieser Androhung wich Marie die Farbe aus dem Gesicht, und sie warf sich vor die Postmeisterin auf die Knie. »Ich schwöre bei allen Heiligen, ich weiß nichts von einem solchen Schriftstück! Warum, in Gottes Namen, sollte ich so etwas auch verstecken?«

»Ihr wurdet mehrfach gesehen, wie Ihr an fremden Türen gelauscht und Worte aufgeschnappt habt, die nicht für Eure Ohren bestimmt waren, Schwester Marie. Also gesteht endlich, dass Ihr unserem Orden Schaden zufügen wollt. Leugnen ist zwecklos. Wir wissen, dass Ihr in Verbindung mit einer geheimen Organisation steht«, ergriff die Äbtissin das Wort. »Wie viele Informationen habt Ihr bereits aus dem Kloster geschmuggelt?«

Die nächsten Worte vernahm Christina nicht mehr. Sie beherrschte nur noch der unbändige Wunsch, Marie zu helfen. Obwohl der Gedanke an den Generalvikar Zweifel in ihr wachrief, hatte sie keine andere Wahl, als auf seine Hilfe zu vertrauen. Sie verstand noch nicht, was genau es mit Schwester Sophias Tagebuch auf sich hatte, aber es musste sich um etwas Wichtiges handeln. Selbst die Aussicht auf eine Strafe, die ihr beim Betreten der Klausur ohne Erlaubnis drohte, schreckte sie nicht.

Auf ihrem Weg begegnete sie einer Nonne mit einem Stapel frischer Laken. Christina erkundigte sich nach Hochwürden und erfuhr, er sei im Skriptorium, in der Schreibstube, anzutreffen, wo sich auch die Bibliothek befand.

Der Generalvikar zeigte sich zunächst überrascht, freute sich dann aber über Christinas Erscheinen. Er vermutete, dass ihr Besuch seinem Vorschlag galt, den Schleier zu nehmen, und sie es sich anders überlegt hatte.

»Nun, mein Kind, du hast dich also entschlossen? Bist du gewillt, dein zukünftiges Leben in den Dienst Gottes zu stellen, um ihm und den Menschen zu dienen?« Er lächelte ihr gütig über den Rand eines aufgeschlagenen Buches zu und bat sie, näher zu treten, während er dem jungen Priester, der vor einem Bücherregal stand, ein Zeichen gab, sie allein zu lassen.

Christinas Herz machte einen Sprung. Sie erinnerte sich, mit dem jüngeren Geistlichen an ihrem Ankunftstag im Kloster gesprochen zu haben. Es war Leonardo. Oft hatte sie sich gefragt, warum sie sich nicht mehr begegnet waren, und folgte ihm nun mit ihrem Blick. Ein seltsames, aber angenehmes Gefühl befiel sie, während sie den sehnigen, hochgewachsenen Mann betrachtete. Er war barhäuptig, sodass an seinem Hinterkopf die ausrasierte Stelle der pagenkopfartig geschnittenen Frisur leuchtete, während er auffallend aufrecht zur Tür schritt. Dort drehte er sich noch einmal nach ihr um und zwinkerte ihr aufmunternd zu. An dieses Lächeln würde Christina sich ihr Leben lang erinnern. Es war so warmherzig und wohltuend, dass sie sich mutig ein Herz fasste und vor den Schreibtisch vor Hochwürden trat.

Der Generalvikar tauchte den angespitzten Kiel einer Vogelfeder in das Tintenfässchen, das vor ihm auf dem Tisch stand, und schrieb eifrig etwas auf ein Stück Papier, das er ihr über den Tisch reichte. Es war der Vertrag für ihr Noviziat. Doch das Geschehen im Zimmer der Äbtissin drängte, also bat Christina kurzerhand, ihn zuvor in einer anderen Angelegenheit sprechen zu dürfen.

Er aber wies mit einer ausladenden Handbewegung auf die mit verstaubten Büchern vollgestopften Regale an den Wänden und tat so, als hätte er ihre Frage nicht gehört. »Nun, habe ich dir zu viel versprochen? Das hier wird einmal dein Reich sein, wenn du dich für den Schleier entscheidest, mein Kind«, lächelte er. »Ja, staune nur. Hier findest du die Schätze der sieben freien Künste: Grammatik, Rhetorik, Dialektik, Arithmetik, Musik, Geometrie und Astronomie, nicht zu vergessen mannigfaltige Kopien alter Handschriften. Stell dir nur vor, wie viel Wissen du als Novizin anhäufen wirst. Allein durch das Lesen der Bücher über Krankheiten. Es wird dich von deiner Fallsucht befreien, und am Ende deiner Studien wirst du wie Christus, unser Herr, als neuer Mensch auferstehen.« Während er ihr von dem Leben im Kloster vorschwärmte, wechselte sie ungeduldig von einem Bein auf das andere und stand Höllenängste um Marie aus.

Verzweifelt wanderte Christinas Blick zur Tür und wieder zum Schreibtisch zurück, bis sie ihre Hände rang und vor Hochwürden zu Boden stürzte.

Verwundert wich er vor ihr zurück, als sie sein Gewand küssen wollte, beugte sich dann aber zu ihr hinab und hob sie vom Boden auf. »Aber Kind, wenn es nicht der Schleier ist, der dich zu mir geführt hat, was ist es dann?«

»Ach, Hochwürden! Ihr wisst ja nicht, was ich in der kurzen Zeit meines Aufenthaltes im Kloster bereits miterleben musste. Das Schicksal einer Nonne, für deren Heil ich bitte, führt mich zu Euch. Sie bedarf dringend Eurer Hilfe.«

»Dein Tun ehrt dich, mein Kind«, antwortete er und hob ihren Kopf an, um ihr mit dem Ärmel die Tränen von den Wangen zu tupfen. »Ich freue mich, dass ich mich nicht in dir getäuscht habe. Dir sind Herz und Verstand gegeben worden. Aber um welche der Nonnen machst du dir so große Sorgen?«

»Um die Laienschwester Marie, Hochwürden. Sie wird im Zimmer der Äbtissin festgehalten. Oh, und Hochwürden«, aufgeregt küsste sie das Kreuz in seinem Schoß, »ich schwöre bei Gott, dass sie nichts Unrechtes getan hat.«

Entgegen ihrer Erwartung veränderte sich sein Gesichtsausdruck von einem Moment zum anderen. Seine eben noch so freundlich blickenden Augen funkelten erregt, seine Miene verriet Abweisung. Schweigend stützte er das Gesicht in seine Hände, damit sie nicht merkte, wie schwer es ihm fiel, die richtigen Worte zu finden.

Einen Moment lang verharrte er in dieser Position, dann löste er sich sanft aus ihrer Umklammerung und ging einige Male zwischen den Regalen auf und ab, bevor er vor ihr stehen blieb. »Voraussetzung

zung für das Zusammenleben in unserem Orden ist die schwesterliche Liebe untereinander. Sie fordert, dass eine Schwester, die sich gegen diese Liebe gewandt hat, um Verzeihung bitten und sich versöhnen muss. Durch die Liebe, mein Kind, gelangen wir zur Wahrheit, so wie auch durch das Gebet, das Schweigen, unsere Armut, die Bußübungen und die Klausur. Schwester Marie hat sich in letzter Zeit nicht gerade als ein Vorbild an Demut und Gehorsam unter unseren Schwestern hervorgetan. Sie hat mit ihrer Hoffart und ihrem Ungehorsam nicht nur Schande über sich und unser Kloster gebracht, sondern damit auch gegen das Evangelium verstoßen und sich gegen unsere franziskanische Familie versündigt. Ich kann ihr nicht helfen, so gern ich es auch wollte. Die Schwestern bestrafen sie zu recht in der Hoffnung, dass sich ihr Wesen dadurch wieder zum Guten wendet.«

»Nein!«, unterbrach ihn Christina jetzt und warf sich erneut vor ihm zu Boden. Sie hatte in ihrem jungen Leben schon zu viel an menschlichen Gemeinheiten erlebt, und nun benahm sich auch noch der Mensch, auf den sie ihre Hoffnungen gesetzt hatte, nicht anders als ihr Vater und schlug ihr mit gütiger Stimme und lächelnder Miene mitten ins Gesicht. »Warum nur, Hochwürden? Es steht doch in Eurer Macht, Ungerechtigkeiten zu verhindern. Ihr sprecht von Liebe und Barmherzigkeit, tretet sie aber im gleichen Augenblick mit Füßen? Ihr verlangt von mir, den Schleier zu nehmen, aber wie soll ich die Regeln der heiligen Klara verstehen lernen, wenn Ihr sie mir in den schwärzesten Farben vorlebt? Ich habe Euch vertraut und mein Leben in Eure Hände gelegt, aber hinter Eurem gütigen Lächeln verbirgt sich keine Gnade, sondern eher Arglist.«

Der Generalvikar zog die Augenbrauen höher und schlug überrascht das Kreuz über ihr. Sie konnte ja nicht wissen, welchen Grund er für seine Haltung hatte. Es schmerzte ihn, Christina zu enttäuschen, aber noch stärker beunruhigte ihn ihre augenblickliche Verfassung. Er hatte nicht damit gerechnet, mit seinen Worten einen solchen Ausbruch in ihr auszulösen. »Geht es dir gut, mein Kind?«, fragte er und berührte vorsichtig ihren Rücken, als es still zu seinen Füßen wurde.

Christina lag mit gebeugtem Rücken und weit ausgestreckten Armen vor ihm. Plötzlich spürte er unter seiner Hand statt weicher, warmer Haut eine harte Verspannung, und im nächsten Augenblick sprang Christina auf, warf ihren Kopf zurück und begann sich mit erstaunlicher Geschwindigkeit im Kreis zu drehen. Dabei stieß sie so laute Schreie aus, dass der Generalvikar sich zu Tode erschrocken bekreuzigte und vor ihr bis in den hintersten Teil des Büchergewölbes zurückwich, wo er hastig zwischen einer Reihe alter Schriften mit dicken ledernen Einbänden nach dem Buch des Exorzismus griff.

Christina folgte ihm mit verzerrten Zügen, unter Ausstoßen unanständiger Ausdrücke und mit einer Schnelligkeit, die er ihr nicht zugetraut hatte. Mit Schaum vor den Lippen und verdrehten Augen stürzte sie auf ihn zu, als er in dem großen Buch hastig nach der Stelle über Dämonenaustreibungen blätterte, und brach dann vor ihm zusammen. Ihr Körper erging sich noch einige Sekunden lang in den heftigsten Zuckungen, dann knickte ihr Kopf zur Seite, und ihre Glieder entspannten sich. So schnell der Anfall gekommen war, so schnell war er auch vorüber. Reglos, als schliefe sie, lag Christina zu den Füßen des Generalvikars. Nur ihre Finger, die noch in sein Gewand gekrampft waren, zeugten von dem gerade Geschehenen.

Bernard Fresenius wartete noch einen Augenblick, dann beugte er sich vorsichtig zu ihr hinab. »Christina, mein Kind?«, hörte er sich sagen und wunderte sich über seine Stimme, die in der nun herrschenden Stille seltsam laut klang. Als er sah, dass Christinas Augäpfel sich wieder bewegten, entstöpselte er die kleine Ampulle, die an einem Strick vor seinem Leib hing, und benetzte das Gesicht der jungen Frau mit Weihwasser. Sanft entfernte er den Schaum von ihrem Mund, half ihr, sich zu erheben, und stellte erleichtert fest, dass sie sich genauso rasch erholte wie bei dem letzten Anfall vor der Stadtmauer. Es währte nicht lange, und in ihr Gesicht kehrte die rosige Farbe zurück. Doch die blauen Augen füllten sich sofort wieder mit Tränen.

»Bitte, mein Kind«, sagte er rasch, »gib dem Dämon keine erneute Chance, deinen Körper weiterhin so zu malträtieren. Ich verspreche dir, wir werden eine Lösung für Schwester Marie finden.«

Ein dankbares Lächeln huschte über Christinas Gesicht, und das Leuchten kehrte in ihre Augen zurück.

»Oh, Hochwürden, ich bin zu allem bereit, was Ihr von mir verlangt. Wenn Ihr es wollt, unterschreibe ich auch den Vertrag – aber helft Marie, um Gottes willen!«

Was für ein seltsamer Sinneswandel, dachte Bernard Fresenius bei sich und begab sich nachdenklich zum Schreibtisch, auf dem noch das Schriftstück lag. Mein Drängen, sie hier im Kloster zu behalten, lehnt sie bisher störrisch ab, obwohl es doch nur zu ihrem Besten ist, aber für eine Laienschwester ohne jeglichen Besitz will sie sich nur allzu gern aufopfern. Kenne einer das weibliche Geschlecht!

Er vertrieb die grüblerischen Gedanken aus seinem Kopf, denn letztendlich hatte er sein Ziel doch erreicht. Er reichte ihr das Schriftstück. »Geht es dir auch wirklich besser, mein Kind?«, fragte er, als Christina mit zitternden Fingern nach dem dargebotenen Federkiel griff.

Sie nickte, warf einen kurzen Blick auf das Papier, drehte es umständlich zwischen den Fingern und gab es ihm wieder zurück. Der Priester in ihrer Jugend hatte sie nur einige Sätze aus der Bibel gelehrt, die sie fehlerfrei schreiben und lesen konnte.

»Könntet Ihr nicht für mich unterschreiben, Hochwürden?«, fragte sie mit vor Scham geröteten Wangen.

Doch der Generalvikar schüttelte den Kopf und schob ihr das Papier erneut über den Schreibtisch zu. »Nein, das musst du schon allein tun. Setze einfach ein Kreuz darunter, wenn es dir schwerfällt, deinen Namen zu schreiben. Später, wenn du richtig schreiben gelernt hast, kannst du es ja nachholen. Und bedenke, du hast einen Tag und eine Nacht Zeit, um von deiner Entscheidung zurückzutreten«, fügte er hinzu, um ihr den bedeutenden Schritt noch einmal vor Augen zu führen.

Ungelenk kritzelte Christina ein Kreuz unter den Vertrag. Als sie die Feder absetzte, beschlich sie das Gefühl, gerade ihr eigenes Todesurteil unterschrieben zu haben. In Gedanken, den Blick zu Boden gekehrt, betete sie: Herr im Himmel, vergib mir, wenn ich dich beleidigt habe! Ach, Gott, wäre ich doch nie geboren worden, aber ich weiß keinen anderen Ausweg mehr.

Der Generalvikar nahm ihr das Papier aus der Hand, schüttete aus einem Fässchen groben Sand auf das Kreuz, legte es aber nicht auf den Dokumentenstapel, der sich fein geordnet in seinem Schreibtisch befand. Stattdessen steckte er es in ein stark zerlesenes

Buch, das einer Bibel ähnelte und das er zwischen die anderen Schriften ins Regal stellte. Christina versuchte, sich die Stelle für Marie einzuprägen, die ihr das Buch mit dem Vertrag sicherlich zurückbringen würde, während der Generalvikar ihr bereits wieder die Hand reichte.

»Gut, meine Tochter«, sagte er, »dann werde ich jetzt die Äbtissin nach dem Vorfall befragen und die Ordnung in der Klausur wiederherstellen.«

Christina lächelte still in sich hinein und betete mit geschlossenen Lippen um Vergebung für ihre List. Der Generalvikar wertete ihre Reaktion als Dankbarkeit, denn wie sollte er auch wissen, dass gerade das Weib in ihr erwacht war, das mit den ihr von Gott gegebenen Gaben es meisterhaft verstanden hatte, ihn zu täuschen und die Besessene nur gemimt hatte.

Bereits wenige Augenblicke später begegneten sie der Äbtissin und ihren Helfershelferinnen auf dem Weg zur Kirche. In ihrer Mitte führten sie Marie. Die zwei Nonnen zerrten sie wieder an den Armen, und die Äbtissin stieß sie bei jedem Schritt heftig von hinten vorwärts, sodass sie immerfort über ihre eigenen Füße stolperte. Unbarmherzig riss man sie wieder hoch, wobei Christina, im Rücken des Generalvikars verborgen, bemerkte, dass Maries Hände mit einem groben Strick gefesselt waren.

Der Generalvikar trat den Nonnen in den Weg und warf einen empörten Blick auf die Äbtissin. »Nun, Ehrwürdige Mutter, habt Ihr mir etwas dazu zu sagen?«

Die Äbtissin neigte das Haupt vor ihm und küsste ehrfürchtig sein Gewand. »Oh, Gott, Ehrwürdiger Vater«, antwortete sie, »betet mit uns für unsere Schwester Marie. Alle Nonnen sind bereits im Chor versammelt, um Vergebung für ihre Sünden zu erbitten. Und meidet ihren Blick, Hochwürden. Er wird Euch sonst beschmutzen, da unsere Schwester vom Teufel besessen ist«, klagte sie scheinheilig. »In ihrer Zelle waren grausige Stimmen zu hören, das Geschrei und Geklirr von Ketten. Über ihre Lippen kamen unflätige Flüche, und der Teufel der Unzucht hat sich ihrer bemächtigt. Oh, Ehrwürdiger Vater, fragt mich nicht nach Einzelheiten, ich würde nur erröten und könnte unserem Herrn und Schöpfer nie wieder unter die Augen treten. Zudem hat Schwester Marie das Kloster aufgewiegelt, die Regeln verletzt und Zwietracht gesät, sodass ich mich gezwungen sah, sie zu bestrafen«, log sie so schnell, dass der Generalvikar nicht zu Wort kam und nur mit gerunzelter Stirn zuhören konnte.

Dann aber trat er auf Marie zu und zwang sie, ihn anzusehen. »Stimmt das, Schwester Marie?«

Die junge Schwester reagierte mit Verzögerung. Als sie langsam den Kopf hob, sah Christina, dass ihre Lippen bluteten und ihr rechtes Auge angeschwollen war. Ihre Züge waren leichenblass, das Gesicht eingefallen. Sie wirkte gebrochen. Die bisher so lebendigen Augen schienen wie erloschen, wanderten aber irre hin und her, als sie dem Generalvikar antwortete. »Gott soll mein Zeuge sein, Gott, der uns überall hört. Ich bin eine Christin, ich bin unschuldig, und wenn ich das eine oder andere Unrecht begangen habe, so kennt es Gott allein, und nur er allein hat das Recht, mich dafür zu bestrafen.«

»Ehrwürdige Mutter, mir ist durchaus bekannt, dass Ihr das Amt der Äbtissin in diesem Kloster den Geldspenden Eurer freigiebigen Schwester zu verdanken habt. Nun zeigt Euch auch dieser Ehre würdig und lenkt und leitet mit gerechter Hand«, wandte er sich ernst an Schwester Ursula. »Wenn sie wirklich vom Teufel besessen ist, hätte ich viel früher über den Umstand in Kenntnis gesetzt werden müssen. Und weshalb befindet sich die Schwester in einem solch erbarmungswürdigen Zustand?«

Die Äbtissin wollte sich rechtfertigen, doch er ließ sie nicht zu Wort kommen. »Muss ich Euch darauf hinweisen, dass ich es bin, der hier die Fragen stellt? Warum ist sie gefesselt?«

»Damit sie sich selbst nichts antut, Ehrwürdiger Vater. Seht doch nur, wie sie sich schon zugerichtet hat.« Die Äbtissin senkte den Blick.

»Wo ist ihr Rosenkranz, wo ihr Kruzifix?«

»Man hat es ihr auf meinen Befehl hin abgenommen, damit sie sich in ihrem Zustand nicht verletzt. Wir müssen das arme Kind doch vor sich selbst schützen, Ehrwürdiger Vater. Die Schwestern hier können meine Worte bezeugen.«

»Und wie soll sie dann beten?«

»Das werden wir Schwestern für sie übernehmen.«

Verärgert schüttelte der Generalvikar den Kopf. Er sah Christina an, die ihren Blick nicht von Marie ließ, und bedeutete der Äbtissin, ihm in eine wenige Fuß breite Nische hinter eine Säule zu folgen, wo sie niemand hören konnte.

»Ihr seid Eures Amtes nicht würdig, Ehrwürdige Mutter«, sagte er ruhig und ernst. »Dankt Gott, dass ich bei seiner Exzellenz, dem Erzbischof, nicht Klage gegen Euch führe, denn normalerweise toleriere ich keine Regelverstöße dieser Art. Und was soll dieses Aufsehen um eine unbedeutende Nonne? Ihr habt mir Gehorsam gelobt, und Euch dürfte bekannt sein, dass das Kloster in der Öffentlichkeit kein weiteres Aufsehen erregen darf. Es geht um unseren Ruf.«

Er trat auf den Gang zurück und wandte sich wieder an Christina. »Dir, mein Kind, wird man eine eigene Zelle zuweisen. Du wirst ein Ordensgewand und einen neuen Namen bekommen, und man wird dir von nun an mit Respekt und Höflichkeit begegnen.« Er bedachte die Äbtissin mit einem warnenden Blick, dann entfernte er sich. »Das wollen Christinnen sein. Einfach schrecklich! Sie haben allesamt den Teufel im Leib«, sagte er kopfschüttelnd zu dem jungen Priester, der ihnen mit einem Stapel Schriften unterm Arm entgegenkam und von alldem nichts verstand.

V.

Bereits am darauffolgenden Tag erfolgte Christinas feierliche Einkleidung. Alles ging so ungewöhnlich rasch vonstatten, dass sie sich später in ihrer Zelle fragte, ob sie noch Postulantin oder bereits Novizin des Klosters Santa Klara war.

Alle Nonnen hatten sich im Chor versammelt, auch Schwester Sophia, die Christina im ersten Chorstuhl links vom Altar gegenüber der Äbtissin entdeckte und die während der Zeremonie in leises Gebet versunken war. Christina mühte sich mehr als einmal, einen Blick von ihr zu erhaschen, aber für die Nonne schien sie nicht vorhanden zu sein. Der junge Priester Leonardo hielt die Predigt, und aus seinen Händen empfing sie später auch den Segen. Die Nonnen umarmten und beglückwünschten sie nach der Zeremonie, aber es war nicht Gott, der Christina dabei erschienen war und zu dem sie auf den Altarstufen gebetet hatte, es war der junge Priester, an den sie ohne Unterlass hatte denken müssen. Obwohl beide bisher keine Möglichkeit gefunden hatten, weitere Worte miteinander zu wechseln, gab seine bloße Anwesenheit ihr Zutrauen und Zuversicht. Sein Blick löste sich nicht ein einziges Mal von ihr, warm und streichelnd lag er die ganze Zeit auf ihr. Sie ertappte sich dabei, dass sie sich wünschte, die Hände, die sie segneten, zu berühren. Etwas befremdlich empfand sie es, dass ihre Eltern fehlten, obwohl der Generalvikar versprochen hatte, sie herbringen zu lassen.

Stattdessen waren ihr unbekannte Gäste geladen, unter ihnen die Frau des Bürgermeisters, ein großes Weib mit lang herabhängenden, lockigen braunen Haaren, eine reiche alte Witwe, der Dechant von St. Severin, der städtische Syndikus und noch unzählige andere adlige und geistliche Würdenträger.

Beim Abendessen entdeckte sie Marie. Sie hatte sie unter den Laienschwestern, welche gesondert der Zeremonie beigewohnt hatten, vermisst, und ihr fiel ein Stein vom Herzen. In ihrer Phantasie hatte Christina sich bereits sämtliche Todesarten vorgestellt.

Wie üblich hatte Marie die Chorschwestern am Tisch zu bedienen. Die Malträtierung durch die Nonnen war ihrem Gesicht kaum mehr anzusehen. Es war lediglich eine Nuance blasser, und sie wirkte merkwürdig nervös. Mehrmals fiel ihr das Brot beim Verteilen zu Boden, und einmal verschüttete sie beim Einschenken die Suppe. Es drängte Christina danach, endlich ein Wort mit ihr zu wechseln, und so bedeutete sie ihr in dem Augenblick, als die anderen Nonnen über ihre Teller gebeugt eifrig zu löffeln begannen, unauffällig mit einem Blick, ihr etwas Wasser zu reichen.

Marie schenkte ihr nach und beugte sich zu Christinas Ohr hinab. »Meine Freundin, nehmt das Brot«, wisperte sie mit unbeweglichen Lippen, während sie die Äbtissin am Ende des Tisches im Auge behielt. »In ihm ist eine Nachricht für Mhon Ursel versteckt. Bringt sie für mich zum ›Raben‹, aber seid auf der Hut. Niemand darf davon erfahren. Es wäre mein und auch Euer Tod. Ihr werdet mir diesen Liebesdienst doch nicht abschlagen, teure Freundin?«

Christina wunderte sich über Maries förmliche Ansprache, führte sie aber auf ihren neuen Stand als zukünftige Nonne und auf das Gerücht zurück, welches im Konvent seine Runde machte. Man munkelte bereits, ihr Eintritt in das Kloster sei von einer hohen Mitgift begleitet worden. »Du kannst mir vertrauen, Marie. Aber auch ich bitte dich um einen Dienst: Entwende für mich in der Bibliothek aus der Bibel rechts oben im Regal das Schriftstück meines Noviziats. Ich will keine Nonne werden, Marie!«

»Ich werde es versuchen«, antwortete Marie und reichte ihr das Tablett mit dem Brot. Sie hielt es absichtlich schräg, sodass der Brotkanten statt auf den Teller in Christinas Schoß fiel.

Die Äbtissin hatte das erneute Missgeschick der Laienschwester jedoch bemerkt. Sie erhob sich, winkte sie zu sich ans Tischende und befahl ihr leise: »Folgt mir, Schwester Marie.«

Christina nutzte die Verwirrung. Während alle Augen den beiden Nonnen folgten, zog sie unauffällig das Papier aus dem Brot und verbarg es in ihrem Kleid.

Zurück in ihrer Zelle, zog sie hastig den Brief hervor und faltete ihn mit zitternden Fingern auseinander. Aber sooft sie das Schriftstück auch drehte und wendete, sie vermochte Maries Schrift nicht zu lesen. Lediglich einen Namen konnte sie halbwegs entziffern und wunderte sich: Es war der der Frau des Bürgermeisters.

Einerseits fühlte sie sich durch Maries Vertrauen geschmeichelt und beschloss, das Schreiben gleich am nächsten Tag zum »Raben«

zu bringen. Andererseits aber beschäftigte sie der Gedanke, warum Marie gerade ihr den Brief anvertraut hatte, wo sie ihn doch auf ihren Bettelgängen bei den Frauen hätte selbst abgeben können. Etwas, von dem sie nicht wusste, musste Marie daran hindern. Während Christina das Schriftstück wieder in ihrem Mieder verbarg, reimte sie sich die abenteuerlichsten Theorien zusammen: Vielleicht hatte Marie ein Geheimnis entdeckt, das etwas mit ihr zu tun hatte? Eine Schlussfolgerung, die sie auf die seltsamen Ereignisse um ihre Person zurückführte. Denn warum sonst hätte eine wohlhabende Postmeisterin ihre Mitgift gezahlt, und weshalb sonst hätte ein Mann wie der Generalvikar ein so großes Interesse an ihr, die offiziell nur die Tochter eines Gürtelmacherboten war?

Die vielen unbeantworteten Fragen beschäftigten sie zunehmend. Sie schwor sich, die Antworten darauf herauszufinden, und wenn der Preis dafür zwei Jahre Noviziat in der Hölle waren.

VI.

Es vergingen einige Tage, in denen Christina Marie nicht wiedersah. Im Chor beim Beten wie auch bei der Messe oder bei der Abendandacht – ihr Platz zwischen den Laienschwestern blieb stets verwaist.

Man überbot sich übereifrig, um ihr das Noviziat, das zum Großteil aus Kirchgängen, Gebeten, Lesungen und Gartenarbeit bestand, so angenehm wie möglich zu machen. Die Äbtissin war eine Ausgeburt an Höflichkeit und Nachsicht, während der Generalvikar sich zu ihrem unerbittlichsten Lehrmeister aufschwang.

Jede freie Minute fand man Christina in der Klosterbibliothek, den Kopf zwischen verstaubten Schriften. Hochwürden brachte ihr das Lesen, Schreiben und Rechnen bei, er unterrichtete sie in lateinischer Sprache, in der Buchmalerei sowie im Saiten- und Flötenspiel. Über die Aufgaben vergaß sie manchmal sogar ihre Abneigung gegen das Klosterleben, doch ihr Vorsatz, nie Nonne zu werden, blieb unerschütterlich.

Dass sie sich in der Klosterbibliothek wohlfühlte, zeigte sie ihrem Gönner durch fleißigen Gehorsam. Hochwürden hätte sich keine bessere Schülerin wünschen können, und so schickte er mehrmals täglich Gebete zum Himmel, um dem Herrgott zu danken, dass er ihm dieses Wunderkind geschickt hatte. Wenn er ihr über die Schulter schaute, wie sie mit einem Gänsekiel und verschiedenen Deckfarben einen Bucheinband mit aufwendigen Illustrationen verzierte, dann lächelte er zufrieden und erzählte ihr von der Buchmalerin Loppa, die vor dreihundert Jahren im Kloster gelebt und aufgrund ihres großen künstlerischen Talentes Buchtexte und Noten geschrieben hatte und die auch für den Buchschmuck zuständig gewesen war.

Besonders aber leuchteten seine Augen, wenn er den berühmten Codex im Domkapitel erwähnte, den der Domdekan 1350 persönlich bei der Klarissin in Auftrag gegeben hatte. »Früher«, sagte er dann immer, »sorgten die Klarissen noch selbst für ihren Unterhalt. Sie waren fleißig und bescheiden, lebten nach der Tradition der Kölner Minoriten. Sie verdienten mit der Buchmalerei ihr

Leben, die dem Konvent großen Reichtum und Berühmtheit bescherte. Friedfertig in einer Gottesgemeinschaft lebend, fertigten sie fein verzierte, großformatige Bilderhandschriften an, Einzelstücke mit kunstvoll gemalten Lettern, oftmals sogar mit Noten versehen. Heute beherrscht diese Kunst nur noch unsere heilige Schwester Sophia. Die meisten der anderen frönen lieber dem Stumpfsinn und dem Laster und sind längst schon für die Verdammnis bestimmt.«

Christina hing wie ein wissbegieriges Kind an seinen Lippen, sie konnte nicht genug von seinen Geschichten bekommen. Dennoch fragte sie sich immer wieder, was für ein Mensch der Generalvikar in Wirklichkeit war. Steckte hinter der gütigen Maske nicht vielleicht doch der Teufel, der nach seinen eigenen Regeln lebte?

Eines Tages kam sie auf seine Aufgabe zu sprechen, die seinen Aufenthalt im Kloster nun schon länger als vorgesehen notwendig zu machen schien. Als sie ihn vorsichtig nach dem mysteriösen Kruzifix fragte, blickte er sie mit einem nachdenklichen Blick über den Buchrand hinweg an. Es schien ihr, als sei er um eine Antwort verlegen. Oder konnte es sein, dass er darüber nachdachte, sie in seine Nachforschungen miteinzubeziehen?

Als sie seinem Blick standhielt und nicht wie üblich die Lider senkte, sagte er: »Ich bin hier, um den teuflischen Umtrieben im Kloster den Kampf anzusagen. Ich muss herausfinden, von wem das Blut am Kruzifix wirklich stammt.«

»Ich hoffe nicht, dass meine Frage zu vermessen ist, aber habt Ihr schon einen bestimmten Verdacht?« Christina nahm wieder ihre Arbeit auf.

»Du hast wirklich eine gesunde Neugier, mein Kind«, lachte er. »Fast zu viel für ein so junges Weib. Ich hoffe, es ist Gott, der dir diesen wachen Geist gegeben hat, und nicht der Dämon, der zwar noch nicht besiegt ist, den dein Lerneifer jedoch bereits in erste Schranken gewiesen hat. Aber zu deiner Frage: Ich bin mir fast sicher, dass hinter dem Blut des Mirakels jemand steckt, der Sophias angeschlagenen Ruf als Heilige damit festigen wollte. Es könnte das Menstruationsblut einer Chorschwester oder Laienschwester oder das Blut der ermordeten Äbtissin gewesen sein.«

Christina hörte gebannt zu. Ihre Vermutung war richtig gewesen. Ihre Beziehung war so eng geworden, dass er sie in seine Gedanken einweihte. »Und was ist mit diesem Mord an der früheren Äbtissin?«, wagte sie sich einen weiteren Schritt vor.

»Auch in diesem Fall trete ich noch auf der Stelle. Die Nonnen schweigen, sobald ich auch nur den Namen von Benedikta ausspreche. Ich denke, ich werde in den nächsten Tagen zu Seiner Eminenz, dem Erzbischof, reisen«, entschied er, während er etwas auf ein Papier kritzelte. »Ich werde ihn um die Schöffen vom Hochgericht bitten, um die Doktoren Johann zum Romschwinckel und Walram Blankenberg, vielleicht auch um den Doktor Friedrich Wissius. Sie sollen mich bei der Klärung der Vorfälle unterstützen.«

Als Christina die ersten beiden Namen hörte, fuhr ihr ein Schrecken in die Glieder.

»Nanu«, wunderte sich der Generalvikar, »du hast doch nicht etwa Angst vor den Herren?«

»Man erzählt sich, sie seien Hexenjäger, Hochwürden«, gab Christina kleinlaut von sich und bekreuzigte sich.

»Du hast recht, und ich bin stolz auf die beiden reisenden jungen Kommissare, die sich in der kurzen Zeit ihrer Laufbahn bereits einen so guten Namen gemacht haben. Sie stammen aus der Eifel, wo sie sich als eifrige Hexenverfolger hervorgetan und für ein besseres Beweisverfahren in Sachen Hexerei großen Ruhm geerntet haben.«

»Sie stehen aber auch in dem Ruf, unnachgiebige Verfolger zu sein und grausamste Foltermethoden anzuwenden. Die Frauen, auf die sie angesetzt werden, sterben normalerweise im Feuer.« Christina wusste, dass es gefährlich war, solche Dinge auszusprechen. Unwillkürlich musste sie an Marie denken und wurde erneut von großer Angst um die Nonne ergriffen.

Doch der Generalvikar lächelte nur und widmete sich wieder seinem Text. »Die beiden Doktoren von der Kölner Universität sind hervorragende Absolventen«, sagte er beiläufig, »und bauen ihre Beweise auf dem sogenannten Hexenstigma auf. Ein Weib mit einem solchen Mal am Körper ist ihrer Theorie nach unweigerlich eine Hexe und meistens auch geständig.«

»Was genau ist ein Hexenstigma, Hochwürden?«

»Findet man am Körper der vermeintlichen Hexe eine Stelle, die taub gegenüber Nadelstichen ist und nach einem solchen Stich nicht blutet, so nennt man diese Stelle ein Hexenstigma«, erklärte er ihr etwas verwundert über ihren Wissensdurst, was dieses leidige Thema betraf. »Zur Überprüfung sticht der Henker der Angeklagten mit einer Nadel in jede ihm auffällige Stelle – wie zum Beispiel in Muttermale, Narben und Leberflecke. Dabei ist seine Aussage über jeden Zweifel erhaben. Findet er ein solches Stigma, so muss es sich bei der armen Seele um eine Hexe handeln. Anschließend wird sie gefoltert, um alles für den späteren Prozess Wesentliche zu gestehen. Manchmal reicht aber auch schon das bloße Feststellen eines Hexenzeichens, um sie zum Reden zu bringen.«

Einen Augenblick lang herrschte in der Bibliothek betroffenes Schweigen. »Ich habe Angst um eine unserer Schwestern, Hochwürden«, sagte Christina dann, während sie nervös an ihrer Unterlippe nagte.

»Also haben wir eine Hexe im Kloster?« Der Generalvikar hob amüsiert die Brauen. Dann stand er auf, lief zum Regal, griff sich ein Buch, schlug es in Gedanken versunken auf und begann gleich darauf nachdenklich in ihm zu blättern.

»Nein, Hochwürden, ich glaube nicht, dass eine Hexe unter uns zu finden ist«, druckste Christina herum. »Aber …« Sie machte absichtlich eine Pause und beobachtete ihn, wie er über die Buchseiten strich, als hielte er ein besonders kostbares Kleinod in der Hand, bevor er sie umblätterte. Dann fasste sie sich ein Herz und sagte mutig: »Aber würdet Ihr mir noch eine Frage beantworten, Hochwürden?«

Überrascht von der Kraft in ihrer Stimme, schlug er das Buch zu und nieste ob der sich ausbreitenden Staubwolke. »Nur zu, mein Kind. Wenn ich dir damit helfen kann, beantworte ich dir gern deine Fragen«, ermunterte er sie.

»Hochwürden, verzeiht mir meine Vermessenheit, aber was für ein Mensch ist unsere Schwester Sophia, die im Chor und im Refektorium einen Sonderplatz einnimmt und hinter deren Rücken getuschelt wird. Ist sie vom Teufel besessen oder eine Heilige? Und warum verhält sie sich mir gegenüber so merkwürdig?«

»Jetzt bist du wirklich ungehörig, mein Kind«, tadelte er sie. Seine Miene hatte sich verändert, seine Bewegungen wirkten fahrig. Stumm schob er das Buch wieder zwischen die Buchreihen zurück.

»Ich bitte um Nachsicht, Hochwürden«, entschuldigte sie sich. »Ich wurde Zeuge ihrer Geißelung und Teufelsaustreibung, verstehe aber nichts davon. Ihr seid für mich zu einer Art Vater geworden und habt mich zwischen diesen Büchern mein unglückliches Leben vergessen lassen. Weshalb aber lasst Ihr mich dennoch weiter in Unwissenheit? Ihr sagt selbst, im Kloster geschähen seltsame Dinge, aber – Gott möge mir diese Frage verzeihen – wonach sucht Ihr wirklich hier? Was für ein Geheimnis umgibt Sophia, und welche Sünde ist so groß, dass Ihr eigenhändig die Geißelung an ihr vornehmt?« Endlich war es heraus. Christina atmete wie von einer schweren Last befreit auf, presste aber gleichzeitig das Kreuz, das um ihren Hals hing, fest an ihre Brust und nahm in Erwartung des Zornes des Generalvikars eine demütige Haltung ein.

»Sieh mich an, meine Tochter!«, befahl er ihr mit seltsam ruhiger Stimme. »Ich habe deine bisherigen vorwitzigen Fragen mit Geduld ertragen, aber nun bedanke dich bei unserem Herrgott, dessen gehorsamer Diener ich bin, dass ich dich nicht doch dafür bestrafe.« Er überlegte kurz, wie er sich ausdrücken sollte, bevor er weitersprach. »Du musst wissen, dass unsere Schwester Sophia nicht aus freien Stücken im Kloster ist. Sie ist eine Tochter des Nikolaus von Langenberg, eines Ketzers, dessen Lieben fürwahr entweder Freund oder Feind für uns sein müssen. Von Langenberg steht gleichzeitig im Dienste des Papstes und eines protestantischen Ketzers. Sein größtes Vergehen war die unsinnige Forderung im Geheimen Rat von Braunschweig, die Spanier aus den niederrheinischen Territorien zu vertreiben. Sie hat zu seiner Verhaftung geführt. Obendrein hat er nach einem Streit mit dem Abt von Siegburg eine Schmähschrift verfasst, in der er die Untätigkeit unserer Herzöge geißelt und sie aufruft, mit Waffengewalt alle fremden Truppen aus unserem Land zu jagen.

Ihre Familie ist Sophias Makel, aber sie ist nicht der einzige. Es war der Umstand einer unzüchtigen Liebe, die sie letztendlich in unser Kloster trieb. Für ihre Sünden bestraft sie sich seitdem jeden Tag vor Gott. Ich bin nur ihr ausführender Arm. Und was die Teufelsaustreibung betrifft … Du hast mich also tatsächlich erkannt? Was für ein überaus gutes Auge.« Er lächelte wieder.

»Im Kloster fanden immer schon Teufelsaustreibungen statt. Schon das Evangelium berichtet, dass Jesus etliche Dämonen aus

Rasenden in eine Herde Sauen bannte und der heiligen Maria Magdalena gleich sieben Dämonen austrieb. Aber ein zu häufig praktizierter Exorzismus ist es nicht allein, der das Kloster beim Erzbischof in Verruf gebracht hat. Es sind die vom Teufel besessenen Chorschwestern. Es sind ihrer bereits zu viele, fast könnte man die Anhäufung mit einer Krankheit vergleichen, und dafür muss es einen Grund geben. Meistens hat ein Teufelsaustreiber einen niederen Weihegrad als ich, aber auch da gibt es eben Ausnahmen. Selbst unser Heiliger Vater in Rom hat als Priester Teufelsaustreibungen vorgenommen. Sieh her, mein Kind.« Er zog eines der verstaubten Bücher aus einem unteren Regal und hielt es ihr hin. »Der rituelle Ablauf des Exorzismus wurde 1614 von Papst Paul V. in einer liturgischen Schrift niedergelegt. Du solltest sie lesen. Früher hat Pater Antonius in seinem Amt als Abt Teufelsaustreibungen durchgeführt, und nun hat mich unsere Schwester Sophia so inständig darum gebeten, dass ich ihr diesen Liebesdienst nicht abschlagen konnte. Sie leidet am gleichen Dämon wie die anderen. Nicht immer gewinnt sie den Kampf gegen ihn, dann muss ihr ein Priester, ein Exorzist, helfen. Gerade Heilige sind den Versuchungen des Teufels besonders stark ausgesetzt, da er über sie Macht über mehr Menschen zu erlangen versucht.«

»Dann müsst Ihr ein innerlich starker Mann sein, Hochwürden. Der Teufel ist böse, und es erfordert sicherlich viel Mut, gegen das Böse erfolgreich zu kämpfen.« Sie nahm das Buch entgegen, schlug die erste Seite auf, klappte es aber erschrocken sofort wieder zu, als sie in einem Blutdreieck, umwuchert von einem Kranz aus Weinäpfeln und Euphorbien, einen schwarzen Bock mit Hörnern sah.

»Zum Gelingen einer Teufelsaustreibung muss das Ritual streng befolgt werden, damit der Exorzist nicht selbst Opfer des Dämons wird, denn der unsaubere Geist wird keinesfalls freiwillig die Besessene verlassen. Vielmehr ist ein für alle Beteiligten aufs Stärkste herausfordernder Kampf vonnöten.«

Der Exorzismus schien das Lieblingsthema des Generalvikars zu sein, er wollte gar nicht wieder aufhören, darüber zu erzählen. Er redete von Geistern, die in Besessene gefahren waren, gab ihnen Namen, ging auf die ein, die in der Umgebung der Besessenen lebten, schilderte Körperöffnungen, durch die der Dämon bevorzugt eindrang, und wie man sich am besten davor schützen könnte.

Christina hätte ihm noch viele Stunden zuhören können, auch wenn sie ihm in manchen Dingen nur schwer folgen konnte. Sie verstand nichts von weltlicher Politik, und auch von Nikolaus von Langenberg, dem Vater von Sophia, hatte sie bisher nur von Marie etwas gehört, aber sie nahm sich vor, das Buch über die Teufelsaustreibungen später zu lesen. Dennoch wurde sie bei all der Euphorie des Generalvikars das Gefühl nicht los, dass er nie die ganze Wahrheit aussprach. Welches Geheimnis verschwieg er ihr?

In diese Gedanken versunken, begab sie sich einige Minuten später auf den Weg zur samstäglichen Füße- und Händewaschung. Die Hände in den weiten Ärmeln vergraben, kam sie an der Zelle der Äbtissin vorbei, aus der lautes Stimmengewirr erklang.

Zunächst wollte sie weitergehen. Das Gespräch mit Hochwürden hatte sie viel zu lange aufgehalten, sodass sie eine Bestrafung durch die Nonnen befürchtete, wenn sie als Letzte zu der Waschung vor dem Abendessen erschien. Dann aber siegte ihre Neugier. Rasch vergewisserte sie sich, dass keine Nonne den Kreuzgang entlangkam, und lief dann die wenigen Schritte auf Zehenspitzen zurück.

Hinter dem Pfeiler vor der Zelle drückte sie sich gegen die Wand. Es war nicht zu überhören, dass die Äbtissin sich mit einer weiteren Person, deren Stimme Christina bekannt vorkam und die die Äbtissin mit Elisabeth ansprach, einen Wortwechsel lieferte. Je mehr Christina von dem Streitgespräch verstand, desto stärker glaubte sie, den Boden unter den Füßen zu verlieren.

»Du hättest dich Bernards Forderung nicht beugen sollen, Elisabeth. Du hast doch keinerlei Grund, die Mitgift für einen Bastard zu begleichen! Wenn Hochwürden die vermaledeite Maid, nein, was sag ich, den Teufel persönlich in unser bis dahin so friedliches Kloster bringen muss, dann soll er auch für die Mitgift aufkommen. Das Beste für uns und den Bastard wäre sein Tod gewesen. Durch deine vermaledeite Güte, Schwester, bringst du das gesamte Kloster in Gefahr.«

Die Äbtissin schimpfte, bis Christina endlich die Stimme ihres Gegenübers vernahm. »Du übertreibst wie immer, Ursula. Ich habe es für unseren Bruder getan und ihre Mitgift bezahlt, um der Familie einen weiteren Skandal zu ersparen. Die Klostermauern sind dick, sie werden das Geheimnis von Christinas unseliger Geburt sicher schützen. Stell dir nur vor, die Öffentlichkeit erführe von der Liaison unseres Bruders mit der Tochter eines Protestanten. Nicht auszumalen, was dann passieren würde. Warum nur ist dein Herz so verhärtet? Wir sind doch Schwestern, stammen aus dem gleichen Haus. Hat dich das Klosterleben vergessen lassen, wer du bist?«

Christina hörte, wie die Äbtissin mit den Fingern auf die Schreibtischplatte trommelte. »Ja, vergessen, das ist der richtige Ausdruck, Schwester«, antwortete sie ungeduldig. »Insgeheim erfreust du dich doch daran, mich hinter diesen Mauern leiden zu sehen, während du das weltliche Leben mit all seinen Vorzügen genießt. Eigentlich ist es doch ganz nach deinem Sinn, dass ich hier lebendig begraben bin, denn in Wirklichkeit verzehrst du dich vor Angst. Schließlich könnte ich Dinge ausplaudern, die dir und unserem Bruder, dem Domherrn, zum Schaden gereichen könnten. Denk nur an Schwester Maries Beschuldigung. Ich hoffe wirklich, sie ist die Einzige, die um euren sinnlosen Streit um die Postlizenz weiß. Vergiss nie, dass es dich den Kopf kosten kann, wenn seine Hochwohlgeboren Generaloberpostmeister Graf Leonhard II. von Taxis erfährt, dass unser armer Vater, Gott sei seiner Seele gnädig, keine Ruhe in geweihter Erde findet. Du lässt einen Toten mittels gefälschter Unterschriften und falscher Auskünfte weiterleben. Wie vereinbart sich das noch mit Gottes Geboten?«

»Still!«, zischte Elisabeth. »Was sollen die Vorwürfe, Schwester? Du weißt doch, dass wir mit den Herren von Taxis gerichtlich um die Postlizenz unseres Vaters streiten. Bei diesen mächtigen Gegnern bleibt uns keine andere Wahl, als hier und da eine List anzuwenden. Und dich hat niemand gezwungen, den Schleier zu nehmen. Bei Gott, es war allein dein Wunsch. Hast du etwa schon vergessen, weshalb du die Abgeschiedenheit des Klosterlebens gewählt hast? Ich darf dich daran erinnern, dass es nicht allein die Liebe zu Christus, unserem Herrn, war. Es waren dein übertriebener Ehrgeiz, Fertigkeiten im Kloster zu erwerben, die zu erlernen dir draußen nicht vergönnt gewesen wären, sowie deine ungestillte Liebe zu unserem Generalvikar.«

»Wag es ja nicht, seinen Namen zu nennen!«, unterbrach die Äbtissin sie wütend.

»Nur keine Angst«, erklang es wieder ruhiger. »Ich achte ihn, so wie ihm Achtung gebührt. Aber dich zerfrisst der Hass, weil er dir seine Liebe verwehrt und stattdessen Sophia zugetan ist. Nur deshalb willst du sie jetzt vernichten.«

»Und das werde ich auch tun«, kam es von der Äbtissin zurück. »Mit ihr sei auch ihr unseliger Bastard verflucht. Er wird über uns alle noch Unglück bringen.«

»Das ist nicht mehr nötig. Das Unglück hast du doch bereits über das Kloster gebracht, Schwester. Erinnere dich nur an Mutter Benedikta. Ihr Ansehen im Kloster und ihre abgöttische Liebe zu Schwester Sophia haben ihren sicheren Tod bedeutet. Du konntest es nicht ertragen.«

»Du weißt genau, weshalb ihr Tod unumgänglich war. Außerdem ist sie während einer Teufelsaustreibung gestorben«, zischte die Äbtissin heiser.

»Vor mir musst du dich nicht verstellen. Ich bin mir sicher, dass du nachgeholfen hast. Die Quälereien, die einer Nonne widerfahren können, sind mir nur allzu gut bekannt. Und eine Klarissin, die das Kloster verlässt oder stirbt, vermehrt zudem den Besitz derer, die zurückbleiben. Auch Schwester Sophia wäre sicher schon längst tot, gäbe es nicht das Tagebuch, das das Kloster kompromittieren kann. Aber es ist verschwunden, verschwunden gemeinsam mit Pater Antonius. Gerät es in falsche Hände, so seid ihr alle erledigt. Du hättest dein Augenmerk stärker auf den Pater richten müssen, lange genug war er auch dein Beichtvater. Ich habe Angst um dich, meine Schwester. Finden wir das Buch nicht, bevor die Kommissare hier herumzuschnüffeln beginnen, werden wir alle für unsere Taten brennen.«

Das Gespräch wurde durch die Verwalterin unterbrochen, die mit einer Glocke in der Hand durch den Kreuzgang trippelte und lauthals die bevorstehende Messe verkündete. Daraufhin wurde die Tür aufgerissen, und Christina presste sich so heftig gegen die Wand, dass die Steine sich schmerzhaft in ihren Rücken bohrten. Sie hielt den Atem an und legte die Hand auf ihr Herz, um es zu beruhigen. Das Gehörte hatte sie dermaßen verwirrt, dass sie außerstande war, sich vom Fleck zu bewegen.

Im Geiste sah sie sich fortlaufen, zurück zur Mutter und sogar zum Vater, der sie für ihre lange Abwesenheit hart bestrafen würde, aber das erschien ihr nach allem, was sie gerade erfahren hatte, fast wie Gottes Segen. Offensichtlich schien sie eine Gefahr für die Äbtissin und ihre Familie darzustellen. Dann tauchte auf einmal Marie in ihren Gedanken auf, die Einzige, die ihr vielleicht helfen konnte, ihre Fragen zu beantworten, die aber unauffindbar war. Sie sah Hochwürden, wie er Sophia bis auf das Blut geißelte, und die Postmeisterin, wie sie sich ihr unsittlich näherte, bis sie plötzlich in das verdutzte Gesicht der Äbtissin blickte.

Ursulas Ausdruck wechselte von überrascht über totenblass bis hin zu wütend. Ahnte sie, dass ihr Gespräch belauscht worden war?

»Geht in Eure Zelle und erwartet Eure Strafe für unrechtmäßiges Lauschen!«, befahl sie der jungen Novizin.

Christina befolgte die Aufforderung wie in Trance. Sie spürte die Augen der Äbtissin noch einen Augenblick in ihrem Rücken, bis ihre Schritte leise im Gewölbe verhallten. Erleichtert atmete sie auf. Sie folgten nicht ihr, sondern der Postmeisterin.

In der Zelle lösten sich die Erlebnisse in einem Strom von Tränen, und als sie wieder ruhiger auf ihrer Matratze lag, den Kopf in die Hände gestützt, konnte sie nur an die zu erwartende Strafe denken, die sie sich in den grausamsten Einzelheiten ausmalte.

Den Generalvikar um Hilfe zu bitten, das getraute sie sich dieses Mal nicht. In ihrer Verzweiflung erinnerte sie sich wieder an Maries Brief, den sie zum »Raben« hatte bringen sollen. Fast hatte sie ihn über ihr neues Leben und das Lesen- und Schreibenlernen vergessen. Sie holte ihn rasch hervor, aber von der Angst getrieben, die Äbtissin könnte jeden Augenblick zurückkommen, zitterten ihre Finger dermaßen, dass es ihr Mühe bereitete, ihn auseinanderzufalten. Mehrmals fiel er ihr zu Boden. Sie schwor sich, das Papier aufzuessen, träte die Äbtissin unverhofft durch die Tür. Als sie die Zeilen dieses Mal überflog, ergaben die Buchstaben endlich einen Sinn.

Liebe Gefährtinnen, Mhon Ursel, Mhon Biel, Margareth und all die anderen,
Gott soll mich strafen für diese Sünde, aber mein Seelenheil gerät in Gefahr, wenn ich Euch, meine Lieben, außerhalb dieser Mauern nicht vor den Versuchungen des Teufels warne. Kommt an einem Samstage bei Vollmond zum vereinbarten Treffen unterm Techmeier. Ich sehe es als meine Pflicht als treue Dienerin Gottes und Schwester des Klosters Santa Kla-

ra, Euch über ein in Bälde wieder bevorstehendes teuflisches Ritual im Kloster Santa Klara zu informieren. Wir müssen dem ein Ende bereiten, so Gott es will.
Treue, Eure Marie

Christina hatte von dem Ritual im Kloster nichts gehört. Worum handelte es sich? Und wie sollte sie weiter verfahren? Von Marie gab es noch immer kein Lebenszeichen, sollte sie die Nachricht also vernichten oder doch, wie versprochen, den Frauen überbringen? Unschlüssig erwog sie ihre Möglichkeiten.

Letztendlich beschloss sie, noch zu warten. Vielleicht tauchte Marie ja doch wieder auf, um sie aufzuklären. Zur Waschung wollte sie nicht mehr gehen, die war sicher längst beendet, und vor einer Begegnung mit der Äbtissin fürchtete sie sich nach dem Erlebten. Um sich das Warten auf Marie zu verkürzen und zur eigenen Beruhigung zog Christina die Vorhänge zu, kniete sich in der Gebetsnische auf den Betschemel, besprengte ihr Gesicht, wie sie es im Chor von den Nonnen gelernt hatte, mit Weihwasser aus einem kleinen Porzellanbecken und stützte den Kopf im Gebet auf die gefalteten Hände. Doch sie vermochte sich nicht zu konzentrieren. Bei jedem noch so kleinen Geräusch hob sie den Kopf und erwartete ängstlich, dass sich die Tür öffnen und die Äbtissin eintreten würde. Aber nichts geschah. Stattdessen wurde es auf dem Flur immer ruhiger: kein Türenknallen, kein eiliges Trippeln, kein Singen und kein Wispern mehr. Ein paar endlos lange Minuten vergingen – dann schien das Kloster wie ausgestorben. Christina vermutete, dass alle sich zur Abendmesse in den Chor begeben hatten, und beschloss in der Hoffnung, Marie dort vielleicht zu begegnen, es ihnen gleichzutun.

Doch das eiserne Portal zum Chor, das sie bisher immer offen vorgefunden hatte, war diesmal verschlossen. Christina lief ein paarmal davor auf und ab und blickte durch die Gitterstäbe zur Kapelle, von wo sie kurzzeitig glaubte, vielstimmiges Gemurmel gehört zu haben.

Nachdem sie angestrengt eine Weile erfolglos ins Nichts gelauscht hatte, kehrte sie wieder um. Als sie sich zur Tür umwandte, gewahrte sie einen dunklen Schatten hinter sich. Sie vermutete eine Nonne und wollte ihren Weg fortsetzen, als sie ein dumpfer Schlag am Hinterkopf traf. Er war mit einer solchen Wucht geführt worden, dass sie stolperte und für einen Moment ziellos mit den Händen umherruderte. Es schien ihr, als stürzten sich alle Heiligen mitsamt der Kirchenkuppel auf sie herab. Sie wollte um Hilfe schreien, doch der Schrei in ihrer Kehle erstickte in einem heiseren Röcheln, ihre Beine knickten ein, und sie verlor das Bewusstsein.

Als sie erwachte, war es um sie herum stockdunkel. Sie fühlte kalten Steinboden unter sich und rieb sich die klammen Glieder. Noch benommen von dem Schlag, begann sie mit den Händen ihre Umgebung abzutasten. Dabei überlegte sie fieberhaft, ob sie sich nur gestoßen hatte oder ob ihr jemand den Schlag versetzt haben könnte. Und wenn ja, wer? Ihr fiel nur die Äbtissin ein.

Verzweifelt suchten Christinas Hände nach einem Halt, nach etwas, woran sie sich hätte hochziehen können, aber das Einzige, was sie erfühlte, war Leere und kalte Wände.

Als sich vor ihr schemenhaft die Gitterstäbe der Pforte herauskristallisierten, schlug ihr Herz höher. Von neuem Mut gestärkt, griff sie nach ihnen und hatte Glück. Als sie das Eisen zwischen ihren Fingern spürte, umschloss sie es fest und zog sich daran hoch. Sie atmete tief durch und richtete ihre Augen auf die Nebelwand dahinter, in der sich allmählich die Tür zum Kreuzgang abzeichnete.

Mutig machte sie ein paar Schritte nach vorn, stolperte aber, verlor den Boden unter den Füßen und fiel. Sie musste in ein Loch gefallen sein! Still blieb sie liegen, um zu lauschen, hörte aber nur ihr Herz wild hämmern. Als sie sich bewegen wollte, bemerkte sie, dass sie sich nicht rühren konnte. Der Raum, in dem sie sich befand, war beklemmend eng und kalt wie in einem Grab.

Doch dann erwachte ihr Überlebenswille, und sie betastete vorsichtig die durch den Sturz schmerzenden Stellen. Nachdem sie sicher war, dass nichts gebrochen war, versuchte sie, sich vorsichtig zu erheben. Noch immer war ihr Geist benebelt, und der Kopf schmerzte, sodass es ihr einige Mühe bereitete festzustellen, in was für eine Grube sie hineingefallen war. Mit letzter Kraft kletterte sie über den Rand.

Sie verschnaufte im Sitzen und sah sich um, während sie die schmerzende Stelle am Hinterkopf berührte. Die klebrige Masse musste Blut sein. Dann besah sie sich das Loch genauer. Es erinnerte sie an eines der beiden Gräber in der Nähe des Hochaltars im hinteren Kirchenschiff, und sie war sich sicher, dass es verschlossen gewesen war, als sie zum letzten Mal hier war.

Eine Nonne hatte ihr vor einiger Zeit verraten, dass in einem der Sarkophage in der Kapelle die Äbtissin Benedikta ruhte. Der Gedanke rief die schlimmsten Befürchtungen in ihr wach. Für wen war die schwere Platte über der Grube geöffnet worden? Sie konnte sich nicht erinnern, in den vergangenen Tagen von einem Sterbefall im Konvent gehört zu haben.

Im selben Augenblick fiel es ihr wie Schuppen von den Augen. Natürlich! Marie! Sie wagte nicht daran zu denken, dass der Deckel für ihre Freundin verschoben worden war. Christina packte das kalte Grausen. Wieder fiel ihr Maries Brief ein. Sie würde schnellstmöglich den »Raben« aufsuchen. Doch weiter als zu diesem Entschluss kam sie nicht. Leise Stimmen waren in der Kapelle zu hören, und Christina vergaß vor Schreck das Atmen. Unfähig, sich zu bewegen, lauschte sie.

»Ihr wollt nicht gestehen?«

»Nein.«

»Ihr seid also schuldig?«

»Natürlich nicht. Was soll ich denn verbrochen haben?«

»Alles. Es gibt nichts, wozu Ihr nicht fähig wärt. Ihr habt Euch größte Mühe gegeben, unser Kloster aufzuwiegeln, die Regeln zu verletzen und Zwietracht zu säen. Ihr habt gegen Eure Pflichten verstoßen und mich dazu gezwungen, Euch und die, die Ihr noch verführt habt, zu bestrafen. Etwas Unheilvolles muss von Euch Besitz ergriffen haben. Ihr habt nichts Gutes im Sinn. Wir müssen unseren Orden vor Euch schützen. Das Wohl unseres Hauses fordert von mir, Euch lebendig einzumauern, bis dass der Tod Euch von Euren Leiden erlöst. Gott möge mir verzeihen.«

Was ging hier vor? Christina wusste vom Generalvikar, dass Nonnen, die Unzucht getrieben hatten, früher zur Strafe lebendig eingemauert worden waren. Aber die Stimme, welche geantwortet hatte, war zu tief für eine Frau. Handelte es sich also nicht um Marie, wie sie zuerst befürchtet hatte? Ungeachtet der Gefahr sprang Christina auf, doch weder die Personen noch ihre Stimmen ließen sich eindeutig ausmachen. Die Kerzen vor dem goldenen Altar flackerten weiterhin ruhig im Rauch, und der heilige Franziskus lächelte unverändert milde auf die verwaisten Altarstufen und Chorstühle hinab. Doch Christinas Furcht gaukelte ihr dunkle Schatten an den Wänden vor. Sie bewegten sich auf wundersame Weise auf- und abwärts, um sich gleich darauf bis unter die gewölbte Decke auszubreiten. Ihr schauderte, während ihr Herz zu rasen begann. Die wachsenden Umrisse hatten etwas Bedrohliches an sich. An den kalten Kirchenwänden wirkten sie wie riesige Gespenster. Um sich Mut zu machen, redete Christina sich ein, das Kerzenlicht und ihre Kopfwunde wären schuld an dem, was sie sah. Doch ein anderer Gedanke schlich sich in den Vordergrund: Vielleicht gaukelte ihr auch der Teufel Derartiges vor? Im Angesicht des Entsetzens, das sie bei diesem Gedanken befiel, erinnerte sie sich an ihre Kindertage. Ihre Mutter hatte sie, wenn sie ungehorsam gewesen war, mit Schauergeschichten von besessenen Nonnen geängstigt, die Kinder mit Ruten und Brennnesseln schlugen, sie stundenlang fesselten und zwangen, Waschwasser, Schmutz und Küchenabfälle oder mit Kuhmist belegtes Brot zu essen.

In den ersten Tagen ihres Aufenthaltes im Kloster hatte Christina mit ansehen müssen, wie eine Nonne in einem Anfall von Raserei aus ihrer Zelle entwichen war, in der man sie offensichtlich eingesperrt hatte. Christina hatte überlegt, ob sie vom Teufel heimgesucht worden oder doch nur das Opfer von besessenen Nonnen geworden war. Das Haar hatte der jungen Nonne wirr ins Gesicht gehangen. Sie war fast nackt gewesen und hatte eiserne Ketten, die an ihren Fußfesseln befestigt waren, hinter sich her geschleift, wobei sie sich irre schreiend das Haar ausgerissen und die schlimmsten Verwünschungen gegen die anderen Nonnen ausgestoßen hatte. Christina hatte sich danach nicht weiter mit dem Schicksal der Unglücklichen beschäftigt und den Vorfall schnell wieder vergessen. Stattdessen hatte sie den lächerlichen Lügen der Nonnen, allen voran der Äbtissin, vertraut, die ihr später erklärt hatte, bei der besessenen Nonne hätten christliche Bekehrungen und Exerzitien nicht mehr gefruchtet.

Wohin nur hatte der Generalvikar sie gebracht, in was für einer Hölle war sie gelandet, die nach außen hin den Mantel der Barmherzigkeit trug? Und warum ließ er sie gerade jetzt allein? Weshalb wollte er sie glauben machen, dass sie in einer Umgebung gesunden würde, in der Tod, Teufel und Lügen regierten?

Längst hatte sie von ihm gelernt, dass das Leben der Klarissen im Franziskanerkloster Santa Klara streng nach den Regeln des heiligen Franziskus und der heiligen Klara ablaufen sollte. Jeder hatte durch seiner eigenen Hände Arbeit für seinen Lebensunterhalt zu sorgen und sich dazu berufen zu fühlen, in einer Art zu leben, die Jesus seinen Jüngern anempfohlen hatte. Die drei höchsten Prioritäten dabei waren Armut, Keuschheit und Gehorsam. In Santa Klara aber wurden diese Vorgaben, die den Franziskanerorden über alle anderen Orden stellten, mit Füßen getreten.

VII.

Fieberhaft überlegte Christina, ob sie um Hilfe schreien sollte. Doch mit der Erkenntnis, dass jeder ihrer Hilfeschreie neuen Ärger heraufbeschwören könnte, erhob sie sich lautlos und verließ noch etwas unsicher auf den Beinen die Kapelle in der Hoffnung, bei den Frauen im »Raben« Hilfe und Gehör zu finden.

Kurz darauf suchte sie in den Kreuzgängen nach dem Weg zu den Wirtschaftsgebäuden. Sie hatte gehört, dass das Kloster auch manches Mal Soldaten als Quartier diente, und hoffte, ein Pferd für ihre Zwecke in den angrenzenden Ställen vorzufinden, als sie plötzlich auf einen Widerstand stieß. In Gedanken versunken, prallte sie mit einer Nonne zusammen, die betend ihren Weg kreuzte, und starrte im nächsten Augenblick in Schwester Sophias blaue Augen. Das war zu viel für Christinas angeschlagene Konstitution. Sie spürte, wie sie etwas sagen wollte, bekam dann aber einen Krampf im Hals, bemerkte noch mit Entsetzen, wie sich ihre Glieder von ihrem Willen lösten, und erwachte erst wieder auf einem weißen Laken unter den Samtvorhängen eines Baldachins. Etwas in ihrem Mund schmerzte.

Bei dem Gedanken an das Erlebnis in der Kirche kam sie vollends wieder zu sich, stützte sich auf die Ellenbogen und rutschte mit den Beinen über die Bettkante, um aufzustehen. Doch zwei Hände drückten sie sanft in die Kissen zurück.

»Nicht so schnell, mein Kind. Wo willst du hin?«

Über ihr erschien ein besorgtes Gesicht. »Schwester Sophia?«

»Ja, mein Kind. Du bist im Kreuzgang ohnmächtig geworden, aber nun bist du ja wieder zu uns zurückgekehrt, Gott sei Dank.«

Christina bemerkte erst jetzt, dass es Sophias Zelle und ihr Bett waren, in denen sie sich befand. Die Schwester hatte rund um den Alkoven Kerzen aufgestellt, und der Gekreuzigte sah von einem Kruzifix am Kopfende direkt auf sie herab. Sophia saß neben ihr auf der Bettkante und hielt eine Schale mit einer grünlichen Flüssigkeit in der Hand. Vorsichtig wollte sie mit ein paar Tropfen Christinas Lippen benetzen.

»Was ist das für ein Gift?« Misstrauisch schob Christina ihre Hände mit der Schale zurück und rückte ein Stück von ihr ab. »Seid Ihr nicht auch davon überzeugt, dass ich den Teufel im Leib trage und nur Unglück über dieses Kloster bringe? Es wäre nur nachvollziehbar, wolltet Ihr mich jetzt vergiften.« Sie beobachtete die Nonne, deren schöne Züge weich wurden.

»Pst. Du hast dir während deiner Ohnmacht auf die Zunge gebissen, mein Kind. Das ›gebrannte Wasser‹ aus Lindenblüten wird dir helfen. Es ist übrigens auch ein gutes Mittel gegen Fallsucht. Die Linde ist das Symbol der Liebe, der Güte, der Gastfreundschaft und der Bescheidenheit. Ihre Symbolik geht auf eine Erzählung von Philemon und Baucis zurück, einem alten Ehepaar, das sich nichts mehr wünschte, als gemeinsam zu sterben, damit keiner von ihnen den Tod des jeweils anderen erleben müsste. Zeus erfüllte ihnen den Wunsch, und als der Tod zu ihnen kam, verwandelte er die beiden in Bäume; Philemon in eine Eiche und Baucis in eine Linde.« Sophia erzählte ihre Geschichte unbeeindruckt von Christinas Misstrauen, während ihre großen blauen Augen zärtlich auf ihr ruhten.

Ihr rundes Gesicht, das von dem weißen Tuch unter dem schwarzen Schleier eingerahmt wurde, erinnerte Christina an die Gottesmutter Maria auf dem Gemälde im Refektorium. Es war ebenso gleichmäßig und schön, und es ging etwas Faszinierendes von ihm aus, von dem sie sich angezogen fühlte, obwohl sie in ihrem Herzen doch noch immer eine Abneigung gegen die Nonne hegte. Sie schätzte, dass Sophia eine Frau in den besten Jahren war, doch bisher zierte kaum eine Falte ihre edlen Züge.

»Ist es wahr, dass Ihr meine leibliche Mutter seid? Ich habe eine Unterhaltung zwischen der Äbtissin und ihrer Schwester belauscht, in der sie davon sprachen«, konfrontierte sie die Nonne geradeheraus mit der Wahrheit. »Wenn es so sein sollte, dann erinnert Euch jetzt daran, dass Ihr mich einmal geboren habt, und steht mir bei. Ich muss einer jungen Laienschwester helfen. Ihr Name ist Marie, sie ist unauffindbar, und ich habe in der Kirche etwas beobachtet, das mich ängstigt. Die Möglichkeit besteht, dass sie gerade ihr Grab in den Mauern des Klosterkellers findet.« Um ihren Worten Nachdruck zu verleihen, überwand Christina ihr Misstrauen, ergriff die Hand der Nonne und sah sie bittend an. Gleichzeitig machte sie Anstalten, sich zu erheben.

»Du phantasierst, mein Kind.« Keine Regung an Sophia verriet, was in ihr vorging. Stattdessen befühlte sie Christinas Stirn und lächelte weiterhin gütig. »In diesen heiligen Mauern stirbt niemand auf solch grausige Weise. Deine Ängste sind auf die Verletzung an deinem Kopf oder auf die Ohnmacht zurückzuführen. Letztere ist ein Teil deiner Krankheit.«

»Aber ich bin nicht verrückt, auch wenn es für Euch vielleicht den Anschein haben mag. Hier, lest selbst.« Sie nestelte Maries Brief aus ihrem Gewand und hielt ihn der Nonne hin. »Das sind ihre Zeilen. Sicher hat man längst herausgefunden, dass unsere Schwester Dinge weiß, die sie nicht wissen darf, und nun wird sie dafür mit dem Tode bestraft. Obwohl ich die Stimme im Klosterkeller erst für eine männliche hielt, habe ich doch Angst um sie, Angst, dass sie eingemauert wird, wenn ihr niemand hilft«, sprudelte es aus ihr heraus.

Sophia überlegte einen Moment und nahm den Brief dann an sich. Sie stand auf und lief schweigend ein paar Schritte vor dem Alkoven auf und ab, während sie die Zeilen überflog. Christina sah ihr voller Ungeduld zu, dann schweifte ihr Blick durch den kleinen Raum. Er war sehr einfach gehalten, mit weiß getünchten Wänden und der üblichen Gebetsecke. Nur das rote Samtkissen auf dem Gebetsschemel, die schweren Möbel aus edlem dunklem Holz, die weiße Damastwäsche und das Silbergeschirr verrieten den hohen Stand der Bewohnerin.

Die Gesichtsfarbe der Nonne wechselte beim Lesen mehrmals, dann blickte sie von den Zeilen auf, sah Christina an, las den Brief noch einmal und murmelte: »Das besagt noch gar nichts.« Sie gab Christina das Papier zurück, setzte sich neben sie auf das Bett, nahm ihre Hände und flüsterte hastig: »Erzähle niemals einem Menschen davon. Vergiss, was du gelesen hast. Es sind nur Schmierereien, wahrscheinlich wurde die Hand der Schreiberin vom Teufel geführt.«

»Aber wenn es nur Schmierereien einer Besessenen sind, wovor habt Ihr dann Furcht?«, fragte Christina, denn in Sophias Augen spiegelte sich Unsicherheit.

»Ich habe Angst um dich, um mein Kind, das Gott mir nun wohl zum zweiten Mal geschenkt hat. Ich will dich nicht noch einmal verlieren!« Mit beiden Händen umfasste sie Christinas Gesicht und sah sie ernst an. »Ich bin so froh über dieses Gottesgeschenk. Jetzt weiß ich, dass mir der Herr meine Sünden verziehen hat. Du bist meine Tochter, Christina, und ich schwöre dir, ich werde dich nie wieder allein lassen.« Sophias Worte klangen dankbar und ehrlich, doch glücklich über die wiedergefundene Mutter war Christina nicht. Sie entzog sich ihrer Zärtlichkeit, als Sophia ihre Wange streicheln wollte. Sie konnte sich nicht mit dem Gedanken vertraut machen, plötzlich eine weitere Mutter zu haben als die, die sie bereits über zwanzig Jahre lang umsorgt hatte. Diese hatte ihre Windeln gewechselt, die Wunden von den Schlägen des Vaters geheilt und sie danach in die Arme genommen und getröstet. Von ihr hatte sie gelernt, Gemüse und Blumen anzupflanzen und diese auf dem Markt zu verkaufen. Sie hatte sie gelehrt, jedermann freundlich und mit Respekt zu begegnen, und hatte ihr Trost gespendet, wenn sie ihn am nötigsten gebraucht hatte. Wo war Sophia in dieser Zeit gewesen? Hatte es sie nie nach ihrem Kind verlangt? Nein, Christina verspürte für Sophia kein Tochtergefühl – aber immerhin Respekt vor der schönen, klugen und warmherzigen Frau. Sophia konnte nicht erwarten, dass sie in Tränen der Freude ausbrach. Christina war und blieb misstrauisch.

»Wenn du es wünschst, begleite ich dich in die Kirche.«

Christina nickte.

»Da es eine solche Bestrafung wie die, von der du gehört haben willst, noch nie in unserem Kloster gab, ist es schwer für mich, dir Glauben zu schenken. Ich halte sie eher für eine Vision von der Art, wie sie auch mich in meiner Einsamkeit manches Mal heimsucht. Bedenke, was eine solche Anschuldigung für unser Kloster bedeuten würde. Das hieße, dass unsere Brüder und Schwestern Gottes oberstes Gebot ›Du sollst nicht töten‹ aufs Schärfste verletzen würden. Aber komm!« Auffordernd reichte sie Christina die Hand. »Überzeugen wir uns selbst von der Wahrheit.«

Die Nonnen saßen gemütlich im Speisesaal im Kreis beisammen, ein Wall aus graubraunen Habits und schwarzen Schleiern. Die Köpfe hatten sie auf ihre Hände gestützt und lauschten kniend oder sitzend einer jungen Klosterschwester, die aus einer Fibel mit goldenem Einband mit schöner Stimme dramatisch die Legenden von berühmten Heiligen vortrug. Besonders die Äbtissin hörte der Dichterin mit fast ekstatischer Verehrung zu.

»Siehst du?«, wisperte Sophia leise an der Tür. »Ein Bild voller göttlicher Hingabe und Frieden. Wenn du willst, können wir hineingehen und uns dazusetzen.«

Doch Christina schüttelte den Kopf. »Begleitet mich lieber in die Kapelle, damit ich mich mit eigenen Augen davon überzeugen kann, dass ich alles nur geträumt habe.« Es widerstrebte ihr, Sophia mit »Mutter« anzureden.

Die Nonne lächelte sanft und fasste Christina um die Hüfte. »Gut. Dann lass uns gehen, mein Kind!«

Alles an dem Sarkophag wirkte normal. Die Steinplatte mit dem Zeichen Christi und einem Wappen hielt die Gruft fest verschlossen. Daneben befand sich das zweite Grab der Äbtissin Benedikta, ebenfalls unberührt. Christina war verwirrt. Sollte sie sich alles wirklich nur eingebildet haben? Sollte alles nur ein Produkt ihrer übersteigerten Phantasie gewesen sein? Sie wollte es nicht wahrhaben. Gemeinsam knieten sich die beiden Frauen neben den Sarkophag und drückten mit vereinten Kräften gegen die Platte in der Hoffnung, sie zu bewegen. Doch sosehr sie sich auch mühten, den Stein zu verschieben, er rückte keine Handbreit zur Seite, so als sei er seit Jahrhunderten nicht bewegt worden.

»Siehst du«, sagte Sophia verschnaufend zu ihr. »Deine Phantasie oder der Teufel hat dir etwas vorgespielt. Nicht einmal Blut von deiner Kopfwunde ist auf dem Boden zu finden«, murmelte sie, während sie den Boden rings um das Grab mit einer brennenden Kerze ableuchtete.

»Aber irgendwer muss mich hinterrücks niedergeschlagen haben. Das war keine Vision«, gab Christina kleinlaut zurück. »Und warum? Doch nur, weil derjenige etwas zu verbergen hat. Wir müssen im Klosterkeller nach einer Erklärung suchen.«

Obwohl Sophia sich sträubte, in die Katakomben hinabzusteigen, berührte Christinas Verzweiflung letztendlich ihr Herz, sodass sie ihrem Wunsch nachgab.

Sophia ging mit der Kerze in der Hand die Stufen voran hinab in den modrigen Keller. Im Halbdunkel wurde sie vom flackernden Licht in ein gespenstisches Rotgold getaucht und erschien Christina wie ein auf die Erde hinabgestiegener Engel. In den riesigen runden Weinfässern am Ende des Ganges gärten die Trauben, die die Nonnen im Herbst in den Weingärten des Klosters gelesen hatten. Christina bestaunte auch die seitlich bis zur gewölbten Decke reichenden Holzregale, in denen Wintervorräte wie Küchenkräuter, Trockenfrüchte, eingekochtes Obst und Nüsse lagerten.

Sophia öffnete mit einem Schlüsselbund die Türen in den Felswänden. Eine dreistufige seitliche Treppe führte zu zwei Kapellen mit malerischen Darstellungen von der heiligen Kreuzigung und kleinen Pultdächern mit Glockentürmchen. Im Hintergrund der Katakomben ähnelnden Räume gab es jeweils einen von Kerzen beleuchteten, kleinen Steinaltar.

Christina ließ keine Zeit verstreichen und befühlte und beklopfte die Steinwände mit den Grabplatten der vor langer Zeit verstorbenen Äbtissinnen. Dabei rief sie immer wieder Maries Namen. Irgendwann begannen ihre Fingerknöchel zu bluten, und sie ließ enttäuscht und erschöpft die Arme sinken. Nicht die kleinste Spur wies darauf hin, dass hier kürzlich ein Mensch lebendig eingemauert worden war.

Sophia hatte währenddessen in einer der zwei Kapellen auf einem Schemel gekniet und Gott mit gefalteten Händen inständig um seine Hilfe gebeten. Als Christina mit tränennassen Augen und blutigen Händen vor ihr stand, erhob sie sich und zog sie gerührt in die Arme.

»Glaubst du mir nun, dass es eine Vision war? Ich kenne diese Träume, mein ganzes Leben schon lebe ich mit ihnen. Nur die guten werden von Gott gesandt und sind der Beachtung wert.«

Christina hörte ihr verständnislos zu. »Aber ich habe die Stimmen deutlich gehört«, versuchte sie zaghaft einzuwenden, doch sie war sich selbst nicht mehr sicher.

»Die Stimmen werden durch die Einsamkeit dieser Mauern, durch Angst und die Gemeinheiten verwirrter Nonnen hervorgerufen. Ich verstehe dich nur zu gut, mein Kind.«

»Ihr versteht mich nicht im Geringsten. Würdet Ihr mich verstehen, so würdet Ihr nicht so zu mir sprechen. Die Verletzung an meinem Kopf allein ist Beweis genug, dass ich mir das alles nicht eingebildet habe. Auch bin ich noch nicht allzu lang im Kloster, als dass meine Sinne bereits an der Einsamkeit zerbrochen sind. Aber Ihr, Ihr habt Euch mir vorenthalten. Sagt mir, habt Ihr nie über Euer Kind nachgedacht? Habt Ihr wirklich die ganzen Jahre nichts von meiner Existenz wissen wollen? Da sind so viele Fragen, auf die ich keine Antwort finde. Weshalb will man mich unbedingt hinter diesen Klostermauern verstecken? Bis vor Kurzem noch war ich eine unbedeutende Jungfer, die, von seltsamen Anfällen geplagt, jedermann für eine Hexe hielt. Gott hat mir nicht einmal seine Gnade gewährt, indem er mich sterben ließ. Warum? Und warum hattet Ihr Angst vor mir, als wir uns das erste Mal begegneten?« Christina hatte sich weinend vor Sophia auf den Boden geworfen und umfasste verzweifelt ihre Knie.

Erschüttert ließ sich die Nonne neben sie auf den Boden gleiten. Nur schwer vermochte sie die eigenen Tränen zurückzuhalten, als sie die Hände ihrer Tochter in die ihren nahm und unbeholfen tätschelte. »Es ist alles Gottes Wille, mein Kind«, sagte sie. »Wir müssen uns ihm fügen. Ich bin ebenso in diesen Mauern begraben wie du. Die jahrelange Einsamkeit, das Zölibat und die Anfeindungen, die ich im Kloster ertragen musste, haben mich nach deiner Geburt schwer erkranken lassen. Ich stand bereits auf der Schwelle zum Tod, aber Gott hatte mit mir Erbarmen. Er ließ mich nicht sterben, sondern hat mich wieder in meinen irdischen Körper zurückgeschickt. Zumindest hat dies mein Beichtvater Antonius so der Welt verkündet und sämtliche Versuchungen des Teufels, denen ich ausgesetzt war, in einem Tagebuch aufgeschrieben.«

Sie lachte bitter auf und erhob sich. Die überraschte Christina ließ sie in der Mitte des Raumes zurück, lief zum Altar und trat wütend mit dem Fuß dagegen. Plötzlich war sie nur noch ein Weib, eine ganz normale Frau, die sich mit in die Hüften gestemmten Fäusten zu Christina umdrehte und vorwurfsvoll bekannte: »Christus, immer nur Christus. Ich bin nicht seine Braut, nicht im Herzen und nicht mit dem Körper, Christina. Ich bin ihm schon seit Langem untreu. Bevor ich in dieses Kloster kam, war ich ein ganz normales Mädchen, hegte Gefühle, Wünsche und Sehnsüchte. So wie du. Aber im Gegensatz zu dir hatte ich das Glück, in eine liebende Familie hineingeboren zu werden. Mir fehlte es an nichts, weder an Liebe noch an Geld oder an Respekt. Als ich in deinem Alter war, verliebte ich mich unsterblich in einen jungen Mann aus einer hochgestellten bürgerlichen Familie. Aber die Religionsunterschiede zwischen unseren Familien schienen unüberwindlich zu sein. Mein christlich katholischer Vater Nikolaus von Langenberg, dein Großvater, stand im Dienste eines reformierten Kurfürsten von Brandenburg. Damals regierte der lutherische Pfalzgraf von Neuburg, der später zum Katholizismus übertrat. Mein Vater war ein leidenschaftlicher Verfechter religiöser Toleranz, ein Mann des Ausgleichs, eine Einstellung, die den beiden nun verfeindeten Fürstenhäusern verdächtig erschien. Es begann ein unerbittliches Ringen um die Macht, in dem die eine Seite die katholischen Spanier und die andere die reformierten Niederländer zu Hilfe rief. Mein Vater machte sich als diplomatischer Vermittler unentbehrlich, zeigte sich aber recht bald empört darüber, dass mit den Spaniern und den Niederländern fremde Mächte das Land ausbeuteten. Er sparte nicht mit scharfen Worten gegen die Fürsten und ihre grausame Machtpolitik und scheute auch nicht davor zurück, seine Empörung schriftlich niederzulegen. Er wurde verhaftet, unter Hausarrest gestellt und von unserer Familie ausgelöst. Noch immer in brandenburgischen Diensten, nun als Hofrichter von Kleve, versuchte dein Großvater, sich vor den weiteren Anfeindungen an den französischen Hof zu retten. Es gelang ihm, und bald arbeitete er als Geheimer Rat des französischen Königs. Bevor unsere gesamte Familie, meine Mutter Gertrud und meine zehn Geschwister, ihm an den Königshof nach Versailles folgten, traf ich mich mit meinem Geliebten heimlich zu unserem ersten und einzigen Stelldichein. Während ich in Frankreich das Leben einer reichen verwöhnten Dame lebte, trennten sich unsere Wege, und mein Geliebter stieg zu einem der mächtigsten Kölner Kirchenmänner auf. Es gab keine Möglichkeit mehr zur Heirat, und als ich spürte, dass ich ein Kind von ihm erwartete, beschloss ich, bei meiner Rückkehr Nonne im Klarissenkloster Santa Klara zu werden. Ich hatte erfahren, dass auch die Schwester meines Geliebten, Ursula, eine Konventualin des Klosters war und wollte ihm wenigstens durch ihre Anwesenheit nahe sein. Für meinen Vater brach eine Welt zusammen, als er von meinem Vorhaben erfuhr. Wochenlang wurde ich eingesperrt, bis nicht mehr zu übersehen war, dass ich ein Kind unter dem Herzen trug. Mein Vater lieferte mich unter dem Mantel tiefsten Schweigens persönlich im Kloster ab und legte mein weiteres Leben fortan in die Hände der damals leitenden Äbtissin Benedikta. Meine Familie habe ich seitdem nie wiedergesehen.«

An dieser Stelle atmete Sophia schwer und schien einen Moment in Nachdenken zu versinken, bevor sie fortfuhr. »Im Kloster brachte ich ein Mädchen zur Welt. Man sagte mir später, du seist verstorben. Als du plötzlich wieder im Kloster auftauchtest, ein junges Ding mit meinen Augen, meinen Haaren, da glaubte ich zunächst, die teuflischen Visionen, denen ich so lange nach deiner Geburt ausgesetzt und an denen ich schwer erkrankt war, wären zurückgekehrt. Nur deshalb zeigte ich mich dir gegenüber erschrocken und so schrecklich abweisend. Aber ich bin glücklicher, als Worte es ausdrücken können, dass es dich gibt, Christina. Und solange ich lebe, wird dir niemand wieder wehtun. Du bist meine Tochter, und wenn es sein muss, werde ich wie eine Löwin um dich kämpfen.«

»Wie ist der Name meines Vaters, wenn die Äbtissin seine Schwester ist?«, fragte Christina nach einem kurzen Schweigen.

»Dein Vater bekleidet heute ein hohes Amt. Er weiß nichts von deiner Existenz. Frage nie mehr nach ihm, hörst du? Wir brauchen ihn nicht. Gott ist unser Vater.«

»Und Mutter Benedikta? Habe ich etwas mit ihrem Tod zu tun?«, bohrte sie weiter.

»Ich habe nur ein Gerücht gehört, dass du ihr dein Leben zu verdanken haben sollst, mehr kann ich dir dazu nicht sagen«, flüsterte Sophia und zog sie von Neuem in ihre Arme.

Christina spürte, wie ihre Mutter leise weinte. Sie ahnte, sie hatte ihr nicht die ganze Wahrheit gesagt, vermutete aber, dass es aus Sorge um sie geschah, und fragte nicht weiter. Doch Sophias Geständnis und ihre Tränen hatten Spuren hinterlassen. Christina verspürte jetzt ein tiefes Gefühl für Sophia und während ihr das Wort »Mutter« wie von selbst über ihre Lippen kam, hielten sie sich nach so vielen Jahren endlich in den Armen, weinten und schworen sich, dass keine Macht der Welt sie jemals wieder trennen würde.

Sophia erhob sich als Erste und reichte Christina die Hand. »Wir müssen gehen«, mahnte sie. »Die Stunde der Heiligen geht ihrem Ende zu, dann werden die Nonnen wieder auf den Gängen unterwegs sein. Beeilen wir uns, sonst werden wir noch entdeckt.«

Gemeinsam stiegen sie die Treppe hinauf, leise und gebückt, immer auf der Hut. In der Kirche löste sich Christina noch einmal von Sophias Hand und lief zu dem Sarkophag zurück. Im Vorbeigehen hatte sie gesehen, dass die Grabplatte nicht mehr gerade, sondern schief lag und einen schmalen Spalt offen ließ, aus dem ein Stück Stoff herausschaute.

Sophia drängte energisch zum Ausgang, doch Christina hatte sich bereits gebückt. »In Gottes Namen, Mutter«, flehte sie, »so helft mir! Wir müssen den Stein zur Seite schieben.«

Es war das erwachte Mutterherz, das Sophia umkehren ließ. Gemeinsam unternahmen sie noch einmal den Versuch, die schwere Platte zu verrücken. Christina presste sich mit ihrem schlanken Körper in die Spalte, während Sophia mit den Händen kräftig gegen den Stein drückte. So lange, bis der schwere Stein nachgab und der Spalt so groß geworden war, dass beide Frauen einen Blick hineinwerfen konnten und Christina ganz hindurchpasste.

Sophia ergriff eine Fackel von der Wand und leuchtete in das kleine Loch, das für einen aufrecht stehenden Menschen gemacht zu sein schien. Aber nicht die verstorbene Marie befand sich darin, wie Christina angenommen hatte, sondern ein winziges Kleiderbündel. Fürs Erste erleichtert, bückte sie sich und berührte vorsichtig den Stoff. Zwischen ihren Händen ertastete sie einen kleinen, weichen Körper, der noch warm war.

»Ein Tier?«, sagte Christina fragend, hob das Bündel auf und legte es an den Rand des Loches. Dann kletterte sie wieder heraus und begann an den Kleidern zu nesteln.

Doch Sophia hielt sie am Arm zurück. »Was auch immer sich darin verbirgt, es ist in Brokat und Samt gewickelt«, sagte sie. »Solche Stoffe trägt nur ein Fürst oder Ratsherr. Lege das Bündel wieder zurück, mein Kind. Egal, was sich in ihm verbirgt, wage nicht, seine Ruhe zu stören. Es könnte sich um einen Dämon handeln.«

Christina sah Sophia nachdenklich an. Was hatte sie plötzlich? Sie spürte, wie die Hand auf ihrer Schulter zitterte, ignorierte die Warnungen und begann hastig, das bestickte Brokattuch zu lösen. Sie öffnete Schleifen und Ösen und wich dann entsetzt zurück, als sie in das kleine, pausbackige Gesicht eines Neugeborenen starrte, dessen Stirn ein blutiges Kreuz zierte. »Oh, mein Gott …« Erschüttert suchte sie an Sophias Füßen Halt und zog sich an ihrem Habit hoch in ihre Arme. »Es ist ein Kind, und es ist tot! Oh, Mutter, was bedeutet das? Hier in Gottes Mauern?«

»Verhülle den Körper wieder und lege ihn zurück in die Grube, rasch«, befahl ihr Sophia, legte aber selbst Hand an, indem sie das Kind mit dem Fuß in die Grube zurückstieß. »Jetzt den Stein, schnell!«, zischte sie.

Christina gehorchte und half ihr verwirrt, die Platte wieder an ihren Platz zurückzuschieben. Atemlos stand sie der Mutter gegenüber, unfähig, ihre Reaktion zu begreifen. »Was ist mit Euch? Ist Euch das Kind gar bekannt? Ist es das Neugeborene einer Nonne aus dem Konvent? Oder erschreckt Euch, was Ihr gesehen habt, weil es Euch an etwas erinnert? Habe ich etwas damit zu tun, Mutter? So redet doch endlich!«

Sophia war leichenblass geworden und wich ihrem Blick aus. Ihr schönes Gesicht wirkte sogar im Halbdunkel weiß, und Christina konnte ihre Veränderung riechen. Sie wirkte merkwürdig hilflos, sah sich ängstlich um, als erwarte sie hinter jeder der mächtigen Säulen eine Gefahr. Plötzlich löschte sie die Fackel, griff nach Christinas Arm und gebot ihr mit dem Finger auf den Lippen, still zu sein. »Wir haben etwas entdeckt, was nicht für unsere Augen bestimmt ist. Wenn es jemand erfährt, kann uns das unser Leben kosten. Frage jetzt nicht. Wir müssen aus der Kirche verschwinden, lauf!« Sie schubste die Tochter vor sich her zur Pforte, und Christina wehrte sich nicht.

Wie zwei Diebe verließen sie die Kapelle, hasteten durch die Chorstühle und atmeten erleichtert auf, als sich die eiserne Pforte hinter ihnen wieder geräuschvoll schloss. Sie bogen gerade in den Kreuzgang zum Speisesaal ein, als plötzlich die Äbtissin in Begleitung der Torhüterin vor ihnen stand. Christina vermutete, dass Schwester Ursula sie wegen der noch ausstehenden Bestrafung suchte. Auf keinen Fall wollte sie Sophia mit hineinziehen, also öffnete sie den Mund, um etwas zu sagen. Doch noch bevor sie dazu kam, spürte sie eine Hand in ihrem Genick und sah in Sophias Augen, die mahnend, fast drohend auf sie gerichtet waren.

»Ehrwürdige Mutter«, ergriff die Nonne das Wort. »Verzeiht einer unmündigen Novizin. Ich bin ihr gefolgt, als ich sah, wie ziellos sie durch die Arkaden des Klosters irrte und dann im Chor Christus um Hilfe für ihre Krankheit bat. Ich fand die Maid in einem furchtbaren Zustand und werde mich ihrer jetzt annehmen, wenn Ihr gestattet.«

Christina sah die Mutter erstaunt an. Sie war ihr mit ihrer Lüge zuvorgekommen.

Die Äbtissin wirkte überrascht über das ungeplante Zusammentreffen. In ihrem Gesicht bildeten sich hektische rote Flecken. Nervös spielte sie mit ihrem Rosenkranz und tauschte dabei verunsicherte Blicke mit der Nonne an ihrer Seite. Doch ihre seltsame Verfassung währte nur einen kurzen Augenblick, dann gewann sie ihre alte Selbstbeherrschung zurück und tadelte Sophia mit einem säuerlichen Gesichtsausdruck.

»Ich dachte, ich treffe Euch bei der Beichte an, Schwester Sophia? Eurer Aufmachung nach habt Ihr sie bitter nötig.« Sie warf einen abschätzigen Blick auf ihre Kleidung und blieb an ihrem gelösten Haar hängen, das nur durch ein breites Band gehalten wurde. »Und was die ungehorsame Novizin betrifft …« Sie schien zu überlegen, bevor sie sagte: »Wir sollten zu diesem Thema ein gemeinsames Gespräch in meinem Arbeitszimmer führen. Besucht mich morgen Abend, nach der Messe.« Ihre letzten Worte hatten seltsam geklungen, seltsam bittend, täuschten aber nicht darüber hinweg, dass sie sogleich scharf hinzusetzte: »Zuvor aber werdet Ihr uns gemeinsam mit diesem ungehorsamen Kind zum Refektorium begleiten, Schwester Sophia. Alle Nonnen haben sich schon dort versammelt und warten nur noch auf Euer Erscheinen. Die Schöffen des kurfürstlichen Hohen Weltlichen Gerichtes und Hexenkommissare, Dr. Johann zum Romschwinckel und Dr. Walram Blankenberg sowie Dr. Friedrich Wissius als rechtskundiger Beamter sind hier, um uns zu den Vorgängen um das Mirakel zu befragen.«

VIII.

Machen wir einen Sprung zurück zu dem Zeitpunkt, als Christina in ihrer Zelle saß und vergeblich auf das Auftauchen von Marie hoffte. Durch ihre Verzweiflung und die verwirrenden Ereignisse entging ihr, dass der Himmel an diesem Abend besonders schwarz war. Dichter Nebel ließ die Dunkelheit schier undurchdringlich scheinen und bildete um die Lichter, die den Weg zur Kirche wiesen, eine Art Lichthof. Die Luft war trübe, feucht und kalt, der Wind rüttelte heulend am Gebälk.

Es war eine Nacht wie für ein Verbrechen gemacht, als kurz nach Mitternacht eine Karosse mit herrschaftlicher Ausstattung an der Nordseite der Kirche vor einem eisernen Gitter hielt.

Der Kutschenverschlag öffnete sich, und zwei Gestalten, deren schwarze Umhänge sich nahtlos in die Nacht einfügten, sprangen hintereinander aus der Kutsche, wovon Letztere einer dritten Person, die äußerst schwerfällig die Stufe nahm, hilfreich die Hand reichte. Es schien, als krümmte diese sich mehrmals, bevor sie schwerfällig und stoßweise atmend auf den Arm ihres Begleiters gestützt der ersten Gestalt folgte, die ihnen eilig vorausschritt. Sie traten durch die Pforte, die von innen geöffnet und hinter ihnen wieder sorgsam verschlossen wurde, und gingen durch ein im Hintergrund liegendes Gewölbe, das sie zu einer steinernen Treppe führte. Alles geschah lautlos. Irgendwann blieben sie vor einer massiven Tür stehen, die sich, nachdem eine verschleierte Nonne sie mit einem Schlüssel geöffnet hatte, schwerfällig in ihren Angeln bewegte. Schweigend folgte die Gruppe der Schwester, die sie durch ein Labyrinth düsterer Gänge ihrem Ziel entgegenführte.

In den dunklen Räumen des geheimen Klostergewölbes im Turm herrschten die Stille und Verschwiegenheit, die für das Vorhaben der drei Unbekannten, die ihre hohe Stellung unter weiten Umhängen verbargen, nötig waren. In einem nur schwach beleuchteten Raum wurden sie von vier Nonnen und zwei Mönchen empfangen, die ebenfalls dunkle Umhänge trugen und sich die Kapuzen weit in ihre Gesichter gezogen hatten. In der Mitte des Raumes, zwischen vier steinernen Heiligen, die Fackeln in den Händen hielten, befand sich eine Vertiefung in Form eines Kruzifixes vor einem mit Wasser gefüllten Holzbecken, neben dem ein Kelch mit Weihwasser und ein Kreuz standen. Die Nonnen und Mönche bildeten um das Becken einen Halbkreis, ihre Schatten wurden im Fackelschein von der Mauer gespenstisch zurückgeworfen.

Kein Wort wurde gesprochen, es herrschte tödliches Schweigen. Auf den Wink eines der Mönche hin löste sich die schwerfällige Gestalt von ihren zwei Begleitern und wankte gebückt und mit unterdrücktem Stöhnen zu dem Becken. Einen Moment lang stützte sie sich an ihm ab, bevor sie ihre Kleider anhob, sich gebückt und mit gegrätschten Beinen in der mit Wasser gefüllten Vertiefung niederließ und die Füße gegen die Enden stemmte. Sie hatte zierliche Füße, Frauenfüße, die in perlenbesetzten Schuhen steckten.

Im Hintergrund öffnete sich eine Tür, und zwei Nonnen von höherem Stand erschienen. Die kleinere von beiden trug eine Karaffe, welche mit einer gelblichen Flüssigkeit gefüllt war. Sie beugte sich über die Hockende und reichte ihr das Gefäß. »Trinkt, hohe Frau. Es ist ›Mutterkorn‹, gewonnen aus dem Pilz eines Getreides, der Euch wieder engelrein machen wird«, raunte sie leise. »Ihr werdet in Bälde Wehen bekommen, aber nichts davon merken, da Euch der Trank in einen Traum versetzt. Anschließend könnt Ihr wieder frei von aller Sünde Eurem Mann beiliegen.«

Gehorsam schluckte die Frau das Getränk, während die zwei Nonnen darauf achteten, dass sie die Karaffe bis zum letzten Tropfen leerte.

Es dauerte nur wenige Minuten, dann bäumte sich die Frau plötzlich auf. Die Nonnen warfen sich sofort über sie, hielten sie fest und drückten sie zurück in die Vertiefung. Die Gebärende fuchtelte mit den Händen, riss sich dabei die Kapuze vom Kopf und schrie gellend auf. Schnell drückte ihr eine der Nonnen ihre Hand aufs Gesicht und zischte: »Sssschhhhhh …«

Die Frau gehorchte, zitterte aber noch immer am ganzen Körper und wand sich zwischen den Händen der Schwestern wie eine Schlange. Sie trat mit den Füßen nach ihnen und versuchte, aus der Vertiefung zu rutschen.

Inzwischen war eine weitere Nonne mit Tüchern auf dem Arm durch die Tür getreten und hatte sich vor die Beine der Frau gekauert. Sie bekreuzigte sich, schickte ein kurzes Gebet zum Himmel und krempelte dann die Ärmel ihres Habits hoch, sodass man ihre weißen schlanken Unterarme sehen konnte. Während sie Steine um die Gebärende verteilte und ihr ein Kruzifix und ein Amulett aus Sonnentau in den Schoß legte, wurden ihre Vorbereitungen im Hintergrund von beschwörendem Gemurmel der Anwesenden begleitet. Bald darauf hatte sich der Körper der Frau beruhigt und hing schwach in den Armen der Schwestern.

Die Nonne nutzte den Moment, um sich die Arme und Hände mit etwas Schweinefett aus einem Topf zu bestreichen und die Gebärende als Hebamme zu unterstützen. Es dauerte nicht lange, und der Schrei eines winzigen Kindes ertönte. Der Priester, der die Geburt bis dahin mit Gebeten begleitet hatte, nahm den Säugling aus den Händen der Nonne, schlug das Kreuz über ihm und ging mit dem blutigen, strampelnden Wesen auf den Armen zu den beiden dunklen Gestalten, die sich während der Geburt schweigsam im Hintergrund gehalten hatten. Eine der beiden lüftete kurz die Kapuze und besah sich das Kind, küsste es auf die Stirn, gab dann mit einer kurzen Handbewegung am Hals für den Priester ein unmissverständliches Zeichen, schlug die Kapuze wieder vor das Gesicht und wandte sich ab. Die Hand, die so leichthin den Befehl zur Kindstötung gegeben hatte, steckte in Samthandschuhen, an zwei Fingern blinkte edles Geschmeide.

Der Priester hielt das Baby über das Taufbecken, nahm den Kelch und taufte es, während der Kreis der Vermummten näher rückte. »Ich taufe dich, arme Seele, um dich vom Teufel zu befreien«, murmelte er. Die zweite Gestalt, die bisher nicht in Erscheinung getreten war, reichte ihm nun einen breiten Schal aus kostbarem Stoff, den er über den kleinen Kopf warf, bevor seine Hand so lange daraufdrückte, bis das Leben aus dem Leib gewichen war. Dann hielt der Gottesmann das Kreuz an seinem Rosenkranz über die brennende Fackel neben dem Taufbecken und drückte es dem Kind auf die Stirn. Es zischte und roch nach verbranntem Fleisch.

Die kleine Leiche wurde einer Nonne übergeben, die sie sorgsam in den Schal wickelte, während die Fremde sich mit Hilfe der Nonnen wieder aus der Vertiefung erhoben hatte. Mit keinem Blick sah sie zurück zu ihrem Kind, sondern stürzte sich stattdessen in die Arme ihrer Begleiter. Erst nachdem sie sie wieder zur Kutsche geführt hatten, weinte sie sich ihren Schmerz still aus ihrer Seele.

Leise ratternd verließ die Karosse den Klosterhof auf dem Weg, den sie gekommen war, und die Nonnen und der Priester zogen sich lautlos auf geheimen Wegen in ihre Zellen zurück, als hätten sie sich nie zu diesem unheimlichen Ritual getroffen.

Christina wurde von der Äbtissin unsanft in den großen Speisesaal geschoben. Sie wunderte sich über die späte Stunde und nahm weder die düstere Atmosphäre noch die Nonnen wahr, die den langen Tisch mit verschreckten Gesichtern im Halbkreis umstanden. Auch die drei Kommissare und der Generalvikar fielen ihr nicht auf. Ihr entsetzter Blick galt einzig einer Nonne, die am Ende der langen Bank und im Blickfeld der Kommissare stand. Die drei Männer unterschieden sich in ihren weiten schwarzen Gewändern mit ihren steifen, voluminösen, gestärkten Kragen und in ihren weißen Strümpfen und den hochhackigen Schnallenschuhen kaum voneinander.

Einen kurzen Moment wurde Christina von einem furchteinflößenden Geistlichen im Hintergrund abgelenkt. Seine Kleidung, insbesondere die viereckige Kopfbedeckung und der Mantel aus kostbarem Musselin mit den zur Hälfte herabhängenden Ärmeln, war ihr bereits während ihrer Einkleidung unter den Gästen aufgefallen. Sie vermutete, dass es sich bei ihm um Pater Vincentius Justiniani OP, den päpstlichen Inquisitor, handeln musste. Dabei war es ganz und gar unüblich, die Inquisition in Fällen von Besessenheit anzurufen. Es gab nur eine Ausnahme: Hexerei von geistlichen Personen. War dies der Fall, musste die Inquisition einschreiten. Christina blieb die Luft weg. Die Nonne, die sich jetzt vor dem Geistlichen niederkniete und dabei von zwei ihrer Mitschwestern gestützt werden musste, war niemand anderes als Marie.

Immerhin schien sie unversehrt zu sein. Doch als Marie den Kopf langsam in ihre Richtung drehte und sich ihre Blicke trafen, erstarrte Christina fast zu Stein. Die Nonne war nicht ihre Marie, obgleich sie ihr bis aufs Haar glich. Das Wesen, das vorgab, Marie zu sein, grinste Christina höhnisch an, um gleich darauf weinerlich die Mundwinkel zu verziehen. Als der päpstliche Inquisitor sie etwas fragte, brach sie in lautes hysterisches Lachen aus. Marie musste verwirrt und geistig abwesend sein, anders konnte sich Christina ihr Verhalten nicht erklären.

»Oh, Marie, was haben sie dir nur angetan?«, seufzte sie leise und faltete die Hände, um für ihre Freundin ein Gebet zum Himmel zu schicken, bevor sie sich in den Kreis der Nonnen einreihte.

Marie beantwortete die Fragen des Geistlichen unter wirrem Augenrollen und unterbrach ihren nicht minder wirren Redefluss nur zwischenzeitlich, um die Nonnen abfällig anzusehen.

Dann schien es Christina, als würde Maries Blick den ihren suchen, um sie um Verständnis anzuflehen.

Christina betrachtete sie genauer. Ihr Habit war rundherum stark verschmutzt, an manchen Stellen sogar zerschlissen, sie trug keinen Schleier, auf ihrem langen braunen Haar lag Staub, und ihre Füße bluteten. Sie musste eingesperrt gewesen sein.

»Schwester Marie, wir, die Schöffen des kurfürstlich Hohen Weltlichen Gerichtes, werden Euch nun zu den Vorkommnissen im Kloster Santa Klara befragen. Es ist untersagt, Euch unserer Untersuchung mit Verstocktheit zu entziehen«, ergriff der städtische Kommissar Dr. Wissius das Wort. »In Eurer Zelle wurden Liebesbriefe höchst unzüchtigen Inhalts gefunden, Nachschlüssel, weltliche Kleider. Außerdem – oh, Schreck der Schrecken! – sagte man uns, dass Ihr in gesegneten Umständen gewesen seid?«

Christina verschluckte sich vor Empörung und konnte den aufkommenden Hustenreiz nur mit äußerster Willenskraft unterdrücken. Aber der Augenaufschlag der Mutter gebot ihr, Ruhe zu bewahren. »Alles Lügen«, zischte Sophia. »Erfunden, um Marie geschickt dorthin zu lenken, wohin er sie haben will. Sicher stammen die Lügen von der Äbtissin.«

Marie sah trotzig zu Boden, kaute auf ihrer Unterlippe und blieb den Herren eine Antwort schuldig. Einen Moment lang sagte niemand etwas. Es war so still, dass das Rascheln der Seiten, die Kommissar zum Romschwinckel in dem vor ihm liegenden Buch gelangweilt umblätterte, fast physische Schmerzen bereitete.

Bevor die Situation eskalierte, trat die Äbtissin zwischen den Nonnen hervor und bat die Kommissare mit demutsvoller Miene um Verständnis für Marie. »Seid gelinde, Ihr Herren, zu unserer armen Schwester Marie«, heuchelte sie. »Das Kind ist vom Teufel befallen, seine Seele verloren. Die Ärmste ist nun mal vom Geiste her höchst beschränkt und ohne alle Einsicht, dabei sehr grob, ohne alle Milde, auffahrend, ungeschickt, sehr stolz und widerspenstig. Dazu wird sie noch, was am schwersten von allen Leiden zu heilen ist, von geheimem Neid verzehrt. Die Franziskanerpater und auch ich als Vorsteherin dieses Klosters haben nichts unversucht gelassen, um die arme Seele zu retten, aber bisher vergeblich.«

»So eine Schlange!«, flüsterte Sophia zu Christina gewandt. »Ich wusste schon immer, dass ihre Zunge falsch spricht. Sie will mal wieder ihre eigene Haut retten.«

»Hat sie denn eifrig gebeichtet und um Vergebung für ihre Sünden gebetet? Oder Gnade durch einen Ablass erlangt?«, fragte nun der päpstliche Inquisitor.

Anstatt einer Antwort griff die Äbtissin nach Maries herabhängender Hand und riss sie nach oben. »Vergebt ihr!«, bat sie, als jeder deutlich eine tief liegende rot umrandete Stelle, einem Brandmal gleich, auf ihrer Handfläche erkennen konnte.

»Ein *stigma diabolicum*«, entfuhr es dem Geistlichen überrascht. »Hat sie etwa Unzucht mit dem Teufel getrieben? Aber wie ist das möglich, hier, in Gottes Mauern? Es muss unbedingt geprüft werden, ob Blut ausströmt.«

Christina biss sich auf die Lippen. Was für einen perfiden Plan verfolgte die Äbtissin nur?

»Wir werden die Angelegenheit natürlich prüfen, Monsignore«, sagte Dr. Wissius, »und dem Teufelsspuk ausgiebig auf den Grund gehen – und wenn es die ganze Nacht dauern sollte.«

Christina erinnerte sich, den Kommissar Dr. Wissius schon einmal bei der Zeremonie ihrer Einkleidung gesehen zu haben. Sein Gesicht trug die Züge eines Menschen, dem man von der ersten Begegnung an misstraute. Er hatte wulstige, eng zusammenstehende Augenbrauen, eine scharf gebogene Nase und viel zu schmale Lippen, dazu stark abfallende Mundwinkel, sodass er durchweg einen überheblichen Eindruck machte. Zudem wurden seine Züge von einer fast grotesk wirkenden Blässe überschattet.

»Erzählt uns, mein Kind, woher diese Wunden stammen und was Euch der Dämon angetan hat. Habt keine Angst. Ich verspreche Euch, es wird Euch nichts geschehen, wenn Ihr uns die Wahrheit sagt.«

Marie trat nervös von einem Fuß auf den anderen und blickte unschlüssig zu Boden. In den letzten Minuten hatte sie sich schon mehrmals mit einer Hand an die Brust gegriffen und dabei die

Mundwinkel verzogen, als leide sie unter höllischen Schmerzen. Jetzt misslang ihr der Versuch, die Hände zum Gebet zu falten.

Kommissar Wissius verfolgte jede ihrer Bewegungen mit Argusaugen. In gebückter Haltung beugte er sich weit über den Tisch, um sie besser beobachten zu können. Da sie seine Frage jedoch nicht sofort zu seiner Zufriedenheit beantwortete, zog er offenbar seine eigenen Schlüsse. Er richtete sich wieder auf und warf der Äbtissin einen Blick zu, woraufhin diese der an der Tür stehenden Nonne ein verabredetes Zeichen gab.

Die untersetzte Nonne, die Christina als Prügelnonne kannte, öffnete die Tür und ließ ein verschleiertes Weib in männlicher Begleitung eintreten.

Die Äbtissin eilte auf die Frau zu, ergriff sie besorgt am Arm und führte sie langsam an den Kommissaren vorbei zu einem Lehnstuhl oberhalb des Tisches, auf den sie sich schwerfällig setzte. Ihre Begleitung verließ schnellen Fußes wieder das Refektorium, nachdem sie sich davon überzeugt hatte, dass es der Frau an nichts fehlte. Christina konnte nicht einschätzen, ob der Begleiter ein Geistlicher oder ein Bürgerlicher gewesen war.

»Aufgrund des hohen Standes der anwesenden Dame sehen wir uns gezwungen, ihren Namen und ihre Identität zu wahren«, erklärte Dr. Wissius, während er das vor ihm liegende Buch mit einem Knall zuschlug. »Wir haben die hohe Frau als Zeugin zu uns gebeten.« Er nickte der Dame aufmunternd zu, die unbeweglich wie eine Holzpuppe auf ihrem Platz saß und mit gesenktem Kopf unter ihrem Schleier seinen Worten lauschte.

»Uns wurde auf geheimem Wege zugetragen, dass im Kloster Santa Klara ohne das Wissen unsres Allerheiligsten Vaters in Rom unter dem Mantel der Teufelsaustreibungen angeblich Besessenen großes Leid zugefügt wird«, sagte er nun schärfer. »So wie es Euch jetzt schwerfällt, Schwester Marie, die Hände im Gebet zu unserem Herrgott zu falten, so ist auch die anwesende Dame für immer daran gehindert. Nach Angaben unseres Leibarztes wurde ihr auf unbekanntem Wege ein Gift in ihren Körper gebracht, das zum Absterben der Hände und Füße geführt hat. Zudem zeigt sie Erscheinungen des Antoniusfeuers, das ihre Zehen brennen lässt. Meinen Beobachtungen zufolge muss ich annehmen, dass auch Ihr, Schwester Marie, mit diesem Gift in Berührung gekommen seid. Vielleicht hängen die Vorfälle ja mit dem teuflischen Zauber zusammen, der das Kloster kürzlich heimgesucht hat, wenn man den Gerüchten in der Stadt Glauben schenken will. Ich verweise auf die großen graufarbigen und haarigen Raupen. Aus ihren Körpern lässt sich ein tödliches Gift herstellen, mit welchem die anwesende Dame hier im Kloster Santa Klara in Kontakt gekommen ist. Nein, ich muss mich berichtigen, das man ihr hier wissentlich zugeführt hat.«

Nicht nur die Nonnen, auch Marie war den Ausführungen des Kommissars gebannt gefolgt. Die Laienschwester hatte sich dabei gerade aufgerichtet. Ihr Gesicht wirkte jetzt keinesfalls mehr irre. Ihr Ausdruck wechselte nun eher zwischen Erstaunen und Ungläubigkeit. Flehentlich versuchte Christina, den Blick des Generalvikars auf sich zu ziehen. Warum schritt er nicht ein? Er hatte sie doch die Zusammensetzungen der Gifte gelehrt. Es war das »Mutterkorn«, das die Beschaffenheit des Mehls veränderte. Nahm man so vergiftetes Mehl zu sich, so hatte das eine Verengung der Adern zur Folge, die zum Absterben der Hände und Füße führen konnte. Aber wie sollte die Frau an das Gift gekommen sein, und was hatte das alles mit Marie zu tun? Doch noch bevor Christina ihre Gedanken zu Ende spinnen konnte, ergriff Marie mit ruhiger Stimme das Wort.

»Euer Hochwohlgeboren, wessen beschuldigt Ihr mich eigentlich? Soll ich aus Raupen Gift hergestellt haben und eine mir völlig fremde Dame damit vergiftet haben? Weshalb sollte ich so etwas tun? Ich habe nichts Unrechtes getan, sondern weise doch selbst, wie Ihr schon sagtet, Anzeichen einer Vergiftung auf. Weder weiß ich, woher die Liebesbriefe in meiner Zelle stammen sollen, noch, wer die angeblich Vergiftete ist. Meine Hände sind auch nicht mit giftigen Raupen beim Herstellen eines Giftes in Berührung gekommen, noch hat der Teufel sein Mal auf ihnen zurückgelassen. Sie lassen sich nicht bewegen, weil man mit einem glühenden Messer in meine Handflächen geritzt hat.«

Sie hielt kurz inne, bevor sie mit stockender Stimme weiterredete. »Meine Lage im Kloster, hohe Herren, war bisher schon nicht die beste, denn meine lieben Mitschwestern waren weit davon entfernt, mich und meinen krankhaften Zustand zu verstehen. Ich leide seit meiner Kindheit an Fallsucht. Alle hier halten mich für besessen, weil es ihnen ihre Furcht vor dem Teufel unmöglich macht, logisch über Krankheiten wie diese nachzudenken. Mit der Zeit wurde ich den anderen Laienschwestern immer unheimlicher. Unaufhörliche Quälereien, Beschuldigungen, Anklagen, Strafen und Verdächtigungen waren die Folgen, ohne dass sie je zur Einsicht kamen oder ich imstande gewesen wäre, ihnen meine Krankheit zu erklären. Sie ist mir schließlich selbst unbegreiflich. Somit war ich meinen Schwestern ein ewiges Rätsel. Bald glaubten sie, ich heuchelte und verstellte mich, weil ich von den heftigsten Anfällen durch übernatürliche Hilfe plötzlich wieder genas; bald hielten sie mich für vermessen, weil sie mich danach im vertraulichen Gebet mit Gott sprechen hörten. Einen Tag nannten sie mich scheinheilig, am anderen hielten sie mich gar für eine Hexe, weil ich alles wusste und hörte, was im Kloster geschah und gesprochen wurde, dabei war ich einfach nur aufmerksam. Die einzige Sünde, zu der ich mich bekenne, meine Herren, ist die, dass ich eine unvermögende Laienschwester bin und nicht den Chorschwestern angehöre, welche Fallsucht unter ihresgleichen übrigens als frommes Zeichen Gottes abtun.«

Die letzten Worte hatte Marie lauter gesprochen und sich dabei erneut zu den umstehenden Nonnen umgedreht. »Ich habe weder etwas mit dem Teufel zu tun, noch bin ich eine Giftmischerin!« Ihre Blicke wurden wieder irr. »So etwas könnt Ihr mir nicht anlasten, ich bin doch selbst ein Opfer!«

»Das meiste habt Ihr ganz richtig erkannt, meine Tochter«, sagte nun zum Romschwinckel unbeeindruckt von ihrer Aussage. »Uns ist bekannt, dass Ihr vom Dämon besessen seid und man bereits mehrfach versucht hat, den Teufel aus Euch zu vertreiben. Stattdessen aber soll er noch stärker geworden sein und sich daraufhin Eures Körpers und Geistes bemächtigt haben. Somit liegt es nahe, dass Ihr es wart, die die Raupenplage herbeigezaubert hat, um sich für die Behandlung durch die Nonnen des Klarissenordens an ihnen zu rächen. Aus sicherer Quelle haben wir erfahren, dass Ihr beim Hexentanz auf dem Platz unterhalb vom Techmeier Gasthaus gesehen wurdet und es dort mit dem Teufel getrieben habt.«

Zum Romschwinckel war aufgestanden und hatte sich weit über den Tisch Marie entgegengebeugt. Er wollte die Angst in ihren Augen sehen, um sich an ihrer Furcht zu laben. Groß und schlank von Statur, sprach die Voreiligkeit der Jugend aus seinen Zügen, die mit den weiblichen Linien, dem schön geschwungenen Mund, der geraden Nase und den offenen blauen Augen in einer anderen Situation durchaus ein Frauenherz betört hätten.

Seine Anschuldigung, die er mit äußerster Härte ausgesprochen hatte, blieb nicht ohne Wirkung auf Christina und die anwesenden Nonnen.

Alle waren aus Furcht vor dem Leibhaftigen erschrocken vor Marie zurückgewichen. Im gleichen Atemzug schämte Christina sich ihrer Reaktion und begann vor Wut über die Ungerechtigkeit am ganzen Körper zu zittern. Sie musste dieses ungeheuerliche Lügengespinst, das nur die Äbtissin erfunden haben konnte, entwirren, durfte Marie nicht ihrem Verderben preisgeben. Entschlossen drängte sie sich an Sophia vorbei und durch die Mauer aus grauen Habits. Sie spürte noch Sophias Hände, sah ihr Flehen, mit dem sie sie aufhalten wollte. Doch vergeblich. Christina riss sich los, stürzte auf Marie zu und stellte sich mit ausgebreiteten Armen vor sie. »Was sind das alles für Lügen?«, schrie sie den Kommissaren zu. »Ich kann bezeugen, dass Schwester Marie an der Fallsucht leidet. Das tun viele der hier anwesenden Nonnen, auch ich bin von ihr befallen. Und Schwester Marie hat den Klostergarten wie ihr eigenes Kind geliebt. Niemals hätte sie ihn durch Raupen zerstört! Die Plage war allein Gottes Wille.«

Zum Romschwinckel hörte ihr ironisch lächelnd zu und verständigte sich dann leise mit seinem Kollegen Dr. Wissius, der wiederum dem päpstlichen Inquisitor ein Zeichen gab, woraufhin dieser hinter vorgehaltener Hand mit der vergifteten Frau zu flüstern begann.

Nach einem unendlich langen Augenblick kam der Inquisitor auf Christina zu. Noch immer konnte sie sein Gesicht nicht erkennen, aber sie spürte seine Augen auf ihrem Gesicht, als er mit den Fingerspitzen ihr Kinn anhob und mit einschmeichelnder Stimme sagte: »Ihr irrt, mein schönes Kind. Der hohen Frau wurde während einer angeblichen Teufelsaustreibung in ebendiesem Kloster von dieser Schwester eine grünliche Tinktur gereicht, die ein lähmendes Gift enthielt. Nach dessen Genuss wurde sie augenblicklich benommen, und ihre Hände und Füße starben ab. Sie kann es mit reinem Gewissen vor Gott bezeugen.«

Christina drehte sich nach Marie um und sah ihr in die Augen. Ihr Blick war eine einzige Frage. Sie musste unvermutet an den Abend denken, an dem sie vergeblich in ihrer Zelle auf die Nonne gewartet hatte. Wo war sie gewesen? Hatte Marie ihr die ganze Zeit etwas verschwiegen?

Alle Augen waren auf Christina gerichtet, sodass Marie minutenlang unbeachtet blieb. Umso erschrockener reagierten alle, als diese plötzlich die Hände in die Luft warf, hysterisch schrie, zu Boden sank und sich vor Schmerzen krümmte.

Ob sie den Anfall nur spielte, um die Aufmerksamkeit wieder auf sich zu lenken, oder ob die Anstrengung ihr die Sinne raubte, war ein Rätsel. Niemand beachtete in dieser Situation den Generalvikar, der Marie als Einziger nicht aus den Augen verlor und ihr nun heimlich zuzwinkerte. Plötzlich sprang Marie auf, lief zwischen den sprachlosen Herren umher, blieb dann vor einem der Fremden stehen, rang die Hände und lachte wieder hysterisch. »Seid Ihr bereit, Ihr hohen Herren, ein Rätsel zu lösen?« Im gleichen Moment zitierte sie mit verstellter Stimme, den Blick fest auf die Frau gerichtet, die sie beschuldigte: *»… Satan, dich beten wir an, du, logischer, gerechter Gott, du!*

… du rettest die Ehre von Familien durch Abtreibung in Bäuchen, die im Vergessen schöner Erinnerungen fruchtbar werden …

… du gibst den Müttern die Hast der Frühgeburten ein, und deine Geburtshilfe erspart den Kindern, die vor der Geburt sterben, die Ängste des Reifens, den Schmerz der Abstürze.«

Die Frau war merklich in sich zusammengesunken. Christinas scharfem Blick entging auch nicht, wie sie unvermutet die Hand von Dr. Wissius suchte. Der Kommissar war blass geworden. Marie hinderte sie jedoch daran, sich weiter mit ihrer Beobachtung zu befassen, denn die Freundin lachte der Frau jetzt hämisch ins Gesicht. »Ist es vielleicht Euer Gewissen, das Euch mit Krankheit straft? Oder ist es die vermaledeite Frucht Eures unseligen Leibes?« Plötzlich wurde sie still, drehte sich langsam einmal um sich selbst, so als überlege sie, streckte dann einen Arm gerade vor und zeigte nacheinander auf die Nonnen.

Als Marie Christina gefunden hatte, blieb ihr Blick wie starr an ihr hängen. Er war leer und schien sie um Verzeihung zu bitten, bevor er von ihr weiter zu Sophia wanderte.

»Sie ist es, die uns alle verhext hat!« Marie deutete auf Sophia. »Sie ist für alles verantwortlich, was im Kloster geschehen ist. Durch sie sind Menschen gestorben. Sophia von Langenberg ist keine Heilige, sondern eine Hexe. Ich selbst musste für sie Hostien besorgen und habe den Teufel persönlich in ihrer Zelle ein und aus gehen sehen. Ihre teuflischen Visionen sind schuld an meiner Krankheit und der der Fremden.«

Christina war leichenblass geworden. Fassungslos wanderten ihre Blicke zwischen der Mutter und Marie hin und her. Auch Sophia, die sie nun losgelassen hatte, war weiß wie die Wand geworden und griff sich an den Hals, als bekäme sie keine Luft mehr.

Alle begannen durcheinanderzureden. Die hohen Herren waren aufgesprungen, der Generalvikar, der sich bisher zurückhaltend gezeigt hatte und dem Geschehen lediglich aufmerksam gefolgt war, eilte hinter dem Tisch hervor auf Sophia zu und stellte sich schützend vor sie.

»Was redet Ihr da, Schwester Marie?«, donnerte er und bedachte die Laienschwester mit verachtenden Blicken. »Wenn Euch jemand zu der Aussage gezwungen hat, dann sagt es jetzt, damit alle es hören können und Ihr vor Gott Verzeihung findet. Ist es aber der Hass, der Euch leitet, dann seid verflucht. Bedenkt, wen Ihr bezichtigt. Eure Worte können Euch Euren Kopf kosten.« Marie zuckte wie unter einem Peitschenhieb zusammen.

Lediglich Christina war das seltsame Verhalten aufgefallen. Sie überlegte, ob der Generalvikar wirklich so erschüttert über die überraschende Wendung war, wie er vorgab. Sein Verhalten rief neue Zweifel in ihr wach. Ein Wort von ihm hätte genügt, und Sophias Ruf wäre wiederhergestellt gewesen. Und warum die raschen Blickwechsel mit seinen Kommissaren zum Romschwinckel und Dr. Walram Blankenberg?

Die Kommissare zeigten sich plötzlich sehr hellhörig. Es schien, als würde die Entwicklung der Verhandlung sie äußerst zufrieden stimmen.

»Meine Herren, Euch dürfte bewusst sein, wer hier beschuldigt wird und was die Anklagen an Konsequenzen nach sich ziehen werden?«, wies der Generalvikar die Kommissare zurecht, als er sah, dass sie plötzlich ihre Taschen packten und sich anschickten, das Refektorium zu verlassen.

Doch die Ermittler hatten genug gehört, um entsprechend zu handeln. »Eure Eminenz, wir sind untröstlich. Aber auch der Name von Langenberg schützt eben nicht vor dem Teufel. Ihr werdet von uns hören.« Und wieder war da dieses seltsame Einverständnis zwischen ihnen und dem Generalvikar, als sie sich im Hinausgehen vor ihm verneigten, oder bildete Christina sich das alles nur ein?

IX.

Fast jeden Tag folgten neue Verhöre. Aus Furcht, selbst vom Teufel befallen zu sein und das Interesse der Kommissare auf sich zu ziehen, beschuldigten immer mehr Nonnen ihre Mitschwester Sophia, eine Hexe zu sein. Marie war auf unbestimmte Zeit in ihrer Zelle arretiert und wurde im Wechsel von den beiden Prügelnonnen bewacht. Christina befand sich in einer ähnlichen Lage, allerdings harrte sie ohne Bewachung in der Bibliothek aus, wo sie sich in großer Sorge um die Freundin erging. Die Bezichtigung Sophias als Hexe hatte sie ihr verziehen. Sie war sich sicher, dass Marie nicht Herr ihrer Sinne gewesen war. Vielleicht hatte ihr die Äbtissin sogar etwas verabreicht, was ihren klaren Verstand beeinflusst hatte, oder man hatte sie gar zu dieser Aussage gezwungen. Der Generalvikar unternahm alles, um Sophia vor weiteren Anfeindungen zu schützen. Er ließ niemanden mehr zu ihr, nicht einmal Christina durfte sie sehen. Zugleich hielt er sie von sämtlichen Messen und Beichten fern und ließ ihr die Speisen auf ihr Zimmer bringen. Solange die Verhandlungen im Kloster stattfanden, waren vor ihrer Zellentür Tag und Nacht zwei Wächter postiert, die außer dem Generalvikar niemanden passieren ließen.

Sophia selbst hatte sich unterdessen in den tiefsten Winkel ihrer Zelle zurückgezogen und verfiel in Nachdenklichkeit. Der Generalvikar hatte ihr bei ihrem Leben verboten, die Zelle ohne seine Genehmigung zu verlassen, und führte stundenlange Gespräche mit ihr. Doch anstatt zu beten oder zu beichten, wie er es von ihr gewohnt war, delirierte sie und wurde von quälenden Gedanken und Bildern heimgesucht. Es nützte auch nichts, dass sie sich die Decke über den Kopf zog und den Kopf tief in den Kissen vergrub. Ihre Verzweiflung wurde immer stärker. Manchmal nahm sie seine Hände und klagte: »Ich bin verloren, Bernard. Gott zürnt uns, er hat uns verlassen.« In den Nächten wurde sie von Alpträumen geplagt. Frauen im Fegefeuer erschienen ihr, deren Hände auf dem Rücken zusammengebunden waren und die einen Strick um den Hals trugen. Dann wieder erblickte sie Weibsbilder mit Fackeln in den Händen, nackt und büßend. In ihren Träumen schloss sich Sophia ihnen an, sie glaubte, zu ihrer eigenen Hinrichtung zu schreiten. Am meisten aber plagte sie die Angst um Christina. Der Generalvikar musste ihr schwören, seine Hände schützend über ihre Tochter zu halten, und ihr mehrmals am Tag von ihrem Befinden berichten. Einmal, als es Sophia besonders schlecht ging, umschloss sie seine Hände und blickte ihm lange in die Augen. »Bernard, auf uns lastet eine große Sünde«, sagte sie schließlich. »Wenn ich sterben muss, schwört mir, dass Ihr Christina in dem Glauben lasst, der Domherr wäre ihr Vater. So habe ich es ihr erzählt. Nur wir beide wissen, dass dem nicht so ist. Ich denke, es ist auch in Eurem Sinne, dass niemand erfährt, dass ich das erste Kind nie zur Welt bringen durfte. Nur Gott kennt unser Geheimnis, und so soll es auch bleiben.«

Ebenso wie Sophia von Langenberg verbot Bernard auch Christina, sich in den Klostergängen sehen zu lassen oder irgendwelche Fragen zu stellen. Nachdem sie einmal den Wunsch geäußert hatte, Marie sehen zu dürfen, schloss er sie kurzerhand in die Bibliothek ein. Natürlich nur zu ihrer eigenen Sicherheit, wie er ihr versicherte.

Immer mehr Kommissare und hohe Würdenträger meldeten sich bei der Äbtissin und verlangten, die zwei besessenen Nonnen Marie und Sophia zu verhören. Auch Franziskanerpater hatten sich im Nebengebäude des Klosters bereits fest einquartiert, um den nun extra aus Rom beorderten päpstlichen Nuntius mit allen Würden zu empfangen.

Eines Tages fuhr in den Vormittagsstunden eine fürstliche Karosse mit großer Dienerschaft von Lüttich kommend im Galopp im Klosterhof ein, der der Erzbischof von Köln, Ferdinand von Bayern, entstieg. Er trug verstaubte Reisekleidung und eine mit kostbaren Pelzen verbrämte Schaube. Seinen Hals zierte eine goldene Kette mit einem edelsteinbesetzten Kruzifix, sein schwarzes Haar verbarg er unter einer violetten Filzmütze. Der Mode entsprechend war sein dichter schwarzer Bart gestutzt, während seine braunen Augen kritisch unter etwas eng stehenden Augenbrauen hervorblickten.

Seinen abgespannten Zügen waren die nicht endenden Erbfolgestreitigkeiten um den Besitz von Jülich-Berg durchaus anzusehen, und so ließ der Erzbischof sogleich ungeduldig nach seinem Verwalter rufen. Er ignorierte die herbeieilenden, sich tief verneigenden Nonnen und begab sich mit seinem Gefolge ins Kapitelhaus, wo er verlangte, augenblicklich zur Äbtissin vorgelassen zu werden. Wenige Minuten später wurde ihm die Tür zum Büro der Klostervorsteherin geöffnet. Ferdinand von Bayern trat ein, warf seine Handschuhe auf den Schreibtisch und beantwortete den übertriebenen Empfang der Äbtissin mit einer Handbewegung, die ihr zu schweigen gebot, während er seinen bereits anwesenden Verwalter, den Generalvikar, und die Kommissare zum Romschwinckel und Blankenberg an seine Seite zitierte.

»Diener, die den Auftrag haben, ihren Herrn über gewisse Ereignisse zu benachrichtigen, und dem nicht geflissentlich nachkommen, sind keine Diener, sondern höchstens gemeine Schildwachen«, rügte er sie, verärgert darüber, dass sie ihn über die Denunzierung der Sophia von Langenberg nicht rechtzeitig informiert hatten und er sich deshalb persönlich vor Ort von dem Tatbestand überzeugen musste. Über die Schulter wandte er seinen Blick Bernard Fresenius zu. »Nun, so redet, mein Freund. Ich habe Lüttich nicht verlassen, um mir Euer Schweigen anzuhören. Ich hoffe doch sehr, dass diese Angelegenheit von größerer Wichtigkeit ist als die spanischen und niederländischen Truppen in den Herzogtümern Jülich-Kleve-Berg, die mir Kopfschmerzen bereiten und mich schon viel zu lange aufhalten. Ich hörte von Euch, dass es Probleme mit der Langenbergerin gibt? Welcher Art sind sie?«

»Sophia von Langenberg wurde der Hexerei beschuldigt, Eure Eminenz«, kam zum Romschwinckel dem Generalvikar zuvor und erntete dafür einen strafenden Blick von ihm. Der Wittelsbacher Fürst hatte sich den Lehnstuhl der Äbtissin herangezogen, sich hineingesetzt und die langen Beine von sich gestreckt. Wie immer auf Reisen trug er hohe staubbedeckte Stiefel, die allen demonstrieren sollten, dass er nicht nur als Erzbischof, sondern auch als Landesherr mit dem Schwert regierte.

»Wer hat sie beschuldigt? Jetzt redet endlich!« Er wurde ungeduldig.

»Eine Laienschwester des Klosters, Eure Eminenz«, beeilte sich zum Romschwinckel zu sagen.

»Das sind wahrlich gute Neuigkeiten.« Ein Anflug von einem Lächeln legte sich auf das Gesicht des Erzbischofs. »Ihr hättet mir mit keiner Nachricht eine größere Freude bereiten können, meine Herren.«

Der Generalvikar studierte seinen Gesichtsausdruck. Er kannte Ferdinand von Bayern gut genug, um zu wissen, dass der Kirchenfürst etwas ausbrütete. Vor allem dann, wenn er wie jetzt mit seinen Handschuhen zu spielen begann und sich mit ihnen verschmitzt um das Kinn strich.

Plötzlich beugte sich der Erzbischof über den Schreibtisch. »Tretet zur Seite!«, befahl er zum Romschwinckel und winkte seinen Berater und Vertrauten Bernard Fresenius zu sich heran. »Hat die Beschuldigung etwas mit dem Mirakel zu tun? Was habt Ihr herausgefunden, mein lieber Bernard?«

Der Generalvikar hatte sich schon lange vorher jede Silbe für das Gespräch mit dem Erzbischof zurechtgelegt. Er wollte mit seiner Antwort bei dem Fürsten nicht in Ungnade fallen. »Eure Eminenz, wir können die Beschuldigungen nicht auf Sophia von Langenberg sitzen lassen. Sie hat nichts mit den Vorkommnissen im Kloster zu tun. Durch meine Anwesenheit hier konnte ich mir ein recht klares Bild von den teuflischen Vorkommnissen machen. Ich weiß, dass Ihr ein eifriger Hexenverfolger seid, Eure Eminenz, und dem Übel mit aller Härte und Schärfe begegnet. Dank Eurer eigens verfassten Hexenverordnung und der beispiellosen Arbeit Eurer Kommissare haben wir bisher hervorragende Arbeit geleistet. Ich zweifle nicht daran, dass hier im Kloster seltsame Dinge vorgehen, aber wir müssen auch bedenken, dass der Besessenheit unserer Schwestern oftmals seelische Qualen zugrunde liegen. Bedenkt, dass die Chorschwestern ihren Konvent nie verlassen. Viele Jahre ertragen sie Einsamkeit und Abgeschiedenheit in ihrem selbst gewählten Gefängnis, verbringen ihre Zeit nur mit Beten zu unserem Herrgott. Dann auch noch das Zölibat. Aber welchen Versuchungen werden die Schwestern trotz allem ausgesetzt? Allein ihre Beichtväter nutzen ihre Stellung oft schamlos aus. Und wenn sich selbst die Beichtväter mit dem Teufel verbünden und nach fleischlichen Gelüsten streben, dann, Eure Eminenz, hat der Teufel ein gar leichtes Spiel. Viele unserer Schwestern, die sich besonders eng an die Keuschheit und ihr Gelübde halten, entwickeln im Laufe der Jahre ihrer Enthaltsamkeit und Gottesfürchtigkeit eine Art Verfolgungswahn. Sie leben in einer Traumwelt, die durch mystische Zustände und Visionen geprägt ist, und ihr Blick für die Wirklichkeit wird immer stärker getrübt. Eure Eminenz, Schwester Sophia nahm bereits mit siebzehn Jahren den Schleier. Sie hat also schon fast ein Vierteljahrhundert in christlicher Abgeschiedenheit verbracht.«

»Wollt Ihr damit sagen, der Konvent mache die Nonnen verrückt? Aber sie kamen doch aus freien Stücken ins Kloster, wollten Dinge erlernen und erleben, die ihnen in unserer Welt vorenthalten bleiben. Aber Ihr habt recht, was die Moral in den Klöstern betrifft. Wir sind bestrebt, jene Klöster, in denen Unzucht und ein allzu schlechter Lebenswandel herrschen, wieder an eine Beobachtung der Klausur zu gewöhnen. Erst kürzlich haben wir uns dazu in unserer Eigenschaft eine persönliche Visitation des Dekanates Ahrgau im Fränkischen erlaubt. Dort luden wir Mönche wie Nonnen vor und bedachten die Seelsorger mit einer Mahnschrift. Ich denke, ich werde Euch für Santa Klara mit einer ähnlichen Aufgabe betrauen, mein Freund.«

Der Erzbischof stützte das Kinn auf die Hände. »Sagt mir, mein treuer Berater, weshalb es gerade eine Laienschwester ist, die sich frei außerhalb der Klostermauern bewegen darf, die die Langenbergerin bezichtigt?« Der Erzbischof tauschte einen Blick mit zum Romschwinckel, der der Frage mit einem Kopfnicken zustimmte.

»Eure Eminenz«, antwortete Bernard Fresenius, »bei der besagten Laienschwester handelt es sich um eine äußerst verschlagene Nonne, die sich von ihren Mitschwestern ungerecht behandelt, gequält und unverstanden fühlt. Sie will dem Konvent schaden und hat sich aus Hass mit dem Teufel verbündet. Schwester Marie ist die einzige Hexe hier und muss dringend aus dem Kloster entfernt werden.«

»Die Langenbergerin wäre mir aber bei Weitem lieber«, grinste der Fürst und schnipste mit den Fingern. »Mein lieber Bernard, bedenkt doch die Vorteile, die dieser Fall für unsere leidlichen Finanzprobleme zur Folge haben könnte, wenn wir die heilige Sophia der Hexerei anklagen würden. Nikolaus von Langenberg war zuletzt für das Kriegszahlamt in Emmerich verantwortlich. Ihm unterlag auch die Finanzierung der brandenburgischen Truppen. Der Mann hat konsequent Kriegssteuern eingetrieben und soll mit ihnen an den französischen Königshof geflohen sein. Wenn wir seine Tochter festsetzen, wird er mit Sicherheit zurückkehren, und wir wären dann berechtigt, seine Ämter und seinen Besitz zu konfiszieren. Schon lange haben wir ein Auge auf den Langenberger geworfen, konnten seiner aber noch nicht habhaft werden. Dazu ist er in diplomatischen Dingen zu gerissen.« Verärgert schüttelte er den Kopf.

»Vielleicht hat er dem Brandenburger ja die Verhaftung in Kleve nachgetragen und ist deshalb mit dem Geld verschwunden? Nun, wer sich herausnimmt, seinen Herrn einen Tyrannen zu schimpfen, der hat nichts Besseres verdient und muss damit rechnen, gejagt zu werden. Da helfen ihm auch die Landesstände nicht. Was für ein Mensch ist dieser Langenberger überhaupt, der die Meinung vertritt, die Übel der Menschheit wie Neid, Hass und Missgunst habe man zu ertragen, und sich in der Öffentlichkeit für das Gute und das Recht einsetzt? Seiner Meinung nach müsse man so lange für sein Schicksal hier auf Erden kämpfen, bis man erkenne, dass dies offensichtlich zwecklos sei. Wenn für einen Ratsherrn und Diplomaten so hochgestellter Fürsten Religion Privatsache ist und er sogar den Religionsfrieden ablehnt, dann ist es unsere Pflicht einzugreifen. Somit kommt mir die Beschuldigung seiner Tochter gerade recht. Ich denke, unsere eifrigen und in Sachen Inquisition geschulten Kommissare werden das leidliche Übel wie immer zu unserer Zufriedenheit aus der Welt schaffen.«

»Aber was wird der Heilige Vater in Rom dazu sagen, Eure Eminenz?«, warf der Generalvikar ein, während er überlegte, wie er den Erzbischof umstimmen könnte.

»Der Papst vertraut mir, mein Freund. Er weiß, dass ich mein schweres Erbe, die religiöse Lauheit im Erzbistum, nicht nur mit Reformen und Verordnungen bekämpfe.«

»Aber Schwester Sophia steht nach wie vor im Ruf, eine Heilige zu sein. In ihrem Fall wird der Papst mit Bedacht entscheiden. Er hat bereits den Nuntius zur Klärung des Falls herangezogen.«

Der Erzbischof winkte lässig ab. »Die Bemühungen der Nuntien sind bisher stets im Sande verlaufen. Sophia von Langenberg ist unser Fall und wird dem Hochgericht übergeben. Damit werden wir ein Zeichen setzen und endlich die ersehnte Oberaufsicht über die Franziskanerkonvente erlangen. Ich betraue Euch, mein Freund, hiermit mit dem Fall und unterstelle Euch meine fähigsten Leute. Ihr seht also, wie viel Vertrauen wir Euch und Eurer Arbeit entgegenbringen. Enttäuscht uns nicht.« Mit diesen Worten erhob sich der Erzbischof und Kurfürst von Köln, reichte Bernard Fresenius seinen Handschuh zum Kuss und winkte seinen Leuten zum Aufbruch.

Als er den Raum verlassen hatte, verharrte der Generalvikar für einen Moment unschlüssig auf der Stelle. Auch die Kommissare verabschiedeten sich nun von ihm mit einer Verbeugung und gingen rückwärts aus dem Zimmer. Lediglich die Äbtissin stand noch am Fenster und wartete geduldig auf seine Anordnungen. Bei ihrem Anblick fiel ihm auf, dass sie in letzter Zeit noch knochiger geworden war und kränklich aussah.

»Sie ist keine Hexe«, murmelte er und hoffte auf ein Wort des Verständnisses aus ihrem Mund.

»Die Schnüffler werden so lange wiederkommen, Hochwürden, bis sie schließlich uns alle der Hexerei bezichtigt haben«, sagte sie leise.

Bernard wusste, dass Schwester Ursula eine gebildete Frau war. In ernsten Situationen stellte sie zum Wohle des Klosters durchaus ihre persönlichen Belange hintenan, sodass man in Krisen auf sie zählen konnte.

»Wenn Ihr erlaubt, Ehrwürdige Mutter, verlasse ich den Konvent noch heute Nacht. Ich werde nach Rom reisen, um für unsere Schwester beim Heiligen Vater zu bitten. Ich habe zwar die Zusage des Nuntius für das Mirakel, aber noch nicht für den Fall Sophia von Langenberg.«

»Niemand konnte ahnen, dass es so eskalieren würde«, sagte die Äbtissin leise. »Aber«, wendete sie vorsichtig ein und beugte das Knie vor ihm, »wenn ich einen Vorschlag machen darf, Hochwürden? Ordnet an, Sophia bis zum Prozess aus dem Kloster zu verlegen, bevor noch mehr Chorschwestern in den Fall hineingezogen werden. Ihr habt die Möglichkeiten dazu. Vielleicht beruhigen sich die Gemüter ja während ihrer Abwesenheit wieder. Und schreibt einen Brief an den Nuntius, statt Euch auf eine lange, beschwerliche Reise zu begeben. Erwägt bis zur Beantwortung des Schreibens eine vorläufige Aussetzung der Untersuchungen.«

Der Generalvikar lief mit auf dem Rücken verschränkten Armen vor ihr auf und ab. Ihre Worte leuchteten ihm ein, aber sie würden höchstens einen Zeitvorsprung bringen. In seinem Kopf arbeitete es. »Euer Vorschlag ist gar nicht so abwegig, Ehrwürdige

Mutter. Mir ist bekannt, dass es auf dem kurfürstlichen Schloss Lechenich, der Residenz des Landesfürsten, ein geistliches Haus gibt. Dorthin werde ich Sophia bringen, um weitere Turbulenzen im Kloster zu vermeiden. Einer so hohen Frau wie ihr wird man nicht so ohne Weiteres den Prozess machen. Da habe ich auch noch ein wichtiges Wort mitzusprechen. Außerdem muss ein Einverständnis vom heiligen Offizialat eingeholt werden, ohne das Dokument wird keine Heilige verurteilt. Ich werde den Kurfürsten davon in Kenntnis setzen«, entschied er und ließ die Äbtissin allein.

Christina saß derweil eingeschlossen in der Klosterbibliothek hinter einem Stapel Bücher und versuchte sich abzulenken. Sie hatte längst aufgegeben, gegen die Tür zu laufen und lauthals zu schreien. Trotzdem sprang sie immer wieder von neuer Hoffnung beseelt auf, sofern sich Schritte näherten, und versank in eine Art Lethargie, sobald sie sich wieder entfernten. Auf dem Schreibtisch stand ein unberührter Teller mit Brot und Gemüse, und auch die Wasserkaraffe war noch voll. Wohl schon hundertmal hatte sie die Bücher im Regal in der vagen Hoffnung umgeräumt, irgendwo eine verborgene Tür zu finden, die hinaus in die Freiheit führen würde.

Der Generalvikar besuchte sie jeden Abend und Morgen zur gleichen Zeit, um sich nach ihrem Befinden zu erkundigen. Doch auf ihre dringendste Frage, wann ihre Gefangenschaft zu Ende sei, hatte er ihr noch keine Antwort gegeben.

Der Besuch des Kurfürsten war Christina trotz des Eingesperrtseins nicht entgangen. Der ungewöhnliche Aufmarsch seiner Dienerschaft und Soldaten um die reich vergoldete Karosse im Klosterhof hatte sie ans Fenster gelockt, von wo aus sie die Ankunft des hohen Gastes beobachtete. Für einen Augenblick hatte das Treiben sie ihre eigene Situation vergessen lassen.

Als sie von ihrem Fenstergitter aus jedoch die Kommissare in seiner Begleitung entdeckt hatte, hatte sich die Angst um Sophia und Marie wieder wie eine Fessel um ihr Herz gelegt. Bohrende Fragen begannen sie zu quälen: Lebten die beiden Frauen noch? Hatte man sie ebenso eingesperrt oder gar aus dem Kloster gebracht? Vielleicht litten sie gerade Höllenqualen, und sie konnte ihnen nicht beistehen. Aber wie hätte sie ihnen auch helfen können? Ach, wenn sie doch nur der Bibliothek entfliehen könnte, dann wollte sie als Erstes Marie aufsuchen und sie dazu bewegen, die Beschuldigung zurückzunehmen.

In dem Buch vor ihr lag Maries Brief, der noch immer darauf wartete, an seinen Bestimmungsort gebracht zu werden. Sie nahm ihn in die Hand, drehte ihn unschlüssig zwischen den Fingern, warf ihn dann zu Boden und trat mit ihrem zierlichen Fuß darauf. »Bestimmt ist er der Ursprung allen Übels. Ach, hätte ich ihn nur sofort zum ›Raben‹ gebracht, wie mir aufgetragen worden war, dann wäre das alles bestimmt nicht geschehen«, murmelte sie mit einem Seufzer auf den Lippen, bückte sich, hob das Paper wieder auf und faltete es sorgsam zusammen, bevor sie es in ihrem Mieder verbarg.

Sie erinnerte sich des Vertrages, der ihr Leben im Kloster besiegelt hatte. Rasch zog sie einen Stuhl heran, kletterte hinauf und begann im Regal nach dem Buch zu suchen, in dem der Generalvikar das Schriftstück abgelegt hatte. Sie wollte das Dokument noch einmal mit eigenen Augen sehen, auch wenn sie längst beschlossen hatte, aus dem Kloster zu fliehen. Das heißt, sofern sie ihrem Gefängnis irgendwann entkommen würde. Ein Buch nach dem anderen zog Christina aus dem Regal, blätterte sich durch die Seiten und steckte es erfolglos wieder zurück.

Nach einer halben Stunde verlor sie das Interesse und wollte in der Annahme, das Buch befände sich längst in Maries Besitz, wieder vom Stuhl steigen, als dieser unter ihren Füßen zu wackeln begann und umzukippen drohte. Vor Schreck griff sie nach dem Regal, um sich daran festzuhalten, als die gesamte Bücherwand nachgab. Christina fiel zu Boden und stand vor einem bisher versteckten Ausgang.

Sie schob den Stuhl in die Öffnung und trat vorsichtig in die Dunkelheit hinter der Wand. Angst verspürte sie nicht. Etwas in ihr sagte ihr, dass sie sich auf dem richtigen Weg befand. Und tatsächlich – nach ein paar unsicheren Schritten fand sie sich im Kreuzgang wieder. Hastig lief sie zum Westflügel zu den Unterkünften der Laienschwestern und stürzte zu Maries Zelle. Die Tür stand offen. Ihre Kammer war leer, sämtliche persönlichen Dinge der Schwester waren entfernt worden. Selbst das Kruzifix in der kleinen Gebetsnische, der Gebetsschemel und das Waschgeschirr waren nicht mehr Maries. Das Bett schien so unberührt, als habe schon lange Zeit niemand mehr darin geschlafen.

Christinas Ängste, Marie wäre fortgeschafft worden, schienen sich bewahrheitet zu haben. Sie wollte die Tür schon wieder schließen, als ihr Blick noch einmal auf die Gebetsnische fiel. Was war das? Hatte Gott ein Zeichen für sie hinterlassen? Neugierig trat sie zu dem Gebetspult und entdeckte unterhalb des Heiligenbildnisses über dem Pult den Hinweis »St. Aper Kapelle«. Die Worte schienen in großer Eile mit einer Messerspitze in die weiße Wand geritzt worden zu sein. Christina hastete sofort zur Kirche.

Obwohl sie die nächstliegende Votivkapelle in der Kirche intensiv einer Untersuchung unterzog, vermochte sie nichts Verdächtiges zu entdecken. Dann aber erinnerte sie sich an das zweite Wort, und wie durch ein geheimes Zeichen Gottes fiel ihr der dem heiligen Bischof Aper geweihte Gottesdienstraum oberhalb der alten Ehrenpforte im Südwesten des Gotteshauses ein.

Der Weg dorthin führte sie in einem leichten Bogen durch den äußeren Kreuzgang. Sie war überzeugt, dass Gott ihre Schritte lenkte, da sie nur wenigen Nonnen begegnete. Ohne aufgehalten zu werden, gelangte sie in die kleine Seitenschiffkapelle. Doch als sie in den halb offenen Raum trat, glaubte sie zu Stein erstarren zu müssen. Der Schrei, den sie ausstoßen wollte, blieb ihr im Halse stecken, während ihre Hände zitternd am Türrahmen nach Halt suchten.

In dem spärlich beleuchteten Raum stand der Generalvikar. Aufgeschreckt von Christinas Eintreten, starrte er ihr wie einem Wunderwerk des Teufels entgegen. Langsam richtete er sich aus seiner gebeugten Stellung auf, nicht aber, ohne vorher Marie, die in einer Blutlache mit zur Hälfte entblößtem Oberkörper in seinen Armen hing, die Hände über der Brust zu falten.

»Was tust du hier, mein Kind?«, stotterte er und hob abwehrend seine mit Blut besudelten Hände. »Es ist nicht das, was du denkst. Das musst du mir glauben.« Er legte Marie auf dem Steinfußboden ab und machte einen Schritt auf Christina zu.

Sie wich vor ihm zurück wie vor dem Leibhaftigen und fand überraschend schnell ihre Stimme wieder. »Hochwürden … Ihr seid der Teufel! Was, bei Gott, dem Allmächtigen, hat Euch Marie getan, dass Ihr sie …? Warum habt Ihr sie …?«

»Christina, bitte glaube mir doch, ich habe nichts damit zu tun. Ich habe sie gefunden. Ja, sie ist ermordet worden, aber nicht durch meine Hand. Es muss der Teufel gewesen sein!« Er flehte sie an. Der ehemals so mächtige Mann wirkte hilflos und war in sich zusammengesunken.

»Ich weiß nicht mehr, Hochwürden, wem ich an diesem vermaledeiten Ort überhaupt noch Glauben schenken darf. Ihr gebt mir immer wieder Rätsel auf.« Sie stürzte an ihm vorbei zu Marie, suchte nach einem Tuch und fand es im Beichtstuhl. Dann schob sie ihrer Freundin mit tränenüberströmtem Gesicht die Arme unter den Rücken, presste das Stück Stoff auf die Wunde und drückte sie an ihre Brust. »Marie, Marie«, weinte sie. »Wer hat dir das angetan? Bitte, Marie, geh nicht fort. Lass mich nicht allein hier zurück, bitte, Marie!«

Der Generalvikar stand stumm über ihr und schaute auf sie hinab. »Sie ist tot«, sagte er mit herabhängenden Armen. »Von dort, wo sie jetzt weilt, kehrt niemand mehr zurück.«

Langsam hob Christina ihr Gesicht und schaute ihn mit leerem Blick an. Er hielt ihm stand, als hätte er kein Schuldbewusstsein.

Plötzlich spürte sie eine schwache Bewegung an ihrem Ohr. Während Christina Marie vorsichtig auf den Boden zurücklegte und sie leise bei ihrem Namen rief, beugte sie sich tief zu ihren Lippen hinab.

»Du lebst?«, fragte sie voller neuer Hoffnung.

Tatsächlich schlug Marie nur noch ein einziges Mal die Augen auf und sah Christina mit unstetem Blick an. Während das Leben zusammen mit ihrem Blut langsam aus ihr herausfloss, tastete sie zitternd nach Christinas Hand.

»Gott möge mir verzeihen, nie hätte ich dir wehtun können, Christina. Ich wusste immer, dass Sophia deine Mutter ist, aber man hat mich gezwungen, sie der Hexerei zu bezichtigen«, flüsterte Marie. Ihre Stimme klang weit entfernt.

»Wer hat das getan? Wer hat dich zu einer Falschaussage gezwungen? Und warum?«, weinte Christina und bedeckte Maries Gesicht mit Küssen. Doch anstelle einer Antwort spürte sie nur einen leisen Händedruck, dann bäumte sich Maries Oberkörper auf, und mit einem letzten Seufzer und den Worten »Geh zum ›Raben‹!« rollte ihr Kopf zur Seite. Marie war tot. Christina schlug das Kreuz über der Freundin, drückte ihr die Augen zu und flüchtete.

X.

»Was will sie hier?« Mhon Ursel unternahm den dritten Versuch, sich aufzurichten, und wurde dabei von Mhon Biel gestützt.

»Sie sagt, Marie sei tot«, antwortete Gertraud mürrisch. Sie stand vor einem Holzbottich und rührte einen zähen Brei an, während die Nonne Magdalena ihr Spinnrad zur Seite geschoben hatte und am Fenster den Brief las, den Christina mitgebracht hatte.

Christina stand in der offenen Tür und trat unschlüssig von einem Fuß auf den anderen. War ihre Entscheidung richtig gewesen, den »Raben« aufzusuchen? Nachdem sie aus der Kapelle gestürmt war, als ginge es um ihr eigenes Leben, hatte sie nur noch einen Gedanken gekannt: das Kloster zu verlassen.

Alle Schwestern standen für sie nach diesem Vorfall mit dem Teufel im Bunde – selbst Sophia. Es war überraschend einfach gewesen, das Kloster mit dem Eselsgespann und einer Lüge zu verlassen, und Maries letzte Worte hatten ihre Schritte wie von Geisterhand hierher gelenkt.

»Lasst sie doch erst einmal ausreden, bevor ihr sie gleich wieder rauswerft«, lenkte die Nonne Magdalena ein, die immer noch den Brief in der Hand hielt. Wie beim ersten Mal schienen die Frauen auch heute nicht sonderlich begeistert von ihrem Erscheinen zu sein. Christina schlugen Kälte und Abweisung entgegen.

»Nun hat Marie endlich den Lohn für ihre Schnüffelei bekommen«, sagte Mhon Ursel, verschluckte sich als Rache für ihre Boshaftigkeit aber gleich darauf an dem heißen Brei, den ihr Gertraud gereicht hatte.

Die Bäuerin wischte sich die Hände an der Schürze ab und musterte Christina. »Wie ist sie denn gestorben?«, fragte sie, während Christina zu frösteln begann.

Gehorsam berichtete sie von ihrem Erlebnis, während die Nonne Magdalena und Gertraud von Neuss ihr als Einzige aufmerksam zuhörten. »Marie wollte uns wahrscheinlich auf die Abtreibungen im Kloster aufmerksam machen«, erklärte Magdalena schließlich. »Aber der Brief kommt zu spät. Nur wenige ausgewählte Nonnen wissen von den Kindstötungen und den Teufelsaustreibungen im

Turm. Fast immer werden sie von einem bestimmten Priester und zwei bevorzugten Nonnen durchgeführt. Ich weiß es von Marie, die selbst zu der geheimen Bruderschaft gehörte. Wie Marie es geschafft hat, ihr Vertrauen zu gewinnen, das wissen wir nicht. Die Mönche und Nonnen waren immer verschleiert. Niemand wusste, wer seine Mitschwester oder -bruder war. Vielleicht hat ihr diese Anonymität ja den Zutritt erleichtert. Sie war dafür zuständig, die Reste nach der Prozedur zu beseitigen. Sie war so etwas wie eine Tempeldienerin und hat stets Augen und Ohren offen gehalten. Über den Zeitpunkt einer anstehenden Geburt wird normalerweise strengste Verschwiegenheit von den Beteiligten gefordert. Wird jemand zum Verräter, stirbt er. Marie hatte herausgefunden, dass die Frau Bürgermeisterin ihrem Ehemann untreu geworden und schwanger war. Wahrscheinlich hat die hohe Frau ihr Kind in den Klostermauern zur Welt gebracht und es töten lassen. Dann aber wurde sie verraten und musste sich mit einer gefährlichen Lüge retten, indem sie wahllos die auffällig gewordene Marie bezichtigte. Marie konnte ihren Mund nicht halten, das hat sie das Leben gekostet.« Sie winkte Christina zum Tisch. »Komm, setz dich, Christina, und iss etwas«, forderte sie sie auf. Zu den anderen gewandt sagte sie: »Ihr solltet wirklich Mitleid mit der Maid haben. Sie ist doch zum Teufel gekommen wie die Milch zur Kuh.«

Christina war verblüfft, woher die Schwester so gut informiert war.

»Ach was.« Mhon Ursel winkte ab und schielte böse zu Christina hinüber, als die sich ängstlich an den Tisch setzte. »Sie ist doch an allem schuld.«

»Christina ist an gar nichts schuld«, fiel ihr nun auch Mhon Biel ins Wort. »Du hast doch gehört, dass sie den Generalvikar bei der toten Marie vorgefunden hat. Und natürlich hat er sie getötet, auch wenn er es abstreitet. Was bedeutet Hochwohlgeboren schon eine kleine Laienschwester? Sie war zur Gefahr für das Kloster und für Schwester Sophia geworden, deshalb musste sie verschwinden. So einfach ist das für die hohen Herren, und Monsignore geht unbefleckt aus der Angelegenheit heraus.«

»Das glaube ich kaum.« Gertraud hatte sich zu Christina gesetzt, gab ihr mit einer Holzkelle eine Portion von dem zähen Brei auf den Teller und schob ihn ihr zu. »Der Generalvikar ist kein Mörder.

Er ist ein frommer und gerechter Verwalter und ein guter Mensch, habe ich nicht recht, Christina? Unser Landesfürst kann zu recht stolz auf ihn sein. Ich glaube ihm, wenn er sagt, er habe Marie nicht auf dem Gewissen, und sicher wird er auch einen Weg finden, um die heilige Sophia vor dem Fegefeuer zu retten.«

»Sophia … immer wieder Sophia«, krächzte die alte Mhon Ursel von ihrem Bett. »Die Schlange, die uns der Teufel geschickt hat. Mit ihr hat alles angefangen, aber die hohe Frau besitzt ja etwas, worüber wir nicht verfügen – eine adlige Familie und Reichtum, und Letzterer wird ihr aus jeder Situation heraushelfen. Wartet nur ab, es wird nicht lange dauern, und ihr hoher Herr Vater, der Diplomat, wird kommen und mit seinem Geld ihren guten Ruf wiederherstellen.«

»Was habt Ihr nur, Mhon Ursel? Warum hasst Ihr Sophia so? Sie hat Euch doch nichts getan. Wer sie hasst, verabscheut auch mich, denn ich bin ihre Tochter.« Christina war jetzt aufgesprungen. »Ich bin doch nur hier, um Maries letzten Wunsch zu erfüllen.«

Stille legte sich über den Raum. Alle starrten beklommen auf ihre Hände, bis Mhon Ursel sagte: »Nun gut – wenn du es unbedingt erfahren willst. Ich bin Johanna, jene Priorin, die damals bei deiner Geburt anwesend war und offiziell einem Verbrechen zum Opfer fiel. Mir zu Ehren gibt es sogar einen Grabstein in der Kirche.« Sie lachte bitter. »Der Priester, der damals den Auftrag erhielt, dich zu töten, liebte Sophia über alles. Er hatte Mitleid mit dir und brachte dich nur zum Schein um. Noch in der gleichen Nacht beauftragte er die Äbtissin Benedikta, das Kind zu einfachen Leuten zu bringen, die es aufziehen sollten, und gemeinsam mit einer eingeweihten Schwester machte sie sich auf den Weg. Es war eine solch furchtbar stürmische Nacht, dass es schien, als hätte der Teufel alle Welten entfesselt.

Mir wurde ein voller Beutel mit Goldgulden anvertraut, den ich für deine Erziehung verwalten sollte. Doch die Menschen sind nun mal schlecht. Der Teil des Geldes, den ich deinem zukünftigen Vater, dem Boten der Gürtelmacher Plum, gab, reichte ihm nicht. In seiner Gier verlangte er die gesamte Summe auf einmal, und da ich nicht auf sein Ansinnen einging, wurden wir auf dem Rückweg von ihm und seinen Gesellen überfallen.

Benedikta schändete er brutal, ich wurde niedergeschlagen und des Beutels beraubt. Von diesem Vorfall hat sich Benedikta nie wieder erholt. Sie litt an Depressionen und zog sich zurück. Ihre Aufgaben als Äbtissin erledigte sie nur noch bedingt, sodass Unzucht und Laster in das Kloster einzogen. Erst kurz vor dem Mirakel vertraute sie sich Sophia an. Dass diese alles niederschrieb war dann wohl Benediktas Todesurteil, oder aber jemand, der ein großes Interesse daran hatte, hat das Gespräch belauscht. Denn plötzlich eilte ihr der Ruf voraus, besessen zu sein. Nach einem Exorzismus starb sie eines unnatürlichen Todes. Ich sollte weit vor ihr, gleich nach dem Überfall von dieser Welt gehen, denn ich hielt meinen Mund nicht und forderte Bestrafung für die Männer, die uns überfallen hatten. Da Mutter Benedikta jedoch über den Vorfall schwieg, erntete ich den Lohn für mein loses Mundwerk. Einfältig, wie ich damals war, hielt ich ihre Fürsorge für Anteilnahme, als man mir meine Wunden wusch und mir einen Trank verabreichte, der mich wieder zu Kräften bringen sollte. Danach fiel ich in einen todesähnlichen Schlaf, aus dem ich nie wieder aufwachen sollte. Nur Mhon Biel, meiner Base, die einige Jahre mehr zählt, doch jünger aussieht als ich, habe ich es zu verdanken, dass ich noch lebe. Sie war früher Wäscherin im Kloster und rettete mich. Über zwanzig Jahre bin ich nun schon durch die Auswirkungen des Giftes ans Bett gefesselt.«

Christina hatte mit großen Augen zugehört. Es dauerte lange, bevor sie die richtigen Worte fand. »Aber … das tut mir leid. Von all den furchtbaren Vorkommnissen habe ich nichts gewusst«, sagte sie leise mit stockender Stimme.

Mhon Ursel kramte unter ihrem Kissen und zog ein Kästchen hervor, dem sie ein Buch mit einem Kreuz und einem kleinen goldenen Schloss entnahm. »Hier«, sagte sie und hielt es Christina hin. »Das ist das Tagebuch, nach dem alle so eifrig suchen. Es sind die Aufzeichnungen unseres Paters Antonius. In ihm steht alles geschrieben. Alles, was du über den Fall der heiligen Sophia wissen musst, und noch viel mehr.«

»Hasst Ihr Sophia deswegen, Mhon Ursel? Weil sie die indirekte Schuld an Eurem Zustand trägt, da sie mich geboren hat?«, fragte Christina und nahm das Buch entgegen.

»Nein, nicht deshalb. Sie hat sich vor Gott und den Menschen schuldig gemacht, weil sie es war, die mir damals den Trank gereicht hat.«

»Aber sie wollte Euch bestimmt nicht töten. Wahrscheinlicher ist doch, dass sie gar nicht gewusst hat, dass sich in dem Trank ein Gift befand. Sie wollte doch immer nur helfen«, verteidigte Christina ihre Mutter.

»Ich sehe es dir nach, dass du für sie das Wort ergreifst. Aber hüte das Buch von nun an vor fremden Blicken. Wenn es jemand bei dir entdeckt, wird man dich ohne Erbarmen töten. Marie hat es hiergelassen, weil sie es bei uns sicher wusste. Sie hat es von Pater Antonius erhalten und wahrscheinlich geahnt, dass sie bald sterben wird. Ich bin zu alt und zu schwach, um noch Rache zu fühlen und zu üben, deshalb gebe ich es in deine Hände. Du wirst wissen, was du damit zu tun hast.«

»Wisst Ihr denn auch, wo ich diesen Pater Antonius finde?«, erlaubte sich Christina noch zu fragen.

Doch Mhon Ursel winkte ab. »Alles, was du wissen musst, steht in dem Tagebuch, du musst es nur lesen. Aber es wird dich nicht erfreuen zu erfahren, wer dein Erzeuger ist.« Als sie grinste, zeigte sie ihren zahnlosen Kiefer.

Christina hatte sich bereits erhoben und wollte das Buch unter der Klosterkleidung verbergen, doch Margareth, die mit einem Korb Wäsche in der Tür stand und die letzten Worte mitgehört hatte, hielt sie zurück. »Du solltest von nun an besser weltliche Kleidung tragen.« Sie winkte Gertraud, die daraufhin in einem Nebenraum verschwand und sogleich mit einem Bündel Frauenkleider über ihrem Arm wieder auftauchte. »Du bekommst von uns Kleidung und etwas Proviant für den Weg. Ins Kloster solltest du nicht mehr zurück. Du hast die ermordete Marie gefunden und bist danach geflohen. Man könnte bereits nach dir suchen. Du verdächtigst den Generalvikar, ihr Mörder zu sein? – Ein Umstand mehr, das Kloster nicht mehr zu betreten. Es wäre zu gefährlich, dich bei uns zu behalten. Ich kenne einen Gemüsehändler vom Markt, bei ihm könntest du fürs Erste unterkommen.«

Christina schaute sich unschlüssig um. »Aber wieso kann ich nicht bei Euch bleiben? Als Magd würde mich doch niemand erkennen.«

Gertraud schüttelte entschieden den Kopf und drückte Christina auf einen Schemel, um ihr beim Entkleiden zu helfen. »Wir Schwestern gehören einer heimlichen calvinistischen Bruderschaft an, der lutherischen Gemeinde. Deine Anwesenheit wäre genauso wenig gut für dich wie für uns.«

»Und was wird aus Sophia?«

Gertraud lächelte. »Sie hat doch noch ihren Generalvikar. Aber wenn es dich tröstet, können wir gern ein neues Gerücht streuen, in dem jemand anderes der Hexerei bezichtigt wird, die Äbtissin zum Beispiel oder ihre Schwester, die Postmeisterin.«

Alles lachte, nur die Nonne Magdalena enthielt sich der Heiterkeit. »Das ist gar nicht so abwegig«, sagte sie leise. »Die Postmeisterin ist bereits wegen ihrer Streitigkeiten mit dem kaiserlichen Generalpostmeister von Taxis Stadtgespräch, und mir sind einige Herren bekannt, denen es ganz bestimmt gefallen würde, wenn über sie ebendiese Gerüchte im Umlauf wären.« Sie sah Christina an, die ihren Blick dankbar erwiderte.

»Ihr wäret also bereit, für Sophia zu lügen, auch wenn Euch dadurch Verdammnis widerfährt?«, staunte Christina.

»Nicht für Sophia, für niemanden, mein Kind«, schnarrte Mhon Ursel. »Sollte uns aber keine Wahl bleiben, täten wir es für unsere Bruderschaft und die Konfessionalisierung, mit der wir abrechnen wollen.«

In diesem Moment fuhr auf dem Hof eine Kutsche in einer Staubwolke vor. Der Kutscher achtete weder auf die Schweine noch auf die Hühner, die aufgeschreckt gackernd das Weite suchten, und brachte die schaumbedeckten Pferde so abrupt zum Stehen, dass sie ihre Mäuler vor Schmerz weit aufrissen. Die Zügel warf er einem zweiten Mann auf dem Bock zu, sprang hinab und betrat raschen Schrittes die große Stube.

»Ist Jungfer Christina anwesend?«, fragte er, traf aber nur auf eine Mauer des Schweigens. Dann hatten seine Augen sie bereits entdeckt. Obwohl er seine Gestalt unter einem weiten Mantel verbarg und die Kapuze tief ins Gesicht gezogen hatte, erkannte Christina ihn sofort. »Hochwürden«, entfuhr es ihr überrascht, und sie trat ängstlich ein paar Schritte zurück.

Doch der Generalvikar ließ sich von ihrer Furcht nicht beeindrucken. »Komm, Christina«, befahl er hastig und streckte ihr die Hand entgegen. »Komm mit. Es ist keine Zeit für lange Erklärungen, aber ich bin auf dem Weg nach Lechenich, wo du vorläufig unterkommen kannst. Sophia hat mir von deinem Brief erzählt, so ahnte ich, dass du hier zu finden bist. Sie wünscht, dass du sie als ihre Dienerin begleitest. Komm jetzt, mein Kind, und zögere nicht. Niemand wird dich dort in der Verkleidung einer Magd wiedererkennen.«

Verwirrt ließ Christina den Blick über die schweigsamen Gesichter der Frauen gleiten. »Warum sagt Ihr nichts? Was soll ich tun?«, fragten ihre Augen, aber niemand sprach ein Wort.

Erst als sie die Nonne Magdalena mit einem flehentlichen Blick um Beistand bat, sagte diese: »Geh mit ihm, Christina«, und drehte ihr den Rücken zu.

XI.

Weit aus dem Fenster der Kutsche gelehnt, fühlte Christina, wie ihr das Blut aus dem Gesicht wich. Was sie da am weiten Horizont erblickte war kein herrschaftliches Schloss aus weißem Stein, sondern eine Festung, die einem düsteren Felsen glich. Sie vermochte den Blick nicht von dem unheimlichen Bild zu lösen. Das Schloss mit zwei siebenstöckigen Türmen, erbaut aus grobem Drachenstein, mit blinden Fassaden, Mauern, Fallgattern, Zugbrücken und Gräben, es war eine Insel des Jammers, wie verloren im Meer einer gleichgültigen Stadt, eine in sich abgeschlossene Welt. Es war Schloss Lechenich, erbaut als mächtige Wehranlage, umgeben von tiefen, unüberwindlichen Wassergräben und Wällen.

Es dämmerte bereits, als die Karosse über die steinerne Zugbrücke in die dunkle Vorburg mit ihren Wirtschaftsgebäuden ratterte. Mit Grausen bemerkte Christina, wie sich das mächtige Gittertor der riesigen Festung langsam hinter ihnen schloss. Sein unheimliches Knarren und Quietschen jagte ihr einen solchen Schrecken ein, dass sie stumm dafür betete, das Tor möge sich nicht für die Ewigkeit schließen und Schloss Lechenich nicht zu ihrem Grab werden.

Nach einem kurzen Gespräch des Generalvikars mit dem Amtmann wurden sie von einem hageren Bediensteten, dem man die Zunge abgeschnitten hatte, über mehrere dunkle, verworrene Gänge zur Pützkammer, dem sogenannten »Geistlichen Haus«, gebracht.

Auf dem Weg dorthin beruhigte Bernard die verängstigten Frauen immer wieder: Ihr Aufenthalt im Schloss sei bestimmt nicht von langer Dauer, auch wolle er es ihnen an keinem Komfort fehlen lassen.

Doch als sich die schwere Eisentür auftat und sie einen Blick in die düstere, schlicht eingerichtete Kammer warfen, prallten Mutter und Tochter gleichermaßen entsetzt zurück.

»Das Demeritenhaus?«, entfuhr es Sophia entsetzt. »So also sieht Euer Versprechen aus, Bernard? Ich soll von Euch in dieser Steingruft begraben werden?«

Der Generalvikar hatte wie immer eine Erklärung bereit. »Ihr habt ja recht, Sophia, aber Ihr müsst Euch nicht ängstigen«, beruhigte er sie und entschuldigte sich zugleich. »Außer der Strafanstalt für verurteilte Geistliche sind alle Gemächer im Schloss belegt. Unser Kurfürst tritt zur Jagd in der Ville mit seinem Gefolge in Bälde seinen Aufenthalt in den Räumen des Kellnereihauses an. Natürlich werde ich den Rentmeister sofort beauftragen, für Euch Wein und Speisen in ausreichenden Mengen heranzuschaffen, und Christina als Eurer Magd wird jederzeit freier Zugang zum Schlosshof und zum Kammergut gestattet sein. Sie wird Euch jeden Tag mit Blumen, Milch und frischem Gemüse versorgen. Die Wachen sind von mir informiert. Ihr weilt auf Schloss Lechenich noch nicht als offiziell Gefangene. Erst wenn die Zustimmung vom heiligen Offizialat eintrifft, seid Ihr meine Gefangene und bekommt einen fairen Prozess. Rom ermächtigt mich dann, Euren Fall zu übernehmen, und ich versichere Euch, alles, was in meinen Kräften steht, für Eure Rettung zu tun. Bis dahin wird Euch niemand ein Leid zufügen. Meine Kommissare haben die Order von mir, sich solange zurückzuhalten. Zudem wird Euch ein Geistlicher zur Seite stehen, dessen Anblick Euer Herz sicher erfreuen wird. Ich habe bereits angeordnet, dass der Raum für Euer Wohlbehagen ständig beheizt wird, und ich werde Bücher, Stoffe, Tücher und Stickrahmen besorgen, die Euch die triste Einsamkeit vergessen lassen sollen. Mehr, Madame, kann ich im Moment leider nicht für Euch tun.«

Entschuldigend zuckte er mit den Schultern. »Wir müssen nun das Einverständnis des heiligen Offizialats abwarten, aber ich bin zuversichtlich, dass Euch mit dessen Entschluss Gerechtigkeit widerfahren wird und Ihr wieder nach Santa Klara zurückkehren könnt. Auch habe ich bereits eine Depesche mit meinen schnellsten Reitern an Eure Familie geschickt. Verzagt nicht, Madame. Immerhin habt Ihr Eure Tochter wieder bei Euch. Nutzt die Zeit, um Eure neu gewonnene Zweisamkeit zu genießen.« Während der letzten Worte hatte er das Knie vor ihr gebeugt und ihre Hände lange zwischen den seinen gehalten. Jetzt küsste er sie inbrünstig, ging dann zu Christina und legte ihr seine schwere Hand auf den Kopf.

»Ich vertraue auf dich, meine Tochter, und lege das Wohlsein der heiligen Schwester in deine Hände. Von diesem Augenblick an wirst du schweigen wie ein Grab und alle Wünsche Sophias erfüllen. Und bedenke, mein Kind, ein Fluchtversuch ist sinnlos. Das Schloss ist von breiten, tiefen Wassergräben gesichert, einer von ihnen umschließt das gesamte Gelände, ein zusätzlicher innerer die Hauptburg. Zwischen dem mächtigen Haupt- und dem Vortor befindet sich eine schier unüberwindbare Zwingermauer. Jeder der sechzehn Bediensteten würde dich bei einem Fluchtversuch sofort an den Amtmann der Burg ausliefern. Er ist dem Kurfürsten unterstellt und hat die Befugnis, wichtige Entscheidungen selbst zu fällen, auf die ich, solange der Bescheid noch nicht eingetroffen ist, keinen Einfluss nehmen könnte. Also wartet gemeinsam geduldig, bis Ihr wieder von mir hört. Gott sei mit Euch und schütze Eure Seelen.«

Als er gegangen war und auch diese Tür sich knarrend geschlossen hatte, herrschte einen Moment lang Grabesstille. Christina hatte sich an der kalten Steinwand hinabgleiten lassen und hockte nun mit angezogenen Beinen auf dem Fußboden, den Kopf in den Armen vergraben.

Sophia saß auf dem Bett im hinteren Alkoven und betrachtete mit traurigem Blick ihr zukünftiges Gefängnis. »Ein Bett mit Alkoven, ein Tisch, ein Gebetsstuhl, zwei Sessel für die Bequemlichkeit, ein Kamin und ein schmales Fenster, durch das kaum ein Sonnenstrahl hereindringt, und für dich, mein Kind, eine Strohmatratze auf dem Boden«, murmelte sie. Als sie bemerkte, dass Christinas Schultern zuckten, erhob sie sich, ging zu ihr, legte ihr die Arme um die Schultern und zog sie fest an sich. »Wir werden gemeinsam Tag und Nacht zu Gott beten, damit er unsere Gebete erhört, sich alles recht schnell aufklärt und wir wieder frei sind. Es schmerzt mich zu sehen, wie du leidest. Ich wünschte, ich könnte dir ein besseres Leben an meiner Seite bieten, aber wir dürfen nicht verzagen. Nur Mut und Gottvertrauen, mein Kind, dann wird doch noch alles gut.« Wie es ihre Art war, für das Heil ihrer Nächsten zu beten, so sprach sie jetzt der Tochter Mut zu.

Doch Christina schüttelte den Kopf und entzog sich ihr. »Was bringt all das Beten, Mutter? Gott hat uns beide längst verlassen. Haben Eure Gebete denn bisher etwas genützt? Wäre Gott auf unserer Seite, dann wären wir jetzt nicht hier.«

»Aber ist es nicht ein gutes Zeichen von Gott, dass der Generalvikar uns hierhergebracht hat?«, widersprach Sophia sanft.

Christina schüttelte den Kopf. »Mutter, habt Ihr denn noch nicht begriffen, dass menschliche Bosheit und Missgunst uns in diese Situation gebracht haben? Und dem Generalvikar solltet Ihr nicht zu viel Vertrauen schenken. Ich habe ihn mit blutigen Händen neben Marie stehend gesehen. Er ist der Teufel. Ein Teufel mit einem hübschen Gesicht, so wie er in der Bibel beschrieben wird.«

»Versündige dich nicht, Christina. Ich kenne ihn schon länger als du und weiß, dass er alles in seiner Macht Liegende für unser Wohl unternehmen wird. Nie und nimmer ist er ein Mörder. Er hat Marie ganz gewiss nicht getötet.« Sophias Blick wurde streng. Sie schien verärgert.

Christina zog das Tagebuch aus ihrem Mieder. »Und was ist damit? Was alles, glaubt Ihr, wird er tun, um dieses Tagebuch in seine Hände zu bekommen?«

Sie hatte noch nicht zu Ende gesprochen, da war Sophia bereits aufgesprungen und hatte ihr das Buch entrissen. Sie war leichenblass geworden. Ihr Atem ging keuchend, als sie es an ihre Brust drückte. »Du hast es? Du hast kein Recht, es zu behalten.« Als sie sah, dass Christina mit weit aufgerissenen Augen vor ihr zurückwich, beruhigte sie sich. »Woher hast du es, Christina?«, fragte sie mit ruhiger Stimme. »Mein Tagebuch ist eine große Gefahr, man hätte dich getötet, hätte man es bei dir gefunden.«

»Die Frauen vom ›Raben‹ haben es mir gegeben«, antwortete Christina. Sie war über die heftige Reaktion ihrer Mutter überrascht. Mit allem hatte sie gerechnet, mit Freude, Lob und Anerkennung, dass sie es gemeinsam lesen und sie endlich die Wahrheit über ihre unselige Geburt erfahren würde.

»Hast du es gelesen?«, fragte Sophia misstrauisch.

Christina verneinte. »Ich hatte noch keine Gelegenheit dazu, aber Mhon Ursel hat mir von den Umständen meiner Geburt erzählt.«

Erleichtert sank Sophia wieder auf das Bett zurück. Das Tagebuch hatte sie in ihrem Habit verschwinden lassen. »Verzeih mir, meine Tochter«, bat sie leise. »Dann weißt du also noch nicht alles?«

»Wahrscheinlich nicht. Mhon Ursel hat mir zum Beispiel verschwiegen, wer mein Vater ist, mir aber dafür das Tagebuch gegeben.« Christina stand nun fordernd vor Sophia. »Ihr müsst es mir zurückgeben, Mutter.«

»Jetzt ist nicht der rechte Augenblick, mein Kind. Sollte mir einmal etwas geschehen, dann ist es noch früh genug dafür, und du kannst mit dem Wissen darin verfahren, wie du es für richtig hältst. Am liebsten würde ich das vermaledeite Buch vernichten. Aber es enthält wertvolle Visionen, die dir vielleicht von Nutzen sein werden, wenn du einmal in Not bist und ich nicht mehr bin.«

»Dann lasst uns fliehen, Mutter«, wechselte Christina das Thema und ergriff flehentlich Sophias Hände. »Ich werde eine Möglichkeit finden zu entkommen. Ihr habt doch gehört, was der Generalvikar sagte: Ich habe freien Zugang zum Schlossgelände. Wenn Gott, wie Ihr sagt, wirklich unsere Gebete erhört, dann wird er uns helfen, die Freiheit wiederzuerlangen.«

Doch Sophia entzog sich ihr und erhob sich wortlos. Nachdenklich begab sie sich zum Gebetstisch, kniete auf dem Schemel davor nieder, öffnete ihr Brevier mit dem Stundengebet und faltete die Hände. Christina beobachtete sie in ihrer Andacht. Im Raum herrschte vollkommene Stille.

Sophia beendete das Schweigen und drehte ihrer Tochter wieder ihr Gesicht zu. Sie hatte einen Entschluss gefasst. »Der Herrgott wird uns segnen und uns Gerechtigkeit widerfahren lassen, mein Kind«, sagte sie. »Aber die Mauern des Schlosses sind viel zu dick und zu hoch, die Gräben zu tief und das Tor dick wie eine Grabplatte. Würde man unser auf unserer Flucht habhaft werden, würde dies als Beweis gewertet werden, dass wir mit dem Teufel im Bunde stehen, und man würde uns töten. So leid es mir tut, aber wir werden unser Gefängnis nur mit Gottes und Bernards Hilfe wieder verlassen.«

Während die beiden Frauen in ihrer Kammer voller Hoffnung auf ein Zeichen Gottes oder des Generalvikars harrten, trafen sich fünf Reiter in einer dunklen und stürmischen Oktobernacht auf der Poststrecke von Frankfurt nach Köln, an der Landesgrenze zwischen dem Herzogtum Jülich und dem Kurfürstentum Köln. Die extremen Wetterunbilden der Nacht ließen sie ihr Vorhaben ungestört ausführen. Für die geheime Zusammenkunft hatten sie eine geschützte Stelle vor einem großen Graben mit acht Grenzsteinen gewählt.

Die drei Kommissare Dr. Friedrich Wissius, Walram Blankenberg und Johann zum Romschwinckel saßen gleichzeitig von ihren

Pferden ab. Sie reisten inkognito und verbargen ihre wahre Identität unter weiten Umhängen. Die Fremden warteten bereits. Trotz der Dunkelheit war das Reichsgrafenwappen, welches einer der Wartenden am Sattel trug, nicht zu übersehen. Der andere führte das Wappen Johann von Coesfelds am Pferd, und zum Romschwinckel vermutete in der Verkleidung den Leiter des Kölner Postamtes, Günstling des Reichsgrafen und Brüsseler Generalerbpostmeister Leonard II. von Taxis persönlich. Die Gesichter der Reiter waren maskiert, lediglich ihre sorgsam gestutzten Kinnbärte und die Juwelen an den Spangen ihrer Umhänge ließen ihre hohe Herkunft erahnen.

Nach einer kurzen Vorstellung und gegenseitigen Ehrerbietungsbezeugungen kam man zur eigentlichen Angelegenheit. »Uns ist zu Ohren gekommen, dass Ihr mit dem Fall einer Hexe aus dem Kloster Santa Klara beauftragt seid?«, ergriff einer der Reiter das Wort. Er sprach leise und mit niederländischem Akzent.

»Ihr sagt es«, erwiderte Johann zum Romschwinckel ebenso leise, sorgsam die Umgebung im Auge behaltend.

»Außerdem haben wir gehört, dass sich der Generalvikar des Erzbischofs der Angelegenheit eifrig annimmt. In welcher Beziehung steht er zu der verdächtigen Nonne Sophia von Langenberg?«

»In keiner.« Zum Romschwinckel hatte keine Ahnung, worauf der Fremde hinauswollte. »Wir ermitteln in dem Fall in seinem Auftrag. Wessen ist nun Euer Begehren, meine Herren?«

»Wir möchten Euch in Bezug auf die besagte Hexe ein Geschäft vorschlagen. Es soll Euer Schaden nicht sein, meine Herren.« Der zweite Fremde zog einen ledernen, reich bestickten Geldbeutel aus der Satteltasche und ließ den Inhalt verlockend klimpern. »Der Beutel ist mit zweihundert Dukaten gefüllt. Weitere werden folgen, wenn Ihr unseren Auftrag erfüllt.«

Die drei Kommissare wurden hellhörig. Wissius streckte voreilig die Hand aus, worauf sein Gegenüber den Beutel rasch wieder im Sattel verschwinden ließ. »Worum geht es genau?«, fragte der Kommissar, während sein Kollege Blankenberg sich vorsichtshalber zurückhielt.

»Wir möchten, dass Ihr der Angelegenheit im Sinne unseres Herrn und Auftraggebers eine Wendung gebt«, lüftete der Wortführer der beiden Reiter das Geheimnis.

»Es geht uns um die Kölner Postmeisterin, Elisabeth Voss. Sie soll schon längere Zeit freien Zugang zum Kloster haben. Ihre Schwester hat das Amt der Äbtissin inne, und ihre Tochter wird dort in Latein unterrichtet«, meldete sich nun wieder der Zweite zu Wort. »Euer Auftrag ist es, ein Gerücht in die Welt zu setzen, dass jene Elisabeth Voss es war, welche die Nonnen verhext hat. Wie Ihr es weiterhin mit der Langenbergerin haltet, das soll uns gleich sein. Uns ist Eure Vorgehensweise aus zurückliegenden Hexenprozessen bekannt, es dürfte Euch also nicht schwerfallen, der ketzerischen Nonne entsprechende Aussagen über die Voss zu entlocken.«

»Und was hat die Postmeisterin angestellt, dass Ihr sie brennen sehen wollt?«, fragte Walram Blankenberg nach einiger Überlegung.

»Der Grund dürfte für Euch von geringerem Interesse sein, mein Herr. Aber zum besseren Verständnis: Unser Auftraggeber, Reichsgraf Leonard II. von Taxis, versucht seit Längerem, ein zentralisiertes Postwesen zu etablieren. Die Postmeisterin besteht jedoch auf der Beibehaltung der Familienrechte und beruft sich dabei auf das Postmeisteramt ihres verstorbenen Vaters, dessen Leiche sie bereits einige Jahre vor uns versteckt hält. Zum Glück sind wir ihr noch rechtzeitig auf die Spur gekommen. Gemeinsam mit ihrem Bruder Jacob strebt sie einen Prozess vor dem Reichskammergericht gegen den Reichsgrafen an, der verhindert werden muss«, erklärte er.

»Ein Weib macht Euch solche Angst, meine Herren?«, fragte Wissius nun ungläubig, aber auch belustigt.

»Nun, auch Euer zu untersuchende Fall hat ein Weib als Protagonistin. In unserer Angelegenheit gefährden die Beschwerden der Erben des alten Postmeisters Voss vor dem Wiener Reichshofrat das Reichspostlehen und die Stellung des Reichsgrafen als Generalerbpostmeister. Aber wenn es nur das Weib wäre! Ihr Bruder ist sehr mächtig. An ihn, ein Mitglied des Domkapitels, kommen wir nicht heran. Aber wenn seine Schwester in einen Prozess wegen Hexerei verwickelt werden würde, würde das eventuell auch ihn den Kopf kosten, und wir wären die Sorgen los.«

»Ich verstehe. Also ist der Bruder Euer eigentliches Problem. Aber vergesst Ihr dabei nicht, dass es auch für uns gefährlich ist, gegen das Weib vorzugehen? Die Postmeisterin hat einflussreiche Freunde, und ihr Bruder wird ganz bestimmt nicht tatenlos zusehen, wie seine Schwester öffentlich kompromittiert wird«, äußerte Johann zum Romschwinckel Bedenken.

Der Fremde winkte ab und zog den Beutel wieder hervor. »Das lasst nur unsere Sorge sein. Ihr, meine Herren, habt nur für das Gerücht und die Verurteilung zu sorgen, und dafür werden wir Euch fürstlich entlohnen. Also, was ist, schlagt Ihr ein?« Er klimperte wieder mit dem Geld, um die Entscheidung zu beschleunigen.

»Und wie viel würde für uns dabei herausspringen?«, fragte Wissius neugierig.

»Tausend für jeden. Die ersten vierhundert als Anzahlung, den Rest nach Erledigung. Also, was ist nun, meine Herren? Die Zeit drängt«, sagte der Reiter mit dem Reichsgrafenwappen, als er bemerkte, dass die drei Kommissare zögerten, und schwang sich in den Sattel. Sein Begleiter folgte ihm sogleich.

Die Kommissare mussten sich entscheiden. Wissius, der Geldgierigste, sah schon das Geschäft entgleiten und ergriff rasch für die anderen das Wort: »Wir nehmen an, hohe Herren. Unser Wort darauf, dass in Bälde die Hexe Elisabeth Voss in der Stadt Köln im Gespräch ist.«

Der Fremde warf ihm großzügig den Beutel zu, lächelte kurz und verschwand dann mit seinem Begleiter in der Dunkelheit.

Schon wenige Stunden später, im anbrechenden Morgen, saßen die Kommissare in der Gaststube des »Raben« am großen Eichentisch vor dem lodernden Kamin. Die Landschaft draußen war in gespenstisch aufsteigende Nebelbänke gehüllt, die Wolken am Himmel hingen tief und grau über der Gastwirtschaft.

»Wir, die Kommissare vom Hofgericht, sind im Auftrag des Kurfürsten hier, um Eure Hilfe einzufordern«, sagte Johann zum Romschwinckel, während er an einem frischen Brotkanten kauend Gertraud von Neuss beäugte. Sie schien ihm die Fähigste von den Frauen zu sein.

»Und warum kommt Ihr damit ausgerechnet in unser Haus?«, fragte Gertraud, die nichts Gutes ahnte. »Ihr wisst um unsere Gesinnung, und wir wissen, dass Ihr uns arme Frauen normalerweise am liebsten aus der Stadt jagen würdet.« Hoch erhobenen Hauptes stand sie vor ihm und hielt demonstrativ die Arme vor der Brust verschränkt. Neben ihr stand Mhon Biel und schenkte den Herren

Kommissaren gegorene Stutenmilch nach, während an der anderen Seite des Tisches Margareth Mhon Ursel mit Brei fütterte.

Margareth hatte die Alte auf dem Stuhl festgebunden, und Wissius, der ihr am nächsten saß, beobachtete die Szene mit gerümpfter Nase. Der Anblick des dunklen, zahnlosen Schlundes, aus dem nach jedem Löffel etwas von der zähen Masse zurück auf den Teller floss, verursachte ihm Übelkeit. Übermüdet drängte er auf einen schnellen Abschluss. Er wünschte sich nichts sehnlicher, als in die seidenen Kissen seines Bettes zu fallen. »Nun«, sagte er und ignorierte Gertrauds Frage, »wir wollen, dass Ihr ein Gerücht unter die Leute in der Stadt streut. Dafür sichern wir Euch zu, trotz Eurer Gesinnung bis an Euer Lebensende unbehelligt und steuerfrei auf dem Hof leben und arbeiten zu dürfen.«

»Die Zusicherung haben wir schon vor langer Zeit erhalten«, krächzte Mhon Ursel feixend. »Außerdem sollte man nie dem Fuchs trauen. Schlussendlich wird er immer die Gans fressen.«

»Was redest du da nur, Alte?«, knurrte Walram Blankenberg. Auch seine Geduld ging zur Neige. »Vergesst nie, dass uns bekannt ist, welcher geheimen Bruderschaft Ihr angehört. Ihr Weiber wurdet bisher nur verschont, weil Santa Klara über Eure Gesinnung hinwegsah und Eure Dienste weiterhin in Anspruch nahm. Das kann sich allerdings rasch ändern. Es sei denn, Ihr beugt Euch endlich der Religionspolitik unseres Erzbischofs.« Blankenbergs Blick fiel auf eine Nonne, die in der Tür mit einer Milchkanne in der Hand aufgetaucht war und diese nun auf einer Bank absetzte. »Ihr erbettelt für das Kloster Esswaren bei den Frauen, ehrwürdige Schwester?«

»Ich bettle nicht, Herr, ich erwerbe Waren oder habe sie gegen Heilkräuter aus dem Klostergarten eingetauscht, bevor dieser von der Raupenplage heimgesucht wurde. Außerdem habe ich mich der armen Frauen angenommen, wie Gott es uns befiehlt.«

»Hat Eure Schwester Marie das auch getan?«, bohrte er weiter. »Mir ist zu Ohren gekommen, dass die Nonne einem Verbrechen zum Opfer gefallen ist?«

»Gott sei ihrer armen Seele gnädig. Ich bete für sie.« Die Nonne ließ sich nicht verunsichern und faltete die Hände auf der Brust.

»Jene Schwester Marie, die die Priorin Sophia beschuldigt hat, mit dem Teufel im Bunde zu stehen?«, schaltete sich nun Dr. Wissius ein.

»Ja, Herr.«

»Sie soll sehr oft im ›Raben‹ verkehrt haben. Könnte es nicht sein, dass vielleicht Hexerei beim Zustand der Schwester Marie im Spiel war? Die Frauen hier stellen Käse und Butter her und brauen Bier. Sie sollten also durchaus in der Lage sein, aus pflanzlichen und tierischen Produkten einen Trank oder ein Pülverchen herzustellen, mit dem sie Marie verzaubert haben könnten, sich selbst zu töten.«

Die Nonne wurde leichenblass, bekreuzigte sich und wich vor den Männern mit einer abwehrenden Geste wie vor dem Leibhaftigen zurück. Auch die Frauen schlugen das Kreuz und sahen sich erschrocken an. Selbst Gertraud, die etwas entgegnen wollte, blieben die Worte im Hals stecken. Der Beamte Wissius schmunzelte in sich hinein.

Nur Mhon Ursel ließ sich nicht einschüchtern. Sie war zu alt und zu krank, um Tod und Teufel zu fürchten. »Ihr wollt also, dass wir uns gegenseitig anklagen, damit Ihr uns gegeneinander ausspielen könnt? Wie könnt Ihr, meine Herren, das vor Eurer sogenannten Religionspolitik verantworten? Und über wen sollen wir überhaupt Gerüchte streuen? Vielleicht gar über uns selbst?«

Die Kommissare beachteten ihr Geschwätz nicht weiter. Johann zum Romschwinckel tupfte sich mit einem Spitzentuch die Krümel vom Kinn und erhob sich. »Ihr werdet Gerüchte über die Postmeisterin Elisabeth Voss unter das Volk streuen und sie bei einer Befragung des Schadenszaubers und der schwarzen Magie bezichtigen«, entschied er ungeduldig. »Tut Ihr es nicht, so droht Euch die Landesverweisung.«

»Die Postmeisterin?« Gertraud hatte zuerst die Sprache wiedergefunden. Ihr fiel ein, was sie unlängst in Christinas Gegenwart in Unbedacht ausgesprochen hatte. Niemals wären sie zu so einer Tat fähig. Keine von ihnen. Entrüstet erwiderte sie: »Eine unschuldige Frau bezichtigen? Was verlangt Ihr von uns, Ihr Herren?«

»Ihr habt die Wahl, Gertraud von Neuss. Wir können beweisen, dass die Postmeisterin in den Fall um die Schwestern Marie und Sophia verstrickt ist. Und bedenkt, kommt Ihr unserem Anliegen entgegen, so werden wir Euch aus der Hexensache heraushalten. Ansonsten müssten wir leider annehmen, dass auch Ihr Mitglieder einer verschwörerischen Hexensekte seid.« Die Ader auf der Stirn von zum Romschwinckel schwoll dick und blau an. Seine Haut war dünn wie die eines Fisches, und auch sein Blick ähnelte dem des Tieres. Was sollte er sich weiter mit den alten Weibern herumärgern? Einschüchtern musste man sie, ihnen den Fuß ins Genick setzen, zeigen, wer hier der Herr war, nur diese Sprache würde Wirkung zeigen. Und er hatte recht.

Gertraud schluckte. »Und Ihr würdet uns die Steuerfreiheit vertraglich zusichern, hoher Herr?«, lenkte sie kleinlaut ein.

»Unser Siegel wird bei Euch eingehen, wenn Ihr unsere Bedingungen erfüllt habt, so wahr wir Schöffen am Hohen Gericht sind.« Lauernd hielt er ihren Blick mit seinen eisgrauen Augen fest. Ein Vorgeschmack darauf, was ihnen bei Nichterfüllung drohte. Dann gab er seinen Kollegen das Zeichen zum Aufbruch und rief nach dem Pferdeknecht.

Wenige Augenblicke später sah man die drei Hexenkommissare im Galopp mit wehenden Umhängen auf dem Weg nach Lechenich, wo sie ihre Quartiere hatten. Sie würden sich ausschlafen und dann den Amtmann im Amtshaus der Vorburg im Schloss aufsuchen.

XII.

Wenige Tage nach ihrem Einzug auf Schloss Lechenich wurde Sophia ein neuer Beichtvater zugestellt. Und auch sonst hatte der Generalvikar Wort gehalten. Den beiden Frauen fehlte es weder an Speis und Trank noch an Unterhaltung und molliger Wärme. Das Feuer in dem kleinen eisernen Ofen wurde Tag und Nacht vom Kellner im Schloss unterhalten. Der neue Priester war zu Christinas Überraschung Leonardo. Zum ersten Mal hatte sie die Möglichkeit, ihm näher zu sein, als sie es sich jemals erträumt hatte. Der erst dreißigjährige Priester hatte nicht nur ein junges, schönes Gesicht, sondern auch ein großes, mitfühlendes Herz. Das Berührendste an ihm aber waren seine sanften, klaren blauen Augen. Christina ertappte sich manches Mal dabei, dass ihr Herz bei seiner bevorstehenden Ankunft höherschlug, sie ihre Haube zurechtrückte und das Gesicht, den Mund, die Hände und Arme, ja ihre ganze Haltung noch einmal im Spiegel überprüfte. Sie konnte den schlanken, intelligenten Mann mit der geraden Nase, den etwas breiten, aber markanten Gesichtszügen und dem sympathischen Lächeln nicht lang genug ansehen, und nicht selten stellte sie ihn sich in weltlicher Kleidung vor.

Doch auch Sophia freute sich auf seine Besuche. Sie prüfte ihr Gewissen nach allen Regeln der Kunst und nahm seine Zeit so lange wie möglich in Anspruch. Geduldig hörte er sich jedes Mal ihre Klagen an und bewies dabei tiefes menschliches Mitgefühl. »Meine Damen«, sagte er dann, »wenn ich Euch in irgendeiner Weise behilflich sein kann, dann seid frei, über mich zu verfügen. Selbst wenn ich bis zum Heiligen Vater in Rom gehen müsste – für Euch würde ich es tun.«

»Bruder Leonardo«, antwortete Sophia meist mit einem gütigen Lächeln, »macht Euch nicht auch noch unglücklich. Beehrt uns nur so häufig wie möglich mit Eurer Anwesenheit und betet für uns, das ist genug.«

»Euer Schicksal ist vielen ehrwürdigen und rechtschaffenen Leuten sehr nahegegangen«, sagte er des Öfteren. »Zudem habt Ihr mächtige und wohlhabende Freunde, ohne Beweise wird man Euch nicht länger hier festhalten können.«

Doch nachdem Wochen voller Warten und Hoffen vergangen waren, winkte Sophia bei diesen Worten nur noch müde ab. »Ihr irrt, Bruder Leonardo, diese rechtschaffenen und wohlhabenden Leute, die Ihr meint, haben mich schon vor Jahren vergessen. Selbst mein Herr Vater sendet kein Lebenszeichen, obwohl seiner Tochter großes Unglück widerfährt. Und sobald es Leuten an den Geldbeutel gehen könnte, und das würde es tun, wenn sie sich für mich einsetzten, werden sie sowieso kühl und abweisend.«

Doch Leonardo ließ nicht locker. »Beauftragt mich wenigstens damit, Euch mit Unterstützung hochgestellter Leute aus dem Schloss herauszubringen«, bat er immer wieder. »Ich habe Angst um Euer Wohl. Nachts sehe ich vor meinem geistigen Auge lodernde Flammen, sehe Euch in diesem Schloss verbrennen. Vielleicht werde ich ja mit Gottes Hilfe mehr Glück bei diesem Anliegen haben als Euer Freund, der Generalvikar.«

Eines Tages überraschte er sie mit einer schrecklichen Neuigkeit. Kaum war er durch die Tür getreten, stürzte er auch schon auf die beiden Gefangenen zu und nahm ihre Hände vertraulich in die seinen.

»Meine Damen, ich habe Euch eine furchtbare Mitteilung zu überbringen: Die Postmeisterin Elisabeth Voss und Schwester der Äbtissin von Santa Klara wurde der Hexerei denunziert. Die hohe Frau wollte sich gegen die Gerüchte wehren, hat aber weder beim Generalvikar noch beim Erzbischof Gehör gefunden. Jemand scheint die Frau vernichten zu wollen. Die Anklage ist bereits so weit gefestigt, dass man sie in Bälde verhaften und dem weltlichen Gericht unterstellen wird.«

Sophia war händeringend aufgesprungen. »Die Ärmste! Ich bin mir sicher, dass sie unschuldig ist. Wer mag ihr das nur angetan haben?«

Christina kam Leonardos Antwort zuvor. »Was regt Ihr Euch so auf, Mutter? Es geschieht ihr recht, denn die Postmeisterin ist nie und nimmer unschuldig. Sie hat mich berührt wie ein Mann.« Noch immer schüttelte es sie am ganzen Körper, wenn sie an die Küsse während der Festlichkeit im Kloster zurückdachte. »Vielleicht hat Gott ja Eure Gebete erhört, und die Denunziation ist ein Zeichen von ihm. Die Aufmerksamkeit der Öffentlichkeit und der Kommissare wird sich nun ihr zuwenden. Euch, Mutter, werden sie vielleicht darüber vergessen.«

»Aber Kind, was redest du? Sie wird nur dem Wein zu stark zugesprochen haben, deswegen ist sie noch lange keine Hexe. Bedenke doch, sie hat deine Ausbildung finanziert. Dankbar solltest du ihr sein. Sagt, Leonardo, wisst Ihr, durch wen sie in das allgemeine Gerücht gekommen ist?«

»Mir ist nur bekannt, dass man sich auf die Aussage einer angeblich besessenen Näherin und Wäscherin beruft, eine gewisse Margareth Raußrat aus dem Gasthof ›Raben‹. Man erzählt sich, sie habe auch die Wäsche der Postmeisterin gewaschen. Aber nicht nur das, die hohe Frau wurde auch von einer Laienschwester namens Magdalena aus dem Kloster bezichtigt, ihr den Teufel in den Leib gehext zu haben.«

Christina war bei der Nennung der Namen aufmerksam geworden. Ungläubig starrte sie den Priester an. »Ich kenne die Frauen, Bruder Leonardo. Nie würden sie jemanden aus freien Stücken der Hexerei bezichtigen. Jemand muss sie dazu gezwungen haben.«

»Vielleicht war es sogar so, zumal die Postmeisterin ausreichende Verbindungen zum Kloster hat. Deshalb fürchte ich auch um Eure Sicherheit und die Eurer Frau Mutter. Die Postmeisterin strebt eine Reinigung vor der kirchlichen Gerichtskommission, dem Offizialat, an. Wie mir zu Ohren gekommen ist, erhält sie dabei nun doch noch Hilfe und Beistand vom Generalvikar. Die Gründe seines Umschwenkens sind mir unbekannt und verwundern mich. Übrigens erstaunt es mich auch, dass die Antwort auf Euren Antrag beim Offizialat so lange ausbleibt. Seit Eurem Einzug im Schloss hat der Generalvikar nicht mehr bei Euch vorgesprochen. Das stinkt doch bis zum Himmel nach Verrat, andererseits könnte es auch ein Zeichen sein, dass ich jetzt an der Reihe bin, Euch zu helfen. Ich kenne Wege und Möglichkeiten, das Schloss zu verlassen. Es wäre ein Leichtes für mich, Euch an einen anderen sicheren Ort zu bringen, von dem niemand weiß.« Leonardo hatte hastig gesprochen, sein Blick war jetzt eine einzige Frage.

»Aber eine Flucht, selbst wenn sie gelänge, käme einem Schuldbekenntnis gleich und würde unser Todesurteil bedeuten«, äußerte Sophia Bedenken.

Enttäuscht über ihre Antwort, wandte Leonardo sich bittend an

Christina. Um wenigstens ihr Vertrauen in sich und die Flucht zu gewinnen, legte er vor ihr so etwas wie eine Beichte ab. Leise und hastig erzählte er ihr, dass er gegen seinen Willen Mönch und Priester geworden war und seinen Zustand nur mit Abscheu ertrug. Christinas Herz machte einen Sprung. »Was sollen wir jetzt tun?«, fragte er sie. »Jeder hier weiß, dass Sophia im geistlichen Haus untergebracht ist und unter dem Schutz des Generalvikars steht. Wenn aber bekannt wird, dass er seine Hände nicht mehr über sie hält, bleibt uns nur der Ausweg der Flucht, bevor seine Kommissare, die gern zu Eigenmächtigkeiten neigen, kommen und Eure Frau Mutter auch ohne seine Erlaubnis verhören werden. Das Ertragen ihrer Leiden ist keine Lösung. Wollt Ihr wirklich Euer Wohlergehen auf Erden für einen Platz im Himmel opfern?«, fragte er nun wieder Sophia. »Ist es das wirklich wert? Wollt Ihr immer weiter beten: *Amplius, Domine!* Herr, schick mir noch mehr Leiden! Glaubt Ihr noch immer, dass Gott diese Gebete erhören wird? Vergesst endlich Eure heilige Pflicht. Es geht hier allein um Euer Wohl und Euer Leben.« Damit verließ er die beiden Frauen, um ihnen Zeit zu geben, über sein Ansinnen nachzudenken, nicht aber, ohne ihnen zu versprechen, in den nächsten Tagen mit einem ausgearbeiteten Fluchtplan wiederzukommen.

XIII.

Die Vorahnungen des jungen Priesters schienen sich schon am nächsten Tag zu bewahrheiten, als der Kellner der überraschten Sophia mitteilte, dass Seine Durchlaucht der Kurfürst und Erzbischof mit seinem Gefolge zur Jagd in der Ville auf Schloss Lechenich zu übernachten gedenke. Er riet ihnen an, ihre Kleider und ihr Geschirr zusammenzupacken, da der Amtmann vorhabe, sie am folgenden Tag derweil im Gefängnis über der Stadtmauer unterzubringen. Der Kellner befürchtete, dass die Anwesenheit einer Protestantin und angeblichen Hexe die hohen Gäste verunsichern könnte. Die Aussicht auf das dunkle vergitterte Verlies in der kalten Jahreszeit, in dem von der Stadt üblicherweise Gauner, Diebe und Betrüger verwahrt wurden, verschreckte Sophia so sehr, dass sie am Morgen der geplanten Verlegung krank im Bett daniederlag.

Christina betrachtete sie mit größter Sorge und eilte zum Kammergut hinunter, um etwas Stärkendes für ihre Mutter zu holen. Erfolglos, was die Suche nach frischen oder getrockneten Kräutern betraf, zog sie sich im kalten Hof das Tuch aus grobem Leinen fester um die Schultern. Auf dem Rückweg in ihre Kammer begegnete sie einem jüdischen Viehhändler, von dem sie etwas Milch seiner mageren Kuh erbettelte. Von ihm erfuhr sie, dass die Bürger in Lechenich in großer Not lebten und Hunger litten, da die Ernte im Vorjahr sehr schlecht gewesen sei. Man hätte sogar schon das Saatgut zu Brot verarbeitet. Er könne nur noch eine Kuh füttern und wisse nicht, wohin mit seinen vielen elend abgemagerten Kühen, Ziegen und Schafen, für die er kein Futter aufbringen könne.

Am Tor wurde sie von einem Wächter aufgehalten. Anlässlich der Jagd hätte sich spontan eine Gruppe von Rechtsgelehrten und Priestern aus Köln angekündigt und nähme im Amtsgebäude gerade Quartier. Er habe aber munkeln gehört, dass sie in Wirklichkeit alle wegen der einsitzenden Nonne Sophia von Langenberg kämen. »Warum muss man die Kölner Hexen uns nur immer nach Lechenich bringen, Jungfer?«, seufzte er. »Die Kölner haben doch viel größere Gefängnisse als wir. Überhaupt – was wollen sie nur alle von der verrückten Nonne, Eurer Herrin? Ich vermute, sie werden nach Anweisung unseres hochwohlgeborenen Kurfürsten Ferdinand die Zeit bis zum großen Halali nutzen, um sich Klarheit über sie zu verschaffen. Sie wollen die Langenbergerin noch heute aufsuchen.«

Der geschwätzige Wachdienst hatte ja keine Ahnung, was er mit seiner harmlosen Plauderei anrichtete. Christina war blass geworden. Mit Angst dachte sie an ihre Mutter, welche die Neuigkeit sofort erfahren musste.

Als sie mit aufgesetztem Lächeln an der Wache vorbeihuschen wollte, wurde sie jedoch erneut aufgehalten. Christina beugte den Oberkörper zum Fenster hinaus und blickte neugierig auf den Schlosshof hinab, wo das Gefolge des Erzbischofs einritt. Ohne Unterlass preschten Reiter auf Pferden mit Mundstücken und Beschlägen aus massivem Silber sowie goldbestickten Rückendecken über die Hängebrücke. Kutschen, mit wundervollen Goldschmiedearbeiten verziert, rollten hinter ihnen in den Schlosshof. Es war ein Lärm und Gewirr. Hufgeklapper, Glöckchengeklingel, Rosswiehern und Hundegebell erschallten, sodass Christina ihr Heil raschen Fußes in der Pützkammer suchte. Hier traf sie auf Sophias Beichtvater und flüchtete sich panisch in dessen Arme.

»Bruder Leonardo, was geht hier vor?«, rief sie. »So viele Menschen im Schloss. Sie werden Sophia unter das Volk zerren!«

»Ganz so schlimm wird es nicht kommen«, beruhigte er sie und hielt den warmen zitternden Frauenkörper einen Moment länger an sich gepresst, als es sittsam war. »Keine Bange, noch ist nichts verloren. Ganz im Gegenteil: Ich habe eine frohe Botschaft. Der Kurfürst hat den Vorschlag des Rentmeisters, Sophia während seines Aufenthaltes im Schloss ins städtische Verlies zu verlegen, abgewiesen, weil es nicht ihrem hohen Stand entspräche.«

»Aber warum hat er dann mein Gnadengesuch abgelehnt, und warum vermeidet er ein Zusammentreffen mit mir? Nicht einmal vorsprechen lässt er mich«, empörte sich Sophia mit schwacher Stimme.

Christina löste sich rasch aus den Armen des Priesters, setzte sich zu der Mutter ans Bett, ergriff ihre gefalteten bleichen Finger und drückte sie an ihre Lippen. Sophias Kissen waren genauso zerwühlt wie ihr langes blondes Haar, das in Strähnen ihr Gesicht und ihren Oberkörper umwallte. »Gestattet mir, dass ich zum Kurfürsten gehe und für Euch bitte, Mutter«, flehte Christina und hing an Sophias blauen Augen. Die Idee war ihr auf dem Weg zu ihrer Kammer gekommen. Noch wusste sie nicht, was sie ihm sagen sollte, doch sie vertraute auf Gott, dass er ihr die richtigen Worte in den Mund legen würde.

»Du bist immer noch ein Kind«, lächelte Sophia traurig, entzog ihr die Hand und strich ihr eine vorwitzige Locke aus dem Gesicht. »Aber es ist schön zu wissen, dass ich mit meinen Ängsten nicht allein bin. Du bist ein gutes Mädchen, aber der Kurfürst wird keine Dienstmagd vorlassen, auch wenn sie so hübsch ist wie du.«

»Und wenn sie stattdessen den Generalvikar aufsucht? Er fährt gerade vor«, sagte Leonardo, der vom Fenster aus aufmerksam das Geschehen auf dem Schlosshof verfolgte. Zwischen rauschenden Gewändern, in Seide gekleideten Bediensteten, Maultiertreibern, Hundeführern und Pferdeknechten rollte nun die vierspännige Kutsche des Generalvikars heran.

»Bernard ist hier?«, rief Sophia und richtete sich halb mit dem Oberkörper auf. Die Neuigkeit verlieh ihr neue Kraft, und die Farbe kehrte in ihr Gesicht zurück. Gleichzeitig ließ sie sich enttäuscht wieder zurückfallen. »Ach nein, er wird nicht kommen. Sicher hat er mich längst vergessen.«

Christina war nicht entgangen, dass ihre Mutter den Generalvikar in ihrer Freude wieder beim Vornamen genannt hatte. Schon im Kloster war ihr aufgefallen, dass die Nonne Hochwürden manches Mal vertraulich angeredet hatte. Sie runzelte die Stirn, als Leonardo laut dachte: »Ihn schickt uns der Himmel. Kommt der Berg nicht zum Propheten, so muss der Prophet zum Berg kommen. Ich könnte Christina an den Wachen vorbeischleusen. Der Generalvikar wird sie bestimmt nicht abweisen. Nur durch ein Gespräch mit ihm können wir erfahren, was mit Euch geschehen soll und warum er den Kontakt mit Euch so offensichtlich meidet.« Er hatte der Nonne das Gesicht zugewandt und wartete auf eine Reaktion.

Sophia überlegte. Nach einer Pause fragte sie: »Ist auch weibliches Gefolge unter der Jagdgesellschaft des Kurfürsten?«

»Ja, in Seide und Spitzen gehüllt«, antwortete er, während er den Blick wieder auf den Hof richtete.

»Unter das Gefolge kann sich Christina als Magd nicht mischen, man wird sie nicht einmal bis zum Rentmeister vorlassen. Wenn sie ein Kleid vom Hofe tragen würde, wäre es vielleicht möglich, aber so?«

Leonardo schlug sich mit der Hand vor die Stirn, als hätte er einen besonders guten Einfall. »Ich glaube, ich weiß, wie ich an eine entsprechende Robe komme. Unter dem Gefolge des Generalvikars habe ich eine gute Freundin entdeckt.« Er zwinkerte geheimnisvoll, denn die seelsorgerischen Dienste des hübschen Franziskanerpriesters wurden auch gern von den Damen des erzbischöflichen Hofes in Anspruch genommen. »Erwartet mich in einer Stunde zurück.« Das Lächeln, das seine schönen Züge erhellte, gab den beiden Frauen Zuversicht.

Die Stunde dauerte für Christina eine Ewigkeit. Als Leonardo dann aber mit einem hellblauen reichlich mit Bändern und Borten verzierten Kleid und einem pelzverbrämten Jäckchen aus Samt in den Armen zurückkehrte, kannte Christinas Freude trotz der angespannten Situation keine Grenzen. Noch nie hatte sie etwas derartig Edles besessen oder auch nur berührt.

In ihrer Euphorie vergaß sie sogar, Leonardo zu fragen, von welcher der Damen die aufwendig verarbeiteten Kleidungsstücke stammten. Sie konnte es kaum erwarten, sich hinter den Vorhängen des Alkovens von Sophia in die Robe helfen zu lassen.

Als endlich alle Ösen und Schnüre verschlossen waren und Sophia den Stoff zur Seite schob, war die Überraschung groß. Leonardo fehlten vor Ergriffenheit die Worte, und Sophia drehte ihre Tochter zu sich herum und brach in ungläubiges Staunen aus. Christina errötete unter den kühnen Blicken des Priesters und fand kaum ein Wort des Dankes. Das hellblaue Kleid brachte ihre saphirfarbenen lebhaften und klugen Augen perfekt zur Geltung.

Nachdem Leonardo sich vom ersten Anblick Christinas erholt hatte, musterte er sie verlegen und ergriff dann ihre Hände, um ihr zu zeigen, wie man einen Hofknicks macht. Jede ihrer reizvollen Bewegungen entlockte ihm ein »Oh … wie schön, wie leibreizend!«, jeder seiner Blicke traf sie wie ein Pfeil Amors in Herz.

Sophia war das Turteln der beiden nicht entgangen und lächelte zum ersten Mal seit Langem wieder, bis sie dem Spiel ein Ende bereitete. »Es wird Zeit«, sagte sie, als sie zum Fenster hinausschaute. »Wir sollten uns den Tumult zunutze machen. Wenn Christina beim Generalvikar vorsprechen will, dann jetzt.«

Sophias Worte holten Christina in die Wirklichkeit zurück. Leonardo im Mönchsgewand zog sich die Kapuze tief ins Gesicht, gebot Christina, die Röcke zu raffen, wie er es bei den Damen im Gefolge gesehen hatte, schlug das Kreuz über Sophia und strich ihr beruhigend über das Haar. »Alles wird gut«, sagte er zuversichtlich. »Ich bringe Euch Eure Tochter wohlbehalten zurück.«

An Leonardos Seite schritt Christina durch die Gänge des Schlosses, bis sie die vom Hofstaat belebte Hauptallee erreichte. Ihr Anblick war nicht mehr der eines Mädchens, sondern der einer Frau mit strahlend blauen Augen, goldfarbenem Haar und einer tadellosen Figur. Niemand stellte sich den beiden in den Weg. Sie passierten die weiträumige Schlossküche, deren Türen alle Augenblicke auf- und zugingen. Überall liefen Knechte und Mägde herum, eingehüllt in eine Wolke von Stallgeruch. Im Hof bellten Hunde, Musik wehte Christina und Leonardo entgegen. Sie erblickten rassige Windhunde und reizende Affenpinscher, die auf dem Rasen im Schlosshof tollten, Herren mit gelockten Perücken und in kostbaren Pelzen, und Damen in schillernden Kleidern wandelten zwischen berittenen Lakaien in Livreen mit roten Aufschlägen, zwischen Kutschen und Fuhrwerken, die Gepäck, Zofen und Diener transportierten. Manche der hochherrschaftlichen Gäste starrten verwundert dem Mönch in der braunen Kutte und bewundernd der jungen Frau in dem prachtvollen Kleid hinterher. Das Schloss schien aus einem langen Zauberschlaf erwacht zu sein.

Am Tor wurde Leonardo von den Wachen festgehalten. Dummerweise konnte er sich weder durch seine Kleidung noch durch ein Billet als Begleiter des Generalvikars ausweisen, und ein fremder Franziskanermönch, bei Hochwürden nicht gemeldet, zudem ohne Einladung zur Jagd, erhielt nicht einfach Zugang zum Generalvikar. Doch die auffällige Robe seiner Begleitung erregte Aufsehen. Indem sie vorgab, zum Gefolge des Kurfürsten zu gehören, erhielt Christina Zutritt zum südlichen Teil des Hauptschlosses, musste aber die letzten Schritte bis zum Ende des langen, verzweigten Korridors allein gehen. Ohne Leonardo an ihrer Seite fühlte sie sich unsicher, ihr Herz unter dem goldbestickten Mieder schlug rasend vor Angst. Zitternd stellte sie sich vor, was geschehen würde, würden die Diener, die in den Gängen geschäftig umherliefen, sie als Magd von Sophia enttarnen. Das Mindeste wäre, dass man sie zurückjagen würde, Schlimmeres wagte sie sich nicht auszumalen.

Leonardo harrte noch eine Weile vor dem Tor aus, bis er gezwungenermaßen den passierenden Pferden und Kutschen weichen musste. Bevor er Christina in ihr Schicksal entlassen hatte, hatte er ihre Hände einen Augenblick lang besorgt zwischen den seinen gehalten und ihr versichert, er und der Herrgott wären bei ihr, und sie bräuchte sich nicht zu fürchten. Er hatte ihr versprochen, in der Nähe auf sie zu warten, um ihr beim geringsten Anzeichen einer Gefahr zu Hilfe zu eilen, dann hatte er mit einem Lächeln auf den Degen unter seiner Kutte verwiesen.

Leonardo war ein mutiger Mann, und seine Sorge um sie entlockte ihr nun ein beruhigendes Lächeln. Dennoch lauerten in den Gängen des Schlosses auf eine junge schutzlose Frau unvorhersehbare Gefahren.

Ein junger hagerer Bediensteter wies auf eine Tür mit einem goldbesetzten Türklopfer und Schloss am Ende des in ein Gewölbe mündenden Ganges. Es war der Eingang zur Kapelle, in welcher der Generalvikar gerade die Segnung der Jagdgesellschaft vornahm. Ermüdet vom Laufen in den ungewohnten Schuhen, zudem verwirrt von dem sie umgebenden Pomp und Luxus, sammelte Christina ihre letzten Kräfte und lief rasch dem ersehnten Ziel entgegen. Vereinzelte Wachen kreuzten immer wieder ihren Weg. Einmal öffnete sich vor ihr eine Tür, und ein lachendes Paar trat heraus. An ihm vorbei konnte sie einen Blick in einen festlich erleuchteten Salon erhaschen, in dem eine Gesellschaft beim Kartenspiel saß. Irgendwo hinter den Wandteppichen spielten Violinen eine sanfte Weise. Der Durchgang, der als Verbindung zwischen Korridor und Kapelle fungierte, war ebenfalls belebt. Gruppen plaudernder Männer überboten sich an Gold und Edelsteinen und versuchten, sich durch Schnitt und Eleganz ihrer Kleidung hervorzutun. Die hölzernen Absätze ihrer Schuhe klapperten laut auf dem Steinboden.

Vor der Tür zur Schlosskapelle waren zwei Männer in ein angeregtes Gespräch vertieft. Sie trugen hohe Stiefel und große Hüte mit weißen buschigen Federn. Einer von ihnen, er mochte in den Dreißigern sein, war untersetzt und trug unter der braunen Perücke ein volles, sorgfältig rasiertes Gesicht mit ernster, aufmerksamer Miene zur Schau. Sein goldbesticktes Wams und der Rock aus Samt und Edelbrokat, den eine schwarze Litze Hornknöpfe und ein makellos schlichter Kragen zierten, hoben ihn hervor.

Irgendetwas an den beiden warnte Christina. Sie hatte das Gefühl, dem Untersetzten schon einmal begegnet zu sein. Rasch zwängte sie sich an den beiden Männern vorbei. Neben der Tür stand eine Wache, und sie hoffte, ohne Referenzen bei Hochwürden vorsprechen zu können.

Sein Bild mit blutigen Händen neben der sterbenden Marie war noch so lebendig in ihr wie einst, dennoch hoffte sie, dass er sie ebenso herzlich wie früher empfangen würde. Die Wache verneigte sich vor ihr mit erstauntem, aber ergebenem Blick und gebot ihr höflich zu warten. Anscheinend hatte sie auf den Mann ganz den Eindruck einer Dame vom Hofe gemacht.

Erleichtert ließ Christina sich auf einer der mit kostbarem Samt bezogenen Bänke nieder, die neben den Eingängen standen. Ihre filigranen Hände zitterten vor Aufregung, und sie begann an ihren sorgfältig hochfrisierten Locken zu zupfen. Immer wieder rief sie sich Leonardos Lächeln ins Gedächtnis und hielt an dieser Vorstellung fest wie an einem lebensrettenden Anker. Dabei war ihr entgangen, dass die beiden Edelmänner, an denen sie zuvor vorbeigegangen war, wieder aufgetaucht waren und sie nun eingehend in Augenschein nahmen. Eben gerade so, wie man ein rassiges Pferd begutachtet, das man erwerben will. Es dauerte nicht lange, da trat der untersetzte Edelmann in Schwarz neugierig auf sie zu, lüftete seinen Hut und verbeugte sich tief vor ihr, wie es ihm die Etikette vorgab. »Hinrich von Climbach.«

Auch sein Begleiter kam nun näher, verneigte sich vor ihr und stellte sich als Johann von Coesfeld vor. Die lüsternen Blicke der beiden Edelmänner verunsicherten die in Liebesdingen noch unerfahrene Christina, und sie erhob sich.

»Was führt eine so schöne Frau zu unserer Eminenz? Ein Geistlicher kann Euch beileibe nicht das geben, was einem herrlichen Körper wie dem Euren zukommt«, bemerkte Hinrich von Climbach grinsend und stützte sich mit einem Arm an der Wand über ihr ab, sodass sie ihm nicht entweichen konnte.

»Was wollt Ihr von mir, meine Herren? Ich habe einen Termin

beim Generalvikar des Erzbischofs, nicht bei Euch. Er wird mich gleich zu sich rufen.« Sie bemühte sich, ihre Angst zu verbergen.

»Ihr seid aber auch wirklich ein Leckerbissen, Madame«, schmeichelte nun von Coesfeld und begann mit einer Haarlocke über ihren Brüsten zu spielen. Sie spürte den Druck seiner behandschuhten Finger an ihrem Mieder, dann, wie sich diese frech zu den Knöpfen vortasteten.

Christina war außer sich vor Angst und Scham, biss aber die Zähne zusammen. »Ihr glaubt doch nicht, ich würde mich bereitfinden …? Ich bin von hoher Geburt, diese Beleidigung wird Euch teuer zu stehen kommen! Der Generalvikar ist mein Vater«, log sie. »Ich werde sofort der Wache Bescheid geben, wenn sie zurückkommt.« Ihr Blick wanderte suchend zur Tür.

»Es kümmert uns nicht im Geringsten, ob Ihr Euch bereitfindet oder nicht«, lachte von Coesfeld hell auf und hob ohne jede Hast in schamloser Gelassenheit ihre langen Taftröcke, um ihr mit genießerischem Blick über Hüften und Schenkel zu streichen.

»Der Generalvikar hat keine Tochter. So etwas Köstliches habe ich überhaupt noch nicht gehört. Ein katholischer Geistlicher und eine Tochter!« Von Coesfeld lachte schallend.

»Aber die Geschichte erhöht nur Euren Reiz«, amüsierte sich der andere und umklammerte ihre Hüften, während seine Zunge genießerisch die ihm zugeneigte Halsseite liebkoste. »Von welcher Geburt Frauen sind oder ob sie etwas im Kopf haben, das ist uns einerlei«, hauchte er dicht an ihrem Ohr. »Unser Interesse gilt lediglich dem, was Ihr vom Gürtel abwärts zu bieten habt. Liebe ist ein Geschäft wie jedes andere auch.«

»Ihr werdet mich nicht anrühren«, sagte Christina keuchend, »sonst schreie ich!«

»Wisst Ihr denn nicht, dass die schönen Damen auf diese Weise ihren Wegezoll auf den Gängen des Schlosses entrichten? Wir befinden uns auf der Jagd. Wir sind die Jäger. Seid also vernünftig.« Johann von Coesfeld lächelte süffisant und begann schamlos ihr Hinterteil zu kneten. »Bezaubernd, ein Genuss ohnegleichen«, seufzte er und stöhnte leise auf.

Als ob der Herrgott und der Teufel sich gleichzeitig gegen sie verschworen hatten, blieb das Vorzimmer menschenleer. Christina erinnerte sich an Leonardo, aber wie sollte er ihren Hilferuf durch all die Gänge bis hin zum Tor hören? Sicher wähnte er Christina längst in der Gesellschaft des Generalvikars.

Die Angst überwältigte sie. Sie hatte noch nie einen Mann gehabt, spürte einen seltsamen Schmerz zwischen ihren Schenkeln und wehrte sich mit heftigen Kopfbewegungen gegen die aufdringlichen Küsse auf Brüste und Mund. Sie versuchte, sich den Umarmungen zu entziehen, wollte schreien, doch kein Laut drang aus ihrer Kehle.

Plötzlich hörte Christina das Rascheln von Stoff. Ein Pärchen lief an ihnen vorbei. War das ihre Rettung? Doch die beiden entfernten sich schon wieder, als der Edelmann noch lachend rief: »Ich habe nichts gesehen!«

Die beiden Herren ließen sich durch den Zwischenfall nicht stören, lächelten dem Edelmann nur verschwörerisch zu. Aller Aussicht auf Hilfe beraubt, wie ein Wild in der Falle, ergab sich Christina ihrem Schicksal. Gelähmt und zitternd ließ sie sich nehmen, verstand kaum, was mit ihr geschah. Halb besinnungslos überließ sie sich den männlichen Armen, die sie gierig umklammerten. Doch allmählich, ganz allmählich, versetzte sie die Neuartigkeit des Liebesspiels in eine Erregung, die sie zwar verwirrte, die aber nicht unangenehm war. Aus dem Funken der Wollust wurde bald ein verzehrendes Feuer. Ein letztes Mal lehnte sie sich auf, wandte den Kopf ab und seufzte leise: »Nein, meine Herren, nein!«, aber ihr Widerstand war längst gebrochen.

Die Edelmänner durchschauten sie und lachten. Und während von Coesfeld sein Wehrgehänge abschnallte und es zusammen mit der Waffe auf die Bank warf, ließ Christina es geschehen, dass sie von dem anderen sanft gegen die Wand gedrängt wurde, mitgerissen vom Strom der Lust. Überall spürte sie Hände, an ihren Schenkeln, an ihrer Scham. Als Johann von Coesfeld sich den Vorrang gab und keuchend in sie drang, erfasste sie ein unbeschreibbarer Schmerz, von dem sie gütig eine Ohnmacht erlöste.

Als sie erwachte, blickte sie in das besorgte Gesicht des Generalvikars. Sie begriff nicht sogleich, rollte mit den Augen und stieß ihn in Abscheu von sich. Dann erst kam die Erinnerung zurück, und mit einem erlösenden Schrei klammerte sie sich an ihn und wimmerte: »Hilfe, Hilfe, helft mir, Hochwürden!« Doch gleich darauf wurde sie von einem furchtbaren Schamgefühl überwältigt. Sie barg ihr Gesicht in den Händen, wäre am liebsten im Erdboden versunken, um nie wieder einem Menschen gegenübertreten zu müssen. Die Schmach brannte wie glühendes Eisen auf ihrer Haut, als sie an Leonardo dachte, der von all dem nichts ahnte. Sie würde ihm nie wieder ins Gesicht sehen können.

»Was ist dir nur geschehen, mein Kind? Wie kommst du hierher, und in was für einem Aufzug steckst du?«, fragte der Generalvikar besorgt und hob die schluchzende Christina mit seinen starken Armen vom Boden.

Die Vergewaltiger hatten sich nicht einmal die Mühe gemacht, sie zurück auf die Bank zu setzen. Höhnisch lachend waren sie von dannen gezogen und hatten sie mit ihrem Leid und ihrer Scham allein gelassen.

Christina spürte, wie ihr das Blut ins Gesicht stieg. Sie musste eine Lüge erfinden. »Ihr solltet mich meinem Schicksal überlassen, Hochwürden«, flüsterte sie schwach, als sie seine warme Hand an ihrer Wange spürte. »Ich mache Euch nichts als Ärger. Wieder ist es der Teufel in mir, die Krankheit meiner unseligen Geburt, die über mich gekommen ist. Ich war wohl eine schlechte Schülerin.« Dann aber erinnerte sie sich, was sie zu ihm geführt hatte, und die Angst um ihre Mutter half ihr über ihren eigenen Schmerz hinweg. Während sie mit übertriebener Geschäftigkeit ihr Kleid und ihre durcheinandergeratenen Haare zurechtzupfte, löste sie sich aus den Armen des Generalvikars und trat einen Schritt vor ihm zurück.

»Mein Diener hat dich, nachdem er mir die Nachricht von deiner Ankunft überbracht hatte, verwirrt auf dem Boden liegend vorgefunden«, sagte der Generalvikar und musterte sie mit noch immer besorgter Miene. Währenddessen fiel ihr Blick auf seinen Rock: rotgolden mit schwarzen Aufschlägen. Ein weltlicher Generalvikar in prunkvoller Jagdkleidung.

»Was hattest du überhaupt in diesem Teil des Schlosses zu suchen? Du musst doch wissen, dass hier überall Gefahren lauern. Ist etwas mit Sophia geschehen? Ist sie wohlauf?«, fragte er und gebot ihr, ihm in die Kapelle zu folgen, um sie vor unangenehmen Blicken zu schützen. Nachdem die Tür hinter ihnen ins Schloss gefallen war, blieb er vor einem der prächtigen, mit Schnitzereien der katholischen Heilsgeschichte verzierten Beichtstühle stehen.

Christina, die in der Furcht, ihm letztendlich doch alles beichten zu müssen, ein zweites Mal die Erlebnisse der letzten Stunde durchlebte, sah, wie er einladend auf den barocken Stuhl wies. »Möchtest du dich mit Gott aussöhnen und mir erzählen, was dir auf dem Gang widerfahren ist, mein Kind?« Er hatte ihr längst angesehen, dass sie die Krankheit nur vorgeschoben hatte und etwas Schreckliches geschehen sein musste.

Christina schüttelte den Kopf. Sie weinte nicht mehr, konnte sich aber auch nicht entschließen, Gott und dem Generalvikar ihr Geheimnis anzuvertrauen. Sie spürte, wie ihr das Blut zwischen den Schenkeln hinablief, und dachte wieder an Sophia, an die Kommissare im Amtsgebäude und daran, dass sie vielleicht die letzte und einzige Hoffnung ihrer Mutter war.

»Du bist wirklich ausgesprochen schön, mein Kind«, holte sie der Generalvikar zurück in die Realität und musterte sie nachdenklich. »Ist es Eitelkeit, die dich dein Magdgewand ablegen ließ, oder was steckt hinter der seltsamen Maskerade?« Er wies auf ihr Kleid, das nach dem Überfall mehr freigab, als es verhüllte, und einige Risse aufwies.

»Verzeiht mir, Hochwürden«, presste Christina nun wieder gefasster hervor. »Die Verkleidung ist nur ein Vorwand, um bei Euch vorsprechen zu können. Ich hatte keine andere Wahl, denn weder in meinem Nonnengewand noch als Magd hätten mich Eure Diener zu Euch vorgelassen. Ich muss zum Erzbischof, um für meine Mutter Sophia zu bitten, und hoffe dabei auf Eure Hilfe, Hochwürden.«

»Pst.« Der Generalvikar schlug rasch ein Kreuz über ihr. »Bei Gott, mein Kind, erwähne nicht so leichtfertig den Namen deiner Mutter in diesen Räumen, wenn dir dein Leben lieb ist. Die Wände haben Ohren und Augen«, wies er sie zurecht. »Aber weshalb die Ungeduld? Seid ihr nicht sicher in der Pützkammer untergebracht? Fehlt es euch an etwas? Und warum die Idee mit dem Erzbischof?«, fragte er leise mit verständnisloser Miene. »Glaube nicht, ich hätte euch vergessen, aber alles braucht eben seine Zeit. Noch hoffe ich auf den Beschluss des heiligen Offizialats in Rom. Er lässt auf sich warten, aber das muss kein schlechtes Zeichen sein, zumal obendrein einflussreiche Bittgesuche von Sophias Familie vorliegen. Dann noch der in das Interesse der Öffentlichkeit gerückte Fall der kaiserlichen Postmeisterin. Hast du von ihm gehört? Die Wendung kommt uns sehr gelegen, denn der Fall und seine Bearbeitung erfordern Zeit, sodass er auch eine positive Wende im Fall Sophia von Langenberg bringen könnte. Die hohe Frau Voss ist eigentlich ein Fall für das weltliche Gericht, hat sich aber in ihrer Not mit ihrer Verteidigungsschrift an mich gewandt. Anfangs habe ich Ihr Gesuch abgelehnt, aber nach reiflicher Überlegung um Sophias willen ihr dann meine Hilfe angeboten. Sie unterhält gute Beziehungen zu unserer Eminenz, dem Erzbischof und Kurfürsten Ferdinand, aber es stehen noch achttausend Gulden aus, die der Fürst der Postmeisterin schuldet. Eine Anklage wegen Hexerei scheint ihm gelegen zu kommen, denn er hat ihr Gnadengesuch unbeantwortet gelassen. Nun erhofft sich die hohe Frau mit mir an ihrer Seite doch noch Unterstützung von ihm. Allerdings wurde ihr Reinigungsprozess vor dem geistlichen Offizialat gerade zum zweiten Male abgelehnt. Gott steht auf unserer Seite, mein Kind. Ich sehe gute Chancen für Sophia. Wenn ich den Prozess der Postmeisterin übernehme, wird Sophia als Zeugin auftreten. Vielleicht gelingt es mir ja dadurch, ihren Fall zu ihren Gunsten zu lenken. Ich wollte ihr die frohe Botschaft nach der Jagd persönlich überbringen. Sollte sie als Nonne des Klosters Santa Klara die Postmeisterin der Hexerei bezichtigen, würde das ihre Chance, von dem Vorwurf der Hexerei freigesprochen zu werden, enorm erhöhen«, erklärte er Christina, aber sie, die gerade die Schlechtigkeit der Männerwelt und deren Taktieren auf das Brutalste kennengelernt hatte, misstraute jedem seiner Worte.

»Sophia wird niemals eine Unschuldige der Hexerei bezichtigen. Sie braucht keinen Sündenbock, Hochwürden, schließlich ist sie unschuldig, und das wisst Ihr genauso wie Gott.«

»Aber was erhoffst du dir dann vom Erzbischof, Kind?«, fragte er überrascht.

»Die Kommissare, Eure Hexenjäger, befinden sich im Schloss, Hochwürden. Ihr verspracht uns, sie von hier fernzuhalten, aber jetzt sind sie hier und wir nicht mehr sicher.«

»Die Kommissare?« Er winkte ab. »Sie sind mit dem Fall der Elisabeth Voss vom Hofgericht beauftragt worden und nehmen nur als Gäste an der Jagd teil. Sollten sie dennoch bei Sophia vorsprechen, so ermitteln sie wieder einmal auf eigene Faust. Offiziell haben sie keinen Auftrag erhalten.«

»Dennoch verwundert es mich, dass der Kurfürst eine Aussprache mit Sophia ablehnt. Meine Mutter stammt schließlich aus höchstem Hause. Sie hat ein Recht darauf, vorgelassen zu werden. Man muss ihr doch zugestehen, sich zu verteidigen oder wenigstens um Gnade zu bitten. Hat Gott nicht Seine kurfürstliche Gnade zu uns ins Schloss geschickt? Ist seine Anwesenheit nicht ein Zeichen, dass Gott Sophias Gebete erhört hat?«

»Ich fürchte, Seine kurfürstliche Gnade hat andere Dinge im Kopf, als der Magd einer in das Hexereigerücht gekommenen Nonne Gehör zu schenken.« Der Generalvikar überlegte, ob es Hartnäckigkeit oder Naivität war, mit der Christina an ihrem Vorhaben festhielt. »Willst du mich denn nicht verstehen, mein Kind? Auch wenn es dir nicht so vorkommen mag, will ich dir und deiner Mutter doch helfen.«

Aber Christina warf sich ihm nun verzweifelt zu Füßen. »Hochwürden, ich flehe Euch an. Wenn Ihr uns denn wirklich helfen wollt, dann verschafft mir eine Audienz beim Erzbischof, um bei ihm für Sophia zu bitten.«

Der Generalvikar betrachtete sie eine Zeit lang. Wie konnte man nur so naiv sein und darum bitten, in sein eigenes Unglück rennen zu dürfen? »Steh auf, Tochter!« Nachdem sie sich zögerlich erhoben hatte, nahm er ihr Gesicht in beide Hände und sah ihr fest in die Augen, während er das Kruzifix an seinem Hals löste und es ihr reichte. Christina nahm es mit stummer Frage entgegen und umschloss es mit ihren Fingern.

»Mein Kind, betrachte es als Ablass für deine Sünden und bete auf das Kreuz. Auch wenn du dich davor scheust, es mir anzuvertrauen, glaube ich dennoch, dass dir auf dem Flur etwas Schlimmes widerfahren ist, das nun deine Sinne verwirrt. Ich konnte dich nicht davor bewahren, sehe es aber als meine Pflicht an, dich vor Schlimmerem zu beschützen. Und genau aus diesem Grund werde ich dir eine Audienz beim Erzbischof nicht genehmigen.«

»Ist das Euer letztes Wort?«, fragte sie.

Er nickte.

»Dann werde ich ihn eben ohne Eure Genehmigung aufsuchen.« Trotzig erhob sie sich, verbeugte sich vor ihm und wollte ihre Worte in die Tat umsetzen.

Doch noch bevor er den Mund öffnen konnte, um seinem Erstaunen Ausdruck zu verleihen, öffnete sich hinter ihr die Tür, und der Kurfürst, gefolgt von seiner Leibgarde und drei Edelmännern, betrat die Kapelle.

»Habt Ihr Euch schon bekannt gemacht? Mein Freund Bernard, dies ist seine Hoheit Johann Adolf Wolff Metternich zur Gracht«, begrüßte der Fürst den Generalvikar, während er an den Betstühlen vorbei auf den Altar zusteuerte.

Der Geheimrat Metternich im kurkölnischen Hofdienst, der zum Hofmarschall ernannt worden war, machte vor dem Generalvikar sogleich einen tiefen Kratzfuß.

»Er ist zudem der neue Amtmann unseres kurkölnischen Amtes Lechenich und regelt alle Angelegenheiten während unserer Anwesenheit auf dem Schloss«, sagte der Kurfürst etwas zerstreut und gab seinen Bediensteten das Zeichen zu warten.

Während der Generalvikar sich vor seinem Herrn verneigte, behielt er Christina ängstlich im Auge, die sich in einen Betstuhl geflüchtet hatte. Wie würde sie sich verhalten?

Ferdinand von Bayern, der Kurfürst und Erzbischof von Köln, war kein Mann überflüssiger Worte, wie Christina feststellte. Im Zeichen seiner geistlichen und weltlichen Herrschaft trug er unter dem purpurnen Kurzmantel mit dem hellen Hermelin und der bischöflichen Pektorale weltliche Kleidung, einen dunklen Harnisch und ein mit Brillanten besetztes Kurzschwert. Seine Beine steckten in hohen ledernen Reitstiefeln.

Der Hofmarschall an seiner Seite war dagegen in auffälliges Schwarz gekleidet. Man sagte ihm einen prunkvollen Kleidungsstil nach, und es ging das Gerücht, er würde es lieben, stets mit vier prächtigen pechschwarzen Rössern vorzufahren, um Eindruck zu schinden.

Die beiden anderen Edelmänner waren Christina sehr wohl bekannt. Ihr Anblick trieb ihr erneut die Schamesröte ins Gesicht. Allein durch ihre Anwesenheit vergewaltigten sie zum zweiten Mal ihre Seele so gründlich, wie eine Armee von Marodeuren das Land verheert, das sie durchquert. Die beiden Männer labten sich an ihrer offensichtlichen Qual. Während Christina den Blick senkte, bedachte Johann von Coesfeld sie mit höhnischen Blicken und gab ihr mit lasziven Gesten zu verstehen, wie sehr er das amouröse Abenteuer genossen hatte.

Der Erzbischof wandte ihr den Rücken zu und erklomm die Stufen zu der mit dicken gelben Wachskerzen erleuchteten Kanzel. Schwerer Weihrauchduft begleitete ihn. Im Dunkel des Gewölbes und Seitenschiffs konnte man die vergoldeten Balustraden dreier übereinanderliegender Podestreihen erkennen. Vor dem prunkvollen Altar mit dem riesigen Kruzifix, das Christus in der Marter zeigte, bekreuzigte er sich und bog andächtig das Knie.

Bevor sich der Kurfürst jedoch zu einem Gebet anschickte, blickte er über die Schulter hinweg in Richtung der Betstühle. Ehe sichs Christina versah, schaute sie in ein vor Überraschung in Falten gelegtes Gesicht mit zwei kritischen braunen Augen, das von einem pechschwarzen, zum Kinn spitz zulaufenden Bart eingerahmt wurde.

Sie erschrak, wertete es aber als ein göttliches Geschenk, dass er sie entdeckt hatte. Und als der Erzbischof seinen Generalvikar überrascht fragte: »Wer ist das dort im Chorstuhl? Mir scheint, ich sehe eine Jungfer, mein Freund?«, stürzte sie aus ihrem Versteck und warf sich ihm zu Füßen.

Niemand besaß ein forschenderes Auge als der Erzbischof. Bei seinem Blick erschauerte Christina. Von Bernard wusste sie, dass er ein asketischer, frommer, bescheidener und strengkirchlicher Mann war, der aber ebenso als konsequenter Hexenjäger galt. Seine Kommissare besaßen alle Freiheiten und ließen sich bei Verhören nicht selten von Habgier, Geltungsdrang und Fanatismus leiten.

Trotz allem hoffte sie nun, das Herz dieses Mannes zu erweichen, der trotz seines Anscheins von Tugend und Heiligkeit die Jagd, die Musik und die Künste liebte. Sie bemühte sich, in ihrem Auftreten weder zu viel Stolz noch zu viel Demut an den Tag zu legen.

»Ihr seid mutig, mein Fräulein. Ich habe Euch noch nie in meinem Gefolge gesehen, denn hätte ich es, so wäre mir so viel Schönheit wie die Eure bestimmt aufgefallen«, bemerkte er ernst.

Dem Generalvikar fiel über seine Reaktion ein Stein vom Herzen, dennoch versuchte er, sie mit Blicken zu warnen, nicht zu vorwitzig zu sein. Stumm schickte er Gebete zum Himmel, in denen er Gott um Beistand für einen gütlichen Ausgang des seltsamen Zusammentreffens anflehte.

Christinas Herz klopfte rascher, als der Erzbischof ihr die beringte Hand zum Kuss darbot und ihr hernach dieselbe hilfreich zum

Aufstehen reichte. Sie holte tief Atem, als er die strengen Lippen zu einem Lächeln verzog, spürte, dass die Zeit vorüber war, da sie noch als schüchternes Mädchen zu Männern wie dem Generalvikar aufgeschaut hatte.

»Eure Durchlaucht, es gibt ein Sprichwort, das da sagt: ›Wenn man ein Ziel erreichen will, muss man bereit sein, Opfer zu bringen.‹ So also glaube ich, dass auch ich bei dieser Angelegenheit etwas sehr Kostbares zu verlieren habe: nämlich meine Selbstachtung. Aber was hilft es, ich bitte Euch somit um Gnade für eine im Schloss festgehaltene Nonne.«

Sie ließ ihren Worten eine Verbeugung folgen, die so kokett und voller Liebreiz ausgeführt war, dass sie selbst einem Fürsten und Erzbischof wie Ferdinand von Wittelsbach ein lächelndes Kompliment entlockte, durch das all sein Entzücken über ihre Erscheinung sprach.

»Warum bittet ein solches Kleinod für eine Nonne, wo Euch doch etwas Kurzweil in meinem Hofstaat viel besser zu Gesicht stünde?«, fragte er verwirrt. »Stellt Euch nur vor, zu welcher Kreativität Eure Schönheit die Künstler bei Hofe, zu denen ich mich ebenfalls zähle, beflügeln würde«, schmeichelte er ihr. »Überhaupt, Nonnen gibt es mehr als genug am Rhein. Wenn sie wenigstens die Kranken pflegen würden – aber nein, sie singen und beten den ganzen Tag. Mir scheint, Ihr, meine Teure, seid viel zu schön und zu intelligent, um Euch für eine solche Schwester aufzuopfern.« Er fasste ihr unter das Kinn, betrachtete sie wie ein wunderschönes Gemälde und überlegte, wo er dieses liebliche Antlitz schon einmal gesehen hatte?

Sein Lächeln verlieh ihr neuen Mut. »Es handelt sich um die der Hexerei bezichtigte Nonne Sophia von Langenberg, Eure Durchlaucht. Sie ist unschuldig, Euer Gnaden.«

Mit einem Schlag änderte sich sein Gesichtsausdruck. Christina glaubte, Überraschung in seinen Zügen zu erkennen. Seine großen düsteren Augen blickten plötzlich starr, er erbleichte unter der Schminke, und sein Gesicht verhärtete sich.

»Ihr wagt es, in diesen geheiligten Räumen ihren Namen zu nennen?«, fragte er scharf.

Sie spürte, wie ihr Herz erneut heftig zu schlagen begann.

»Was kommt Euch zu, für diese Ketzerin zu bitten? Mir ist die weissagende Nonne gar wohl bekannt. Seid Ihr mit ihr verwandt, oder gehört Ihr etwa ebenfalls zu diesem Teufelspack? Ich hätte es mir gleich denken können, dass ein solch schönes, unschuldiges Gesicht wie das Eure nur das Werk Luzifers sein kann. Wie ist Euer Name? Sprecht!«

Auch Christina war vor Schreck so bleich geworden wie die Leinentücher auf dem Altar. Sie nahm all ihren Mut zusammen und bot dem Fürsten die Stirn, vermied es aber wohlweislich, sich als Sophias Tochter zu erkennen zu geben, zumal sie den Blick des Generalvikars auffing, der alles andere als ermutigend war. »Ich bitte um Vergebung, Durchlaucht, wenn ich Euren Zorn erregt haben sollte. Mein Name ist Christina, und ich weiß aus sicherer Quelle, dass die heilige Sophia unschuldig ist.«

»Die heilige Sophia? Dass ich nicht lache. Und Euer Name? Christina von …?«

»Christina Plum. Mein Vater ist Gürtelmacherbote. Ich bin Sophias Magd.«

»Das wird ja immer besser! Jetzt hat die Hexe auch noch eine eigene Magd.« Der Erzbischof tauschte einen ärgerlichen und zugleich fragenden Blick mit seinem Generalvikar, der sich sogleich verneigte.

»Ich habe Eure Kommissare bereits beauftragt, Eure Eminenz, der Nonne sorgsam auf den Zahn zu fühlen.«

Christina glaubte, den Boden unter den Füßen zu verlieren. Der Generalvikar hatte sie also belogen. Die Kommissare sollten sich Sophia widmen. Alles schien verloren.

»So liegt also die Sache? Und ich, Ferdinand, Bischof von Hildesheim, Lüttich und Münster, Bischof von Paderborn, Erzbischof und Kurfürst von Köln, berufen von Gottes Gnaden, ich dachte, ich könnte mich auf dem Schloss zu Lechenich von den verantwortungsvollen Regierungsgeschäften erholen. Was für ein Trugschluss!«, wandte er sich erzürnt an seine nun ebenfalls erschrockenen Untergebenen.

»Bitte, Eure Durchlaucht. Lasst Gnade walten!« Christina rang die Hände.

Ihre Verzweiflung schien den Kurfürsten einen Moment lang zu besänftigen. Vielleicht aber war es auch das Wissen, immer als Sieger aus einem ungleichen Kampf wie diesem hervorzugehen. »Im

Interesse unserer katholischen Partei sind wir stets bemüht, den Kölner Kurstaat vor allen feindlichen und ketzerischen Angriffen zu beschützen«, sagte er nach einer Pause zu ihr. »Und da kommt Ihr mit der Langenbergerin, der Tochter eines Abtrünnigen, dem ich es arg nachsehe, dass er mit dem schwachen protestantischen Brandenburger sympathisiert. Sie weiß doch, dass ich Hexen aufs Schärfste verfolge. Und das Mirakel in ihrem Kloster Santa Klara? Teufelszeug! Ist die Nonne schuldig, so wird sie sterben, ist sie es nicht, wird sie leben. Gott oder der Teufel werden ihr beistehen. Sie kann wählen. Zudem ist sie ein wichtiges Unterpfand für unsere Rechte gegenüber den bisherigen Zuständigkeiten des Stadtrates und ihren in Hexenfragen zweifelhaften Ermittlungsverfahren. Wir werden ihre Verurteilung also durch unser Hofkollegium anstreben, sofern ihre Unschuld nicht bewiesen wird. Ihr habt Glück, Magd Christina, dass ich mich heute in bester Jagdlaune befinde.«

Die letzten Worte ließen sie deutlich seine Überheblichkeit ihr gegenüber spüren. Er hatte das Interesse an ihr und ihrer Schönheit verloren und winkte nun ungeduldig, dass man sie aus seinen Augen entferne. Johann von Coesfeld ließ sich das nicht zweimal sagen und kam dem Befehl mit besonderem Eifer nach.

Kurfürst Ferdinand beachtete sie nicht mehr als ein lästiges Staubkorn auf seinem Ärmel und begann sich nun in fanatisch ergebener Frömmigkeit seiner Andacht zu widmen. Lediglich zum Generalvikar hörte Christina ihn noch ärgerlich sagen: »Wir werden noch heute Lechenich verlassen und Quartier auf Burg Konradsheim beziehen. Sorgt dafür, mein Freund, dass Bettzeug und genügend Verpflegung mitgenommen werden.«

Von der Plattform der Wehrtürme stiegen winzige graue Rauchfahnen zum verhangenen Himmel auf. Christina beschlich ein unangenehmes Gefühl, versuchte sich aber der beklemmenden Ahnung zu erwehren, dass es der Rauch aus den Gästezimmern der Kommissare war, die wegen der feuchten Kälte beheizt wurden. Es wollte ihr scheinen, als seien die Rauchschwaden Symbol eines bevorstehenden Unheils, und so eilte sie zurück, geplagt von Zweifeln und Angst, die Mutter nicht mehr gesund in ihrer Kammer vorzufinden.

Anders als ihr Weg zum Generalvikar wirkte der Rückweg nun

wie eine Flucht. Sie verlor ihre Schuhe, das aufgesteckte Haar löste sich aus den Spangen, sie stolperte über ihre Füße, rappelte sich wieder auf, erntete erschrockene und neugierige Blicke und wurde belächelt.

Erschöpft erreichte sie den großen Saal im Kellnereihaus, die Hochburg der Rechtsprechung. Kurz lehnte sie sich zum Durchatmen an eine Säule, flüchtete sich aber sofort erschrocken in eine Mauernische, als eine Tür geöffnet wurde und zwei Wachen einen Körper in den Saal warfen.

Der Mann lag zusammengekrümmt mit dem Gesicht nach unten auf den Fliesen vor ihren Füßen. Sie betrachtete sein geistliches Gewand einen Moment lang mit panischer Vorahnung, dann fasste sie sich ein Herz und drehte ihn vorsichtig auf den Rücken.

Christina erschauerte. Es war Leonardo. Sein schönes Gesicht war voller Blut, ein Auge blauviolett zugeschwollen. Obwohl ihr Herz vor Schreck einen Schlag aussetzte, sammelte sie all ihre Kräfte und zog den schweren Körper in den Schatten einer Balustrade.

»Leonardo«, flüsterte sie, »hörst du mich? Bitte, so wach doch auf!« Mit der Seide ihres Kleides wischte sie ihm das Blut aus dem Gesicht. Als er noch immer kein Lebenszeichen von sich gab, presste sie ihre Lippen auf die seinen und hauchte ihm ihren Atem ein. Noch zwei Mal musste sie tief Luft holen, bevor Leonardo die Augen aufschlug und verwirrt um sich blickte. Nachdenklich, als versuche er, sich zu erinnern, blieb er schließlich an ihrem Gesicht hängen.

»Jungfer Christina?«, entfuhr es ihm überrascht, und ein Lächeln huschte über sein Gesicht.

Vor Freude über seine Wiederkehr ins Reich der Lebenden schluchzte sie laut auf, schlang die Arme um seinen Hals wie eine Ertrinkende und küsste ihn stürmisch. Leonardo erwiderte ihre Küsse, bevor er sich sanft aus ihren Armen löste. Er hätte sie gern noch länger geherzt und liebkost, doch er war kein Mann, der die Verwirrung einer Frau ausnutzte. Zudem erforderte die Situation ein rasches Handeln, und so erhob er sich etwas steif und unter Stöhnen und ordnete seine Kutte.

»Fasst Euch«, flüsterte er mitfühlend und zog sie ebenfalls auf ihre Füße. »Während Eurer Audienz beim Generalvikar wurde Sophia von den Schöffen des Hochgerichts in aller Eile verhört. Ich bin den Herren heimlich ins Amtsgebäude gefolgt, wollte wissen, wie viel Gefahr ihr von ihnen droht. Aber wie Ihr vielleicht an meinem Zustand erkennt, war es mir nicht vergönnt, Sophia allzu nahe zu kommen. Obwohl ich mich wie ein Mann mit den Amtsdienern geschlagen habe, bekam ich eine über den Schädel gezogen.«

Er zuckte entschuldigend die Achseln. »Die Kommissare machten sich die Aufregung der Anreise des Erzbischofs im Schloss zunutze und brachten Sophia in den Gefängnisturm. Bevor sie mich entdeckten, konnte ich für einige Minuten durch das Fensterchen in der Tür mitansehen, dass einer der Kommissare, den sie mit Dr. Friedrich Wissius anredeten, ein besonderes Vergnügen daran fand, sie zu demütigen und zu quälen. Dieser Teufel in Menschengestalt hat an ihr die berüchtigte Nadelprobe vorgenommen und, nachdem die Knechte sie völlig entkleidet hatten, unter allgemeinem Gelächter höhnisch in die Runde gesprochen: ›Wollen wir doch mal sehen, meine Herren, ob die verrückte Nonne teuflische Lust empfindet.‹ Dann hat er ihr mit einer Nadel durch die Brustwarzen gestochen. Doch Gottes Erbarmen war groß, er hat Sophia mit einer Ohnmacht vor den qualvollen Schmerzen bewahrt. Als sie wieder zur Besinnung kam, sollte sie die Postmeisterin der Hexerei beschuldigen. Doch Sophia schrie, dass die Postmeisterin unschuldig sei, eher noch sei ihre Schwester, die Äbtissin, eine Hexe. Der Teufel von Kommissar antwortete ihr nur höhnisch, die Äbtissin käme schon noch dran, im Moment sei die Postmeisterin von größerem Interesse. Sophia wurde vor die Wahl gestellt, entweder zu sterben oder mit einer Falschaussage ihr Leben zu retten. Sie bräuchte nur die Postmeisterin zu bezichtigen, die Nonnen im Kloster behext zu haben. Auch die Raupenplage und die Morde im Kloster sollte sie ihr anhängen. Die Kommissare versuchten, Sophia einzuschüchtern, sie sagten, es gäbe Zeugen, die man ihr gegenüberstellen könnte. Daraufhin rief sie noch einmal, sie wisse nichts und würde keine Unschuldige beschuldigen, und bat dann um das Jüngste Gericht. Die Kommissare reagierten, indem sie ihr mit dem spanischen Stiefel drohten, woraufhin Sophia schließlich anfing zu kreischen. Sie flehte sie an, sie werde alles bekennen, was die Herren von ihr verlangten, wenn sie ihr nur diese Pein erließen.«

Christina stand mit vor das Gesicht geschlagenen Händen vor

Leonardo, während ihr die Tränen durch die Finger rannen. Als er geendet hatte, schloss sie die Augen. Sie fühlte sich viel älter als der Mönch, der ihr um ein paar Jahre voraus war. »Wir können nichts mehr für sie tun?«, kam es tonlos von ihren Lippen.

»Nein.«

Plötzlich ging ein Ruck durch ihren Körper. »Das Tagebuch! Wir müssen in die Pützkammer zurück.« Noch ehe Leonardo sichs versah, hatte sie ihn an der Hand gefasst und rannte mit ihm den Gewölbegang entlang bis zum geistlichen Gefängnistrakt. Sie betete, dass sie noch Zutritt zu ihrer Kammer hatte und das Tagebuch den Hexenjägern verborgen geblieben war.

Das Glück wollte es, dass der Wachmann ein Nickerchen machte und sie ihn leicht überwältigen konnten. Leonardo fesselte den Mann mit dem Strick seiner Kutte, dann schlichen sie sich an ihm vorbei in das Zimmer. Während der Priester hinter ihnen die Tür verschloss und sich auf einen Stuhl niederließ, begann Christina in allergrößter Eile Sophias Bett zu durchsuchen. Keine Nische überging sie, warf Matratzen, Kissen und Bettzeug wahllos auf den Boden, bis sie das Gesuchte, in einem Stickrahmen verborgen, aus dem Bettkasten hervorzog. »Ich habe es, Leonardo. Damit werden wir meine Mutter retten!«

Mit neuer Hoffnung ging sie neben ihm in die Knie und öffnete das Buch. Und während er den Arm beschützend um sie legte und über ihre Schulter gebeugt mitlas, spürten beide die Verbundenheit ihrer Seelen.

Leonardo blieb in dieser Nacht, die sie eng aneinandergeschmiegt in der Pützkammer verbrachten, seinem Zölibat treu, obwohl es ihm äußerste Willensstärke abverlangte. Christina vergrub die Nase tief in dem Buch. Mal schüttelte sie den Kopf, mal entfuhr ihr ein »Ah!« oder »Oh!« oder: »Das ist mir bekannt, das wusste ich schon von den Nonnen …«

Irgendwann, es war weit nach Mitternacht, wurde sie ernst. »Mein Vater ist der Domherr. Das ist also das hohe Amt, von dem Sophia sprach.« Überrascht wies sie mit dem Finger auf die Stelle im Tagebuch, die das Geheimnis ihrer Geburt zu lüften schien.

Leonardo leuchtete mit der fast heruntergebrannten Wachskerze in seiner Hand über die Zeilen. Aufmerksam folgte er ihrer Fingerspitze. »Dann wäre es nur allzu verständlich, warum die Postmeisterin deine Ausbildung im Kloster bezahlt hat. Du wärst ihre Nichte. Aber hier steht noch etwas. Sophia ist …? Verdammt noch mal!«, fluchte er und entriss ihr das Buch, als er bemerkte, wie sich ihr Körper erschrocken versteifte. »Was ist das für eine Teufelei? Anscheinend hat auch der Generalvikar mit Sophia im Beichtstuhl das Zölibat gebrochen. Hier steht noch etwas …« Er blätterte rasch um, wurde aber bald enttäuscht. »Ich kann es nicht lesen. Eine Seite fehlt. Wenn es sich so verhält, käme also auch der Generalvikar in Betracht, dein Vater zu sein«, bemerkte Leonardo nachdenklich.

Er blätterte noch eine Seite weiter und wies auf einen Absatz, dessen Tinte dunkler war. »Der Eintrag ist noch sehr frisch, er scheint erst in jüngster Zeit geschrieben worden zu sein. Die Äbtissin soll den Franziskanermönchen und hohen Geistlichen gegen gute Bezahlung junge Novizinnen zur Befriedigung ihrer Gelüste zugeführt haben, immer nach den mittwöchlichen Orgien im Kloster. Aber nicht nur ausgewählte Novizinnen, sondern auch weltliche Damen des höheren Standes hielten während ihrer Buße Beischlaf mit den Mönchen und sogar Priestern. Wurden diese Weiber aus solcher Vereinigung gebärend, so führte besagter Bruder Antonius in einem geheimen Turmzimmer eine Teufelsaustreibung an ihnen durch, bei welcher der Säugling als Teufel aus dem angeblich besessenen Leib fuhr und nach der Geburt getötet wurde.«

Er blätterte eine Seite weiter. »Hier beschreibt Sophia ihren Seelenzustand: ›Nach diesen sündigen Verbrechen an Gott und dem Leben entsagte ich allem, was angenehm sein konnte. Ich verletzte mich freiwillig und brachte kaum noch den Mut auf, mich satt zu essen. Über mein inneres Leid habe ich außer vor Gott vor niemandem offen Rechenschaft ablegen können. Versuchte ich es, so stieß ich auf Unverständnis. Ich wurde geschmäht, für eigensinnig und verräterisch gehalten und mit Verdammnis und Tod bedroht.‹«

Christina schluckte ihre Tränen hinunter. »Oh, wie muss sie gelitten haben, die Ärmste.«

»Santa Klara ist ein Kloster mit einer sündigen Doppelmoral«, stellte Leonardo zornig fest und warf das Buch entrüstet zu Boden.

Christina hob es auf und las nun weiter. Plötzlich sah sie Leonardo fassungslos an. »Stell dir nur vor, ich habe mich im Chorraum wahrscheinlich nicht verhört, als ich glaubte, man wolle Marie lebendig begraben. Schon einmal scheint man das Gleiche mit Bruder Antonius getan zu haben.«

»Hier ist eine Liste mit Namen.« Leonardo hatte ein Blatt aufgefangen, das im Begriff gewesen war, zwischen den recht lose gebundenen Seiten herauszufallen. »Alles sind städtische und geistliche Würdenträger.«

Christina las mit, riss ihm plötzlich den Zettel aus der Hand und rief erschrocken: »Oh, Herr im Himmel, bewahre uns vor großem Unglück! Das alles müssen die Namen der Väter der getöteten Kinder sein. Jetzt ist auch klar, warum das Tagebuch für bestimmte Personen so wichtig ist.«

»Wahrscheinlich würden die Männer alles daransetzen, in den Besitz der Liste zu gelangen, wenn sie davon wüssten«, schlussfolgerte Leonardo und stellte eine folgenschwere Überlegung an. »Marie und auch Bruder Antonius sind also wegen ihres Wissens gestorben. Ich vermute, dass hinter all den Geschehnissen im Kloster ein einziger Mann steckt.« Er machte eine Pause, um die Spannung zu erhöhen. Als eine Reaktion ausblieb, kombinierte er weiter. »Bruder Antonius war Sophias Geliebter. Das ahnte auch der Nuntius, deshalb entfernte er ihn aus ihrer Umgebung. Wie ich den Zeilen entnehme, hat ihr Beichtvater das Kruzifix in ihrer Zelle zum Bluten gebracht in der Hoffnung, die Macht der Franziskaner im Kloster zu stärken und Sophias Ruf als Heilige zu festigen. Leider schlug der Versuch fehl. Sophia sah in dem Mirakel eine Botschaft Gottes. Sie versuchte, das heimliche Verhältnis zu dem Generalvikar zu beenden, und sagte sich von den Machenschaften im Kloster los. Nun musste der Generalvikar handeln, denn Sophia war nicht nur seine Geliebte, sondern auch sein Medium für seine Studien, in denen er sich mit lebendigen Heiligen und dem Exorzismus beschäftigte. Sophia war ein wichtiges Verbindungsglied und wusste viel zu viel über die Machenschaften im Kloster, an denen die Nonnen und der Generalvikar verdienten. Es waren vorwiegend hohe Persönlichkeiten der Stadt Köln, die im Kloster ein und aus gingen. Sie erkauften sich ihr Schweigen teuer, und Sophias Stand im Kloster wackelte, als ihr Vater seine Zahlungen an das Kloster einstellte. In ihrer Not und der Angst vor Entdeckung überließ Sophia Bruder Antonius das Tagebuch, das er seit ihrer schweren Krankheit für sie führte.

Der Generalvikar reiste nun im Auftrag des Erzbischofs in das Kloster Santa Klara. Als er auf dich traf, handelte er zunächst aus Barmherzigkeit und Nächstenliebe, doch der Zufall wollte es, dass Sophia in dir ihre Tochter erkannte. Ein neues Problem für den Generalvikar. Er bekam Angst, dass er dein Vater sein könnte, denn der öffentlich bekannt werdende Bruch des Zölibats würde für ihn weitreichende Folgen haben. Zunächst versuchte er, sich und Sophia durch Geißelung zu bestrafen. Er hielt sich nicht an die Anordnungen des Erzbischofs, sondern begann auf eigene Faust in ureigener Angelegenheit zu ermitteln. Er erfuhr von den Aufzeichnungen und begann nach dem wichtigsten Beweis seines Vergehens zu suchen, ebendiesem Schriftstück. Gleichzeitig beseitigte er nach und nach alle Zeugen, die den Teufelsaustreibungen der Schwangeren beigewohnt hatten. Hier fehlt uns die herausgerissene Seite. Der späte Fall der ermordeten Äbtissin Benedikta scheint eine große Rolle zu spielen, denn sie wusste von einem Geheimnis, das nur ihn und Sophia betraf. Eine Frage bleibt somit offen: Gab es zwei Kinder? Sophia war vom Domherrn guter Hoffnung, als sie ins Kloster ging – aber war sie es auch vom Generalvikar? Wurde ersteres Kind getötet? Oder ging es vielleicht doch nur um die frei gewordene Stelle der Äbtissin, deren Neubesetzung in einer geheimen Wahl?

Und hier kommt die Wende. Der Generalvikar rechnete nicht mit einer Schnüfflerin wie Marie, die anscheinend die Geliebte des alternden Pater Antonius geworden war. So war es ihr ein Leichtes, Sophias Tagebuch in ihren Besitz zu bringen. Als neue Eigentümerin hatte Marie nichts Eiligeres zu tun, als die Postmeisterin mit dem lebendigen Ergebnis des Zölibatbruchs ihres Bruders zu konfrontieren, welche sich dann bei ihrer Schwester Hilfe holte. Es war ein schöner Plan, dich für immer im Kloster festzuhalten, wofür die Postmeisterin auch gern bezahlen wollte. Dennoch passt ein Mord nicht zu ihr, aber dafür hatte sie ja ihre Schwester. Diese machte nun ihrerseits Jagd auf das Buch und dessen Besitzerin, während Marie den Generalvikar damit erpresste. Sie wollte Zugeständnisse für den Hof ›Zum Raben‹ und für sich ein Leben in Freiheit.

Der Generalvikar sah sich also gezwungen, rasch zu handeln. Nachdem er seinen Nebenbuhler Antonius beseitigt hatte, machte er gemeinsame Sache mit Johann von Coesfeld, dem Erzfeind der

Postmeisterin. Sie und ihr Bruder kämpfen derzeit gegen ihn um die Legitimierung ihrer Familie. Auch eine größere Summe Geld spielt dabei wohl eine Rolle, die die Familie Voss durch den Verlust der Poststelle an von Coesfeld erlitten hat. Der nächste Schachzug des Generalvikars war die Äbtissin. Mit ihrer Hilfe brachte er die geistig verwirrte Marie dazu, Sophia der Hexerei zu bezichtigen, und tötete sie danach. Die Mitwisser waren ausgeschaltet, aber der Generalvikar war noch immer nicht im Besitz des Tagebuches. Nervös suchte er weiter. Aber jemanden hatte er bei alldem vergessen: Mhon Ursel, die Priorin, die nach deiner Geburt ebenfalls beseitigt werden sollte, aber überlebte. Auf den Gedanken, dass Marie in weiser Voraussicht kurz vor ihrem Tod das Corpus Delicti den abtrünnigen Frauen übergab, ist er bisher nicht gekommen.«

»Aber warum ist die Äbtissin bisher verschont geblieben?«

»Ich weiß es nicht, aber ich schätze, dass es nicht mehr lange dauern wird, bis man auch sie der Hexerei bezichtigen wird.«

»Wenn die Schwestern Voss von dem Geheimnis wissen, muss der Generalvikar doch jeden Augenblick damit rechnen, von ihnen verraten zu werden?« Christina hatte Leonardos Ausführungen nicht gänzlich folgen können. Sie erschienen ihr zu unverständlich, zudem sträubten sich ihr Herz und ihr Verstand dagegen, dass der Generalvikar tatsächlich für all die schrecklichen Dinge verantwortlich sein sollte.

»Falsch«, entgegnete Leonardo. »Die Postmeisterin wird sich hüten, etwas von den Vorgängen zu verraten, um nicht auch noch den eigenen Bruder in die Sache hineinzuziehen, der eventuell dein Vater ist. Außerdem wird man ihr bald den Prozess machen, ebenso wie ihrer Schwester und Sophia. Und trotzdem wird keiner der drei es wagen, den Generalvikar zu verraten. Begreifst du nun, dass du einem Wolf im Schafspelz vertraut hast? Der Generalvikar, dein Gönner und Retter, ist im Begriff, seine Geliebte, deine Mutter Sophia, zu töten, weil sie zu viel weiß. Und auch du befindest dich in höchster Lebensgefahr, da er sich natürlich zusammengereimt haben wird, dass du ihre gemeinsame Tochter bist.«

»Aber das sind doch alles nur Spekulationen. Wer garantiert uns denn, dass es sich tatsächlich so verhält?« Christina wollte nicht glauben, was er gesagt hatte, aber sie konnte es ihm auch nicht widerlegen. Zu viel davon ließ sich wie kleine Puzzleteile zusammensetzen. Sie erinnerte sich an die Orgie im Kloster, an den seltsamen Mönch, den die Nonnen angehimmelt hatten, an die Geißelung, an das tote Kind in der Kapelle, an das unheimliche Gespräch in der Kirche, an die Szene mit Marie im Zimmer der Äbtissin und an den Generalvikar, wie er mit blutigen Händen neben Marie gestanden hatte. Aber da war auch sein Gesicht mit den gütigen Augen, seine Geduld mit ihr, die Geborgenheit, die ihr seine Nähe gegeben hatte. Fühlte sie etwa bereits wie eine Tochter für ihren Vater?

Sie schüttelte den Kopf, presste die Fäuste gegen die pochenden Schläfen, lief nervös in der Kammer auf und ab und fuhr sich dann fahrig durch das Haar. »Aber er hat mich doch gelehrt, stark zu sein. Durch ihn kann ich nun meine Krankheit beherrschen, ich habe gelernt, in meinen Körper hineinzuhorchen. Er hat mir unendlich viel Wissen mit auf den Weg gegeben. Er war wie ein liebevoller Vater zu mir.« Sie blieb vor Leonardo stehen und sah ihn zweifelnd an. »Kein Mörder ist zu so einer Verstellung fähig. Dieser Mann ist ein großer Gelehrter. Hätte er mir nicht beigebracht, auf mein Inneres zu hören, während der Anfälle richtig zu atmen und meinen Körper meinem Willen zu unterstellen, so würde ich jetzt hier vor dir in Krämpfen liegen, Leonardo. Sag mir, kann so ein Mensch zugleich ein gefährlicher Exorzist, Intrigant und Mörder sein?«

»Er kann«, antwortete Leonardo ungerührt und nahm ihr die letzte Illusion. »Er ist davon überzeugt, dass du die Frucht der größten seiner Sünden bist, seiner fleischlichen Begierde.«

»Dann hätte er mich aber doch gleich töten können«, entgegnete sie schwach.

Leonardo, der Priester, gab sich geschlagen. Er breitete seine Arme aus. »Komm an meine Brust, Dummchen. Vielleicht liebt er dich ja auch, weil du ihn so behext hast wie mich? Oder er will mit dir sein schlechtes Gewissen beruhigen? Vielleicht bist du seine Garantie für einen Platz im Himmel? Ich weiß es nicht, aber mein Gefühl trügt mich selten, und jetzt warnt es mich, dass der Generalvikar des Erzbischofs ein sehr gefährliches Spiel treibt.«

Christinas Lage war somit nicht weniger ausweglos als zuvor. Mit hängenden Armen stand sie vor Leonardo, während er ihr das Haar mit linkischer Geste aus der Stirn strich. Seine Berührung brachte sie noch mehr aus der Fassung. Im Hintergrund loderte das Feuer im Ofen und verbreitete eine wohlige Wärme, die mehr denn je den Wunsch in ihr nach einem Heim und der Geborgenheit eines starken Mannes wachrief.

»Beschütze mich, Liebster. Halte mich fest in deinen Armen, und lass mich nie wieder los«, flüsterte sie und schmiegte sich an ihn. Sie spürte seinen Körper, herrlich warm und ohne ein Gramm Fett, stattdessen nur Muskeln, anders als bei den vom guten Leben frühzeitig verfetteten Franziskanermönchen. Seine breiten Schultern ließen auf eine bäuerliche Herkunft schließen, wenn er auch mit der Priesterweihe längst den Lehm von seinen Schuhen abgeschüttelt hatte.

»Du gehörst mir«, flüsterte er. »Auch wenn Gott und das Zölibat mir verbieten, dich jetzt auf der Stelle zu nehmen. Erst wenn ich ein freier Mann bin, werde ich dir endgültig angehören, und trotzdem bist du jetzt schon mein, zu viel verbindet uns.« Er zögerte, dann wagte er eine Liebkosung, wobei er scheu ihre Miene beobachtete. Sein Blick war zärtlich, und die Berührung ihrer Lippen mit den seinen war wie ein Windhauch und doch voller Vertrautheit.

Sekundenlang verharrte er stumm und unschlüssig, ganz nah über ihr. Sein sinnlicher Mund lockte, bis sie alles um sich herum vergaß und ihn ermunterte. Da senkte er sich schließlich über sie und küsste sie lange und zärtlich.

Den Rest der Nacht verbrachte sie in seinen Armen, unruhig vor sich hin dösend. Tränen rannen über ihr Gesicht und verloren sich in ihren Haaren. Leonardo küsste sie ihr von den heißen Wangen und den trockenen Lippen. Er streichelte ihr Gesicht und flüsterte: »Weine nicht mehr. Gleich bei Tagesanbruch werden wir einen befreundeten Advokaten aufsuchen und ihm das Tagebuch vorlegen. Er wird uns sagen, was wir tun können, um Sophia zu retten.«

XIV.

Im Morgengrauen wurde sie von leisem Trommelwirbel geweckt. Augenblicklich war Christina wach. Sie wischte sich den Schlaf und die restlichen Tränen aus den Augen, warf einen Blick durch die Tür auf den gefesselten Wächter und stürzte voller Angst zum Fenster.

Über den Türmen und Dächern des düsteren Schlosses begann der Himmel sich rosig zu verfärben. Die Luft war frisch und kalt, und in einigen Fenstern schimmerte noch der Widerschein einer Kerze. Raureif bedeckte die Dächer, die Gesimse der Mauern und schmückte wie ein heller Frühlingszweig die Turmspitze der Schlosskapelle.

Christina atmete tief durch und betrachtete mit Grauen die mächtigen Türme, deren Dächer mit den rostigen Wetterfahnen sich dunkel vom heller werdenden Himmel abhoben. Vom Fenster aus konnte sie auf den Zwinger, den offenen Wehrgang der etwas vorgelagerten Ringmauer der Burg, sehen. Unterhalb der halbkreisförmigen Türme mit ihren Schießscharten und den düsteren, mächtigen Kanonen wurde ihr Blick auf eine kleine Gruppe bewaffneter Landsknechte gelenkt. Sie verteilten sich auf dem Wehrgang und wurden von einem Trommler und zwei hellebardenbewehrten Amtsdienern mit Halskrause und Federbarett begleitet.

Plötzlich stockte Christina das Herz. Zwischen zwei in Schwarz gekleideten Herren mit Hermelinkragen und viereckigen Mützen hatte sie Sophia entdeckt. Vom Fenster aus konnte sie nur ihre Umrisse erkennen, aber dass ihre Mutter schwach war, mehrmals stolperte und von ihren beiden Bewachern brutal wieder hochgezerrt wurde, das war nicht zu übersehen.

Christina wollte schreien, doch ihre Stimme erstarb. Sie wollte zur Tür hinauslaufen, ihrer Mutter beistehen, doch ihre Füße versagten ihr den Dienst. Stumm verharrte sie auf der Stelle und musste von ihrem Beobachtungsposten aus mitansehen, wie hinter Sophia ein großer hagerer Mann im roten Amtskleid und mit einem Schriftstück auftauchte, das er ihr vorlas. Anschließend führten die Männer sie dicht an die Mauer heran, wo sich die Nonne in einem unbeobachteten Augenblick bückte und etwas vom Boden aufhob. Es war ihr rubinbesetzter Rosenkranz, der ihr entglitten war und dessen Kruzifix aus blutroten Steinen sie nun an ihre Brust drückte. Es war ein Geschenk des Domherrn.

Dann wurde der Trommelwirbel lauter, und der rot gekleidete Mann, in dem Christina mit Entsetzen Dr. Friedrich Wissius erkannte, sagte etwas, woraufhin Sophia mit dem Gesicht zu den Schießscharten gezwungen wurde. Plötzlich hielt der Kommissar etwas zwischen den Händen, das wie ein breiter Ledergürtel aussah, und schlang es blitzschnell von hinten um Sophias Hals. Die Nonne wand sich zuckend in den Armen, die sie festhielten, bog ihren Körper nach hinten und trat wie wild um sich. Christina spürte Leonardo in ihrem Rücken. Gemeinsam beobachteten sie, wie Sophias Zuckungen nachließen und die Nonne auf dem Boden des Wehrgangs ihr Leben aushauchte.

»Diese Mörder«, presste Leonardo hervor. »Sie haben sie ohne ein gültiges Gerichtsurteil umgebracht.«

Zusammengekauert, einem Häufchen Elend gleich, hockte Christina vor ihm auf dem Boden, als der Trommelwirbel verebbte. Ihr Rücken zuckte.

Leonardos liebendes Herz fühlte mit ihr. Er wollte sie trösten, ihr zeigen, dass sie nicht allein war mit ihrem Schmerz, jedoch fehlten ihm die richtigen Worte. »Gott sieht alles, ihm bleibt nichts verborgen«, sagte er. »Deiner Mutter wird durch ihn Genugtuung widerfahren. Glaub mir, die Mörder werden für ihre Tat in der Hölle schmoren.« Mehr fiel ihm nicht ein, und er schämte sich dafür.

Christina rückte von ihm ab. Während sie seine tröstende Hand mit dem Ellenbogen von sich stieß, hörte er sie mit tränenerstickter Stimme antworten: »Ja, sie werden später dafür büßen, aber sie sollen noch auf Erden leiden.«

Da sie keine Notiz mehr von ihm nahm, schlich er sich leise zur Tür. »Wir müssen fliehen, Christina. Sie werden sicher auch bald zu dir kommen«, sagte er leise und spähte durch den Türspalt auf den Gang.

So früh am Morgen war es noch still im Schloss, zumal der Erzbischof mit seinem Gefolge noch am frühen Abend Hals über Kopf abgereist war. Doch gerade als Leonardo die Tür weiter öffnen wollte, schloss er sie auch schon wieder bis auf einen winzigen Spalt.

Christina hatte sich erhoben und war mit langsamen Schritten näher getreten.

»Pst!« Er wies sie mit dem Finger auf dem Mund an, sich still zu verhalten. Stimmen, Schritte und Sporengeklirr hallten im Gewölbe wider und wurden rasch lauter.

Leonardo zog den Degen unter der Kutte hervor, um notfalls ihr Leben verteidigen zu können. Doch mit Gottes Hilfe führten die Schritte an der Tür vorbei und verebbten im Gang. Mit klopfendem Herzen wartete er, bevor er den Kopf ein zweites Mal durch den Spalt steckte, um sich davon zu überzeugen, dass der Weg frei war. Er schaffte es gerade noch, die Tür leise hinter sich zuzuziehen und hinter einer Säule Schutz zu suchen, als wie aus dem Nichts die Kommissare zum Romschwinckel und Blankenberg in Begleitung von vier bis an die Zähne bewaffneten Amtsdienern auftauchten.

Das Herz wollte ihm stehen bleiben, als er in ihrer Mitte die gebeugte Gestalt der Äbtissin erkannte. Sie war in Ketten gelegt, aller Hochmut war aus ihrem harten Gesicht gewichen. Sie wirkte um Jahre gealtert und hob sich blutleer von den dunklen Mauern des Gewölbes ab. Obwohl Leonardo von Christina wusste, wie sehr die Äbtissin von den Nonnen gefürchtet wurde, empfand er jetzt Mitleid mit ihr. Es war, als hätte man einen Schwan seiner Federn beraubt und ihm zusätzlich die Flügel gebrochen.

Es schien keinen Gott mehr zu geben, jedenfalls nicht in diesen Mauern. Als sich die Äbtissin mit ihren Häschern im Dunkel des Gewölbes verlor, begab sich Leonardo rasch zurück zu Christina, die ihn mit besorgtem Blick und dem Tagebuch in ihrer Hand erwartete. Sie schien ihm gefasster als noch vor wenigen Minuten, und so teilte er ihr die Neuigkeit mit. »Wie ich vorausgesagt habe, Liebste, haben sie nun auch die Äbtissin in ihrer Gewalt. Wir müssen die Gelegenheit für unsere Flucht nutzen, denn noch haben sie den fehlenden Wächter nicht bemerkt. Solange sie mit der Äbtissin beschäftigt sind, ist unser Weg frei. Ich kenne einen geheimen Gang unterhalb der Wehr. Lediglich den Graben müssen wir an einer mir bekannten Stelle durchschwimmen. Die Furt ist stark bewachsen und von den Wächtern auf den Zinnen zu dieser Tageszeit noch nicht einzusehen. Der aufsteigende Morgennebel wird unser Verbündeter sein. Zudem rechnet niemand damit, dass sich im einbrechenden Winter jemand in das Eiswasser begibt. Wirst du es mit mir wagen, Liebste?«

Die Erkenntnis, dass er mit seinen Vermutungen recht gehabt hatte, war niederschmetternd. Bisher hatte Christina sich an die Hoffnung geklammert, alles wäre nur Spekulation.

Dann aber ging eine Veränderung mit ihr vor. Aus dem unsagbaren Leid wurde abgrundtiefer Hass, der ihr eine neue Stärke verlieh. »Ich habe eine Mutter gefunden und sie sogleich unwiderruflich verloren«, sagte sie mit Grabesstimme. »Bevor wir aus diesem Gefängnis fliehen, werden wir den Mördern noch etwas hinterlassen, das sie an die ermordete Nonne Sophia von Langenberg, rechtmäßige Äbtissin des Klosters Santa Klara, noch lange erinnern soll.«

Sie lachte hysterisch und zog die Namensliste aus dem Tagebuch. Vor seinen Augen zerschlug sie eine Tonschale, die auf dem Tisch gestanden hatte, und ritzte sich mit einer Scherbe eine kleine Wunde in das Handgelenk. Mit ihrem Blut schrieb sie den Namen Dr. Friedrich Wissius an den Anfang der Liste. Ihre Bewegungen schienen wie von einer fremden Macht gelenkt. Dann wickelte sie ein Taschentuch um ihre Hand und verbarg die Liste in einem kleinen Beutel, den sie in ihr Mieder steckte. Sollte die Liste je gefunden werden, so sollte auch der Mörder ihrer Mutter leiden. Zum Schluss öffnete sie die Ofentür und warf das Tagebuch in die verlöschende Glut. Die Klappe ließ sie weit offen stehen. »Heute wird der Rentmeister die Pützkammer nicht mehr beheizen müssen«, sagte sie kalt, während Leonardo ihrem Tun mit verständnislosen Blicken folgte. Als das Feuer die Seiten umzüngelte, riss Christina das Bettzeug von den Decken und der Matratze und stopfte es hinterher. Rasch fing die Seide Feuer und fraß sich an den heraushängenden Schnüren und Bändern des Stoffes seinen Weg ins Freie. Mit leerem Blick sah Christina zu, wie die Flammen langsam über den Boden züngelten und sich das nächste Opfer der Zerstörung suchten.

Leonardo begriff nun endlich, was sie beabsichtigte, und zog seinerseits rasch die schwere Matratze vor den Ofen. Dann stapelten beide hastig die Sessel, den Tisch und alles Brennbare, selbst den Baldachin des Alkovens, zu einem Berg aufeinander in die Nähe der Flammen. Gemeinsam rollten sie den erwachenden Wachmann vom Brandherd weg auf den Flur und lösten seine Handfesseln.

»Du kannst schreien, wenn wir weg sind!«, zischte Leonardo, dann rannte er mit Christina den Gang entlang.

Leonardos Plan zur Flucht schien zu funktionieren. Unbehelligt gelangten sie durch eine kleine verborgene Tür im Küchentrakt in den Garten des Vorhofes. Hier warf er Christina von der Mauer her ein Seil zu, welches sie sich um den Leib band, um sich abzuseilen. Auf halbem Weg zerriss es, und sie fiel in die Böschung. Mit schmerzverzerrtem Gesicht, Abschürfungen an den Beinen und einer geprellten Hüfte ließ sie sich anschließend von dem Geliebten in das eiskalte Wasser des Grabens führen. Mit kräftigen Zügen, Christina fest im Arm Leonardos, erreichten sie beim ersten Hahnenschrei unbemerkt das rettende Ufer. Als sie erschöpft und zähneklappernd wieder Boden unter ihren Füßen hatten und im Schutz eines dichten Schlehdornbusches verschnauften, schlug plötzlich eine mächtige Flamme aus dem Fenster der Pützkammer und tauchte den Himmel über dem Gefängnisturm innerhalb weniger Minuten in ein glutrotes Feuermeer.

XV.

Christina taumelte vor Erschöpfung. Mehrere Tage waren seit ihrer Flucht von Schloss Lechenich vergangen. Sie war barfüßig, denn sie hatte ihre alten Schuhe im Graben verloren. Die Kälte fraß sich von ihren nackten Zehen durch ihren Körper, sodass sie den Schmerz kaum noch spürte.

Ihr Gesicht war ausdruckslos. Leonardo stützte sie, so gut er es vermochte, aber auch an ihm begann der lange ermüdende Fußmarsch zu zehren. Trotz der Sonne am azurblauen Himmel blieb es eisig kalt.

Bisher hatten sie es aus Furcht, erkannt zu werden, vermieden, in Wirtshäusern zu übernachten. Leonardo rechnete noch immer mit Verfolgern, obwohl sie Lechenich schon längst hinter sich gelassen hatten. Hinzu kam die Angst, von Strauchdieben und Landstreichern überfallen zu werden.

Eine kurze Strecke hatten sie sich von fahrendem Volk auf einem Wagen mitnehmen lassen, doch die Straßen waren schlecht gewesen, Löcher notdürftig mit Reisig und Knüppeln ausgebessert, und sie waren nur langsam und mühsam vorwärtsgekommen. Ständig war eine Achse gebrochen oder ein Wagen umgestürzt, und so hatten Leonardo und Christina ihren Weg zur Stadt irgendwann wieder zu Fuß fortgesetzt.

Gegen Mittag erreichten sie endlich die Stadtmauern von Köln. Am westlichen Stadttor, dem Ehrentor, begegneten sie einer gewaltigen Menschenmenge, größer als bei der heiligen Prozession der Heiligen Drei Könige.

Die Ursache für den Auflauf war ein von vier berittenen Henkersknechten bewachter und von zwei mageren Ochsen gezogener Armsünderkarren, der das gewaltige Tor durchquerte. Es war eines jener plumpen Gefährte, die ansonsten der Müllabfuhr dienten.

»Wahrscheinlich wollen sie zur Richtstätte zum Galgenberg. Sie liegt außerhalb der Stadtmauer, wo auch die Pestkranken und Ausgestoßenen leben.« Leonardo sah sich nach einem Weg fernab der Menschen um.

Christina hielt die Hand vor den Mund, um einen Schrei zu unterdrücken, als sie auf dem Wagen ein gefesseltes, schaukelndes Weib erkannte. Es war die Postmeisterin.

Erschauernd zog sie den Umhang um ihre Schultern, den Leonardo ihr gegen die Kälte gegeben hatte. Er hatte einen toten Landsknecht an der Straße der Kleider beraubt und sie mit Gottes Einverständnis gegen seine geistliche Kleidung getauscht. So konnte er nicht sogleich als Mönch erkannt werden, zumal der breite Landsknechthut das verräterische, kreisrund geschorene Haar vollends verbarg.

Die Menge umstand den Karren jetzt so dicht gedrängt, dass der Zug nur mühsam vorwärtskam. Die Henkersknechte versuchten, die Leute mit Peitschenhieben auseinanderzutreiben, dann setzte tosender Lärm ein, nur von den ernsten und düsteren Tönen der Armsünderglocke unterbrochen.

»Lass uns von hier verschwinden, bevor wir noch mitgerissen werden«, sagte Leonardo und wollte eine andere Richtung einschlagen.

Indessen blieb der Wagen auf ihrer Höhe stehen. Berittene Büttel drängten mit ihren Hellebarden den Pöbel zurück, um Verwandte und den Verteidiger der Angeklagten zu ihr zu lassen. Wut, Sprachlosigkeit und Angst machten sich auf Christinas Gesicht breit, denn in den offiziellen Begleitern des Wagens hatte sie die Kommissare zum Romschwinckel und Blankenberg erkannt.

»Diese Mörder! Ein unschuldiges Opfer reicht ihnen wohl nicht«, schimpfte Christina mit hochrotem Gesicht. »Sieh nur, Leonardo, sie wurde gefoltert. Ihre rechte Hand ist ganz blutverschmiert. Sie sieht aus, als sei sie stark geschwollen und entzündet.« Ihre eigenen kalten und schmerzenden Füße hatte sie längst vergessen.

Die Menge setzte sich wieder in Bewegung. Christina und Leonardo wurden mitgerissen, gequetscht, getreten und geschoben und rannten schließlich mit der Menge mit, rannten, als ginge es um ihr Leben.

Die Armsünderglocke läutete noch immer, als plötzlich die Menge verstummte. Sie hatten den Richtplatz erreicht. Der Scheiterhaufen war nahe dem dreischläfrigen Galgen in einer Bodensenke innerhalb eines riesigen Rondells aus Mauersteinen errichtet worden.

»Das Rondell ist für die ehrenhaften durch das Schwert. Die unehrenhaften Hinrichtungen werden am Galgen und auf dem Rad durchgeführt. In der Kuhle, die Kölner nennen sie die Kesselkuhle, werden die zum Feuertod Verurteilten verbrannt«, klärte sie Leonardo auf. »Es scheint, sie wollen die Postmeisterin als Hexe in Unehren verbrennen.«

Mit ihren Ellenbogen hatten sie sich etwas Luft verschafft und drängten nun mit der Menge zur Mauer des Richtplatzes. Dort hing der Pöbel bereits wie reife Trauben auf dem Mauerrondell und erschwerte ihnen die Sicht. Dennoch konnte Christina erkennen, dass die Postmeisterin beim Absteigen vom Wagen einen Arm um die Schultern des Scharfrichters und den anderen um die des Priesters gelegt hatte, die sie begleiteten. Ohne sich ihrer Beine bedienen zu können, wurde sie von den beiden Männern getragen. Ihr geschorener Kopf hing vornüber.

Christina seufzte. »Eigentlich ist sie selbst im Angesicht ihres Todes zu beneiden. Sie hat ihren Bruder. Wahrscheinlich ist er gerade jetzt ihr letzter und einziger Beistand, und seine Liebe gibt ihr die Kraft, reinen Herzens vor den Herrgott zu treten. Meine Mutter hatte niemanden im Angesicht des Todes, und die Äbtissin wird sicher auf die gleiche Weise einsam sterben.« Traurig versteckte sie sich hinter Leonardo, als sie Pater Vincentius Justiniani, den päpstlichen Inquisitor, erkannte. Sie hatte ihn bereits bei der Vernehmung im Kloster gesehen und fürchtete, von ihm entdeckt zu werden. Mit einer riesigen brennenden Kerze schritt er der Verurteilten voraus, sein Gesicht war ekstatisch verzerrt. Um seinen Hals trug er ein mächtiges goldenes Kruzifix, das ihm zuweilen zwischen die Beine geriet, sodass er stolperte. Fast hatte es den Anschein, als gebe er sich vor der Verurteilten einem grotesken, makabren Tanz hin.

Unter dem langen weißen Hemd der Postmeisterin lugte jetzt ein nackter Fuß hervor, der auf dem eisigen Steinboden stand. Zur Linken der Angeklagten hatte sich zum Romschwinckel gestellt, der mit näselnder Stimme das Urteil verlas. Leonardo hatte wieder seinen Arm um Christinas Schultern gelegt, während sie auf Zehenspitzen etwas vom Geschehen auf dem Richtplatz zu erhaschen suchte. Einmal schaute sie zu ihm auf. »Hast du gehört, was die Postmeisterin beim letzten Halt mit ihrem Verteidiger gesprochen hat?«, fragte sie. »Du warst sehr nah am Wagen. Hat sie ihm nicht auch einen Brief mitgegeben?«

»Stimmt«, antwortete Leonardo hinter vorgehaltener Hand. »Es schien, dass der Karren nur deshalb angehalten hat. Ich habe Gerüchte unter der Menge gehört, die Postmeisterin hätte den Brief mit der linken Hand geschrieben, weil ihre rechte wegen der Folter bereits gelähmt ist. In ihm soll sie ihre Unschuld beteuern und bezeugen, aber für die Schöffen ist doch gerade das Schreiben mit der linken Hand pures Teufelswerk, sodass sie das Urteil nicht revidieren werden. Der Postmeisterin wird viel Böses vorgeworfen. Missbrauch und Verunehrung des hochwürdigsten heiligen Altarsakramentes, fleischliche Vermischung mit dem leidigen Satan und Zauberei und Mord an Standespersonen und Kindern, so tratschen es die Leute. Und doch ist alles Lüge.«

»Warum nur kann ich dann kein Mitleid mit ihr empfinden?«, fragte Christina.

Leonardo schaute sie verständnislos an, kam aber nicht dazu zu antworten, da ein Aufschrei durch die Menge ging.

Rasende Wut hatte die Zuschauer ergriffen. »Wir wollen die Hexe brennen sehen!«, schrie der Pöbel. »Sie vorher zu erwürgen – was ist das für ein Tod! Pfui, Scharfrichter, geh nach Hause zu deinem Weib!«

Leonardo versuchte, Christina mit seinen Armen zu schützen und boxte sich mit ihr einen Weg durch die Menge. »Anscheinend haben sie sie gnädigerweise vor dem Brennen erwürgt. Das sieht das Volk nicht gern!«, schrie er und zerrte sie weiter, als sie stolperte und zu fallen drohte.

Schließlich gelangten sie zerschunden und getreten wieder auf die Straße. Ein paar Minuten hielt sich der ohrenbetäubende Tumult noch hinter ihnen, dann ebbte er langsam ab. Verschnaufend blieben sie stehen und sahen zurück, wo am Horizont eine riesige Flamme vom Scheiterhaufen aufloderte.

Der Gluthauch drang bis zu ihnen, und Christina murmelte: »Jetzt brennt sie doch noch, und auch ich bin am Ende.« Seit mehr als vierundzwanzig Stunden hatte sie nichts mehr gegessen. Ihr Blick war auf Leonardo gerichtet. »Wohin gehen wir?«, fragten ihre Augen, und Leonardo wusste zum ersten Mal, seit sie ihn kannte, keine Antwort. Mit hängenden Schultern stand er vor ihr.

»Die Stadt wird uns nicht willkommen heißen. Wir sind vogelfrei, Ausgestoßene und haben ohne den Bürgereid kaum eine Möglichkeit, eine Familie zu gründen. Selbst der Schutz der Kirche wird einem Abtrünnigen verwehrt«, sagte er, während er sich auf einem Stein ausruhte und seinen Blick über die gewaltige, acht Meilen lange Stadtmauer mit ihren dicken Toren und Türmen schweifen ließ. Nachdenklich blieb er an einer kleinen vorgelagerten Insel im Flussarm hängen, auf dem ein viereckiger Koloss, der Bayenturm, thronte.

»Sieh nur, was aus der einst blühenden Stadt geworden ist: eine düstere Festung, die keine Flüchtlinge mehr duldet, geschweige denn protestantisches oder sonst wie anderes Gedankengut. Als ob sie das bisschen Reichtum, das ihr geblieben ist, erbittert zu verteidigen sucht. Die Mauern sind Ausdruck von Angst und Rückzug.«

Es schmerzte Christina, Leonardo so niedergeschlagen zu erleben. Unschlüssig stand sie neben ihm und versuchte, durch wechselndes Treten auf der Stelle ihre eisigen Füße zu wärmen. Ihr war kalt, sie hatte Hunger und sehnte sich nach einem warmen Bett. Der grobe Umhang wärmte ihren Körper nur notdürftig, und auch das Zusammenziehen vor der Brust verhinderte nicht, dass der nun aufkommende Wind wie eisige Peitschenhiebe durch den Stoff fuhr.

Immer wieder musste sie an die prunkvolle Welt im Schloss Lechenich denken, die ihr vor Augen geführt hatte, dass es auch ein Paradies auf Erden gab. Sie sah sich in dem hellblauen Seidenkleid durch die Gänge schweben und hatte sogar vergessen, was zwei Männer ihr angetan hatten.

Vielleicht war es auch nur die Verzweiflung der jetzigen Situation, die ihr diesen teuflischen Wunschtraum von Prunk und Reichtum vorgaukelte. »Es gibt noch einen Weg, aber er führt zurück in meine Vergangenheit«, sagte sie trotzdem mit vor Kälte zitternden Lippen, »und du könntest mich auf diesem Weg begleiten. Aber er bedeutet Armut und Verzicht. Wir würden uns von unserer Hände Arbeit ernähren müssen, durch den Verkauf von Gemüse, Obst und Blumen meiner Mutter. Wir würden Kinder bekommen, und die wenigen Gulden, die wir auf dem Heumarkt dafür bekämen, würden nicht einmal ausreichen, um sie zu ernähren. Wahrscheinlich würde unsere Liebe darüber sterben, du würdest anfangen zu trinken und mich schlagen, wenn ich die vor Hunger schreienden Kinder nicht zur Ruhe brächte.«

»Aber bedenke, wie viel besser es gehen wird, wenn der Herr uns einmal zu sich ruft. Im Paradies werden wir Liebe, Reichtum und Geborgenheit im Überfluss haben«, antwortete er ihr, überrascht über ihre negative Denkweise. »Was bist du bloß für ein Weib? Woher hast du nur diese protestantisch ketzerische Gesinnung?«

Er zog sich die Jacke aus und legte sie ihr über die Schultern. Ihre blau gefrorenen Lippen dauerten ihn, und er wollte sie wärmen. Gleichzeitig presste er ihren Körper fest an den seinen und stellte sich, wie er es bei den Pferden auf der Koppel gesehen hatte, mit dem Rücken gegen den eisigen Wind.

»Ich bin keine Ketzerin, Leonardo, aber ich kann an keine der Religionen mehr glauben. Ich bete zu Gott, nicht zum Papst. Ich habe genug gesehen von dem grausamen Elend, das im Namen von Religionen geschieht. Seitdem ich den Reichtum bei Hofe erlebt habe, frage ich mich, warum ich auf Erden arm und verachtet weiterleben soll. Schließlich bin ich von hoher Geburt, da sollte mein Schicksal ein anderes sein.«

»Aber du weißt auch, dass du ein Bastard und jetzt auch noch die Tochter einer Hexe bist«, amüsierte sich Leonardo. »Wollen wir nicht lieber weitergehen und unser Glück in einem Hospital versuchen?«

»Du hast doch gesehen, was ein aufwendiges Kleid ausmachen kann«, schmollte sie. »Ich will den Domherrn zur Rede stellen, will wissen, ob er mein Vater ist oder nicht. Und ich will, dass meine Mutter rehabilitiert wird. Sollte er sie einmal geliebt haben, so wird er mir hoffentlich in diesem Anliegen beistehen.«

Mit der wahnsinnigen Idee hatte sie Leonardo endgültig sprachlos gemacht. Ärgerlich schob er sie jetzt von sich, schüttelte den Kopf und schimpfte: »Bist du jetzt völlig von Sinnen? Träumst wie ein unmündiges Kind. Genau das sind doch die Leute, die nach uns suchen werden. Und wenn sie uns erst gefunden haben – nun, daran möchte ich gar nicht erst denken. Willst du dich wirklich in die Höhle des Löwen begeben? Sieh dich doch nur an. Man würde dich nicht einmal bis zum Portal der Kathedrale vorlassen.«

Seine heftige Reaktion ließ sie noch mehr zittern, als sie es ohnehin schon tat. Er hatte sie beleidigt. »Wenn du mich liebst, warum stehst du dann nicht auf meiner Seite?«, fragte sie enttäuscht.

»Weil ich mich für deinen Schutz zuständig fühle, eben weil ich dich liebe. Wir werden jetzt zu deiner Ziehmutter gehen, bevor die Kommissare des Generalvikars uns noch in ihre Hände kriegen«, entschied er und zog Christina wieder in seine Arme, bereit, mit ihr bis ans Ende der Welt zu gehen.

Christina und Leonardo schritten durch das südliche Stadttor in die Stadt, in der es von geschäftigen Steinmetzen und Bauarbeitern nur so wimmelte, wo Lasttiere Steine vom Hafen zu den Baustellen schleppten, Zimmerleute Balken für Fachwerk und Gerüste schnitten, Schmiede Eisenwerkzeug hämmerten, wo Brot gebacken und Bier gebraut wurde und an ein ordentliches Ausschreiten nicht zu denken war, weil die engen Straßen voller Kot- und Misthaufen waren, Unrat einfach auf die Straße geworfen wurde, Schweine und Hühner ihnen über den Weg liefen und sie im Schlamm ausrutschten oder über die tiefen Löcher in den Straßen stolperten.

Zeitgleich hielt eine dunkle Karosse mit dem Siegel des Erzbischofs von Sankt Marien kommend vor einem Stadthaus.

Es war von nicht geringer Größe, und irgendwann in der Vergangenheit schien auch hier einmal der Reichtum geherrscht zu haben. Doch jetzt wies das Walmdach mehr Löcher als Ziegel auf, und der Wind verfing sich pfeifend im Gebälk. Das Holz der Staffelgiebel war verblasst und schimmelte, und die hohen Kreuzstockfenster hingen schief in ihren Angeln, während in den Fenstern über dem Erdgeschoss das farbige Glas fehlte, sodass die dunklen Löcher übergroßen Schießscharten ähnelten.

Es war Nacht geworden, kein Mond hing am dunklen Himmel. Eine Laterne beleuchtete mit gelblich fadem Licht das verblasste Schild der Gürtelmachergilde über dem Torbogen. Vagabunden und Langfinger, die sich jetzt noch hier herumtrieben, suchten eilig ihre Schlupfwinkel auf, und auch die anderen Gestalten der Nacht, die Bettler und Stelzfüße, flohen vor dem fürstlichen Gefährt um die Straßenecke. Es war keine rühmliche Gegend.

Als ein Lakai die rostige Klingel neben dem Tor betätigte, öffnete ihm ein altes Weib in einem Nachthemd aus grober Leinwand mit einer Kerze in der Hand. Beim Anblick der Kutsche zog es sich hastig wieder zurück, öffnete dann aber erneut, sich eines Besseren besinnend, und kam zögernd heraus.

»Seid Ihr Margarethe Plum?«, wurde die Frau gefragt.

Sie verbeugte sich bejahend und reichlich ungelenk, nachdem sie erkannt hatte, welch hoher Besuch vor ihrer Tür stand.

»Geht vor, wir werden Euch ins Haus folgen«, erklang es aus der Kutsche, und eine behandschuhte Hand winkte ihr.

Die Kutschentür öffnete sich, und eine Gestalt stieg in einem schwarzen Mantel mit einem großen, mit Brillanten besetzten Kruzifix vor der Brust aus. Sie winkte den Reitern hinter der Kutsche abzusitzen und folgte der Frau dann in Begleitung zweier Lakaien.

Ohne ihren Schritt zu verlangsamen, stiegen die Männer hinter dem Weib her die Stufen einer morschen Treppe zu einer Galerie hinauf und betraten im ersten Stockwerk durch einen Vorhang eine Stube, die spärlich von zwei Kerzen erhellt wurde. Eine Katze sprang aufkreischend vom Ofen.

Mit einem Blick erfasste der Schwarzgekleidete die Ärmlichkeit der Behausung, sah die vergilbte Tischdecke, die durchgesessene Polsterung der Stühle und die schäbigen und morschen Dielen. Er blieb im Raum stehen und kam sofort auf den Grund seines Besuches zu sprechen. »Ihr habt sicher davon gehört, dass Eure Tochter Christina im Kloster Santa Klara Aufnahme fand und nun von dort geflohen ist?«

Er ließ seine Worte einen Moment lang wirken und beobachtete die Reaktion der Frau. Doch Margarethe Plum war am Ende ihrer Kräfte. Sie hatte sich an den Tisch gesetzt und blickte ihn mit ausdruckslosen Augen an.

»Was schert es mich?« Sie zuckte mit den Schultern. »Wird es ihr unter den feinen Nonnen wohl nicht gefallen haben.«

»Es könnte sein, dass sie zu Euch zurückkehren wird. Wo ist Euer Ehemann?«, fragte er und sah sich suchend um.

»Totgesoffen hat er sich, nachdem der Reichtum ausblieb, den Ihr uns versprochen hattet. Wisst Ihr denn überhaupt, was es kostet, ein Kind großzuziehen, noch dazu ein fremdes?« Die Alte grinste und zeigte eine Reihe schwarzer Zahnstumpen. »Zum Dank dafür ist das Luder dann auch noch weggelaufen, er ist gestorben, und ich sitze nun hier allein mit der ganzen Arbeit.«

Der Mann drehte sich nach einem seiner Diener um und gab ihm ein Zeichen, woraufhin dieser einen prall gefüllten Beutel auf den Tisch stellte. »Wenn Eure Tochter Euch aufsucht, Alte, werdet Ihr mit diesem Geld ihr weiteres Leben bestreiten. Und dieses Mal bürgt Ihr mir mit Eurem Leben dafür, dass es ihr auch zukommt. Was auch immer sie vorhat, mit diesem Geld werdet Ihr alles begleichen und ihre Wünsche erfüllen. Neue Kleider, Schuhe und was sonst noch eine gutbürgerliche Frau braucht. Und wehe Euch, wenn Ihr das Geld in Branntwein umsetzt. Ich werde wiederkommen.«

»In Branntwein?« Das Weib kicherte. »Als ob ich saufen würde!« Gierig griff sie nach dem Beutel. »Aber was wird mit dem Geld, wenn sie nicht kommt? Und was wird dann aus mir?« Durch den Anblick des Beutels zu neuem Leben erweckt, witterte sie nun das Geschäft ihres Lebens und hoffte, noch mehr herausschlagen zu können.

Doch der Mann kannte sich mit menschlichen Abgründen aus. Er schwieg und machte Anstalten, die ärmliche Behausung wieder zu verlassen. In der Tür drehte er sich noch einmal um und bohrte seinen Blick in das ausgemergelte Gesicht des Weibes. Die flackernden, unruhigen Augen sagten ihm, dass es die Frau kaum erwarten konnte, über das Geld herzufallen. »Ich warne Euch!«, mahnte er sie. »Es ist das Geld Eurer Tochter. Ach ja, und in ihrer Gesellschaft befindet sich wahrscheinlich ein vom Glauben abtrünniger Priester, ein gesuchter Ketzer. Wenn Ihr mir, so schnell Euch Eure Füße noch tragen, sein Eintreffen mitteilt, so werde ich mich Euch erneut erkenntlich zeigen.«

Nur wenige Stunden zuvor war es im Reichsgrafenschloss derer zu Taxis zu einer seltsamen Unterredung gekommen. Der Saal im linken Flügel des Schlosses, in dem das Gespräch stattfand, wirkte trotz vergoldeter Kassettendecke, blumenverzierter Täfelung und der kostbaren Wandteppiche düster, da alle Kerzen dazu dienten, den Reichsgrafen in Szene zu setzen. Leonard von Taxis thronte mit unbeweglicher Miene auf einem täuschend echt nachgestalteten Pferd und schwitzte in seiner Ritterrüstung unter einem weißen Hermelin. Für das Porträt, das seine Gemahlin zum Hochzeitstag erhalten sollte, hatte er extra einen niederländischen Maler anreisen lassen, dem er nun vor einer riesigen Leinwand Modell stand.

Der blondbärtige, hochgewachsene Künstler kümmerte sich kaum darum, was um ihn herum vor sich ging. Er war vollends auf seine Arbeit konzentriert, während es sich die beiden Gäste des Reichsgrafen, Johann von Coesfeld und der Dechant von St. Severin, auf einer Ottomane bequem gemacht hatten, wo ihnen der Diener aus einer kleinen vergoldeten Karaffe einen aus Frankreich importierten Likör kredenzte.

Von einem übergroßen Gemälde über dem aufwendig verzierten Tisch, der im Stil des französischen Königs gehalten war, lächelte die Hausherrin herunter. Sie war in einem üppigen dunkelroten Samtstoff mit allerlei Perlen und Geschmeide dargestellt worden. Von Coesfeld betrachtete das Bildnis eingehend und stellte dann zu dem Maler gewandt fest: »Man sollte die Weiber stets mit entblößter Brust malen. Sie ist das Vollkommenste, was sie aufzuweisen haben.« Genießerisch fuhr er sich mit der Zunge über die Lippen.

»Solch verführerische Fülle würde den Wert einiger Gemälde bestimmt enorm steigern«, konnte sich der Reichsgraf einer Bemerkung nicht enthalten und musste sich daraufhin eine Ermahnung des Niederländers gefallen lassen. »Unterbrechen wir für heute die Sitzung, Meister«, beschloss der Graf und kletterte keuchend vom Pferd. »Ich habe mit den Herren noch Wichtiges zu besprechen.«

Unterwürfig packte der Maler seine Farben zusammen und entfernte sich mit einer tiefen Verbeugung.

Leonard von Taxis wartete, bis die Tür sich hinter ihm geschlossen hatte, und ließ sich dann ebenfalls einen Likör reichen. »Wir haben ein Problem, lieber Schwager. Unser Hauptfeind Jacob Voss arbeitet noch immer gegen uns. Nachdem wir erfolgreich seine Schwester, die Postmeisterin, ausgeschaltet haben, sogar noch engagierter als zuvor.«

»Ja, er ist eine wahre Plage«, antwortete von Coesfeld, der erst kürzlich in die Familie von Taxis eingeheiratet hatte. »Mir ist zu Ohren gekommen, dass er auch jetzt noch nicht geneigt ist, von seiner Forderung über sechsunddreißigtausend Gulden und zwanzigtausend Reichstaler für die entgangenen Einkünfte während des zwanzigjährigen Lizenzverlustes der Postmeisterstelle abzulassen. Er ist ein guter Advokat und wird weiterhin am Wiener Hofgericht gegen uns klagen, zumal er nun wie ein Wolf um die Rehabilitierung seiner Schwester kämpft.«

»Er ist ein starker und einflussreicher Mann«, stöhnte Leonard. »Aber genau das müssen wir ändern. Ich habe es geschafft, den kaiserlichen Postmeister Johann von den Birghden aus seinem Amt zu entfernen, was mir besonders leichtgefallen ist, da der Frankfurter Protestant war. Auch bei dem alten Generalpostmeister von Köln, von dem uns bekannt geworden war, dass er sich jeder Mittel bediente, um seine eigenen Geschäfte zu erweitern, war es ein Kinderspiel, also werden wir auch seinen Sohn zu Fall bringen. Wir haben ja mittlerweile Erfahrung in diesen Dingen«, grinste er von Coesfeld an. »Auf keinen Fall darf er die Lizenz wiedererlangen, was ich allerdings für unwahrscheinlich halte. Nicht umsonst wurde uns von Gottes Gnaden und dem Kaiser das Reichspostlehen übertragen, damit wieder Zucht und Ordnung in den städtischen Botenanstalten einzieht. Wir können es nicht dulden, dass die städtische Reichspost ihre Vernetzung auf jede deutsche Stadt ausweitet. Sie betreibt ihr Monopol mittlerweile schon in Köln, Frankfurt, Hamburg, Leipzig und Nürnberg.«

»So ist es«, pflichtete ihm von Coesfeld bei. »Ich kann mich noch gut an die Einrichtung des Postkurses von Köln nach Prag erinnern. Der Nürnberger Stadtrat und die örtliche Botenanstalt begehrten mit Gewalt gegenüber dem von mir eingesetzten Postmeister Georg Haid auf und bereiteten der kaiserlichen Reichspost große Schwierigkeiten.«

»Und um so etwas zu verhindern, ist es unsere Pflicht, den Bruder der Postmeisterin auszuschalten. Nicht auszudenken, was geschieht, wenn der Domherr die Lizenz des Generalpostamtes vom Kaiser wiedererlangt. Außerdem müssen sämtliche Einnahmen der kaiserlichen Reichspost in voller Höhe an unsere Familie in Brüssel gehen. Nur damit und mit den spanischen Zuschüssen können wir den reibungslosen Ablauf des Postverkehrs sicherstellen. Immerhin habe ich noch mit den Verlusten durch meinen Vater Lamorel zu kämpfen, der mit dem Verkauf einiger Postämter in Augsburg und Venedig mein Lehnsvermögen erheblich geschmälert hat. Und das alles nur wegen eines liederlichen Frauenzimmers«, sagte Leonard und ließ sich erneut Likör nachschenken. »Was ist mit Euch, mein Freund?«, richtete er sich an den Dechanten. »Ihr seid heute überraschend schweigsam, dabei bin ich in dieser Angelegenheit gerade auf Eure Hilfe angewiesen.«

»Aber wie kann ich Euch helfen, Graf? Jacob Voss ist nicht nur ein würdiger Beamter des Erzbischofs, er ist zugleich auch sein Großsiegelbewahrer, Geheimrat, kaiserlicher Hofrat und Auditor in Rom.« Der Dechant sah den Reichsgrafen zweifelnd an und schielte dabei wie so oft etwas neidvoll auf dessen Haarfülle. Er ist von Gott mit reichlich Haarpracht gesegnet worden, was für ein Glück für den Mann, dachte er, wurde aber von demselben sogleich wieder aus den Gedanken gerissen.

»Ich habe lange über die Angelegenheit nachgedacht, meine Herren, und bin zu einem Schluss gekommen: Wir haben die Postmeisterin in den Verruf gebracht, eine Hexe zu sein, warum sollte uns das nicht auch mit ihrem Bruder gelingen?« Der Reichsgraf rieb sich die Hände und wartete mit gespannter Miene auf die Reaktion seiner Gäste.

»Ihn der Hexerei bezichtigen?«, entfuhr es den beiden Männern fast gleichzeitig.

Der Dechant bekreuzigte sich hastig und schickte einen beschwörenden Blick zur Decke. »Wie wollt Ihr das anstellen, das ist so gut wie unmöglich.«

»Und was wollt Ihr ihm vorwerfen?«, fragte von Coesfeld, nachdem sich die erste Verblüffung gelegt hatte, und überdachte den Vorschlag nüchterner als sein geistlicher Freund.

»Nicht wir werden ihn der Hexerei bezichtigen. Jemand anderes wird das für uns erledigen – wie schon bei seiner Schwester. Wir halten uns im Hintergrund, drehen dafür aber ein kleines bisschen am Rad.«

»Und wen habt Ihr für diese Aufgabe ausgesucht?«, fragte der Dechant. »Bedenkt, Graf, es wird sich schwierig gestalten. Diesmal handelt es sich bei dem Beschuldigten um einen Geistlichen, somit liegt die Zuständigkeit beim päpstlichen Inquisitor, nicht bei der Stadt oder beim Hohen Weltlichen Gericht.«

»Erinnert Ihr Euch an die junge Frau, Schwager, von der Ihr mir unlängst berichtet und über die Ihr Euch so köstlich amüsiert habt?«

»Die Kleine von Schloss Lechenich?« Bei dem Gedanken an das amouröse Abenteuer schnalzte von Coesfeld laut mit der Zunge und grinste. »Sie war aber auch ein Leckerbissen, nicht wahr?«, wandte er sich augenzwinkernd an den Dechanten.

»Ihr auch? Hochwürden!«, entrüstete sich der Reichsgraf mit gespielter Empörung.

»Wo glaubt Ihr hin, Reichsgraf«, verteidigte sich der Priester mit Unschuldsmiene. »Ich bin ein getreuer Anhänger des Zölibats, bei Gott, unserem Herrn.« Er seufzte und bekreuzigte sich erneut, bevor er sich an von Coesfeld wandte. »Ich habe nur zugesehen, mein Freund, und Euch rechten Gewissens von Eurem Vorhaben abzubringen versucht, oder seid Ihr etwa anderer Meinung?«

Über so viel falsche Heiligkeit geriet der Reichsgraf ins Schmunzeln, kam aber schnell zum eigentlichen Problem zurück und bemerkte mit ernster Miene: »Ebendieses Mädchen werden wir aufspüren. Ich habe in Erfahrung bringen können, dass sie vorgeblich als Magd der zu Tode gekommenen Langenbergerin diente. Was in ihrer Sache im Kloster und im Schloss wirklich vorgefallen ist, muss uns im Detail nicht interessieren. Allerdings soll die Pützkammer nach der Flucht des Mädchens vom Schloss völlig ausgebrannt sein. Der Schaden wie die gesamte Verpflegung der Nonne und ihrer Magd wurden dem Kloster Santa Klara in Rechnung gestellt, aber für uns ist nur wichtig, wohin sie geflohen ist. In ihrer Begleitung soll sich auch ein junger Priester befinden.«

»Wollt Ihr damit sagen, ich habe eine Magd gef…?« Von Coesfeld machte ein Gesicht, als hätte man ihm eine Ratte serviert. »Oh, große Peinlichkeit. Sie war so wunderschön, ich war in der Annahme, eine Hofdame – Ach natürlich! Jetzt erinnere ich mich, ich bin ihr ja beim Erzbischof begeg –«

Der Reichsgraf unterbrach ihn. »Ich kann Euch beruhigen. . Bei dieser Blume, die Ihr auf den Gängen des Generalvikars gepflückt habt, handelt es sich nach meinen Ermittlungen, jetzt haltet Euch fest, um eine in Sünde gezeugte Tochter des Domherrn.«

»Nein!« Von Coesfeld war überrascht aufgesprungen und hatte dabei fast die Likörkaraffe vom Tisch gestoßen.

Leonard von Taxis beruhigte ihn, indem er ihn sanft auf den Stuhl zurückdrückte. Dann durchmaß er den Salon mit raschen kurzen Schritten, steckte sich etwas Zuckergebäck aus einer Schale auf vier geschwungenen Goldfüßchen in den Mund und kehrte wieder zurück.

Der Dechant sah ihm mit gefalteten Händen ruhig entgegen. Die Neuigkeit schien ihn nicht zu überraschen. »Ich habe auch gehört, dass der Generalvikar ein ungewöhnlich auffälliges Interesse an der Jungfer entwickelt hat.«

»Vielleicht ist sie seine Geliebte?«, unterbrach ihn von Coesfeld. »Bei den Rundungen würde selbst der Papst schwach werden.«

»Es sind nicht ihre Rundungen, mein Freund, die sein Interesse ausgelöst haben, sondern ihre Geburt und das Tagebuch ihrer Mutter, das sich jetzt im Besitz der Jungfer befinden soll.« Der Dechant stockte und sah den Reichsgrafen an, der ihm grinsend zugehört hatte. »Ihr wisst von dem Tagebuch? Ich hoffe doch, es enthält keine Namen? Könnte es uns gefährlich werden?«

Der Reichsgraf nahm seinen Gang durch das Zimmer wieder auf. »Keine Angst, Hochwürden, wenn Euer Gewissen rein ist, so sind die Aufzeichnungen der Nonne für uns das kleinste Problem. Aber für bestimmte Personen wie eben diesen Jacob Voss könnte das Schriftstück durchaus zur Katastrophe werden. Und genau deshalb müssen wir schnellstens diese Frau finden, bevor es der Generalvikar tut. Sie weiß sehr viel. Wenn uns das Glück gewogen ist, hält sie den Schlüssel zum Sturz von Jacob Voss in der Hand.«

»Und Ihr seid gewiss, dass sie noch am Leben ist, Schwager?«, fragte von Coesfeld, dem es nicht recht gefallen wollte, einem Phantom nachzuspüren.

Leonard nickte. »Ich denke schon. Sicher wird sie alles daransetzen, ihren wahren Vater kennenzulernen.«

Der Priester stimmte ihm mit einer vagen Geste zu. »Unsere Aufgabe dabei wird es auch sein, den abtrünnigen Mönch aufzuspüren und ihn wegen Missachtung des Zölibats und Verleugnung seiner Priesterwürde den Kommissaren des Hofgerichtes zu übergeben. Ich vermute, dass er der Geliebte des Mädchens ist. Haben wir ihn, so wird uns das unser Unterfangen ungemein erleichtern.«

»Eure Recherche ist wirklich exzellent, Graf«, bemerkte der Geistliche. »Eine dumme junge Frau, eigentlich ein Nichts, klammert sich an das Einzige, was ihr geblieben ist – an jenen jungen Priester, der aus Liebe zu ihr seine Liebe zu Gott aufs Spiel gesetzt hat. Das ist Stoff für ein Theaterstück!«

»Und eben deshalb wird sie sogar ihr Leben für seine Begnadigung geben beziehungsweise ihren Erzeuger, den Domherrn, der

Hexerei bezichtigen. Wir müssen sie nur noch zum Rat schicken, als Zeugin eines Hexensabbats, auf dem sie Jacob Voss, dem Oberteufel, begegnet ist. Ihre Fallsüchtigkeit, von der allgemein gemunkelt wird, wird die Hexenlüge zusätzlich stützen. Sie ist ein wahrer Glücksfall für uns. Mit ihrer Hilfe werden uns noch einige der Stadtväter aus der Hand fressen.« Der Reichsgraf grinste. »Also, meine Herren, was haltet Ihr davon?«

»Und der Generalvikar?«, fragte von Coesfeld mit zweifelnder Miene. »Was, wenn er hinter unseren Plan kommt oder sich auf die Seite des Domherrn gegen uns schlägt?«

»Keine Sorge. Niemand wird je erfahren, dass wir hinter dem Komplott stecken, Schwager. Wir müssen es nur geschickt genug anstellen.«

XVI.

Als Christina in vollständiger Dunkelheit erwachte, brauchte sie mehrere Sekunden, um sich zu orientieren. Vorsichtig wollte sie sich bewegen, aber ihre Glieder gehorchten ihr nicht. Sie tastete mit den Händen den Boden ab, spürte weiche Fasern. Ein Teppich?, schoss es ihr durch den Kopf, der nun furchtbar zu schmerzen begann. Im Verlies gibt es keinen Teppich.

Sie versuchte erneut, sich aufzurichten. Es schien, als wenn jede Faser ihres Körpers schmerzte. Dann gab sie sich einen Ruck, mobilisierte all ihre Kraft und stützte sich auf die Ellenbogen, während sie die Füße auf den Boden stemmte und den Oberkörper an einer Wand hinaufschob, die ebenfalls weich gepolstert zu sein schien.

Allmählich lichtete sich das Dunkel vor ihren Augen, und sie hielt schwer atmend inne. Vor ihr hüpften kleine rote Punkte auf und nieder. Sie fixierte sie, bis sie schärfer wurden. Ein Bediensteter schürte Feuer in einem Kamin. Leises Prasseln war zu vernehmen. Das Feuer flackerte, wurde größer und tauchte den Saal abwechselnd in gedämpftes Gelb und dunkles Rot. Schwere rote Samtvorhänge waren vor den hohen Fenstern zugezogen worden, und jemand war dabei, Kerzen anzuzünden, unzählige Kerzen.

Beruhigt darüber, dass sie sich nicht in einem kalten Gefängnisverlies befand, schloss sie rasch wieder die Augen. Wo war sie? Sosehr sie sich auch bemühte, ihre Erinnerung wollte ihr keinen Aufschluss darüber geben. Sie hatte das Gefühl, ein wüstes Drama hinter sich gelassen zu haben, das sich aus einer schwarzen Flüssigkeit, blitzenden Säbeln, Angst und klebrigem Schmutz zusammengesetzt hatte. Das Letzte, an das sie sich vage erinnern konnte, waren die Worte eines Jesuitenpaters mit asketischem Gesicht und brennend klugen Augen. Sie hatten sich tief in ihr Gedächtnis eingegraben: *»Und nun an Euch, Ihr Richter: Warum habt Ihr Euch umgesehen und habt gesucht nach Hexen und Zauberern? Ich will Euch zeigen, wo sie sind. Nehmt den ersten besten Kapuziner, den ersten besten Jesuiten, den ersten besten Priester, schlagt ihn an die Folter, und er wird bekennen! Ist er noch halsstarrig, schützt er sich durch Zaubermittel, so fahrt fort, ihr werdet ihn brechen! Wenn Ihr noch mehr wollt, so nehmt die*

Prälaten, die Domherren, die Doktoren der Kirche. Ich versichere Euch, sie werden schon bekennen!«

Der seltsame Priester hatte nicht im Kirchenraum gepredigt, sondern seine Botschaft für Protestanten und Katholiken wie ein Messias von einem Eselgespann vor dem Petersportal verkündet. Hinter ihm hatte sich düster das Gewölbe der mächtigen Kathedrale Kölns erhoben, umspannt von einem filigranen Wald von Strebpfeilern und -bögen. Seit Jahren schon stützten sie die gewaltigen Mauern, seit die Bauarbeiten am Dom wegen der Reformation, des nachlassenden Ablasshandels und der immer geringer werdenden Pilgerzahlen eingestellt worden waren. Auf dem Platz zu seinen Füßen, wo sich einst die ersten Christen versammelt hatten, drängten sich jetzt bis in den letzten Winkel Schaulustige.

Der Priester mit den glutvollen Augen hätte den Ort nicht besser wählen können. Die Müllmänner stellten die vor Schmutz starrenden Säcke ab und ließen sich darauf nieder, die Nonnen, die vor der Kathedrale Suppe an die Armen verteilt hatten, hielten ihre Schöpfkellen still, Reiter stiegen von ihren Pferden, die Komödianten, die am Abend vor dem Kurfürsten tanzen sollten und eben noch in ihren bunten Harlekinkostümen mit seltenen Kunststückchen und fremdländischen Gesängen das Volk belustigt hatten, horchten auf, und selbst die Luft, die Christina auf den Straßen von Köln bisher als so übel riechend empfunden hatte, kam ihr hier plötzlich köstlich und rein vor.

Immer mehr Verfolgte, Ratsuchende, Studenten, junge Mädchen und Edelleute umlagerten nun den Eselkarren und lauschten den Worten des Mönches. Die Hexenrichter und Bürger in den Fenstern krümmten sich bei jedem seiner Worte wie unter Peitschenhieben, während der Gongschlag der Blutglocke in ihrem hölzernen Glockenstuhl im Hochgericht gegenüber durch die Luft hallte.

Für Christina war die Predigt des Jesuitenpaters ein Labsal für die erlittenen Schmerzen, zudem hatte sie in ihm den Mann wiedererkannt, der die Postmeisterin auf ihrem letzten Gang begleitet hatte. Seine Sprüche vor dem Dom klangen ihr noch deutlich in den Ohren: Die Postmeisterin sei das erste Justizopfer einer grausamem Hinrichtungswelle, die nun ihren unheilvollen Lauf in einer Stadt nehmen würde, die unter einer strengen Konzessionierung ächzte, von niederländischen und spanischen Truppen drangsaliert wurde, durch schlechte Ernten Hunger sowie unter einem Steuersystem litt, das Spekulanten freies Spiel ließ.

Eigentlich hatte Christina vorgehabt, heute den Domherrn aufzusuchen. Zuvor hatten Leonardo und sie auf dem nicht unweit gelegenen Heumarkt im Schutze der zahlreichen engen Gassen Winteräpfel und Frühlingsblumen verkauft. Schon seit längerer Zeit hatten sie bei Christinas Ziehmutter Margarethe Plum Unterschlupf gefunden.

Christina erinnerte sich noch an die vielen bunten Stände und Buden der Hut- und Seidenmacher, den tiefblauen Himmel, den frischen Duft von Heu mit dem Aroma von tausend getrockneten Blüten, der ihnen einen schönen Frühlingstag verheißen hatte. Sie war so voller Hoffnung gewesen.

Im Haus ihrer Ziehmutter hatte es täglich Streit gegeben. In der Zeit von Christinas Abwesenheit war sie alt und verbittert geworden. Ihr ständiger Hass galt aber nicht nur der eigenen Tochter, sondern auch Leonardo. Da sie immer streng religiös gewesen war, verzieh ihr Christina zuerst, dass sie nicht mit einem abtrünnigen Mönch unter einem Dach leben wollte, ohne zu ahnen, was Margarethe Plum im Schilde führte.

Als der erste Beutel des Geldes aufgebraucht war, hatte diese die Ankunft des Priesters nicht dem Generalvikar hinterbracht, sondern Leonardos und Christinas Aufenthalt für einen weitaus größeren Beutel zwei fremden Edelmännern verraten. Als Christina durch Zufall den zweiten Geldbeutel unter ihrem Bett entdeckte, versuchte sie, den Hass der Ziehmutter zu verstehen. Sie nahm an, dass er einem jahrelangen Martyrium und auch der Angst, im Alter unversorgt zu sein, entsprang und sich nun in dem Geiz äußerte, nichts mehr teilen zu wollen. Zunächst hielt sie diese Schlussfolgerung davon ab, nach der Quelle des Geldes zu fragen. Zumal sie aus Kindertagen wusste, dass die Mutter stets heimlich ein paar Gulden zur Seite gelegt hatte. Geld, das nicht durch die Kehle des Vaters rinnen sollte und für die allergrößte Not vorgesehen war. Aber wie sollte Christina auch ahnen, dass der schnöde Mammon selbst einen vertrauten Menschen wie ihre Ziehmutter zum Verräter machen konnte?

Dennoch hatten sie mit der Einwilligung der Mutter von dem

Geld einen Karren, einen Esel und ein Pferd gekauft und sich in aller Frühe in Bauernkleidung unter fremden Namen zum Markt aufgemacht, um die ersten in Töpfen gezogenen Blumen und die im Keller überwinterten Äpfel den fremden Kaufleuten, Bürgern und Edelleuten feilzubieten. Christina war auf die absurde Vorstellung verfallen, die Gulden stammten vom Domherrn, ihrem Vater. Und obwohl Leonardo alles darangesetzt hatte, ihr die Idee auszureden, ließ Christina ihn an diesem Morgen in einer Schenke mit der Ausrede zurück, das Darlehen ihres verstorbenen Ziehvaters bezahlen zu müssen, das ihm die Zunft der Gürtelmacher vor langer Zeit gewährt hatte. Stattdessen war sie die wenigen Schritte zum Domplatz in der Hoffnung gelaufen, hier endlich ihrem Vater zu begegnen.

Christinas Herz pochte, Schweiß rann ihr über die Schläfen, und ihre Beine zitterten. Hatte sie nicht soeben eine Stimme vernommen? Eine Stimme, die ihren Körper wie ein Dolchstoß durchfuhr? Ihr Mund war trocken. Sie hörte das Wasser eines Brunnens murmeln. Hatte man ihr vielleicht Gift verabreicht? Sie war von der Rede des Priesters so gefangen genommen gewesen, dass sie, jede Vorsicht vergessend, viel zu lange unter den Menschen auf dem Platz ausgeharrt hatte. Ein Fehler. So war ihr die prunkvolle Kutsche vor dem Gerichtsgebäude entgangen, von der aus ein Mann schon seit Stunden mit einem Fernrohr den Platz beobachtete. Viel zu sorglos war sie gewesen, beschwingt von der Frühlingssonne und den Worten des Jesuitenpaters. Hätte sie sich nur ein Mal umgedreht, so hätte sie wenigstens die beiden Lakaien mit dem dunkel gekleideten Edelmann in ihrem Rücken bemerkt. So aber war sie in ihre Falle gegangen und hätte sich zu diesem Zeitpunkt auch nicht mehr von der Stelle zu rühren vermocht, ohne vom Degen des Reichsgrafen von Taxis oder von Johann von Coesfelds Pistolen aufgehalten zu werden.

Irgendwann hatte eine weibliche Stimme einen langen gellenden Schrei ausgestoßen. Voller Verwunderung realisierte Christina, dass sie es gewesen war, dann spürte sie auch schon einen Handschuh auf ihrem Mund, und die Sonne über ihr schien sich zu verdunkeln.

Sie konnte sich noch an die starken Arme erinnern, an Finger wie Eisenklammern. Dann diese Stimme, die sie zuweilen noch bis in ihre schlimmsten Alpträume verfolgte: »Still! Wehrt Euch nicht! Wir befinden uns auf der Jagd. Wir sind die Jäger. Also seid vernünftig.«

Erschrockene und neugierige Gesichter hatten sich nach ihr umgedreht, aber niemand hatte geholfen. Vorfälle wie diese auf dem Domplatz waren keine Seltenheit, und wer griff schon gern in die Händel der hohen Herren ein, wenn er damit sein eigenes Leben riskierte? Auch der zweite Mann im schwarzen Rock hatte seine Maske nicht abnehmen müssen, dass sie ihn erkannte. Bilder einer Kutsche und einer Schenke stiegen in ihrer Erinnerung auf. Eiserne Fäuste hatten ihre Handgelenke festgehalten, glucksendes Gelächter erklang, dann spürte sie ein Glas an ihren Lippen. Sie wehrte sich nicht und trank. Mit der Flüssigkeit flutete eine wohlige Wärme durch ihren vor Schreck erstarrten Körper. Ein zweites Glas wurde ihr eingeflößt – wo war nur Leonardo? Dann war ihr speiübel geworden, und eine tiefe Stille hatte sich über sie gesenkt.

Christina wandte den schmerzenden Kopf und erblickte einen Mann, der an einem Tisch saß und etwas niederschrieb. Er war barhäuptig, trug kurzes braunes Haar über einem weißen gestärkten Kragen und schien in seine Arbeit vertieft zu sein. Sie betrachtete ihn, ohne zu begreifen. Ihr Erinnerungsvermögen war noch immer lückenhaft.

In diesem Augenblick hob der Mann den Kopf. Als er bemerkte, dass sie erwacht war, legte er die Feder nieder und kam auf sie zu. Das Geräusch seiner Absätze schmerzte mit jedem Schritt, den er näher trat, in ihren Ohren. Er beugte sich zu ihr und sah ihr lange ins Gesicht. »Na, meine Schöne, so schnell sieht man sich wieder«, sagte er, als er sie eingehend betrachtet hatte. Mit einem Finger begann er die Knöpfe über ihrer Brust nachzuzeichnen, ergriff dann ihre Hände und löste die Seile, die sie gebunden hatten, bevor er das Gleiche mit den Schnüren an ihren Füßen tat.

»Was wollt Ihr von mir?«, fragte Christina und rieb sich die schmerzenden Handgelenke. »Ihr habt doch schon längst bekommen, was Ihr wolltet, Johann von Coesfeld.«

»Das stimmt«, grinste er. »Ich habe mich mit dir köstlich amüsiert. Aber du musst wissen, schöne Magd, dass ich meine Kleider niemals zweimal trage, und so halte ich es auch mit meinen amourösen Abenteuern. Hab also keine Angst, ich werde dich nicht erneut nehmen.«

»Aber was wollt Ihr dann? Und was habt Ihr mir für ein Gift verabreicht?« Erneut griff sie sich an den schmerzenden Kopf.

»Oh, nur ein klein wenig Stechapfel, der in Wein aufgelöst war. Es wird dir bald wieder besser gehen. Und weshalb du hier bist, nun: Ich brauche deine Hilfe. Du sollst etwas für mich erledigen, mein Kind. Es hängt hiermit zusammen.« Er zog einen klein gefalteten Zettel aus seinem Rockaufschlag.

Beim Anblick des Schriftstücks in seinen Händen stieß Christina einen leisen Aufschrei aus. Sie stürzte sich auf ihn und versuchte, ihm das Papier zu entreißen. Doch er war größer und kräftiger als sie und schwenkte es hoch über seinem Kopf, wobei er sich köstlich über ihre vergeblichen Bemühungen amüsierte.

»Du hättest es wirklich besser verstecken sollen«, lachte er, setzte aber sogleich eine ernste Miene auf und stieß sie mit der freien Hand hart vor die Brust, sodass sie gegen die Wand prallte und in sich zusammensank.

Einen Moment lang sah von Coesfeld gleichgültig auf sie hinab, ging dann zur Tür und öffnete sie. Reichsgraf Leonard von Taxis trat in glänzenden Kniehosen, einem langen dunklen Rock aus gold- und silberdurchwirktem Brokat mit einem seidigen, über die Schultern reichenden Spitzenkragen sowie einem an einem breiten Bandelier getragenen Degen ein. Sein Gesicht mit dem langen Haar war unter einem mit Federn geschmückten breitkrempigen Hut verdeckt.

»Endlich! Wo wart Ihr nur, Schwager?«, empfing ihn von Coesfeld mit ausgebreiteten Armen. »Die Kleine ist schon längst zu sich gekommen.«

»Es war nicht einfach mit ihm. Er hat sich ganz schön gewehrt. So viel Mut und Beharrlichkeit hätte ich einem Pfaffen gar nicht zugetraut«, stellte der Reichsgraf fest, der jetzt seinen Dienern hinter sich ein Zeichen gab. Die beiden kräftigen Männer, gekleidet in den Farben ihres Herrn, stießen einen an Armen und Beinen gefesselten Mann in den Salon und zwangen ihn, sich vor von Coesfeld niederzuknien.

»Leonardo!« Christina entfuhr abermals ein leiser Schrei. Sie wollte auf ihn zustürzen, wurde aber von von Coesfeld zurückgehalten.

»Nicht so hastig, meine Schöne.«

Das war zu viel für Christinas Nervenkostüm, und sie gebärdete sich wie eine Wildkatze. Es war ihr egal, wie sie auf die Männer wirkte. Unter einem Schwall übelster Beschimpfungen bespuckte sie von Coesfeld, biss ihm in die Schulter und trat gegen sein Schienbein. Als sie ihm auch noch mit ihren scharfen Nägeln das blasierte Gesicht zerkratzen wollte, verbog er schmerzhaft ihre Arme und presste sie hart gegen seine Brust, sodass sie sein Herz schlagen spürte.

Er war ein kräftiger Mann. Schon im Schloss war es ihr nicht gelungen, sich seiner zu erwehren, und auch jetzt hielten seine Hände sie wie in einem Schraubstock gefangen. Zynisch lächelnd sah er auf sie hinab und zischte ihr heftig atmend ins Ohr: »Oh, wie ich wilde Weiber liebe. Wehre dich weiter, so reizt du mich nur noch mehr, und ich überlege es mir vielleicht doch noch anders und werde dich noch einmal bespringen.«

Er befreite eine Hand, presste Christina mit der anderen noch fester an sich und fuhr ihr mit einem wollüstigen Blick und genüsslich schmatzend unter den Rock, während sie geschlagen wimmerte: »Warum nur? Was hat Leonardo Euch getan?«

»Keine Sorge, wir wollen nur dich, mein Kind«, sagte jetzt mit weicher Stimme der Reichsgraf, der ihren Auftritt gelangweilt von einem Sessel aus verfolgt hatte.

»Wirst du dich jetzt also still gebärden, damit wir endlich zur Sache kommen können?«, fragte von Coesfeld, und als sie nickte, ließ er sie los.

Sie taumelte und zog sich verschämt den Rock über die bloßen Beine, der ihr bis zu ihrem Gürtel hochgeschoben worden war. Ihre Augen suchten nach denen Leonardos. Der junge Priester hatte die Szene zähneknirschend beobachtet und wand sich nun in seinen Fesseln auf dem Boden.

»Dass er mir ja nicht den Teppich beschmutzt«, bemerkte von Taxis im Sessel und wies den Diener an, den Mann auf den Rücken zu rollen. Seine Besorgnis war begründet, denn über die Stirn des Franziskaners lief ein dunkelrotes Blutrinnsal. Seine Nase war gebrochen und seine Lippe aufgeplatzt.

Bei seinem Anblick verspürte Christina den Drang, in Tränen auszubrechen.

Mit einem Mal war ihr, als braue sich ein Gewitterhimmel mit bedrohlichen Wolkengebilden über ihr zusammen. Vergebens rief ihr beklommenes Herz nach einer mitfühlenden Seele, aber die Männer, denen sie in dem prunkvollen Salon gegenüberstand, waren taub und blind für ihre Bitte. Gefährliche Marionetten aus einer anderen Welt, doch äußerlich hübsch in Samt und Seide verpackt.

»Habt Erbarmen mit ihm«, waren die einzigen Worte, die über ihre zitternden Lippen kamen. »Könnt Ihr Herren ihn nicht wenigstens losbinden?« Sie mochte nicht mehr mitansehen, wie ihm die Stricke in das Fleisch schnitten, und drehte sich weg. Zu gut konnte sie sich vorstellen, was für eine Demütigung es für ihn sein musste, verschnürt wie ein Paket vor ihr auf dem Boden zu liegen, und litt mit ihm. Doch von Coesfeld griff ihr unter das Kinn und drehte ihr Gesicht so, dass sie Leonardo in die Augen sehen musste, in denen ein Schuldeingeständnis, sie in Gefahr gebracht zu haben, weil er auf dem Domplatz nicht bei ihr gewesen war, zu lesen war, aber auch tiefe Liebe und Angst um sie.

»Wir binden ihn los, wenn du das tust, was wir von dir verlangen«, sagte jetzt der Reichsgraf und erhob sich. Er hielt einen Teller mit Erdbeeren in der Hand und steckte sich eine der prallen roten Früchte in den Mund. Vor ihr blieb er stehen, umrundete sie einmal und musterte sie kopfschüttelnd.

»Was für ein Graus, dass so ein schönes Weib nicht auf der Sonnenseite des Lebens geboren wurde. Aber Gottes Wege sind manchmal undurchschaubar. Du bist wirklich eine Schönheit«, bemerkte er anerkennend. »Vielleicht stimmt es ja tatsächlich, dass du ein Bastard des Domherrn bist, denn Adel erwirbt man nicht, er wird einem angeboren. Und wie verhält es sich mit dieser Krankheit – wie heißt sie doch gleich?«

»Fallsucht«, half ihm Johann von Coesfeld aus.

»Danke, Schwager.« Der Reichsgraf zwinkerte von Coesfeld verschwörerisch zu, bevor er sich wieder Christina zuwandte. »Also, wie ist das mit diesen Anfällen? Kannst du uns einen davon vorführen?«

Christina konnte sich kaum zurückhalten, ihm für diese Schmähung die Augen auszukratzen. Sie biss die Zähne zusammen, als er wie bei einer Puppe ihre Hände hob, sie mit den Innenflächen nach außen bog, sie fallen ließ und das Gleiche wiederholte.

»Wie sieht es aus, wenn sie verkrampfen, etwa so?«

Wer mochte dieser impertinente Mann wohl sein, der sich über ihre Krankheit lustig machte? Sie erhielt die Antwort auf ihre Frage schneller als erwartet.

»Ach ja, ich hätte beinahe meine guten Manieren vergessen – Reichsgraf Leonard von Taxis.« Mit einem viel zu tiefen Hofknicks verbeugte er sich steif vor ihr. Seine beiden Diener wollten sich schier vor Lachen ausschütten über das Gehabe des Edelmannes, als dieser plötzlich ernst wurde. »Du wirst zum Magistrat gehen und den Domherrn Jacob Voss der Hexerei bezichtigen.«

Ein brennender Stich fuhr in Christinas Magengrube. Das also war es, was sie von ihr verlangten. »Warum, meine Herren, tötet Ihr mich nicht gleich an Ort und Stelle?«, entgegnete sie trotzig. »Ich werde nichts dergleichen tun. Vor allem aber werde ich niemanden beschuldigen, der unschuldig ist.«

»Tatsächlich? Ich glaube, du wirst es sogar freiwillig tun. Wir haben nämlich ein Unterpfand für dich, deinen Geliebten, den abtrünnigen Pfaffen. Was glaubst du, was das Hohe Gericht mit ihm anstellen wird, wenn wir ihn den Kommissaren des Generalvikars übergeben haben?«, entgegnete von Taxis jetzt schärfer. Ihre Halsstarrigkeit raubte ihm die Geduld.

»Ihr wollt mich erpressen? Was habe ich Euch getan?«

»Nichts. Und auch mit deinem hübschen Gesicht hat es diesmal nichts zu tun«, entgegnete von Coesfeld anstelle des Grafen. »Es geht lediglich um den Domherrn.« Er wedelte wieder mit Papier vor ihrer Nase. »Dies hier ist eine Liste hoher Persönlichkeiten unserer Stadt mit dem Vermerk ›Tod den Ketzern‹. Darunter ist auch der Name des Domherrn, deines Vaters, zu finden, der dich in Sünde gezeugt und sich dann aus der Affäre gezogen hat.«

»Der hohe Herr weiß nichts von einer Tochter«, sagte sie. »Zudem ist es noch nicht erwiesen, dass er überhaupt mein Vater ist. Auch der Magistrat wird mir das nicht glauben.«

»Das haben wir schon geregelt, die Herren werden dir zuhören und auch Glauben schenken. Und eine Beschuldigung des Domherrn wäre schon so schlimm genug, selbst wenn er nicht dein Vater wäre.« Der Reichsgraf ließ sie nicht aus den Augen, während ein kaltes Lächeln seine unnatürlich roten Lippen kräuselte.

»Aber sie werden mich brennen, und dann ist Euch Leonardo keinen Gulden mehr wert.«

»Dein Geliebter wird leben, wenn du gehorsam bist«, versicherte ihr der Reichsgraf.

»Und hoffe ja nicht auf Hilfe von deinem Gönner, dem Generalvikar. Als getreuer Beamter des Erzbischofs verkörpert er das Hohe Gericht. Es ist mir unverständlich, wie du jemandem wie ihm jemals vertrauen konntest, der dir und deiner Mutter so grausam mitgespielt hat – einfach schauderhaft, diese Art von Vertretern Gottes«, spielte von Coesfeld den Entrüsteten, schob mit einer eitlen Kopfbewegung seinen Spitzenkragen zurecht und gaukelte ihr falsches Mitleid vor.

»Lasst uns nicht abschweifen, Schwager«, winkte der Reichsgraf ab. »Wir haben für alle Eventualitäten vorgesorgt«, erklärte er Christina. »Sicher wird dir Gertraud von Neuss aus dem ›Raben‹ bekannt sein. Ein gar geschwätziges Weib. Mein Freund Dr. Johann zum Romschwinckel hat ihr das Geheimnis entlockt, dass du gar oft in der Vergangenheit von Hexen gequält wurdest, und der guten Frau zugeredet, den Kirchenvorstehern der Gemeinde St. Peter davon zu erzählen. Gerüchte wie dieses bleiben dem Magistrat nicht lange verborgen. Nachdem er Gertraud von Neuss in den Turm vorgeladen hat, sind wir in Erscheinung getreten und haben für dich eine gerichtliche Vorladung erwirkt.«

»Wie es der Zufall so will, ist sie für heute Nachmittag angesetzt«, grinste von Coesfeld hämisch, nahm einen Brief mit dem erbrochenen Siegel des Gerichts vom Schreibtisch und reichte ihn ihr.

»Aber keine Angst, meine Schöne, es handelt sich nur um eine Anhörung. Nicht umsonst bezeichnet unser Erlauchter Kurfürst dieses jämmerliche Gericht des Öfteren als ›Schutzpatron der Hexen‹. Es wird dir also nicht viel geschehen, und vielleicht wirst du deinen Pfaffen schneller wiedersehen, als du denkst«, näselte der Reichsgraf und räusperte sich in ein parfümgetränktes Spitzentuch, während sie die Zeilen überflog.

In Christina brannte ein Feuer aus Wut und Verzweiflung. Dass nun auch die Frauen des ›Raben‹ hineingezogen worden waren, war vorhersehbar gewesen. Sie konnte sich kaum vorstellen, dass

Gertraud das Gerücht freiwillig gestreut hatte, dennoch hielt sie das Ergebnis in den Händen: eine Vorladung des Untersuchungsausschusses zur Klärung der Hexereibeschuldigungen am 27. April, dem heutigen Tag.

Mehr tot als lebendig sah sie von dem Schreiben auf. Kraftlos ließ sie die Arme sinken, sodass der Amtsbrief zu Boden schwebte. Plötzlich fiel es ihr wie Schuppen von den Augen. Die plötzliche Freigebigkeit ihrer Ziehmutter, ihr Drängen darauf, ausgerechnet heute zum Markt zu gehen. Sogar den Platz für den Wagen und das Wirtshaus, in dem sie eine Stärkung bekamen, hatte die alte Hexe ihnen ausgesucht. Sie hatte alles geplant und sie verraten. »Kann ich Euren Worten trauen, Euer Hochwohlgeboren?«, fragte sie tonlos, während ihre Augen den Blick Leonardos suchten.

»Tu es nicht«, flehte er. »Die Heuchler wollen dich nur für ihre Zwecke missbrauchen. Du wirst sterben – genauso wie ich.«

»Du hast mein Wort. Das Wort eines Edelmannes muss dir genügen«, erwiderte der Reichsgraf. Doch ihr war klar, dass ihre Lage so gut wie aussichtslos war. Es blieb ihr keine andere Wahl, als einzuwilligen, denn sie würden sie ohne ihre Zustimmung niemals lebend und in Freiheit durch diese Tür gehen lassen. Tief in ihrem Inneren rief eine Stimme voller Verzweiflung: »Erbarmen, ich will noch nicht sterben! Ich will mit dem Mann leben, den ich liebe!« Aber die andere, die überlegenere erwiderte laut und selbstbewusst: »Ich bin bereit, wenn Ihr zu Eurem Wort steht und Leonardo losbindet.«

Die Tür wurde von einem Windstoß gerüttelt, der aus dem Kamin beißenden Rauch in den Raum drückte. Der Reichsgraf lächelte ein ungeduldiges, grausames Lächeln. Warum sollte er auf das Ansinnen einer Frau eingehen, die sowieso sterben würde? Er warf einen schrägen Blick auf den Pfaffen am Boden und rieb sich die Magengrube, in die ihn die Faust Leonardos zuvor empfindlich getroffen hatte. Bei seiner Festnahme hatte er drei seiner Leute niedergestochen und sich als phantastischer Fechter entpuppt. Wo lernte man so eine Kunst, etwa auf der Klosterschule? Schade, dass er kein Edelmann ist, aus ihm hätte mehr werden können, dachte der Reichsgraf und sagte dann zu Christina: »Wir werden ihn erst losbinden, wenn du vor dem Gericht aus der Kutsche steigst. So lange musst du dich noch gedulden, mein Kind.«

Plötzlich spürte sie seit langer Zeit wieder den Dämon in ihr, der sich regte. Sie versuchte, ihn mit Ruhe zu bezwingen. Leise, mit bereits lallender Stimme bat sie: »Dann gewährt mir die eine Bitte, Ihr hochwohlgeborenen Herren, auf dass ich mich wenigstens von Leonardo verabschieden kann.« Sie hörte ihre eigene Stimme wie durch eine Nebelwand. Am Ende ihrer Kräfte warf sie sich mit gehetzten Blicken dem Reichsgrafen vor die Füße. Sie hob die Hände, berührte den Stoff seines Beinkleides, an dem ihre kraftlosen Finger sich vergeblich festzuklammern suchten. »Nur eine letzte Umarmung, dann könnt Ihr über mich verfügen.«

»Nun gut«, sagte er gönnerhaft. Er wich vor ihr zurück wie vor einem Insekt, zog schnell sein Spitzentuch aus der Rocktasche und wischte sich über die Stelle der Hose, wo sie ihn mit ihren Fingern berührt hatte.

»Dann beeil dich. Wir haben nicht viel Zeit, der Magistrat erwartet dich bereits«, ermunterte sie von Coesfeld jetzt anstelle seines Schwagers, dessen französisches Parfüm einen hellen Fleck auf dem Stoff hinterlassen hatte.

Christina nutzte die Gunst der Stunde und kroch über den Boden zu Leonardo. Sie beugte sich über sein Gesicht, nahm es zwischen ihre Hände und versenkte ihren Blick in seinen Zügen. Dann umschlang sie ihn mit weichen Armen und drückte seinen Kopf wie den eines Kindes an ihre Brust. Sanft küsste sie seine Augen und die geplatzten Lippen, ohne sich um die beiden Zuschauer zu kümmern, die der Szene beiwohnten, der eine mit vorgeneigtem Kopf und lüstern lächelnd, der andere ungeduldig und mit gewölbter Stirn. Sie konnte ihre Tränen nur mühsam zurückhalten. »Vergib mir, Liebster! Ich weiß nicht, ob mein Handeln vor Gott Verzeihung findet, aber der Herr ist bei mir, so wie du es bist, und wird mir den richtigen Weg weisen. Verzage nicht. Ich habe Schuld auf mich geladen, weil ich nicht auf deine Warnung gehört habe, aber ich werde für uns beide beten und Stärke beweisen.«

Leonardo rang sich mit allergrößter Mühe ein Lächeln ab. Sein Gesicht verzog sich zu einer grinsenden Fratze, sodass Christina sah, dass man ihm zwei Vorderzähne ausgeschlagen hatte. »Sie können mich nicht zerstören, Liebste«, lispelte er. »Ich bin kein Abtrünniger. Gott hat das Zölibat nicht erfunden, es war der Papst. Ich muss mich vor Gott nicht schuldig fühlen. Zudem ist er sowieso immer auf der Seite der Mächtigen. Das müsstest auch du längst erkannt haben. Allein mit Beten wirst du aus der Sache nicht mehr herauskommen. Versuche nur, stark und wachsam zu bleiben. Wenn Gott uns nicht hilft, dann wird es eben der Teufel tun. Vertrau auf unsere Liebe, und alles wird gut.«

»Nun ist es aber genug, wir müssen gehen«, mahnte der Reichsgraf im Hintergrund ungeduldig, und gleich darauf wurde Christina unsanft an den Schultern gepackt und von dem Geliebten getrennt.

Von Coesfeld vermochte selbst jetzt nicht, während er ihre Handgelenke auf dem Rücken mit einem Gürtel zusammenband, sein hämisches Grinsen zu unterlassen. »Das war keine schlechte Vorstellung, meine Schöne«, sagte er ironisch. »Wenn du deinen Auftrag zu unserer Zufriedenheit ausgeführt hast, werde ich darüber nachdenken, dich zu meiner Konkubine zu machen. Warum nicht zur Abwechslung mal eine Hexe, die sollen ja bekanntlich bezaubernd küssen.«

Die Beschuldigten, die in diesen Tagen durch die zweigeschossige Laube des mächtigen Rathauses traten, wussten, dass sie das Gebäude vielleicht als Unfreie verlassen würden. Das Rathaus lag im Nordwesten der Stadt, nicht unweit vom Marktplatz.

Die schwarze wappenlose Kutsche war aus Westen von der Portalsgasse gekommen, von wo aus sie der Kutscher auf einen Wink von Coesfelds hin über die Bürgergasse und die Große Budengasse bis zu dem lang gestreckten Gebäude am nördlichen Ende gelenkt hatte. Den Umweg hatte der Reichsgraf mit Absicht fahren lassen, um Christina das ganze Ausmaß des gewaltigen Gebäudes mit seinem sechzig Meter hohen Turm vor Augen zu führen.

In dem befestigten Bezirk bemühte sich der Rat der Stadt seit Jahrhunderten, auf das Gerichtswesen Einfluss zu nehmen, welches eigentlich dem Erzbischof und den Schöffen des Hohen Gerichtes vorbehalten war. Rat und Erzbischof hatten schließlich gemeinsam ein Abkommen unterzeichnet, die Gerichtsbarkeit auf beiden Seiten als unabhängig zu respektieren, dennoch gab es immer wieder Intrigen unter den Schöffen, die um ihre Macht bangten. Da der Erzbischof sich nicht bereit gezeigt hatte, seinem Drängen um die Wiederherstellung der Universalzuständigkeit des Schöffenkollegiums nachzugeben, hatte der Rat durch die Einrichtung eines eigenen Gewaltgerichtes, das ursprünglich dem Offizialat und dem Hochgericht vorbehalten gewesen war, eine eigenständige Macht erlangt.

Der Reichsgraf hatte während der Fahrt seinen kalten Blick keine Sekunde von Christina gelassen, aber sie war viel zu sehr mit ihren Ängsten und dem Anblick Leonardos beschäftigt gewesen, um es zu bemerken. Sie war froh, dass sie nicht vor dem düsteren Tempel des Hohen Gerichts am südlichen Domhof angehalten hatten, der sich über die gesamte Römer- und Rheinvorstadt erstreckte. In ihm richteten fünfundzwanzig Schöffen der wohlhabenden Oberschicht über Mord und Hexendelikte, so bestand für sie noch ein letzter Funken Hoffnung, dass vielleicht doch alles nur eine Finte gewesen war und man sie doch wieder in die Freiheit entlassen würde. Doch die Hoffnung wurde enttäuscht.

Nachdem die Kutsche etwas abseits vom Portal gehalten hatte, eilten zwei gerufene Gerichtsdiener herbei, um Christina in Empfang zu nehmen. Von Coesfeld reichte ihnen den Amtsbrief durch das Kutschenfenster, während Leonardo Christina zum Abschied einen verzweifelten Blick zuwarf. Dann entstieg sie zögernd der Kutsche.

Während der Irrfahrt durch die Stadt hatte der Geliebte gefesselt auf dem Kutschenboden gelegen. Jedes schmerzhafte Gerüttel war von ihm, sehr zur Heiterkeit seiner Peiniger, mit wütenden und derben unchristlichen Flüchen bedacht worden. Christina hatte es jedes Mal einen Stich ins Herz versetzt, wenn sein Kopf durch eine Unebenheit auf der Straße wieder einmal zu hart gegen die Bänke geschleudert worden war. Mehr als ein Mal hatte sie seinen Oberkörper mit ihren Beinen erfassen wollen, um ihn festzuhalten, doch sie hatte selbst mit ihren gefesselten Händen zu kämpfen, um nicht auf den Boden geworfen zu werden.

Ihre letzte Bitte an die beiden Edelmänner war eine Erinnerung an ihr Versprechen. »Bitte, Ihr Herren! Ihr hattet geschworen, Leonardo loszubinden, wenn ich vor dem Gericht aussteige, erinnert Euch daran.«

XVII.

Wie eine Gefangene schritt Christina zwischen den schweigsamen Gerichtsdienern die fünf Schiffe breite und zwei Joch hohe Laube über einen Treppenaufgang in das Obergeschoss. Sie ahnte, dass sie belogen worden war, ließ sich aber willig durch die Vorhalle führen.

Beeindruckt von den Verzierungen der Brüstung des Obergeschosses, welche die Stärke des Rates demonstrierten, wurde sie vorerst von ihren schwarzen Gedanken abgelenkt. Als sie den Arkaden umfriedeten Innenhof passiert hatten, in dem einst der legendäre Bürgermeister Gryn gegen einen Löwen gekämpft hatte, und die steinerne Statue der Justitia in der Ädikula hinter ihnen lag, überfiel sie eine solche Furcht, dass sie umkehren wollte, doch von ihrer Begleitung wurde ihr unmissverständlich zu verstehen gegeben, dass sie jetzt eine Gefangene war. Jeder ihrer Schritte, den sie nun tat und der auf dem Parkett dunkel widerhallte, war ein Schritt in die Ungewissheit. Im unteren Saal wurde sie von den Gerichtsdienern darüber unterrichtet, der Magistrat würde im oberen Stockwerk, in der Ratskammer des Turmes, bereits auf sie warten. Schlagartig verließen sie die Kräfte, und sie musste von ihren Begleitern gestützt werden. Je länger sich die Treppe hinzog, umso öfter war Christina gezwungen zu verschnaufen. Irgendwann, sie hatte das Mitzählen der Stufen längst aufgegeben, hielten sie vor einer bronzenen Tür, über die Marmorfiguren mit Namen »Gnade« und »Gerechtigkeit« wachten.

Der Gerichtsdiener zu ihrer Rechten öffnete leise das Gitter. »Wir betreten nun die Ratsstube, in welcher der Magistrat im Sinne der Heiligen Schrift und des kanonischen Rechts richtet«, sagte er leise.

Die Kernholzschnitzereien an Türen und Wänden mit zum Teil kunstvollen Vertäfelungen und das bunte Glas in den recht kleinen Fenstern nahm Christina nur bedingt wahr. Wie hypnotisiert starrte sie auf den hufeisenförmigen Tisch mitten im Saal und auf die zwei Männer in tiefschwarzen Mänteln und Hüten, die sie in monströsen, mit dem Staatswappen verzierten Lehnstühlen am Tischende erwarteten. Als der Schöffe bei ihrem Eintritt den Kopf von dem großen Blutbuch hob und sie zu sich winkte, begriff sie endlich das gesamte Ausmaß der grausamen Intrige. Es war niemand anderer als der rechtskundige Beamte Dr. Wissius. Ihm zur Seite saß sein Lizenziat mit Namen Jacob von Bulderen, wie sie später erfahren sollte.

Von den vier Gerichtsdienern nahmen drei rechts und links am Tisch Platz, während der vierte hinter ihr stehen blieb. Sie unterstützten das Gericht bei den Ermittlungen und der Verfolgung Flüchtiger und vollstreckten im Rahmen der Amtshilfe sogar Urteile. Auf dem Weg hierher hatten sie kaum ein Wort zu ihr gesprochen, und auch Dr. Wissius verhielt sich zunächst schweigsam. Nachdenklich, mit, wie ihr schien, leicht gerunzelter Stirn und hochgezogenen Brauen, sah er Christina entgegen.

»Tretet näher an den Tisch«, forderte er sie auf. Als sie so nah vor ihm stand, dass er ihr in die Augen blicken konnte, lehnte er sich zurück, legte ein Bein über das andere und kaute an der Feder, die er in seiner Hand hielt. »Habe ich Euch nicht schon einmal gesehen? So helft mir auf die Sprünge«, näselte er und nahm ungeniert Christinas Gesicht und ihre Rundungen in Augenschein.

Sicher würde er sie gleich erkennen, schließlich war sie das Abbild ihrer Mutter. Oh, wie sie diese kalten Augen, die zu eng stehenden Brauen und die verkniffenen schmalen Lippen hasste. Christina hielt seinem Blick stand und schwieg. Sollte er doch selbst darauf kommen. Sie betrachtete die Hände mit den schmalen gepflegten Fingern, die den Gürtel um den Hals ihrer Mutter gelegt hatten, und alle Angst wich von ihr. Sie verspürte nur noch Hass, unendlichen Hass auf diesen kleinen drahtigen Mann in seiner schwarzen Robe und mit seiner gestärkten weißen Halskrause, die ihn offiziell sogar vom Mord an ihrer Mutter reinwusch. Als ihr einfiel, dass sie seinen Namen mit ihrem Blut auf die Liste geschrieben hatte, lächelte sie.

»Es will mir einfach nicht einfallen. Ist mein Gedächtnisverlust gar auf die Anwesenheit eines teuflischen Zaubers zurückzuführen, oder arbeiten wir zu viel? Was meint Ihr, meine Herren?«, fragte er seine Beisitzer ironisch lächelnd, bevor er sich, ohne großes Interesse an einer Antwort, Christina wieder zuwandte und von dem Schriftstück zwischen seinen Fingern ablas. »Ihr seid Christina Plum,

Tochter eines Gürtelmacherboten und derzeit Gemüse- und Blumenverkäuferin auf dem Markt?«

Trotzig blieb Christina ihm die Antwort schuldig.

Überrascht blickte er auf. »Na gut, wenn Ihr nicht reden wollt. Euren Namen haben wir ja. Dann kommen wir gleich zu den Hexereibeschuldigungen der Gertraud von Neuss, Wirtin des ›Raben‹. Besagte Wirtin soll von einer Besessenen gehört haben, die von Hexen gequält wird. Nach einer Unterredung im Turm hat sie Euren Namen angegeben, weshalb wir uns gezwungen sahen, Euch als Zeugin vorzuladen. Auf unsere Frage, welche Hexe Euch zusetze, behauptete sie, hinter den Jungfrauen von Santa Klara sowie der Magdalena, Mehrems Magd, Mhon Biel und Mhon Ursel würde eine verschwörerische Hexensekte stecken. Es scheint, eine genauere Untersuchung der Angelegenheit ist vonnöten. Was sagt Ihr dazu, Christina Plum?«

Christina war leichenblass geworden. Ihre Gedanken jagten einander. Was wurde hier gespielt, auf was hatte sie sich eingelassen? Sie hatte doch nur den Domherrn der Hexerei bezichtigen sollen, und nun wurde sie selbst angeklagt. Zudem glaubte sie, Gertraud so gut zu kennen, um zu wissen, dass diese niemals freiwillig den Frauen vom »Raben« eine verschwörerische Hexensekte unterstellen würde.

»Davon ist mir nichts bekannt, Herr Kommissar«, log sie. »Die Frauen des ›Raben‹ sind mir gänzlich unbekannt. Ich bin nur eine einfache Verkäuferin und verdiene für mich und meine alte Mutter ein paar Gulden zum Leben dazu. In dem Kloster, von dem Ihr sprecht, war ich nur kurze Zeit als Novizin und unterstand dem Schutz des Generalvikars«, fügte sie mit fester Stimme hintenan in der Hoffnung, mit der Erwähnung des Generalvikars Eindruck zu schinden.

»Uns ist zu Ohren gekommen, dass Ihr mit einer gewissen Marie verkehrtet, einer Besessenen von Santa Klara, die im ›Raben‹ aus und ein ging. Ist es nicht so, dass der Dämon seitdem von Eurem Körper immer wieder Besitz ergreift? Antwortet, denn wenn Ihr jetzt schweigt, macht Ihr Euch mitschuldig, und die Hexen werden nicht mehr von Euch lassen. Sie werden erst Ruhe geben, wenn Sie Euch in ihre Zunft geholt haben. Wir wollen Euch nur dabei helfen, Euch von dem Dämon zu befreien.«

Seltsam, dass fast jeder Mann, dem ich begegne, mich von einem Dämon befreien will, dachte Christina. »Ich kenne die Frauen vom ›Raben‹ nicht und hatte noch nie etwas mit ihnen zu schaffen«, beteuerte sie abermals. »Auch hat mich niemand verhext. Ich bin von Geburt an krank und leide bisweilen an der Fallsucht. Meine Mutter kann das bestätigen. Außerdem bin ich aus einem ganz anderen Grund hier, Ihr hohen Herren.«

Dr. Wissius schien zu überlegen und kaute auf seiner Schreibfeder herum. Ihre letzte Bemerkung schien er überhört zu haben oder ignorierte sie schlichtweg. Nach einiger Zeit beugte er sich zu seinem Kollegen. »Seid Ihr auch der Ansicht, Bulderen, dass wir die Delinquentin vorerst in Ruhe lassen und sie am Donnerstag nochmals befragen sollten? Dann sollten wir auch die Schöffen Jabach und Ceil dazuholen. Etwas an der Sache gefällt mir nicht. Warum schützt sie die Hexen nur? Das scheint gar zu wunderlich zu sein. Zudem muss ich erst herausfinden, wo ich das Weib schon einmal gesehen habe, bevor wir weitermachen.«

Der Lizenziat schien mit dem Kommissar einer Meinung zu sein, und so wurde Christina bis zum besagten Tag im Rathausturm untergebracht und dann ein zweites Mal zu der Angelegenheit vernommen. Sie blieb standhaft und beschuldigte weder andere noch sich selbst der Hexerei. Sie dankte Gott dafür, dass sie den Domherrn nicht erwähnten, allerdings vermutete sie trotzdem hinter dem Vorgehen eine Intrige. Ihre Hoffnung, bald wieder in die Freiheit entlassen zu werden, zerschlug sich schnell. Stattdessen wollte man sie in den gefürchteten Hexenturm an der nördlichen Stadtmauer verlegen. Die Ankündigung des Gerichtsdieners, man würde sie noch am Abend in den Kunibertsturm am Rheinufer in das oberste von drei Stockwerken bringen, löste Todesängste in ihr aus.

Sophias gewaltsamen Tod vor Augen, kam sie auf die Wahnsinnsidee, aus der kleinen Kammer im Rathaus zu fliehen. Von dem gefürchteten Hexenturm hatte ihr Sophia bereits in der Pützkammer erzählt. Der Legende nach wurden in ihm Gefangene auf grausamste Weise hingerichtet. Wenn die Eingekerkerten – wahnsinnig vor Hunger – nach einem Brot greifen wollten, das die Wärter vorher in der Zelle aufgehängt hatten, fielen sie durch eine sich öffnende Falltür, unter der sich ein messerbestückter Schacht befand, der direkt über dem Rhein endete.

Nachdem man Christina in den Gängen des Rathauses wieder eingefangen hatte, wurde sie in aller Eile in eine verschlossene Kutsche bugsiert. Nur vage nahm sie die mächtige, auf vier Pfeilern aus dem Fluss ragende Wehranlage wahr, die steinerne Bogenöffnung in der Mauer und das Poltern der Kutsche über einen Treidelpfad, auf dem einst Menschen und Pferde Frachtschiffe flussaufwärts gezogen hatten. Als man sie in Ketten gelegt jedoch in einen größeren Turm führte, fiel die Todesangst vor dem erwarteten Kunibertsturm an der Rheinmauer von ihr ab. Also wollte man sie doch nicht ermorden – jedenfalls noch nicht. Dennoch konnte sie es nicht verhindern, dass ihr die Beine bereits unter dem Schild »Kriminalgefängnis« einknickten, das über dem Eingang hing.

Knarrend öffnete sich die mit Eisen beschlagene Tür, und der Turmmeister übernahm sie. Mit ihm stieg sie auf einer engen, kaum mannsbreiten dunklen Treppe zu einem finsteren Gelass empor. Feuchter Modergeruch schlug ihr entgegen, Fledermäuse flatterten jäh erschreckt um die Laterne in seiner Hand, mit der er das Dunkel notdürftig ausleuchtete.

Der Turmmeister nahm einen großen rostigen Schlüssel vom Bund an seinem Wams und öffnete quietschend eine starke Eisentür, die zu dem Gefängnisgewölbe führte. Einer der Knechte, die dort wachten, musste Christina unsanft hineinstoßen, als sie sich weigerte, den Raum zu betreten. In den dunklen Steinwänden befanden sich tiefe Nischen mit eisernen Ringen, in den Boden war eine aus ihren Angeln gehobene eichene Tür mit einer kleinen viereckigen Klappe in der Mitte eingelassen.

»Wenn du nicht gehorchst, geht's für dich hier hinunter«, sagte ein vierschrötiger Mann, dessen narbenzerfurchtes Gesicht mit den abstoßenden schwarzen Zahnstumpen ihr allein schon tausend Ängste einjagte. »In dem Hundeloch wirst du durch deinen eigenen Gestank und Unflat gefügig gemacht. Und wenn das nicht reichen sollte, wird es die Kälte schon richten, bevor man dich auf die Folter spannt. Oder ich lasse dich einfach an einem Seil zum Verrecken hinunter«, fügte er breit grinsend hinzu.

Dass die Worte seine übliche Begrüßung waren, die er bei jedem neuen Gefangenen zum Besten gab, um ihn einzuschüchtern, wusste Christina nicht. Sie erbrach sich und betete mit zitternden Lippen zum Herrgott, dass er ihr in der schwersten Stunde ihres Lebens beistehen möge. Der Turmwärter griff hinter die Tür und warf ein Fuder faules Stroh in eine Nische, dann stieß er Christina an die Wand zu einem Paar Eisenringe, an dem er ihre Hände festband.

Willenlos ließ sie alles über sich ergehen. Sie befand sich in einem schockähnlichen Zustand und kam erst wieder zu sich, als die Tür sich hinter der schweren Gestalt schloss. Um sie herum wurde es stockdunkel und lähmend still. Sie fror am ganzen Körper, während sich zu ihren kalten, steifen Füßen ein paar Mäuse zu balgen begannen. Wäre sie früher aufgeschreckt vor ihnen davongelaufen, so freute sie sich nun über die Gesellschaft.

Christina verspürte keine Müdigkeit. Nicht einmal die rostigen Ketten an ihren bereits wundgeriebenen Gelenken schmerzten sie. Mehr oder weniger bei klarem Verstand, überlegte sie, wie sie ihren Kopf retten könnte. Denn dass sie jetzt die Hauptperson eines ernst zu nehmenden, durch Intrigen geschürten Malefiz-Prozesses war, war ihr nach der letzten gütlichen Befragung unmissverständlich klar geworden. Es schien, als gehöre auch der Kommissar Dr. Wissius dem Komplott an, trotzdem verstand sie noch immer nicht, was man eigentlich von ihr wollte. Die ganze Nacht wurde sie von dieser Frage gequält, bis sie endlich zu dem Schluss kam, dass man danach trachtete, ihr ein Hexengeständnis abzuringen. Denn nur wenn man sie als seinen Bastard entlarvte, der sich selbst der Hexerei bezichtigte, konnte der Domherr zu Fall gebracht werden.

Noch stärker aber litt sie darunter, dass sie nicht wusste, wo sich Leonardo befand und ob die Intriganten ihr Versprechen, ihn freizulassen, gehalten hatten. Ihre Angst wuchs mit dem wiederholten Gedanken, ihn durch eine Selbstbezichtigung in große Gefahr zu bringen. Ach, Geliebter … Sie wünschte sich, er wäre jetzt hier bei ihr. Gemeinsam ließe sich all die Pein einfacher ertragen.

Als der Morgen dämmerte und sich ein Himmel voll irisierender Reinheit über die Türme der Stadt auszubreiten begann, beschloss Christina zu leben und für ihr Glück zu kämpfen. Die große Glocke des Rathausturmes schlug sieben Mal, und sie musste nicht lange warten, bis sich der Schlüssel im Schloss drehte. Der Turmwärter holte sie in Begleitung zweier Knechte zur Vernehmung. Christina ahnte, was sie erwartete. Würde sie wieder auf ihrer bisherigen Aussage beharren? Der Generalvikar hatte ihr oft genug von den grausamen Torturen erzählt, zu denen die Richter während des Verhöres fähig waren.

Die Untersuchung fand im Turmkeller statt. Das Gewölbe im ersten Stock unterschied sich nicht wesentlich von ihrem vorherigen Gefängnis, nur war die Zahl der Foltergeräte wesentlich größer. Zudem gab es hier einen Tisch und drei Lehnstühle für die Kommissare und Richter.

Der Turmwärter beeilte sich, ihr die Foltergeräte an den Wänden und der gewölbten Decke zu erklären. »Dies hier sind die Daumenschrauben«, sagte er, »sie sind noch das harmloseste Folterinstrument. Sie werden dir angelegt und so lange zugeschraubt, bis dir die Daumen elendig zerquetscht werden. Wenn dir dann noch ein Schlag mit einem Schlüssel obendrauf gegeben wird, wird dir die Pein und Marter durch Mark und Bein fahren. Und hier, sieh, die entsetzliche Fleisch- und Folterbank, die solche Schmerzen bereitet, dass menschliche Zungen sie nicht zu beschreiben wissen, und vor welcher sich selbst der Scharfrichter und seine Knechte entsetzen.«

Mehr brauchte es nicht bei Christina, schon fiel sie auf die Knie, hob die Hände und flehte die Schöffen und den Kommissar Wissius an: »Ich werde alles bekennen, was die Herren Richter von mir hören wollen, nur erspart mir das Leiden!«

Die Züge des Kommissars zeigten ein Siegerlächeln, während sein Nachbar mit breitem, fahlem Gesicht gähnend erwiderte: »Na, dann wird das Verhör ja nicht allzu lange dauern, und wir können den Tag mit einem Bierchen im ›Raben‹ ausklingen lassen.« Die drei lachten über die Anspielung, und der Turmmeister erkundigte sich, ob er für die Delinquentin wohl einen Schemel bringen sollte.

Der dritte Kommissar mit Namen Caspar Ceil drehte sich höhnisch lächelnd zu dem Meister um. »Ihr schlagt ernsthaft vor, für eine Hexe einen Stuhl bereitzustellen?«

»Hexen sollen ja angeblich auf einer Nadel oder einer Flamme stehen können«, ereiferte sich der Rechtsvertreter Eberhard Jabach.

Dr. Wissius, der neben ihm saß, winkte ab. »Ruhig Blut, meine Herren. Es ist ja noch gar nicht erwiesen, dass sie eine Hexe ist. Immerhin will sie ohne Anwendung der Tortur unsere Fragen beantworten, oder haben mich meine Ohren getäuscht?« Er beugte sich über das Pult, um Christina besser in Augenschein nehmen zu können.

»Nein, Ihr Herren, Ihr habt richtig vernommen«, beeilte sie sich zu sagen und beteuerte im gleichen Atemzug ihre Unschuld. In der Nacht hatte sie sich eine Geschichte zurechtgelegt, mit der sie hoffte, der Pein entrinnen und ihre Freiheit wiedererlangen zu können.

So erhielten die Vertreter des Rates an diesem Morgen umfangreiche Neuigkeiten zur Hexerei in der Stadt: Auf die von ihnen gestellten Fragen sagte Christina aus, sie sei von niemandem zu bestimmten Aussagen gezwungen worden, werde aber tatsächlich von einigen Hexen gequält. Die Frage des Kommissars, ob sie die Postmeisterin und ihren Bruder Jacob Voss auf dem Hexentanz gesehen hätte, beantwortete sie mit einer Lüge: »Meine Herren Richter, ich habe sogar noch Kontakt zu der Postmeisterin Elisabeth Voss. Auch nach ihrem Tod ist sie mir bereits erschienen und hat sich mir als ein Kind des ewigen Lebens vorgestellt. Sie wurde von einer dunklen Aura umgeben, durch die ich die hohe Frau nicht sehen, aber hören konnte. Ich habe ihre Stimme von unseren Begegnungen im Kloster erkannt. Freundlich hat sie mich an die Hand genommen und ist mit mir in einer Kutsche zu den Hexentanzplätzen der Stadt gefahren. Allerdings kann ich nicht angeben, wo sich diese Plätze befinden. Die Türen der Kutsche blieben stets verschlossen, und die Fenster waren mit Teppichen verhangen. So war es mir nie vergönnt zu sehen, wo ich mich befand. Doch Mhon Ursel, Mhon Biel und andere Frauen vom ›Raben‹ habe ich des Öfteren beim Tanz gesehen. Die Margareth habe ich erst neulich noch auf dem Platz unterm Techmeier getroffen. Dort hat sie es mit dem Teufel getrieben und mich zum Mitmachen aufgefordert. ›Lasst uns sehen, wer zuerst müde werden wird‹, hat sie gesagt. Aber Ihr müsst mir glauben, Ihr Herren, dass ich bei dem Liebesspiel nur zugesehen habe.«

»Hat die Postmeisterin Euch verführen wollen, Gott abzusagen und ein Bündnis mit dem Teufel einzugehen?«, fragte Dr. Wissius nach einer längeren Überlegung.

»Nein, hoher Herr«, verneinte Christina. »Aber ich wurde zu ihren geheimen Treffen …« Sie machte eine Pause, überlegte, ob sie die Wahrheit sagen sollte, und log dann, die geheimen Orgien im Kloster vor Augen. »… in ihrem Haus und ihrem Weingarten eingeladen.«

»Wie oft hat Euch die Postmeisterin zu diesen geheimen Treffen mitgenommen?«, fragte er.

»Zwanzig- bis dreißigmal.«

»Fanden die teuflischen Verschwörungen auch im Hause ihres Bruders, des Domherrn Jacob Voss, statt?«

Christina hielt inne. Ihr Herz hämmerte so wild gegen die Brust, dass sie fürchtete, die Herren würden es bemerken. Bisher waren ihr die Antworten leicht von der Zunge gekommen. Die Postmeisterin war als Hexenkönigin verschrien und tot – aber ihr Bruder? Was, wenn sich herausstellte, dass er doch ihr Vater war? Durfte sie ihn dann der Justiz ausliefern? Aber immerhin ging es um ihr Leben.

»Ja«, bekannte sie leise. Der verhasste Kommissar lehnte sich zufrieden im Sessel zurück, während das schlechte Gewissen sich in ihr regte. »Einmal sollte ich Hostien für seine Schwester in sein Haus bringen, aber ich habe es abgelehnt. Ich habe auch nie Gefallen an den teuflischen Tänzen gefunden. Zu diesem Ritual erschienen manchmal mehrere hundert Gäste. Es wurde ungesalzenes Brot gereicht, und der Wein ist reichlich geflossen.«

»Herrschte auf diesen Zusammenkünften auch Unzucht?«

»Oh ja, Herr Kommissar«, spann Christina ihre Geschichte weiter. »Es hat viel Unzucht mit unflätigen Küssen gegeben.«

»Habt auch Ihr den Teufel geküsst?«, rief Caspar Ceil und fuhr sich mit der Hand aufgeregt durch die speckigen Haare.

»Ich habe ihm beim zweiten Besuch das Hinterteil geküsst. Ich wurde dazu gezwungen«, gestand sie und machte dabei einen so reumütigen Eindruck, dass ihr der Scharfrichter, ein Riese mit massigen Schultern, mitfühlend seine Pranke auf die Schulter legte. Er war gerade erst eingetreten und ließ seinen gebieterischen Blick über die Runde gleiten. Sein volles, von Pockennarben verunstaltetes Gesicht war derbe und streng, aber sein Lächeln wirkte beruhigend.

»Und der Oberteufel? Wer ist er? Der Domherr?«, fragte Kommissar Wissius lauernd.

Christina krümmte sich unter seinem Blick und senkte rasch die Lider. Unfähig, den geforderten Namen auszusprechen, nickte sie nur.

»Habt Ihr Geschlechtsverkehr mit ihm gehabt?«, erklang ein Ruf von hinten, und die Schöffen, Henkersknechte, ja sogar der Turmmeister streckten jetzt gierig ihre Hälse nach vorn, um auch ja kein Detail zu verpassen.

»Der Geschlechtsverkehr mit ihm soll eiskalt sein. Man sagt, er bewege sich dabei in einem wie ein aufgeweichter Stockfisch. Ich habe abgelehnt und auch kein Teufelszeichen an mich genommen, nur zugeschaut. Ich hatte zu dem Zeitpunkt ja keine Ahnung, dass er der Teufel war und seine Konkubinen Hexen. Das müsst Ihr mir glauben, hohe Richter.«

»Nun gut«, sagte Dr. Wissius, der den Vorsitz führte, und gab dem Scharfrichter ein Zeichen. »Wir wollen Euren Worten Glauben schenken. Allerdings verwundert es uns, dass die Hexen Euch beim Tanz duldeten, da Ihr selbst, wie Ihr sagtet, kein Teufelszeichen am Leibe tragt und auch nicht aktiv am Geschehen teilgenommen habt.«

»Ich bin ganz normal mit allen Anwesenden umgegangen. Offenbar hat sich niemand von mir gestört gefühlt«, beeilte Christina sich hinzuzufügen und blickte panisch um sich, als einer der Scharfrichterknechte sich anschickte, ihr die Kleider vom Leib zu reißen. Ängstlich sah sie zur Tür, die unbewacht war, da alle Anwesenden gierig auf weitere schlüpfrige Details warteten.

Doch noch bevor sie den Gedanken an eine Flucht weiterspinnen konnte, fragte sie der dritte Kommissar Eberhardt Jabach streng: »Was habt Ihr? Weshalb seht Ihr Euch so gehetzt um?«

Christina zuckte zusammen, als erwache sie aus einem Traum, und machte einen letzten teuflischen Versuch, ihre Haut zu retten. Mit wild aufleuchtenden Augen entgegnete sie: »Hohe Richter, ich fühle mich von einer Frau mit vollem Gesicht und lang herabhängenden, lockigen braunen Haaren beobachtet. Sie trägt einen überwurfartigen Mantel, unter dem sie ihre Schwangerschaft verbirgt.« Mit voller Absicht beschrieb sie die Frau Bürgermeisterin. »Erst kürzlich begegnete ich ihr am Sankt-Georgs-Kloster. Sie bot mir zweitausend Reichstaler und einen feinen jungen Gesellen, damit ich in die Hexengesellschaft eintrete. Aber ich wusste, dass es Schweigegeld war, denn ich hatte die Frau schon einmal gesehen …«

Dr. Wissius hatte es die Sprache verschlagen. Er schnappte nach Luft, sein Gesicht wurde aschfahl. Die Hexe sollte seine Geliebte gesehen haben? Eine gute Weile saß er mit offenem Mund da, dann wurde sein Blick drohend. »Gab es noch andere weltliche oder geistliche Gäste auf den Tänzen?«

Christina zögerte und ging in Gedanken noch einmal Sophias Tagebuch durch. Sie erinnerte sich, auch von Frauen gelesen zu haben, die unmittelbar mit den Kindstötungen im Kloster in Verbindung standen, nannte Elisabeth von Schwelm aus dem Hause zur Bretzel und Sophia Haas aus dem Hause zum Hirzl. Um ihr Lügengespinst komplett zu machen, bezichtigte sie auch den Domherrn Fürst Franz von Lothringen und den Weihbischof Otto Gereon von Gutmann. Überrascht stellte sie fest, wie leicht es war, die Namen auszusprechen. Sie kannte keinen von ihnen, hatte zuvor noch nie etwas von ihnen gehört, empfand aber nach den Qualen der letzten Tage eine fast hämische Genugtuung, sich durch die Denunzierung an den Mächtigen dieser Stadt zu rächen.

Die Gesichter der Männer vor ihr erstarrten. »Warum verleumdet Ihr die hochgestellten Bürger dieser Stadt? Welcher Teufel ist in Euch gefahren, Weib? Nehmt die Bezichtigungen sofort zurück. Ihr habt doch keine Ahnung, was Ihr mit Euren Worten anrichtet«, forderte Eberhardt Jabach entrüstet.

»Sie ist von Sinnen.« Caspar Ceil rang die Hände.

Doch Christina ließ sich nicht beirren. Sie sah die Verunsicherung in ihren Augen und fühlte sich zum ersten Mal seit langer Zeit mächtig und stark. Mit heimlicher Freude nannte sie nun auch den Namen der Bürgermeistergattin und scheute auch nicht davor zurück, ihre Erzfeinde Johann zum Romschwinckel und den Dechanten Hinrich von Climbach von St. Severin der Hexerei zu bezichtigen. In ihrem Wahn hätte sie noch unzählige weitere Namen angeführt, doch Dr. Wissius unterbrach sie, bevor sie ihn mit der Nennung seines eigenen Namens vernichten konnte. Auf den Gesichtern der Untersuchungskommission zeichnete sich erst Entsetzen, dann Todesangst ab. Christina, eine unbedeutende Gemüseverkäuferin, war im Begriff, die Hexenjäger das Fürchten zu lehren.

Selbst die Henkersknechte hatten, wie durch den Leibhaftigen erschrocken, von ihr abgelassen und warteten auf ein Zeichen des Untersuchungsrichters. Doch Dr. Wissius schwang sich schnell wieder zum Herrn der Lage auf. Als erfahrener Beamter hatte er geahnt, was nun folgen würde, und war ihr ins Wort gefallen. Zudem wurde seine Angst größer, dass sie sein folgenschweres Stelldichein mit der Bürgermeistergattin öffentlich machen könnte und von seinem heimlichen Leiden wusste, den kleinen teuflischen braunen Malen unter der Gesichtsschminke. »Genug der Komödie«, sagte er. »Verschieben wir die Nadelprobe, Meister Karl. Sie hat noch Zeit. Und vielleicht wird sie sich auch gänzlich erübrigen, wenn sie nur eine Außenstehende ist.« Mit einem Mal schien er es sehr eilig zu haben, die Befragung zu beenden, und erhob sich.

Christina schloss aus seinem Verhalten, dass sie mit ihrer Annahme, dass er etwas mit den Kindstötungen zu tun hatte, richtiglag. Sie erinnerte sich einiger schwacher Hinweise in Sophias Tagebuch, die angedeutet hatten, dass es sich bei ihm um den mysteriösen Liebhaber der Bürgermeistergattin gehandelt hatte, deren Kind zuletzt im Kloster getötet worden war. Obwohl Christina durch ihre Aussage der grausamen Tortur vorerst entronnen zu sein schien, blieb die Angst in ihr zurück, es könnte ihr gerade deshalb doch noch so ergehen wie ihrer Mutter. Denn dass es der einfachste Weg der Hexenjäger war, sich unliebsamer Gegner durch Mord zu entledigen, hatte sie in der Vergangenheit bereits miterleben müssen. Da man sie nun in die Unsicherheit darüber entließ, was weiter mit ihr geschehen würde, schrak sie in der folgenden Nacht heftig zusammen, als auf dem Gang vor der Tür ihres Gefängnisses Schritte und leise Stimmen zu hören waren.

Ihr erster Gedanke war, dass sie nun kamen, um sie zu töten, zumal die Schritte vor ihrem Verlies verharrten. Dann knarrte auch schon die schwere Eisentür, und der Koloss von Turmmeister trat mit einer Laterne und einer vermummten Gestalt an seiner Seite in den Raum.

Christina versuchte, sich in ihre Nische zu verkriechen. Sie zog an ihren Ketten und öffnete den Mund zu einem Schrei, als der Fremde sich zu ihr hinabbeugte.

»Wirst du wohl still sein«, zischte der späte Besucher und legte ihr seine Hand auf den Mund. Christina roch das teure französische Parfüm, spürte den seidenweichen Stoff und den Ring an ihren Lippen. Als er ihr die Laterne vor das Gesicht hielt, erkannte sie in deren Schein die Augen des Dechanten Hinrich von Climbach, der bis über die Nase in ein schwarzes Tuch gehüllt war. Mit seinem Auftauchen verstärkte sich die Angst in ihr, schließlich hatte sie ihn öffentlich der Hexerei bezichtigt und konnte von ihm nur den Tod erwarten.

»Bindet die Ketten los«, befahl von Climbach dem Turmmeister. »Ich bin gekommen, um unser Versprechen einzulösen. Ich werde dich mitnehmen«, erklärte er ihr, während der Vierschrötige gehorsam die Eisen mit dem Schlüssel öffnete.

»Aber die Herren Schöffen haben nichts davon verlauten lassen, dass ich frei bin. Woher plötzlich diese Wendung?«, fragte sie überrascht. »Wer garantiert mir, dass Ihr nicht vorhabt, mich umzubringen, und wo ist Leonardo?«

»Frage nicht, sondern folge mir. Du hast keine andere Wahl.« Er reichte ihr die Hand.

Auf Gott vertrauend, ließ sie sich die Gelegenheit nicht entgehen und stieg Minuten später zu ihm in seine schwarze Kutsche, die im Schutz der mit Zinnen bewehrten Mauer vor einem kleinen runden Warttürmchen auf sie wartete.

Während der Fahrt durch die dunklen Gassen Kölns hüllte der Dechant sich in Schweigen. Wenn überhaupt, erhielt Christina auf ihre Fragen nur ausweichende Antworten.

»Wohin bringt Ihr mich?«, fragte sie.

»Das wirst du schon sehen.«

Auf ihre erneute Frage, ob er sie töten würde, lachte er leise auf und schüttelte den Kopf. »Selbst wenn ich es wollte, wäre es mir jetzt verwehrt.«

Plötzlich erhellten grelle Blitze den Horizont und tauchten ihn in ein phosphoreszierendes Blau, bevor heftiger Regen wie tausend Gewehrschüsse auf das Kutschendach prasselte. Der Kutscher auf dem Bock verkroch sich in seinen Mantel und trieb die Pferde an, die sich in ihr Geschirr stemmten.

Irgendwann auf der Höllenfahrt sagte der Dechant plötzlich: »Nach einer Vereinbarung zwischen dem Greven der Stadt Köln und mir bist du jetzt offiziell frei. Unter einer Bedingung: Du wirst die Stadt verlassen. Du kannst gehen, wohin du willst. Man wird dich nicht mehr verfolgen, sofern du über die Angelegenheit schweigst und keinen Unsinn mehr erzählst. Der Greve hat ganze Überzeugungsarbeit geleistet.«

»Aber ich habe Euch der Hexerei beschuldigt! Tragt Ihr mir meine Worte nicht nach? Und was wird aus den anderen Bürgern, die ich genannt habe, was wird aus dem Domherrn? Er ist doch unschuldig, nicht wahr?« Christina rang mit ihrem Gewissen, und als der Dechant sich ihr mit einem Lächeln in den Augen entgegenneigte, hatte sie plötzlich größte Mühe, sich diesen schwarz gekleideten verwegenen Mann als einen der fanatischsten Hexenjäger vorzustellen.

»Normalerweise werden Spinnereien wie die deinen von den Richtern ignoriert. Aber mit deinen Aussagen hast du es tatsächlich geschafft, ihnen Angst und Schrecken einzujagen. Man konnte annehmen, der Teufel hätte dich tatsächlich dazu verführt. Den von dir Beschuldigten wird nicht viel geschehen, schließlich sind sie die Mächtigen dieser Stadt. Noch gestern Abend haben die Richter mit mir und einigen anderen Besagten ein ernstes Gespräch geführt. Manche der von dir der Hexerei bezichtigten Bürger werden vom Gericht angeschrieben und über den Sachverhalt informiert. Sie bekommen dann die Möglichkeit, sich durch eine Verteidigungsschrift von dem Verdacht der Hexerei zu reinigen. Lediglich dem Domherrn Jacob Voss wird das wohl nicht gelingen. Seine Schwester ist bereits als Hexe verurteilt worden, der Sachverhalt wiegt also schwer. Er wird sich vor dem Offizialat verantworten müssen. Zum Glück für die anderen unschuldig Bezichtigten vermag der Herrgott die Seinen stets zu erkennen. Ich habe mir sagen lassen, dass ein auf Veranlassung der Diözese von Köln heimlich, aber nach den Regeln angestellter Exorzismus ergeben hat, dass die Anklage der Hexerei gegen mich gegenstandslos ist. Du hast mir also kein Leid zugefügt. Der Untersuchungsrichter Dr. Wissius wollte deinen Fall dem Hohen Gericht übergeben, aber der Greve hat das nicht bewilligt und deine sofortige Freilassung veranlasst, warum auch immer. Von mir persönlich hast du jedenfalls nichts zu befürchten. Wir wollen nur den Domherrn, und den bekommen wir. Hier hast du deine Liste zurück.« Sie hörte es neben sich knistern und fühlte gleich darauf ein Papier zwischen ihren Fingern.

»Verlangt Ihr nun, dass ich mich bei Euch bedanke? Die Postmeisterin erhielt immerhin keine Möglichkeit, sich vom Hexenvorwurf reinzuwaschen, im Gegensatz zu Euch«, höhnte sie in die Stille.

Das Gewitter hatte sich so schnell verzogen, wie es gekommen war. In der Dunkelheit der Kutsche konnte Christina nicht viel von dem verhassten Geistlichen erkennen, aber jetzt neigte er sich beim Sprechen so dicht zu ihr, dass sie seinen Atem spürte, der sie schmerzlich an seine gierigen Küsse auf Schloss Lechenich erinnerte. Er lachte leise.

»Ich denke tatsächlich, dass du mir zu Dank verpflichtet bist. Ich möchte, dass wir in Verbindung bleiben. Schließlich benötigst du auch einen neuen Beichtvater. Wie wäre es mit mir?«, fragte er, aber sie spürte, dass es ihm nur um die Fleischeslust ging.

»Wer ist der Greve des Hohen Gerichts, der meine Freilassung erwirkt hat?«, wich sie einer Antwort aus.

»Du wirst ihn gleich kennenlernen. Wir sind auf dem Weg zu ihm. Ihn kannst du dann auch nach deinem abtrünnigen Priester fragen.«

»Wieso?« Ihr Herz krampfte sich erneut zusammen. »Was ist mit Leonardo? Ihr hattet versprochen, ihn freizulassen, wenn ich den Domherrn bezichtige, und das habe ich getan.« Sie wurde unsicher. Der Gedanke an Leonardo hatte ihr die Stärke verliehen, den Richtern und ihren Fragen mutig entgegenzutreten.

»Er wurde noch in der Kutsche losgebunden, aber da er ein abtrünniger Ketzer ist, musste er sich vor dem Hohen Gericht verantworten. Leider sahen wir uns gezwungen, ihn an das Offizial zu übergeben.«

»Wer ist der Greve?«, kam ihre Frage jetzt schärfer, und eine unheimliche Ahnung beschlich sie.

»Der Generalvikar des Erzbischofs.«

Ein Keulenschlag hätte nicht schmerzvoller sein können. Christina schlug die Hände über dem Kopf zusammen, und Leonardos Spekulationen über den Generalvikar und ihre eigenen Zweifel fielen ihr wieder ein. Wenn die Vermutung auch nur einen Funken Wahrheit enthielt, dass es Bernard Fresenius war, der hinter allem steckte, dann befand sich Leonardo in großer Gefahr. Sicher musste die Flucht seines einstigen geistlichen Begleiters längst auch zu ihm vorgedrungen sein. Die Gewissheit, Leonardo nie wiederzusehen, fraß sich schmerzlich durch Christinas Gedärme.

Ein hoffnungsloses Raunen zog in dieser Nacht durch die nassen Straßen von Köln. Wasser tropfte von den Dachrändern und Traufrinnen und ließ die verstopfte Kanalisation überlaufen. Dann und wann leuchtete der Mond schwefelgelb hinter den vorbeiziehenden Wolken hervor. Vor dem dunklen Gebäude des Hochgerichts schaukelte ein Gehenkter leise in einer Brise. Die Blutglocke schlug die Stunden, und in seinem Laden vor dem Westportal der Drei Könige betete der Bäcker mit seiner Frau und seinen Kindern vor einer kleinen Statue der Heiligen Jungfrau, die zwischen zwei Stiegen Brote stand.

Die Ratten nagten an den Wänden oder huschten über die schlammigen Gassen zwischen den Beinen später Nachtschwärmer und morgendlicher Frühaufsteher hindurch, die abwechselnd kurze Schreie ausstießen oder ihre Degen zogen. Die Straße, der eine Kutsche in dieser Nacht folgte, führte an den Domherrenhäusern des Domkapitels vorüber.

Christina kam zur Besinnung, als die beiden riesigen Glocken im Südturm des Domschiffes den nahenden Morgen verkündeten. Der Kutscher zügelte die Pferde, und der Dechant wies mit der Hand zur Kutschentür. »Du kannst nun gehen, meine Tochter. Der Generalvikar erwartet dich im Chor des Südturmes.«

Zögernd stieg sie aus. Als ihre Füße den Boden vor dem größten der drei Domportale, dem Passionsportal, betraten, schaute sie sich noch einmal nach der Kutsche um, doch die verschwand schon leise ratternd in einer Gasse.

Es waren nur ein paar Schritte bis zu dem Portal. Unschlüssig, langsam einen Fuß vor den anderen setzend, näherte sich Christina schließlich der reich verzierten und mit eisernen Beschlägen versehenen Tür. Wie alle Besucher des mächtigen Domgebäudes richtete sie die Augen zuerst nach oben zum Turm, zu dem durch übermannshohe Treträder mit acht Holzspeichen auf jeder Seite angetriebenen Holzkran. In der langsam weichenden Dunkelheit wurde das Portal noch immer von Fackeln erleuchtet. Sie betätigte den eisernen Türklopfer, doch der dumpfe Schlag ließ sie rasch eine andere Richtung einschlagen. Christina lief durch die benachbarten Straßen in der Hoffnung, ein plötzliches Wunder werde das düstere Gebäude, dessen dicke Mauern schon vielen Jahrhunderten getrotzt hatten, mitsamt dem Generalvikar vom Erdboden verschwinden lassen.

Der Gedanke, den Mann wiederzusehen, der Sophias Tod mitzuverantworten hatte, hielt sie davor zurück, die Kathedrale zu betreten, aber die Vorstellung, dass Leonardo sich in seinen Händen befand, ließ sie wieder umkehren. Sie würde nichts gewinnen, ginge sie nicht auch diesen Schritt. So verhielt es sich nun einmal.

Sie kehrte zum Dom zurück, ließ noch einmal den mächtigen eisernen Ring gegen das Portal schlagen und betrat dann auf kraftlosen Beinen das riesige Gotteshaus mit seinen hohen, farbig bemalten Fenstern. Unter den Augen der vierundzwanzig Ältesten der Apokalypse und den ebenso vielen bartlosen Königen von Juda, vorbei an Chorstühlen, an riesigen, der Ewigkeit trotzenden Steinskulpturen zog es sie zum vergoldeten Dreikönigsschrein, in dem die Gebeine der Heiligen Drei Könige ruhten. Vor dessen Pracht kniete ein einzelner Mann im Gebet versunken.

Als sie stehen blieb, erhob sich die Gestalt. Es war der Generalvikar. Er trug eine zugeknöpfte rote Soutane und eine ebenso rote vierkantige Kappe mit kreuzförmigen Aufsätzen, an der eine Quaste hinunterhing. Ein silbernes Kreuz schmückte seine breite Brust.

»Mein liebes Kind, wie lange habe ich auf diesen Moment gewartet!« Mit ausgebreiteten Armen kam er ihr entgegen. Natürlich hatte er sie erwartet. Es war alles abgesprochen gewesen. Christina wich einen Schritt zurück. Sie wusste nicht, wie sie sich verhalten sollte. Seine Herzlichkeit überraschte sie. Der Brand, die Pützkammer, ihre Flucht und ihr Untertauchen … Es käme einem Wunder gleich, wüsste er nichts davon.

»Hochwürden«, erwiderte sie seinen Gruß und beugte das Knie vor ihm.

»Komm mit, mein Kind.« Der Generalvikar beauftragte einen Seminaristen, ihn über eventuelle Vorkommnisse während seiner Abwesenheit zu benachrichtigen, und verließ mit Christina das Gotteshaus durch eine Tür im hinteren Schiff. Sie führte in ein kleines, reich ausgestattetes Besuchszimmer.

Lächelnd bot er ihr einen Platz an, doch Christina zog es vor, vor einem Fenster stehen zu bleiben, durch das sie die Häuser und Türme der Stadt sehen konnte. Im Raum brannten lange Kerzen in goldenen Leuchtern, die die heiligen Fresken an den Wänden in ein warmes Licht tauchten. Der Tisch in der Mitte war aus feinstem Ebenholz, daneben hing ein Gemälde des heiligen Johannes. Auf einem mit rotem Samt ausgeschlagenen Pult lagen mehrere Kruzifixe aus glänzendem Silber, Christinas Füße standen auf kostbaren

Marmorfliesen. Doch all die Herrlichkeiten berührten sie nicht, sie waren nur Symbol dafür, zu welchen Leistungen und zu welchen Verbrechen die Herren Geistlichen in der Lage waren.

»Es ist schön, dich wiederzusehen.« Der Generalvikar drehte sich ihr zu, nachdem er einen Leuchter mit brennenden Kerzen auf den Tisch gestellt hatte, um sie besser betrachten zu können. Seine Freude schien echt zu sein, doch Christina blieb zurückhaltend.

»Warum muss ich Euch nur wiedertreffen, Hochwürden?«, fragte sie ernst und stand ihm ebenso selbstbewusst gegenüber wie zuvor den Hexenkommissaren. »Ich kann Eure Wiedersehensfreude nicht teilen, denn es scheint, ich habe Euch mein grausames Schicksal zu verdanken. Warum habt Ihr mich damals am Wegesrand nicht liegen lassen? Ein schneller Tod wäre einfacher gewesen als alles andere, was danach kam. Was habe ich Euch nur getan, dass Ihr all die Menschen, die mir etwas bedeutet haben, mit einem Lächeln auf dem Gesicht vernichtet habt? Marie, meine Mutter … Welcher Teufel wohnt nur in Eurer Brust, Hochwürden? Ich bete zu Gott, dass Ihr eines Tages den Lohn für Eure Verbrechen erntet.«

Sie hatte die Worte aus sich herausgeschrien. Sie wollte diesen Wolf im Schafspelz mitten ins Herz treffen. »Wo ist Leonardo? Man sagte mir, er befände sich in Euren Händen?«, fragte sie, als der Generalvikar noch immer lächelnd schwieg. Ihr Blick ruhte auf dem Rosenkranz zwischen seinen Fingern, dem einzigen Hinweis auf seine Gemütsregung. Die Gebetsschnur war zum Zerreißen gespannt.

»Meine Tochter, aus deinen Worten muss ich schließen, dass der Teufel aus dir spricht. Ist das der Dank dafür, dass ich dich vor dem sicheren Tod bewahrt habe? Ich habe dir niemals etwas Böses gewollt, im Gegenteil. Ich wollte stets alle Gefahren von dir fernhalten. Dein Wohl liegt mir mehr am Herzen, als du dir vorstellen kannst. Ich habe dich nie aus den Augen verloren. Bis auf die dumme Sache mit deiner Selbstanzeige, von der ich zu spät erfahren habe, wusste ich über alles Bescheid und habe schützend über dich gewacht. Was ist nur in dich gefahren, zum städtischen Gericht zu laufen und Jacob Voss, die rechte Hand des Papstes und den Domherrn von Köln, der Hexerei anzuklagen? Es hat mich einiges gekostet, deine Überweisung an das Hochgericht zu verhindern.« Noch immer lächelte er gütig.

»Ihr habt doch nur aus der Furcht heraus gehandelt, ich könnte noch weitere hohe Geistliche der Hexerei bezichtigen, Euch eingeschlossen. Nur deshalb war Euch meine Freiheit etwas wert.«

»Jetzt bist du wirklich undankbar, meine Tochter. Zudem habe ich vor niemandem Angst, und am allerwenigsten vor einem jungen Weibe wie dir. Meine Macht und mein Einfluss sind wie eine Mauer, die man nicht ohne Weiteres einreißen kann. Trotzdem habe auch ich ein Herz, und das ist einsam. Als das Schicksal unsere Wege kreuzte, glaubte ich an so etwas wie Vorbestimmung. Dein Schicksal wurde von dieser Stunde an zu dem meinen.«

»Ihr weicht der Wahrheit nur aus, Hochwürden. Von Anbeginn habt Ihr ausschließlich ein Ziel verfolgt. Ihr wolltet verhindern, dass Eure Verfehlungen im Kloster Santa Klara öffentlich werden. Ich habe Sophias Tagebuch gelesen und weiß um Eure unheilige Beziehung zu meiner Mutter. Gleichfalls aber wollt Ihr als hervorragender Ermittler des Erzbischofs in gutem Licht erscheinen. Dadurch wurde Euch die Gelegenheit gegeben, nach und nach jedes Beweisstück Eurer Schuld zu beseitigen. Ich vermute, dass Ihr auch hinter dem Tod von Mutter Benedikta steckt und die Vergiftung ihrer Komplizin Johanna ebenfalls Euch zuzuordnen ist. Um an das kompromittierende Tagebucht zu gelangen, habt Ihr Euch Eures Nebenbuhlers Pater Antonius entledigt und habt ihn im Klosterkeller einmauern lassen. Vielleicht steckt Ihr ja auch hinter der Raupenplage, sozusagen als Warnung in Richtung Marie, von der Ihr wusstet, dass sie sich nun im Besitz der für Euch so gefährlichen Aufzeichnungen befand. Aber sie war zu gerissen, erpresste Euch und ermittelte weiter. Deshalb wurde sie von Eurer Mitwisserin, der Äbtissin, so lange gefoltert, bis sie, nicht mehr Herr ihrer Sinne, alles zugab, was man sie fragte.

Vielleicht sollte auch das nur eine Warnung sein, doch als Marie Euch Sophias Tagebuch noch immer vorenthielt, war rasches Handeln vonnöten, und sie musste durch Eure Hand sterben. Danach habt Ihr Euch auf intrigante Art und Weise, indem Ihr Eure Kommissare beauftragt habt, meiner Mutter entledigt. Eurer Geliebten, die Euch jahrelang im Keller und im Betstuhl zu Willen war und auf Eure Veranlassung hin Eure perversen Exerzitien über sich ergehen ließ. Zugute kam Euch dabei auch die nicht einkalkulierte Beschuldigung der Postmeisterin. Zuletzt war nur noch Eure Helfershelferin am Leben, die Äbtissin. Was habt Ihr mit ihr gemacht? Ist sie ebenfalls tot? Den größten Verdruss aber hat Euch sicher meine Flucht bereitet, nicht wahr, Hochwürden? Was für Ängste und Qualen müsst Ihr ausgestanden haben, als ich, das lebendige Abbild meiner Mutter, mich Eurer Kontrolle entzog. Aber ich sehe an Eurer Gelassenheit, dass Ihr noch längst nicht alle Trümpfe verspielt habt. Was habt Ihr als Nächstes vor? Hat es etwas mit Leonardo zu tun? Ein junger Mönch, der sich nicht der Konfessionalisierung unterwirft und mutig die Wahrheit über die katholische Kirche und die Machenschaften ihrer Vertreter Gottes sagt. In Euren Augen ist er ein Ketzer, ein Fall für das Offizialat, dessen Vorsitz Ihr praktischerweise innehabt. Wo ist er, wird er vielleicht in diesem Augenblick dem Feuer übergeben?« Händeringend trat sie auf den Generalvikar zu, sodass er ein paar Schritte vor ihr zurückwich.

Mit seiner Selbstbeherrschung war es nun endlich vorbei. Er sah aus, als wolle er den Teufel von sich abwehren. Seine Augenlider zuckten nervös, er war aschfahl geworden. »Das ist nicht wahr, nichts davon ist wahr. Ich habe dich nur beschützen wollen. Alles, was ich getan habe, kann ich mit reinem Gewissen vor Gott verantworten. Damals war ich der Priester, der dich als Neugeborenes während eines Exorzismus töten sollte. Weil ich es nicht übers Herz brachte, sollte dich Mutter Benedikta auf meine Veranlassung hin an einen sicheren Ort bringen. Die Äbtissin musste sterben, weil die Familie deines angeblichen Vaters nach dir zu suchen begann und sie über alles Bescheid wusste. Zu der Familie gehörte auch die Äbtissin Ursula. Hätten sie dich gefunden, wärest du heute längst tot. Gott hat unsere Wege sich in dem Augenblick kreuzen lassen, als du mich am meisten brauchtest. Als klar wurde, dass ich Sophia nicht retten konnte, musste ich handeln. Einer Folter des Hochgerichts hätte sie nicht standgehalten und das Geheimnis verraten. Aber glaube mir, mein Herz hat dabei geblutet, denn ich bin dein wahrer Vater und habe Sophia immer geliebt.«

Jetzt war es heraus. Als wäre eine große Last von seinen Schultern gefallen, ließ er sich auf einen Stuhl nieder und war plötzlich ein alter, gebrochener Mann. Seine breiten Schultern zuckten, als würde er weinen. Christina schwankte zwischen Hass und Mitleid.

Als der Generalvikar den Kopf hob und sie mit geröteten Augen um ihre Liebe anflehte, sagte sie leise: »Der Teufel ist ein zu durchtriebenes Wesen, als dass ein Mensch wie Ihr sich im Namen der Geistlichkeit seiner ungestraft bedienen darf.«

In diesem Augenblick erklang hoch über den Dächern im Rathausturm die Rathausuhr neun Mal. Der in Holz geschnitzte Platzjabbeck streckte wie zum Hohn bei jedem Gongschlag die Zunge heraus.

Das Glockenspiel, das nun einsetzte, galt als das Juwel des Rathauses. Seine achtzig steinernen Figuren und das vierzehn Tonnen schwere Geläut aus achtundvierzig Glocken, das zu verschiedenen Zeiten unterschiedliche Melodien spielte, begrüßten den neuen Morgen in all ihrer Melodienpracht. Aber wie trüb und düster wirkte alles, als Christina einen Blick auf die Türme und Dächer warf. Am Fuße der Mauern klebten die Buden der Wechsler, Schreiber, der Papier- und Federkielhändler. Zwischen herumlungernden Dieben und Huren boten Männer der Brauereizunft ihr Bier an, und der Metzger trieb gerade ein Schwein zur Schlachtbank. Der Morgennebel begann sich zu heben und enthüllte das Gerichtsgebäude des Hohen Gerichtes am anderen Ende des Platzes. Der blaue Himmel versprach einen sonnigen, kalten Tag.

Erst im Morgenlicht bemerkte Christina das hohe Kreuz auf dem Steinsockel neben dem Galgen. Eine Gruppe Menschen drängte sich unter dem Gerüst, und gedämpfte Stimmen drangen über den Platz. Christina glaubte, Spottlieder zu hören. Neugierig schob sie den Fensterflügel weiter auf, lehnte sich über die breite Brüstung und nahm einen tiefen Atemzug der frischen Morgenluft.

Der Generalvikar hatte sich erhoben und trat hinter sie. Plötzlich flog Christinas Hand vor Schreck vor ihren Mund. In dem Leichnam, der vom Galgen schaukelte, hatte sie Leonardo erkannt. Der Generalvikar legte ihr einen Umhang um die zitternden Schultern, den sie erschauernd fester um sich zog.

»Warum ist er so blau im Gesicht?«, fragte sie tonlos.

»Weil er hängt«, antwortete Bernard ungerührt in ihrem Rücken. »Gestern war sein Gesicht noch rosig und voller Leben.«

Christina spürte, wie ihr der kalte Schweiß auf die Stirn trat. Da unten, nur wenige Schritte vom Fenster entfernt, hing mit Leonardo der Mann, den sie aus tiefster Seele liebte. Warum war sie in seiner letzten Stunde nicht bei ihm gewesen? Hatte er gelitten? Hatten seine letzten Gedanken ihr gegolten, als man den Schemel unter ihm wegstieß und sich die Schlinge um seinen Hals zuzog?

»Nein, das ist nicht Leonardo«, murmelte sie mit blutleeren Lippen, um den furchtbaren Gedanken abzuschütteln. »Ich bilde mir alles nur ein. Die Angst um ihn ist es, die mir seinen Tod vorgaukelt. Sicher wartet er längst bei der Mutter auf mich.«

Ein Hauch von Verwesung stieg ihr in die Nase. Ein Mann in einer schwarzen Soutane tauchte auf, der ein Kruzifix am Gerüst emporreckte und »Hoffnung!« und »Vergebung!« rief. War auch er ein ketzerischer Priester? Für die Menschen auf dem Domplatz vor dem Gerichtsgebäude schien eine Hinrichtung alltäglich zu sein, sodass sie sich nichts daraus machten. Für sie war es anscheinend eher ungewöhnlich, wenn der Galgen leer war. Christina presste die Fäuste gegen ihre Schläfen und schrie ihre Verzweiflung zum Fenster hinaus.

Bernard überließ sie ihrem Schmerz. »Warum weinst du um einen Mönch?«, fragte er nach einer Weile. »Auch seinen Tod konnte ich nicht verhindern, aber das Leben ist vergänglich. Menschen kommen und gehen. Was zurückbleibt, sind Schmerzen. Doch auch der Schmerz vergeht. Allein die Liebe zu Gott zählt. Ich habe deine Mutter geliebt, aber sie war undankbar und hat sich dem Franziskanermönch Antonio hingegeben. Unter dem Mantel der Heiligkeit, den ich ihr verschafft hatte, war sie doch nur eine Hure. Trotzdem habe ich um sie geweint, als sie starb. Doch da, wo sie jetzt weilt, wird sie mir verzeihen, denn ich habe ihr einen sanften Tod verschafft – genauso wie dem Priester Leonardo. Stell dir nur vor, ich hätte ihn den Flammen übergeben müssen. Wäre es nicht furchtbar für ihn gewesen, im Höllenfeuer zu sterben? Aber du, Christina, du bist so rein, so vollkommen. Ich will dich nie wieder verlieren, an niemanden. Du gehörst zu mir, von nun an wird dir niemand mehr ein Leid zufügen. Begreifst du denn noch immer nicht? Du bist meine Tochter, und ich liebe dich!«

Christina wollte seine Worte nicht hören. Während der Generalvikar zu ihr sprach, hielt sie sich die Ohren zu, um seinen falschen Worten zu entgehen. Dann begann sie zu schreien, während er ruhig, aber immer lauter auf sie einredete.

Plötzlich ließ Christina die Hände sinken und drehte ihm das Gesicht zu, das jetzt regungslos zur Maske wurde. Sie sah ihn lange an, als müsste sie sich ihre Worte erst noch überlegen. »Du bist nicht mein Vater«, sagte sie, »und ich werde niemals deine Tochter sein. Vielleicht hast du mir einmal vor langer Zeit das Leben geschenkt, aber jetzt hast du es mir wieder genommen. Was nützt mir noch die Liebe zu Gott, wenn ich den Glauben an ihn doch verloren habe.« Als er sie berühren wollte, schob sie ihn zur Seite und stürzte zur Tür.

»Geh nicht weg, Christina. Ich liebe dich doch! Du solltest mir dankbar sein!«, hörte sie ihn noch hinter sich herrufen.

Wenige Augenblicke später sah er sie vom Fenster aus über den Platz zum Gerichtsgebäude rennen. Durch die neugierigen Gaffer bahnte sie sich ihren Weg, bis sie auf den Stufen unterhalb des Galgens niedersank. Mit gefalteten Händen hob sie den Kopf, betrachtete den leblos im Wind baumelnden Körper und sah in das dunkle, unter dem wirren Haarschopf zur Hälfte verborgene Gesicht, das durch die scharfen Schnäbel der Krähen alles Menschliche verloren hatte.

Das also haben sie aus dir gemacht, dachte sie. Eine leblose Hülle, wo einst blühendes und liebendes Leben war. Wo soll nun das Paradies sein? Was ist mit den Versprechungen vom ewigen Leben? Ach, Gott, du verlierst deine besten Söhne und Töchter und merkst es nicht einmal. Siehst teilnahmslos zu, was unter deinen Augen an Grausamkeiten geschieht.

Es war, als erwachte Christina endlich aus langer Abgestumpftheit, als würde sie jetzt erst einen freien Blick auf ihr grausig ruiniertes Leben haben. Zorn auf sich selbst und die Welt überkam sie, und eine wunderbare Kraft durchflutete sie jäh.

Nie mehr, so schwor sie sich, nie mehr wird ein geliebter Mensch vor mir sterben. Und wenn du, Gott, da oben in deinem Paradies nichts unternimmst, so werde ich es tun, das schwöre ich dir im Angesicht der Hülle meines einst geliebten Leonardos. Ich werde mich rächen, und wenn es mich mein Leben kosten wird. Ich bin bereit!

Christina sah sich um, sah in neugierige, sensationshungrige, aber auch in teilnahmslose, blasierte und mitleidige Gesichter. Für sie war sie nur eine jener bejammernswerten Gestalten, eine jener Armen, die nichts zu fordern hatten und die die eleganten Herrschaften nur mit einem Blick streiften, bevor sie sich wieder ihren falschen Geschäften und Hofintrigen zuwandten.

Christina warf Leonardo einen letzten Blick zu und irrte dann ziellos durch die Straßen. Sie verkroch sich im Mantel des Generalvikars, den sie noch immer trug, und sann über den Tod und ihre Rache nach, mit der sie den hohen Herrschaften einen Denkzettel verpassen wollte, als ihr wieder einmal der Zufall zu Hilfe kam.

»Pst! Schwester Christina! Vorsicht, geh nicht weiter«, schreckte sie eine bekannte Stimme auf, als sie sich der Kaufmannsbörse auf dem Heumarkt näherte. Sie wandte sich um, erblickte eine Nonne, die ihr aus dem verborgenen Schatten eines Torbogens heraus ein Zeichen gab, und ging zu ihr.

»Nun, meine arme Kleine, so sehen wir uns wieder!«

Christina erkannte die junge Nonne Magdalena. »Wie kommst du hierher?«, fragte sie überrascht. »Und wie geht es den Frauen aus dem ›Raben‹?«

»Den meisten geht es so weit gut. Die Kommissare des Kurfürsten haben Wort gehalten und uns bisher in Ruhe gelassen. Dafür mussten wir allerdings in der Stadt das Hexengerücht über die Postmeisterin streuen. Nur die Gertraud von Neuss wurde in den Turm gebracht. Seitdem haben wir sie nicht mehr gesehen.«

»Man hat euch dazu gezwungen, Gerüchte zu verbreiten? Auch über mich?« Sie packte die Nonne bei den Schultern und grub ihr die Nägel in das Fleisch.

Magdalena nickte verstört. Hilflos blickte sie Christina an, dann senkte sie die Lider. »Ich habe es bestimmt nicht gewollt, aber sie sind mächtiger als wir. Es ging um das Überleben des ›Raben‹. Ich schwöre, dass wir dir nicht schaden wollten.«

Christina löste die verkrampften Finger. Sie war von der Unschuld der Nonne überzeugt. »Wo sind die anderen Frauen jetzt?«, fragte sie.

»Sie sind bei der Brauereigilde auf dem Markt und verkaufen dort ihre Waren.«

»Würdest du noch einmal ein Hexengerücht von mir unter die Leute streuen?«

»Was glaubst du von mir, Schwester? Erst zerkratzt du mir die Schulter, und dann verlangst du, dich noch einmal anzuschwärzen?

War dir der Turm nicht genug? Und hast du denn überhaupt Geld, um uns zu bezahlen?«

Christina lachte auf. »Aus dir spricht keine ehrwürdige Schwester mehr. Hast du etwa den Habit der Schwestern abgelegt?«

Fürwahr, die Nonne hatte sich verändert. Aus der zaghaften, unterwürfigen Magdalena war eine geschäftstüchtige Kauffrau geworden, die unter der weiten Haube und dem Kapuzenmantel Bauernkleidung trug. »Ich lege die Kutte nur noch zum Schein an«, erklärte sie Christina und sah sich ängstlich um. »Sie hilft bei manchen Dingen, aber ich gehöre jetzt wie die anderen der freien Bruderschaft an.«

»Du bist protestantischen Glaubens?«, staunte Christina. »Eine Flucht aus dem Kloster kann leicht mit dem Tod bestraft werden.«

»Nicht, wenn man gute Freunde hat«, vertraute Magdalena Christina an. »Und es werden immer mehr von uns, schließ dich uns an. Es kann nur gut für dich sein.«

Doch Christina verneinte mit einem Kopfschütteln. »Kannst du mir etwas über den Domherrn erzählen?«, fragte sie stattdessen.

Die Nonne sah sie verwundert an. »Du hast den hohen Kirchenherrn doch der Hexerei beschuldigt. Die ganze Stadt spricht darüber. Warum interessierst du dich jetzt für sein Schicksal?«

»Weil er unschuldig ist«, zischte Christina ungeduldig. »Jetzt sag mir schon, was du von ihm weißt.«

Die Nonne sah sich wieder flüchtig um, ob sie auch niemand beobachtete, und bedeutete Christina, näher zu kommen. »Man munkelt, dass er verhaftet werden soll. Er hat sich wohl schon aus einem großen Teil seiner Ämter zurückgezogen, aber er hat einen mächtigen Freund, der verhindern wird, dass er wie seine Schwester im Feuer brennt, so vermute ich jedenfalls. Eine Krähe hackt der anderen nicht die Augen aus. Zudem ist der Domherr ein gottesfürchtiger alter Mann, die Bürger wünschen ihm ein solches Schicksal nicht«, fügte Magdalena hinter vorgehaltener Hand hinzu.

»Wer ist der mächtige Freund, von dem du sprachst?«, fragte Christina und witterte eine Chance.

»Der Generalvikar des Erzbischofs, wer sonst? Nur er kann ein Verfahren aufnehmen und abweisen.«

»Dachte ich es mir doch«, entgegnete Christina. »Wo finde ich den Domherrn?«

Die Nonne hob erstaunt die dunklen Augenbrauen. »Er hält heute Nachmittag im Chor der Kathedrale eine Messe. Du könntest ihn um die Beichte bitten, aber das wäre zu gefährlich. Willst du etwa wieder in den Turm zurück?«

»Das lass nur meine Sorge sein«, entgegnete Christina. »Vergiss aber ja nicht, das Gerücht über mich zu verstreuen, ich bitte dich.«

Die Nonne räusperte sich und ergriff besorgt Christinas Hände. Zweifel lagen in ihrem Blick. »Was hast du vor? In der Stadt pfeifen es die Spatzen von den Dächern, dass du verbannt wurdest. Hier bist du in Gefahr, aber du kannst bei uns im ›Raben‹ unterkommen, dort bist du immer willkommen.« Sie sah Christina beschwörend an. »Ich sehe, was in dir vorgeht. Vergiss deinen Gedanken an Rache, oder willst du etwa als Märtyrerin sterben?«

Christina umschloss sanft ihre Hände. »Ich muss meinem Schicksal folgen. Lass mich gehen und überbringe den anderen Frauen aus dem ›Raben‹ meine Grüße. Sie mögen für mich beten.«

XVIII.

Der Winter schien in diesem Jahr kein Ende nehmen zu wollen. Die Menschen starben wie die Fliegen, besonders Kinder und Ernährer mussten ihr Leben lassen. Verzweiflung machte sich breit und verwandelte sich zusehends in Wut. Aber wer sollte für das ganze Elend verantwortlich gemacht werden? Die Pfaffen glaubten es zu wissen und verkündeten von allen Kanzeln, die Menschheit befände sich im gleichen Zustand wie zu Zeiten Noahs und der sündigen Städte Sodom und Gomorrha. Gott könne die Schlechtigkeit der Menschen nicht länger mitansehen und würde deshalb das Jüngste Gericht veranstalten. Es müsse also Buße für die Sünden der Vergangenheit getan und ab sofort ein gottgefälliges, christliches Leben geführt werden. Doch was auch immer die Pfaffen über Ketzerei und des Teufels Buhlschaft predigten, es blieb die unveränderliche Tatsache, dass Hexen Blitze in eine Scheune lenken oder mit Hagel die Ernte vernichten konnten. Sie waren an allem schuld, und deshalb mussten sie sterben.

Der Erzbischof Ferdinand attackierte weiterhin den Kölner Rat, er habe im Umgang mit der Hexerei keinen Ernst gebraucht, und zu viele auswärtige Hexen fänden in der Stadt Unterschlupf. Sein Kampf um die Gerichtshoheit in der Stadt und gegen das Mitspracherecht der Ratsvertreter war dabei, eine neue Ära einzuleiten, als in die aufgeladene Stimmung Christina mit ihrer Rache wie eine Kanonenkugel platzte.

Bevor ihr Weg sie zum Gerichtsgebäude lenkte, lief sie noch einmal zum Dom zurück. Abermals erschauerte sie beim Anblick ihres gehenkten Geliebten und kämpfte gegen die Tränen an. Sie sehnte sich nach Leonardos Heiterkeit, seiner Lebhaftigkeit, seiner wunderbaren, stets gütigen Stimme und seinen liebkosenden Händen. Wann würden sie sich wiedersehen? In welchem Leben? Sie stellte sich vor, wie es wäre, sich wieder in seine Arme schmiegen zu dürfen. Sie würde ihn bitten, sie für immer festzuhalten.

Zum zweiten Mal an diesem Tag schritt sie durch das düstere Hauptschiff der Kathedrale, in der die farbigen Fenster in der aufgehenden Sonne zu glühen begannen. Die Küster waren dabei, geschäftig die Monstranzen und Messkännchen auf dem Altar herzurichten. Sie füllten die Weihwasserkessel auf und reinigten die Leuchter. Um nicht aufzufallen, kniete Christina im erstbesten Beichtstuhl nieder und bezichtigte sich mit pochenden Schläfen einiger kleiner Sünden. Nachdem sie vom Beichtvater Absolution empfangen hatte, sagte sie leise zu dem Priester: »Geht noch nicht, Ehrwürdiger Vater, sondern hört mich an. Ich möchte Euch noch etwas sagen.«

Die schwere Gardine neben dem Bildnis des Gekreuzigten, die sie von dem Priester trennte, war zugezogen und verwehrte ihr den Blick, aber sie ahnte, dass sie dem Domherrn gebeichtet hatte. Seine Stimme war weich, sanft und angenehm. »Was kann es noch Wichtiges geben? Ich habe dir die Absolution doch schon erteilt«, sagte er.

»Ich werde in Kürze eine große Sünde begehen und erflehe dafür Euren Segen«, antwortete Christina leise.

»Du weißt doch, meine Tochter, dass nur ein gutes Werk, Gebete, Almosen oder eine Pilgerfahrt die Strafe für kommende Sünden erlassen können. Natürlich gibt dir auch ein gekaufter Ablass die Möglichkeit, dich mit Jesus Christus auszusöhnen, aber je größer die Sünde ist, umso mehr Gulden kostet er.«

»Das ist mir bekannt, Hochwürden, doch meine kommende Sünde wird so groß sein, dass sie kein Gold der Welt aufwiegen kann. Würdet Ihr mir trotzdem Euren Segen erteilen? Ich fürchte mich nicht vor dem Fegefeuer, meinen Glauben habe ich bereits vor langer Zeit verloren. Auch wünsche ich mir von Euch persönlich Vergebung für das, was ich Eurer Heiligkeit angetan habe. Denn mein Herz blutete dabei.«

Plötzlich herrschte Stille im Betstuhl, die zur Zerreißprobe für Christinas Nerven wurde. Sie hörte den Domherrn schwer atmen, doch nach einer Weile, die ihr wie eine Ewigkeit vorkam, fragte er: »Wer bist du, Tochter ohne Glauben?«

»Meine Mutter ist die heilige Klarissin Sophia von Langenberg, aber ich weiß nicht, wer ich bin, Ehrwürdiger Vater. Ich habe es herauszufinden versucht, aber es ist mir nicht gelungen. Der Wald, in dem ich mich verirrt hatte, war zu dunkel und tief und hat mich wieder als die ausgespuckt, die ich vorher war. Ich bin die Gemüse- und Blumenverkäuferin Christina Plum.«

Wieder Stille. Dann wurde die Gardine zur Seite geschoben, und Christina blickte im Halbdunkel in die gütigsten blauen Augen, in die sie in ihrem jungen Leben je gesehen hatte. Trotz des vergitterten Trennfensters konnte sie das Gesicht des Domherrn deutlich erkennen, seine hohe, von Sorgen zerfurchte Stirn und die von unzähligen Fältchen geprägten Züge mit der römischen Nase über dem bereits ergrauten Bart. Nichts davon entbehrte der Würde, die seinem Stand zukam. Er trug das Messgewand und hielt einen silbernen Rosenkranz zwischen den Fingern. Vor Ergriffenheit fehlten ihr die Worte. Jacob Voss' Blick lag auf ihr, wie sie es sich von einem Vater immer gewünscht hatte: gütig, mitfühlend und verständnisvoll. In ihm lag so viel Liebe, dass sie die Lider niederschlug. Und diesen Mann hatte sie der Hexerei bezichtigt!

»Du bist tatsächlich Sophias Tochter«, bestätigte er und öffnete das kleine Gitter. Sie spürte seine Finger auf ihrem Gesicht, wie sie die Konturen ihrer Nase, ihrer Augen und Wangen nachzeichneten. Seine Hand war warm und lebendig. »Wirklich, du bist keine teuflische Erscheinung, und doch hast du ihr Gesicht.« Er schüttelte verwundert den Kopf. »Es ist schon faszinierend, was Gott erschafft. Und du hast mich also der Hexerei bezichtigt?«

»Nicht aus freien Stücken, Eure Feinde haben mich dazu gezwungen, Hochwürden«, sagte Christina und errötete leicht. »Ich würde mit Freude mein Leben dafür geben, könnte ich es rückgängig machen.«

»Nun, ich vergebe dir, mein Kind, wie auch Gott dir vergeben würde, denn er und ich wissen, wozu meine Feinde fähig sind«, sagte er und schlug das Kreuz über ihr. »Ich habe deine Mutter in meiner Jugend sehr geliebt, bevor ich Gott begegnet bin. Sie war eine großartige Frau.«

»Aber ich habe Unheil über sie, über Euch und Eure Familie gebracht.« Christina räusperte sich, so trocken war ihr Mund. »Und bevor ich mich auf den Weg in die ewige Verdammnis begebe, bitte ich Euch: Helft mir zu erfahren, wer mein Vater ist. Seid Ihr es, Eure Eminenz?«

Er schwieg und sah sie lange an, bevor er traurig lächelte. »Und selbst wenn es so wäre, mein Kind«, sagte er leise mit sanfter Stimme, »so würde der Herrgott es doch nicht gutheißen. Immerhin stehe ich jetzt im Gerücht, ein Teufel zu sein, und es ist noch nicht lange her, dass meine Schwester als Hexe verbrannt wurde. Gott und mein Gewissen verbieten es mir, einem angeblichen Teufelsfürsten, noch mehr Menschen mit in den Abgrund zu ziehen, aber das würde ich tun, gäbe ich meine Vaterschaft zu. Geh nun deines Weges, mein Kind, mein Segen wird dich begleiten.« Zum Abschied strich er ihr mit einer fast schon scheuen Bewegung leicht über die Stirn.

XIX.

»Mein Freund, habt Ihr von den Gerüchten gehört, die seit ein paar Tagen in der Stadt kursieren?«

»Meiner Treu«, antwortete zum Romschwinckel, »es scheint, Ihr seid zu weichherzig umgegangen mit dieser … Wie hieß sie doch gleich?«

»Plum.«

»Ach ja. Hexen gehören ins Feuer, nicht unters Volk.«

»Ich dachte, mit einer Verbannung werden wir das leidige Problem am schnellsten los. Wie konnte ich denn ahnen, dass das Weib lebensmüde ist?« Kommissar Wissius streckte die langen Beine aus, während er nachdenklich an seinem Federkiel kaute und zum Romschwinckel anschaute.

»Dann müsst Ihr Euch nicht wundern, wenn es von kurfürstlicher Seite wieder heißt, Ihr würdet die Justiz nur behindern und Kriminelle straflos davonkommen lassen«, sagte zum Romschwinckel.

Durch das Fenster schien gleißend die Maisonne und warf mittägliche Schatten in den Ratssaal. Dr. Wissius öffnete es, legte den Kopf zurück und atmete hörbar tief durch. Die Luft tat gut. »Ich hasse diese verstaubte Hexenpolitik ebenso wie Ihr. Dabei könnten wir stets so gut zusammenarbeiten wie etwa im Falle Voss, aber das sieht der Fürst einfach nicht – oder er will es nicht sehen.«

»Wie recht Ihr habt. Ohne die vorgeschaltete Entscheidung des Rates über eine Verhaftung und Lieferung ans Hochgericht sind uns in puncto Ermittlungsmöglichkeiten noch immer die Hände gebunden. Wie schafft Ihr es nur, die Verfolgungen in Eurem Sinne immer wieder auf eigene Faust voranzutreiben?«

»Meiner Treu, nie würde ich auf eigene Faust handeln.« Zum Romschwinckel drehte sich nach ihm um. Um seine Lippen spielte ein verschwörerisches Lächeln. »Was für ein herrliches Wetter, ich hätte wahrlich Besseres zu tun, als mich mit einer Wahnsinnigen abzugeben«, bemerkte er.

»Wie wahr«, seufzte Dr. Wissius. »Gerade jetzt, da wir dabei sind, die Verfolgungshysterie auf unsere Weise in den Griff zu bekommen, und unsere Mitwirkungsrechte beim Hochgericht erfolgreich verteidigen, kommt uns wieder diese Verrückte in die Quere. Ich bin sehr froh, dass Ihr so schnell zu unserem Beistand herbeigeeilt seid. Nicht umsonst habe ich unlängst ein Hexenprotokoll angefertigt, um meine eigenen Ermittlungsbefugnisse zu dokumentieren. Sogar am Kaiserhof in Wien war ich damit, um wegen der Differenzen zwischen Stadt und Kurfürsten bezüglich des Hochgerichts zu verhandeln.«

»Und? Hattet Ihr Erfolg?«

»Nun ja, zumindest haben wir jetzt etwas mehr Handlungsfreiheit.«

»Trotzdem stimme ich Euch zu, dass dieses Weib seine fünf Sinne nicht mehr beisammenhat«, kam zum Romschwinckel wieder auf das eigentliche Thema zu sprechen.

»Wie gehen wir also weiter vor? Die Plum hat uns bereits beim ersten Verhör der Hexerei bezichtigt. Hat sie es diesmal wieder vor und dringen ihre Vorwürfe an die Öffentlichkeit, so könnte das großen Ärger heraufbeschwören. Ihr wisst, was alles davon abhängt.«

Zum Romschwinckel winkte gelangweilt ab. »Wir werden uns doch nicht vor einer Verrückten fürchten.«

»Gut, dann lassen wir das Weib jetzt eintreten.« Kommissar Wissius schob seine Beine zurück unter den Lehnstuhl und rückte näher an den großen Ratstisch heran.

Als der städtische Beamte dem Gerichtsdiener das Zeichen gab, Christina hereinzuholen, wirkten seine kalten Züge angespannt, während seine grauen Augen unsicher flackerten. Doch durch die Tür trat nicht wie erhofft das Corpus Delicti in Form von Christina ein, sondern es erschienen die städtischen Rechtsbeamten Ceil und Jabach, der Kommissar vom Hochgericht Dr. Blankenberg sowie Dr. Hinrich von Climbach.

Bei ihrem Erscheinen erhob sich zum Romschwinckel von seinem Platz und lief dem Kollegen Dr. Blankenberg mit offenen Armen entgegen.

»Walram Blankenberg, mein Freund«, begrüßte er ihn, »nun kann uns nichts mehr passieren. Die Elite steht uns bei, und das alles wegen einer kleinen Stadthure. Hat Euch, meine Herren, das Weib etwa so verunsichert, dass uns nur eine starke Verteidigungsfeste an Schöffen und Rechtsgelehrten vor der Hexe schützen kann?« Er blickte sich lachend um.

»Das Lachen wird Euch gleich vergehen, zum Romschwinckel. Der Domherr Jacob Voss wurde heute vom päpstlichen Inquisitor im eigenen Gotteshaus verhaftet und in Ketten abgeführt. Er wurde soeben dem Offizialat überstellt. Was für eine Tragödie! Und alles nur wegen der Beschuldigung einer kleinen Hexe. Alle von Gott abtrünnigen Weiber müsste man als Hexen verbrennen, sie sind doch nur da, um uns vom Wege abzubringen«, fiel ihm der Geistliche ins Wort, der als Letzter an der Seite des Bürgermeisters den Raum betreten hatte.

»Euer Hochwürden, Dr. Hinrich von Climbach? Ihr traut Euch noch hierher, nachdem Ihr mittels eines gottlosen Flugblattes unsere Stadt Köln als Brutstätte von Hexen verunglimpft habt und uns obendrein vorwerft, wir würden unsere Stadt mit unserer Untätigkeit ihres heiligen Namens berauben? Seid Ihr noch bei Sinnen?«, fauchte Dr. Wissius, bevor er sich mit hochrotem Kopf vor dem Bürgermeister verbeugte, der neben von Climbach stand.

Der Bürgermeister war ein kleiner Mann mit üppigem Bauch und etwas zu kurzen Beinen. Er trug einen schwarzen Mantel mit steifem Kragen und verbarg sein alterndes Gesicht bis zum spärlichen Kinnbart unter einem schwarzen Hut. Es war unter seiner Würde, sich an dem Streitgespräch zu beteiligen, und so ging er schweigend zum Lehnstuhl am Ende des Tisches, um sich dort würdevoll niederzulassen. Dennoch schweiften seine kleinen eng stehenden Augen flink wie die eines Vogels hin und her und erfassten jede noch so kleinste Bewegung im Saal. Mit einer Handbewegung gab er Jabach ein Zeichen, woraufhin dieser die eiserne Klingel vor sich auf dem Tisch ergriff und zu läuten begann.

»Meine Herren«, begann der Bürgermeister mit einer kraftvollen Stimme, die man ihm nicht zugetraut hätte, »Ihr befindet Euch in den heiligen Wänden des Ratssaales, also benehmt Euch auch so, wie es Eurem jeweiligen Stand zukommt! Es kann nicht sein, dass sich wegen eines Weibes, noch bevor es überhaupt hier aufgetaucht ist, die besten Männer unserer Stadt in die Haare kriegen. Und jetzt lasst sie endlich herein«, befahl er müde, »sofern sie es sich nicht anders überlegt hat.« In seinen Worten schwang hörbar die Hoffnung mit, dass die Anhörung nie stattfinden würde. Denn selbst er, der

Bürgermeister, hatte sich in den letzten Tagen kaum noch auf die Straße getraut, da der Pöbel mannshohe Strohpuppen mit seinem Bildnis und aufgesetzten Teufelshörnern vor dem Rathaus verbrannt und lautstark seinen Tod als hohes Mitglied der Hexensekte um Jacob Voss gefordert hatte.

Von Tag zu Tag vermehrten sich die Hexengerüchte in der Stadt, und der Pöbel schrie nach Tod und Feuer. Obwohl der Bürgermeister die Brutstätte der üblen Nachreden noch in ihren Wurzeln ausgeräuchert und zwei der ketzerischen Weiber vom »Raben« in den Frankenturm hatte bringen lassen, wollte keine Ruhe einkehren. Die Hexengerüchte um Christina Plum zogen immer größere Kreise, und immer mehr unbescholtene Bürger fielen ihnen zum Opfer. Zu guter Letzt war auch noch dieser Hexenhasser von Climbach mit seinem Flugblatt aufgetaucht. Man wusste nie genau, auf wessen Seite der fanatische Geistliche gerade stand und ob er die Gunst des Erzbischofs genoss oder wieder einmal in Ungnade gefallen war. Das Flugblatt war die Veranlassung für den Bürgermeister gewesen, einen Teil der Bezichtigten des städtischen Gerichts zusammenzurufen, um sie dem vermaledeiten Weib als Zeugen gegenüberzustellen.

Wenige Augenblicke später erschien Christina im Ratszimmer. Sie hatte auf den Turmstufen einen leichten Schwächeanfall erlitten, doch Auge in Auge mit denen, die sie in die Hölle mitzunehmen gedachte, ging es ihr wieder besser. Es kam ihr vor, als hätten sich die Richter seit dem letzten Verhör nicht von der Stelle gerührt, als seien sie immer hier gewesen, mit ihren viereckigen Baretten, ihren roten und schwarzen Mänteln an ihre Plätze gebannt, von denen sie sich nun erhoben.

Das Gespräch mit dem Domherrn hatte Christina mit sich ausgesöhnt und ihr Kraft gegeben. Zugleich hatte es die Erinnerung an die bittere Vergangenheit verdrängt. Wie weit all das zurücklag. Wie unwirklich es angesichts der seltsamen Empfindungen war, die sie nun durchlebte. Sie tötete alle Gedanken an eine Zukunft ab, als sie wie mechanisch die Laube des Rathauses passierte. Sie hatte nur noch ein einziges Bedürfnis: Rache. So begab sie sich, mit dem Gefühl des Abschieds im Herzen, aber gut vorbereitet in die Höhle des Löwen und fühlte sich fast heiter und schwerelos. Lächelnd blickte sie Dr. Wissius ins Gesicht, der mit gestrecktem Hals starr auf sie herabsah.

»Was führt Euch zu uns, meine Tochter, nachdem wir Euch das letzte Mal unter der Versicherung gehen ließen, dass Ihr mit Euren bösen Reden keinen weiteren Schaden anrichtet?«, fragte er sie angesichts des anwesenden Bürgermeisters mit gespielter Freundlichkeit.

»Ich komme wegen der Hexengerüchte in der Stadt.«

»Fühlt Ihr Euch von Ihnen denn noch immer belästigt? Oder gar von den Hexen?«

»Nein, Herr Richter. Wie sollte ich auch, denn ich bin nun selbst eine von ihnen.«

Ein Raunen ging durch den Saal. Dr. Wissius flüsterte seinen Nachbarn etwas zu und schüttelte den Kopf. »Ihr wisst, was eine solche Selbstbezichtigung nach sich zieht?«, fragte er ungläubig. »Eine Stellungnahme vor dem Hohen Gericht, Folter, eventuell sogar Tod durch Brennen?«

»Dessen bin ich mir bewusst, hoher Richter.«

»Woher dann dieser Sinneswandel? Ich erinnere mich, dass Ihr beim ersten Mal nur als stille Beobachterin dem Hexentreiben beigewohnt habt«, fragte er stirnrunzelnd.

»Damals war mir noch nicht bekannt, wer meine Mutter und mein Vater sind«, log sie.

»Ich entsinne mich, dass sich Eure Mutter bester Gesundheit erfreut –«

»Meine Mutter ist eine Hexe!«, unterbrach ihn Christina brüsk.

»Bei Gott!« Zum Romschwinckel musste lachen. »Die Margarethe Plum ist alt und grau, ihr Ehemann hat ihr zu Lebzeiten gehörig zugesetzt, das schon, aber ein Teufelsweib? Ihr vergeudet nur unsere Zeit, Christina Plum.«

»Euch wird das Lachen noch im Halse stecken bleiben, hohe Richter«, erwiderte sie furchtlos. »Ich habe lange Zeit auf Schloss Lechenich zugebracht, bei meiner Mutter – Sophia von Langenberg!«

Ihre Überraschung war gelungen. Wissius' kantiges Gesicht war plötzlich mit hektischen roten Flecken übersät, nervös trommelte er mit den Fingern auf der Tischplatte. »Wollt Ihr uns noch mehr Lügen auftischen? Wir haben nicht die Zeit, uns Eure Märchen anzuhören. Die Hexe Sophia von Langenberg war eine Nonne in Santa Klara. Sie hat keine Tochter.«

Der Bürgermeister warf einen strengen Blick in die Runde, und Dr. Wissius beruhigte sich wieder. Auf den anderen Gesichtern machte sich eine allgemeine Ratlosigkeit breit.

Christina bereitete es teuflische Freude weiterzumachen. »Das sind keine Märchen, hoher Richter«, widersprach sie dem Kommissar. »Ich will es Euch gern beweisen, indem ich Euch zu meiner Geburtsstätte im Kloster führe. Dort kann ich Euch auch vor Augen führen, welches Schicksal mich dort erwartet hätte, hätten vor langer Zeit nicht Gott und mein leiblicher Vater sich meiner erbarmt.« Sie sah vom Kommissar zum Bürgermeister und lächelte. »Das arme Kindlein der Frau Bürgermeister hatte hingegen nicht so ein Glück. Der Teufel hat es geholt.«

»Schweigt! Ihr seid doch verrückt! Irr im Kopf! Alles nur Phantasmen einer Hysterischen!«, riefen die Schöffen jetzt erregt durcheinander.

Im Saal entstand ein Tumult, der nicht nur entfernt Ähnlichkeit mit dem Summen eines Bienenschwarms aufwies. Nur der Bürgermeister war still geblieben und beobachtete Christina nachdenklich. Ihre Anschuldigung beeindruckte ihn nicht. »Wie kommt Ihr darauf, so etwas zu behaupten? Wollt Ihr damit sagen, dass die Frau Bürgermeisterin auch eine Hexe ist?«

Christina nickte. »Ja, Euer Hochwohlgeboren.«

»Habt Ihr sie denn auf einem Tanze gesehen?«

»Sie kam immer gemeinsam mit der Postmeisterin. Der Teufel an ihrer Seite sah aus wie der hohe Richter.« Blitzschnell wies sie mit dem Finger auf den erblassenden Kommissar Wissius.

Um die Mundwinkel des Bürgermeisters begann es leicht zu zucken. Sein Blick traf Wissius wie ein Degenhieb. Hatte er von dessen Verhältnis zu seinem Weibe gewusst?

»Und wie ist es Euch möglich, die Hexen von unschuldigen Menschen zu unterscheiden?«, bohrte das Stadtoberhaupt unbeeindruckt weiter. Wollte er Christina eine Falle stellen?

»Kommen die Besucher in Hexenweise, so schweben sie etwa einen Fuß über dem Boden. Kommen sie hingegen in Menschenweise, so gehen sie wie Menschen auf der Erde. Es ist ganz einfach.«

»Und wie bewegt Ihr Euch, mein Kind? Wenn Ihr behauptet,

eine Hexe zu sein, so müsstet Ihr jetzt doch auch schweben, oder etwa nicht?«, fragte er mit steinernem Lächeln.

Christina blieb ihm die Antwort schuldig, sah sich lediglich einen Moment verwirrt und ratlos um. Mit einer solchen Frage hatte sie nicht gerechnet. »Die Postmeisterin sagte mir, die Hexen, die gern auch am Tag auf der Straße feiern, könnten dann nicht gesehen werden«, erklärte sie mit unsicherer Stimme.

Ihre Antwort sorgte für Erleichterung bei den Schöffen. Schnell beeilte sich Christina hinzuzufügen: »Hexen und Teufel erkenne ich. Wenn ich die Namen ›Jesus und Maria‹ ausspreche, dann entweicht der Teufel, aber die Hexen bleiben und plagen mich weiter.«

»Was für ein Märchen. Ihr habt ja nicht alle fünf Sinne beisammen«, bemerkte der Richter ironisch. »Habt Ihr die Geschichte schon anderen außer dem Gericht erzählt?«

»Meinem Beichtvater, hoher Richter.«

»Und wie hat dieser reagiert?«

»Er hat die Klappe zugeschlagen und gesagt, ich phantasiere.«

»Wer ist Euer Beichtvater?«

Christina blickte Hinrich von Climbach an, dessen Augen drohend funkelten. »Er«, log sie und wies auf den Dechanten. »Er hat mir auch erklärt, dass Geschlechtsverkehr mit Ehemännern oder überhaupt mit Männern keine Sünde sei, sondern nur fleischliche Wollust. Außerdem hat er mich mit Unzucht geplagt.«

»Ist er denn auch auf einem Tanze gewesen?«, fragte der Bürgermeister.

»Ja, Euer Ehren.«

»Wäret Ihr unter Umständen bereit, die Anschuldigungen der hochgestellten Persönlichkeiten unserer Stadt wieder zurückzunehmen?«, fragte der Bürgermeister nach einer kleinen Verschnaufpause. »Ich bin mir sicher, sie sind unschuldig.«

»Nein, Euer Ehren, denn ich schwöre bei Gott, dass alle, die ich bisher genannt habe, Mitglieder einer verschlagenen Hexensekte sind, welche ihr Unheil in der Stadt treibt. Hier, Euer Ehren, lest selbst!«

Sie trat zum Platz des Bürgermeisters und legte ihm die stark abgegriffene Liste aus Sophias Tagebuch auf den Tisch. Er zog ein Glas aus dem Rock, klemmte es sich in das rechte Auge und überflog die Zeilen mit zusammengezogenen Brauen.

Es wurde totenstill im Saal. Man hätte eine Nadel zu Boden fallen hören. Alle hatten dem Bürgermeister gespannt die Köpfe zugewandt. Als er das Papier schließlich aus der Hand legte, holte er tief Luft und presste die sowieso schon schmalen Lippen zu einem noch dünneren Strich zusammen, bevor er energisch das Kinn hob. »Tragt Ihr irgendetwas am Leibe, das Euch als Hexe ausweist? Ein Amulett oder etwas anderes?«

»Ja, Euer Ehren. Ein christliches Symbol, ein sogenanntes Lamm Gottes. Ich trage es am Hals. Seht selbst.« Zur Bestätigung zeigte sie ihm eine schwarze Kapsel an einem schwarzen Strick. »In der Kapsel befindet sich ein Stück weißes Wachs, Überreste vom heiligen Sebastian aus Speyer und ein Stückchen von der Kleidung Jesu. Ich besitze auch eine Reliquie von St. Ursula. Die Kapsel habe ich von der Postmeisterin zum Schutz erhalten, als sie sich mir einmal im zärtlichen Liebesspiel näherte, die Reliquie hat mir der Dechant von St. Severin zugesteckt.«

Dr. Hinrich von Climbach schäumte vor Wut. Er hatte den Kopf in die Hände gestützt und schüttelte ihn immer wieder fassungslos. Christina hatte ihn zu einem gebrochenen Mann gemacht.

Das Kollegium steckte die Köpfe zusammen und beratschlagte. Alle schienen ratlos, was sie von Christinas Aussagen halten sollten, aber in einem Punkt waren sie sich alle einig: Ein weiteres Mal konnte sie nicht wieder in die Freiheit entlassen werden, zu viel stand für sie als Räte auf dem Spiel.

»Wir werden Euch in den Frankenturm sperren, bis der Greve Eurer Folter zugestimmt hat. Einerseits halten wir Euer Gefasel für unhaltbares Geschwätz, andererseits scheint Ihr einen Racheplan zu verfolgen, was einem Verbrechen gleichkommt. Seid Ihr gewillt, noch mehr hohe Bürger dieser Stadt zu denunzieren, dann gnade Euch Gott, denn dann werdet Ihr als Hexe auf dem Scheiterhaufen brennen«, erklärte Kommissar Wissius in seiner Eigenschaft als Richter. Sein Blick hingegen sprach andere Worte: »Bete zu Gott, dass ich dich nicht in meine Finger bekomme. Denn dann drehe ich dir so langsam deinen Hals um, dass du mir dabei in die Augen sehen musst.«

Schon wenige Stunden später verhandelten die Vertreter des Rates der Stadt und des kurfürstlichen Hofrates über Christina, während sich unter der Obrigkeit wilde Gerüchte und entsetzliche Ängste ausbreiteten. Hinzu kam, dass der Generalvikar, der richterliche Vertreter des Erzbischofs, in dessen Namen Christina schon einmal entlassen worden war, sie nur mit neuen, stichhaltigen Indizien verhaften lassen wollte. Bis dahin verweigerte er dem Rat ihre erneute Inhaftierung. Die Stadt aber drängte weiter darauf, die für sie gefährliche Situation ein für alle Mal zu beheben, doch ohne das Einverständnis des Generalvikars konnte Christina weder gefoltert noch zu weiteren Hexereigeständnissen gezwungen werden.

Die Verwirrung um die Zuständigkeiten der rechtlichen Instanzen nahm nun groteske Züge an. Wegen der von Christina vorgelegten Denunziationsliste drohte der Konflikt zwischen dem Kurfürsten als Gerichtsherrn einerseits sowie dem Greven, also dem Generalvikar, und dem Schöffenkollegium andererseits zu eskalieren. Entgegen dem Wunsch des Generalvikars hielt der Rat die Liste mit den denunzierten Personen unter Verschluss. Und während Christina im Gefängnis auf weitere Verhandlungen wartete, trafen beim zuständigen städtischen Notar von den speziell informierten Honoratioren erste ausführliche und denkwürdige Reinigungsschriften der Bezichtigten ein.

Der Untersuchungsrichter Dr. Wissius verurteilte als einer der Ersten in einem Schreiben die gegen ihn erhobenen grausamen und abscheulichen Hexereivorwürfe der ruchlosen Verleumderin. Er verwahre sich mit allen Mitteln gegen den falschen Verdacht und lasse seinen guten Ruf nicht besudeln, so der Tenor.

Christina wurde bei Nacht und Nebel in aller Eile zur nördlichen Vorstadt in den Frankenturm an der Stadtmauer oberhalb vom Hafen gebracht. In ihrem neuen Gefängnis besuchte sie der Dechant von St. Severin in Begleitung eines Geistlichen mit Namen Pater Hahn, der die Befürchtung hegte, sie könnte auch Jesuiten beim Tanz gesehen haben. Doch Christina verneinte.

Hinrich von Climbach redete ihr noch einmal ausdrücklich ins Gewissen, von ihrem unheilvollen Weg abzulassen. Wenn sie seinen Namen wenigstens nicht im Zusammenhang mit der Hexerei erwähne, so versprach er, würde er sie für alles, was er ihr angetan hatte, reichlich entschädigen.

Aus seinem Verhalten sprach pure Angst. Immerfort lief er im Gefängnis vor ihr auf und ab, rieb sich die schwitzenden Finger und fiel einmal sogar mit erhobenen Händen vor ihr auf die Knie.

Er leide unter Schlafstörungen und nervösen Magenproblemen, so klagte er, und geißele sich Nacht für Nacht für die Sünde, ihr begegnet zu sein. Christina empfand Genugtuung, den Geistlichen so leiden zu sehen. Sie bespuckte ihn und schimpfte ihn einen Hundsfott und Teufelsfürsten. Obwohl sie wieder an die Wand gefesselt war, öffnete sie mehrfach ihre Schenkel und forderte ihn auf: »Nun, Hochwürden, bedient Euch, wie Ihr es schon auf den Gängen in Schloss Lechenich getan habt. Was ist – Ihr habt Angst? Ihr weigert Euch? Aber so eine gute Gelegenheit bekommt Ihr nie wieder, Hochwürden. Ihr dürft gern auch mit Eurem Freund, dem Herrn von Coesfeld, wiederkommen. Gemeinsam macht es doch viel mehr Spaß, nicht wahr? Aber diesmal wird Euer Schwengel in mir verbrennen, weil ich mit dem Oberteufel Unzucht begangen habe und vor Dreck stinke. Allesamt werdet Ihr in der Hölle schmoren, das schwöre ich.«

Sie wusste nicht mehr, wie viel Zeit sie in der Dunkelheit der jeden Schrei schluckenden Mauern verbracht hatte, als der Generalvikar zu ihr gelassen wurde. Er befahl dem Turmwärter, sie von den Eisen loszubinden, doch wenn er gehofft hatte, sie würde ihm dafür dankbar zu Füßen fallen, so hatte er sich geirrt. Sie kroch nur noch weiter in das Gewölbe hinein und hielt abwehrend die Hände vor sich.

»Fasst mich nicht an. Hebt Euch hinweg von mir, Teufel«, grunzte sie und bedachte ihn mit bösen Blicken. »Was wollt Ihr noch von mir?«

Bernard Fresenius, der Generalvikar, ließ sich nicht beirren. Es schmerzte ihn, als er die feuchten kalten Mauern sah, den Unrat, in dem sie saß, und ihre blau gefrorenen Lippen, die zitterten, während ihre Zähne vor Kälte unaufhörlich aufeinanderschlugen. Es war mittlerweile Dezember, bitterkalt, und sie trug noch immer ihr Sommerkleid. Lediglich der Mantel, den er ihr bei ihrer letzten Begegnung umgehängt hatte, schützte sie vor dem Erfrieren. Doch selbst als armselige Märtyrerin war sie noch von auffallender Schönheit, die ihn stärker ergriff als ihr bedauernswerter Zustand. Aufrecht, die Hände vor der Brust gefaltet, stand er vor ihr.

»Ich musste dich noch einmal sehen, mein Kind. Leider konnte ich deine Inhaftierung nicht verhindern, und es schmerzt mein Vaterherz, dich in dieser Situation vorzufinden. Warum nur willst du dir wie Christus Leiden auferlegen? Du bist noch jung, dir stehen alle Tore offen. Ein junger Mensch wie du sollte leben und nicht sterben. Was bezweckst du mit deinem Verhalten? Am Ende wirst du die einzige Verliererin sein. Widerrufe deine unsinnigen Anschuldigen, und ich werde alles veranlassen, damit man dich sofort in die Freiheit entlässt, meine Tochter.«

»Was soll das Geschwätz, Hochwürden?«, antwortete sie ungerührt und spuckte abfällig vor ihm aus. »Nichts dergleichen werde ich tun. Im Gegenteil. Bringt mich vor das Hohe Gericht, und die hohen Herrschaften werden vor mir erzittern. Jeden Einzelnen von Sophias Liste werde ich besagen, und sei es unter der Folter. Das bin ich ihr, Marie, Leonardo, den getöteten Kindern und all den anderen armen, unschuldigen Opfern im Kloster schuldig.«

»Warum bist du nur so halsstarrig? Ich bin der vom Fürsten eingesetzte Greve, dein Leben liegt in meiner Hand, meine Tochter.«

»Das ist mir bekannt.«

»Dass du bisher von der Folter verschont bliebst, hast du allein mir zu verdanken. Bis jetzt konnte ich dem Druck des Rates widerstehen, aber jetzt sind seine Mitglieder so wütend, dass sie vor nichts mehr zurückschrecken, weder vor Mord noch vor Folter ohne meine Einwilligung. Ich kann dich nicht mehr schützen, wenn du nicht widerrufst.«

»Dann wird es der Teufel tun«, erwiderte sie. »Und ich sagte Euch bereits, ich bin nicht Eure Tochter und will auch Eure Hilfe nicht.«

Da sah er mit einem seltsamen Ausdruck auf sie hinab, als bedaure er ihre Begegnung, und schlug traurig ein letztes Mal das Kreuz über ihr. »Dann soll es so sein«, sagte er und verließ das Gefängnis.

Einen Tag später erschienen zur Mittagszeit die Räte in ihrem Kerker. Diesmal waren zwei weitere Schöffen anwesend, ein gewisser Dr. Spiegel und der städtische Beamte Johan Georgh Funckius. Die Riege der Geistlichen hatte sich um einen gewissen Pater Mario erweitert, und zum Schluss betrat an der Seite Hinrich von Climbachs auch Johann von Coesfeld das Gefängnis. Seiner hohen Gestalt wegen musste er sich tief bücken und rümpfte bei Christinas Anblick angewidert die Nase.

Als man ihr die drei neuen Gesichter vorstellte, erinnerte sich Christina, ihre Namen ebenfalls auf der Liste gelesen zu haben. Auf die letzte gutwillige Anfrage, ob sie die Denunziationen zurücknehmen würde, schüttelte sie nur energisch den Kopf und erklärte ihnen, kein Problem damit zu haben, den betreffenden Persönlichkeiten gegenübergestellt zu werden und auszusagen, sie habe sie beim Tanze beobachtet. Ja, sie genoss es förmlich, die mächtigsten Männer der Stadt vor ihr kriechen zu sehen. Wie Hunde winselten sie um Erbarmen, aber Christina zeigte nur ein zufriedenes und überlegenes Lächeln, und die Herren zogen mit hängenden Köpfen wieder ab.

Als Johann von Coesfeld sich noch einmal zu ihr umdrehte, schickte sie ihm eine obszöne Geste hinterher und rief: »Ihr werdet vor Gericht noch vor mir zittern! Rache für Leonardo, Rache dafür, dass Ihr mich und ihn so schändlich hintergangen habt!«

In den nächsten Tagen besuchten Christina mehrere neugierige Geistliche, die sie für eine Hexe hielten. Sie wollten alles über die Besucher und Besucherinnen vom Hexensabbat erfahren, um die vermeintliche Kölner Hexensekte radikal ausrotten zu können – oder aber, um dadurch sich selbst oder andere Beschuldigte vor Anklagen wegen Hexerei besser schützen zu können, so genau wusste man es nicht. Christina reagierte mit Flüchen und Gotteslästereien, während der Rat die Einmischung der verschiedenen Geistlichen in den Prozess mit großem Entsetzen registrierte. Zuletzt wurden Christina zwei Soldaten zur Bewachung zugeteilt, und nur noch eigens beauftragte Räte durften in ihr Gefängnis.

Unter den Bewohnern der Stadt herrschte eine ebenso große Verwirrung. Viele schlugen sich, angeheizt durch den vorausgegangenen Prozess an der Postmeisterin, auf Christinas Seite, andere witterten ein riesiges Hexenspektakel und forderten lauthals ihre Hinrichtung. Wieder andere feierten sie bereits als neue Märtyrerin.

Die Räte rieten den Kölner Pastoren, in Predigten und Beichtgesprächen *»die christliche Gemeinde von den Kanzeln zu eifrigen Gebeten zu ermahnen, damit der Allmächtige Gott bei diesem Prozess seine göttliche Gnade erteilen wolle … damit der Unschuldigen Unschuld an den Tag komme, der Schuldigen Bosheit und Laster aber dem Verdienst nach bestraft werden möge.«*

Inzwischen vegetierte Christina im Frankenturm allein und in Finsternis dahin. Am Tag wehrte sie sich gegen die Zudringlichkeiten ihrer Bewacher, indem sie ihre Krankheiten vorschob. Als einer der Wächter einmal ihre Schenkel knetete, während sie schlief, und sie unter der groben Berührung ängstlich hochschrak, nutzte sie das Fieber, das ihren geschwächten Körper seit Tagen plagte, und gab vor, unter Beulenpest zu leiden.

Der Wachmann, ein junger, knochiger Mann mit viel zu großen Händen und riesigen Ohren, wollte sich jedoch vergewissern und riss ihr in der Kälte die Kleider vom Leib. Mit einer brennenden Fackel in der Hand suchte er nach nässenden Beulen in ihrer Leiste und den Armhöhlen. Als er keine Anzeichen der Krankheit bei ihr fand, ging er zur Tür, lauschte, kam zu ihr zurück und legte sich dann auf sie.

Christina versuchte, ihn von sich zu schieben, und bat fluchend und schreiend den Teufel um Hilfe. Ihr Körper wand sich in Zuckungen unter ihm, Schaum trat ihr vor den Mund, und der Schweiß schoss ihr aus allen Poren.

Sein Blick bohrte sich in ihre Augen, während der Anfall ihren Körper ergriff und erzittern ließ. Als sie in eine alles auslöschende Ohnmacht hinabglitt, sah sie sich neben Leonardo sitzen und die Sterne am Himmel zählen, während er ihr den Fieberschweiß mit Weihwasser abwusch. Dann umgab sie plötzlich Finsternis, in der die Gesichter des Postmeisters und des Dechanten mit dem von Leonardo verschwammen. Christina war es, als ginge sie auf einem Pfad aus Schleim und Blut, sie wollte nur noch sterben.

»Schwöre, du Teufelshure!«, befahl ihr der Wachmann, als er sich von ihr hinabwälzte. »Schwöre, dass du niemandem etwas sagst. Und komm bloß nicht auf die Idee, mich ebenfalls in die Hölle schicken zu wollen.« Er erwartete nicht einmal eine Antwort, sondern verließ ihre Zelle, um vor den anderen Wachmännern im Gang mit seiner Tat zu prahlen. Christina hörte sie leise tuscheln und sich gegenseitig zuprosten, bis ihr lautes monotones Schnarchen vor ihrer Gefängnistür erklang. Sie waren eingeschlafen.

Den Gedanken an Flucht, der sie einen kurzen Augenblick belebte, verwarf sie rasch wieder. Stattdessen faltete sie die Hände und flüsterte: »Oh, heilige Sophia von Langenberg, bitte, so bring mich fort von hier.«

Doch niemand hörte ihre Worte. Ihre Zähne schlugen weiterhin aufeinander, und sie biss sich auf die schwere Zunge, die wie ein

Sandklumpen in ihrer ausgedörrten Mundhöhle lag. Der Schrei, der in ihr aufstieg, drang nicht nach außen. Oder war vielleicht doch nur alles Einbildung gewesen?

»Ich werde durchhalten, ich werde durchhalten, für Marie, für Leonardo und die Mutter.« Immer wieder und wieder hämmerte sie sich den Satz in ihr Gedächtnis, während sie sich die schmalen Handgelenke an den scharfen Mauern blutig schlug. »Für Marie, für Leonardo und die Mutter. Beim Teufel, es soll mich nicht stören, bald selbst ein Kadaver zu sein.«

XX.

Inzwischen befand sich der Rat dermaßen in Zugzwang, dass er sich zu einer streng verbotenen Maßnahme entschloss und nochmals alle von Christina denunzierten Personen anschrieb. Daraufhin fanden erneut Vermittlungsgespräche zwischen Stadtrat und Gericht statt, und am 17. Dezember 1629 erklärte sich der Greve schließlich einverstanden, Christina am darauffolgenden Tag zu übernehmen.

Es begann eben zu tagen, als sie, stark geschwächt durch den langen Aufenthalt im Frankenturm, in Begleitung ihrer Bewacher den Gerichtssaal des Hohen Gerichts im erzbischöflichen Palais betrat.

Der Saal, der zu einem der ältesten Teile im südlichen Domhof gehörte, zeichnete sich durch ein hohes Spitzbogengewölbe aus, von dem reich geschnitzter Deckenzierrat herabhing, und glich in seiner Anordnung einer kleineren Kapelle.

In den seitlichen Chorstühlen saßen jeweils zwölf Schöffen, in der Mitte befand sich je ein Gerichtsstuhl für die Verteidigung und die Angeklagte, und im hinteren Teil, unterhalb des Gekreuzigten, thronten hinter einem prächtigen Pult die Herren Richter mit dem Greven. Die Wände waren mit Fresken ausgestaltet, und die mächtigen Säulen zierten die Wappen der adligen Schöffen. Die Butzenscheibenfenster tauchten den Saal in ein trübes Halbdunkel, ein paar Leuchter mit Kerzen trugen zu der unheimlichen Stimmung noch das Übrige bei.

Winterluft zog durch den Raum. Es war eisig kalt an diesem Morgen. Der Rhein führte dicke Eisbrocken mit sich, die an den Pfeilern der alten Holzbrücken zerbarsten. Glitzernder weißer Schnee bedeckte die Dächer und säumte die Gesimse der Häuser. Trotz des Wetters und der frühen Stunde drängten sich bereits viele Leute in den Gängen. Manche von ihnen waren wie zu einer Theatervorstellung erschienen oder wie zu einem öffentlichen juristischen Kolleg, denn der größte Teil bestand aus Studenten und zukünftigen Schöffen der Kölner Universität. Die riesige Tür wurde von hellebardenbewehrten Gerichtsdienern mit Halskrause und Federbarett bewacht.

Christina wollte keinen Verteidiger. Der Generalvikar hatte ihr einen zugewiesen, den sie jedoch höhnisch lachend abgelehnt hatte. Nun saß sie von Gerichtsdienern streng bewacht unter einem Kruzifix in ihrem Sünderstuhl. Neben sich und hinter sich konnte sie gedämpfte Stimmen und Kommentare vernehmen.

»Ein solch aufwendiger Prozess für so ein Ungeheuer! Hexen wie sie sollten gleich im Feuer enden«, hörte sie einmal dicht neben sich. Dann wieder: »Das ist doch nur ein albernes Possenspiel. Das Weib ist nicht mehr eine Hexe als Ihr oder ich. Ich habe gehört, es soll eine wüste Intrige dahinterstecken.«

Christina beugte sich ein wenig vor, um das Gesicht des Sprechers zu erkennen, der offenbar mehr wusste, sich aber nicht klar darüber war, welch gefährliche Ansicht er vertrat. Sie hatte ihn noch nie gesehen. Dafür erkannte sie einige Zeugen wieder, darunter den Dechanten von Climbach, Johann von Coesfeld, natürlich ganz in Schwarz, und den Reichsgrafen, der einen auffälligen roten Rock trug.

Doch plötzlich erstarrte der Gerichtssaal in lautloser Stille. Der Greve war eingetreten, um die Verhandlung zu eröffnen. Ihm folgten der päpstliche Inquisitor, der Vorsitzende des Gerichts, zwei Richter und mehrere Gerichtsdiener.

»Ihr Herren, Hohes Gericht!«, verkündete plötzlich eine laute Stimme.

Die Zuhörerschaft, die geistlichen und weltlichen Eleven der Stadt, ein Meer aus pompösen Roben, Hermelinkrägen und viereckigen Mützen, erhob sich.

Endlich herrschte vollkommene Stille. Einer der Geistlichen sprach ein Gebet, dann hielt er Christina das Kreuz entgegen. Sie küsste es, bekreuzigte sich und richtete ihre Augen auf den Generalvikar, der das Gleiche tat. Ihre Augen tauchten ineinander, die seinen traurig und immer noch bittend, ihre unverändert mit höhnischem und vorwurfsvollem Blick.

»Leiste den Eid, Angeklagte«, sagte er. Mit zitternden Fingern glättete er ein Schriftstück, das ein Gerichtsdiener ihm reichte. Es musste die Liste sein. Christina schloss die Augen, um sich ganz auf ihre Rache zu konzentrieren, dann begann das Verhör.

Wie schon beim ersten Mal eröffnete Dr. Wissius die Befragung. »Wo hat der Hexensabbat stattgefunden?«

»Im Weingarten der Familie Voss.«

»Kanntet Ihr sie denn, die Frau Postmeisterin?«

»Ja, recht gut, aus dem Kloster Santa Klara.«

»Wie gut?«

»Sie hat zuweilen meinen Willen gefordert«, log sie abermals.

»Haben ihn noch andere gefordert?«

»Ja.«

Gemurmel in den Reihen der Schöffen.

»Wer? Könnt Ihr uns die Personen zeigen?«

Christina wendete langsam den Kopf und blickte zur Zeugenbank. Dann hob sie die Hand und wies auf Hinrich von Climbach und Johann von Coesfeld. Ihre giftigen Blicke trafen sie. Von Climbach wirkte um Jahre gealtert.

»Diese Herren haben an mir auf den Gängen des Schlosses Lechenich den Geschlechtsverkehr vollzogen, als ich beim Kurfürsten für meine wahre Mutter Sophia von Langenberg Gnade erflehen wollte.«

»Ihr gebt also zu, die Tochter einer Hexe zu sein?«, höhnte zum Romschwinckel.

»Ich bin die Tochter der heiligen Nonne Sophia aus dem Kloster Santa Klara«, antwortete sie mit lauter, fester Stimme. »Zu Christina Plum wurde ich noch als Neugeborenes, nachdem mich die Hexen im Kloster während einer Teufelsaustreibung töten wollten. Ich wurde von der Äbtissin Benedikta gerettet, die mit ihrem späteren Tod einen hohen Preis dafür bezahlen musste. Beweise für die Teufelsaustreibungen an Schwangeren und die anschließenden Tötungen der Kinder im Kloster kann ich zur Genüge erbringen.«

Der Generalvikar war während ihrer Worte blass geworden. »Wer, glaubst du, hat die Mutter Äbtissin getötet?«, fragte er.

»Die nachfolgende Äbtissin Ursula, wahrscheinlich auf Befehl meines leiblichen Vaters.« Christina wartete. Würde er nach dem Namen fragen?

Aber der Generalvikar zeigte keine Regung. »Hast du auf solchen Teufelsaustreibungen die anwesenden Hexen und Teufel erkannt?«, fragte er stattdessen.

»Ja, Euer Ehren, es waren dieselben wie die auf dem Hexensabbat und bei den ausschweifenden Gelagen im Kloster, über die ich schon in vorausgegangenen Verhören berichtete.«

»Kannst du sie beim Namen benennen? Sind sie im Saal anwesend?«

»Manche, Euer Ehren. Auf der Liste, die Ihr vor Euch liegen habt, stehen die Namen, die mir seit meiner Einkleidung im Kloster, bei der ich einige der Hexen das erste Mal zu Gesicht bekam, im Gedächtnis verblieben sind.« Noch einmal zählte sie die Namen der hohen Herrschaften auf: »Der städtische Syndikus Dr. Wissius, der Domherr Fürst Franz von Lothringen, der Weihbischof Otto Gereon von Gutmann, die Frau des Bürgermeisters, die Frau des ehrenwerten Herrn Spiegel, der Schöffe des Hohen Gerichts, Johann zum Romschwinckel, und …« Sie holte tief Luft. Schon nach der Nennung der ersten Namen waren mehrere Schöffen und Zeugen aufgesprungen.

Dr. Wissius sah aus, als stünde er kurz davor, die Beherrschung zu verlieren. »Hexe!«, zischte er.

Der Generalvikar hob die Hand und wartete, bis wieder Ruhe eintrat. »Und … wer noch?«, fragte er.

»Der Reichsgraf Leonard von Taxis und der Kurfürst und Erzbischof von Köln, Ferdinand von Wittelsbach.«

Die ehrwürdigen Mauern schienen zu erbeben, dann brach ein wahrer Orkan los. Alles redete und schrie durcheinander. Die Menge war außer sich.

Unbeirrt von den vielstimmigen Rufen, die ihren Tod forderten, schwang Christina sich flink auf den Tisch vor ihr und wies auf den Generalvikar. »Und dieser Mann hier, Ihr hohen Richter und Bürger dieser Stadt, ist der Mann, der letztendlich hinter den Morden an der Äbtissin Benedikta, dem Pater Antonio, der heiligen Sophia von Langenberg, der Laienschwester Marie und dem Priester Leonardo steckt! Er, der Generalvikar des Erzbischofs und Greve dieses Hohen Gerichtes, ist mein leiblicher Vater, der Oberteufel beim Hexensabbat und ein Mörder! Ich musste erst im Kloster leben, Ihr Herren, um zu erfahren, zu welch grotesken Possen der Teufel fähig ist, wenn es ihm durch die Vermittlung eines Hexenmeisters ermöglicht wird, sich zu offenbaren.«

Der Einzige im Saal, der auch jetzt noch keine Regung zeigte, war der Generalvikar selbst. Nur seine Augen sprachen eine beredte Sprache. In ihnen funkelten Enttäuschung, Hass und – trotz allem noch – väterliche Liebe.

Er erhob sich zu seiner vollen Größe und starrte auf die aufgebrachte Menge, die sich an Forderungen nach Christinas Tod überbot: »Tötet die Hexe, jetzt sofort!«, »Brennen soll sie, worauf wartet Ihr noch? Wie viele ehrenwerte Bürger soll sie noch denunzieren?«.

Der Blick des Generalvikars schien hart und emotionslos, doch während er die Arme hob und um Ruhe bat, war sein Herz von tiefer Trauer erfüllt. »Bist du bereit, den Bezichtigten ebenso mutig von Angesicht zu Angesicht gegenüberzutreten, wie du hier deine Worte ausgesprochen hast?«, fragte er, als sich die Gemüter wieder beruhigt hatten. »Überlege dir genau, was du mir jetzt antwortest, Christina. Ich, berufen vom Erzbischof, dem Beschützer der heiligen Kirche Gottes, muss nun Zeugnisse und Beweise sammeln, um den Hexenprozess weiterführen zu dürfen.«

Sie stand vor dem Pult, sah zu ihm auf, faltete die Hände wie zum Gebet und nickte. »Ja, Euer Ehren, ich bin bereit.«

Auf sein Zeichen hin setzten sich zwei Wachen in Bewegung. Hinter der Tür waren Geräusche zu vernehmen, und gleich darauf erschienen zwei geharnischte Soldaten und ein Mönch. In ihrer Mitte führten sie zwei Frauen in den Saal, bei deren Anblick sich Christinas Herz schmerzhaft zusammenkrampfte. Die ältere der beiden musste von zwei Gerichtsdienern gestützt werden. Es war nicht zu übersehen, dass die zwei auf das Grausamste gefoltert worden waren. Während die eine mit dem pergamentartigen Gesicht ein zerquetschtes Bein hinter sich herzog, murmelte die zweite unentwegt allerlei Ungereimtheiten vor sich hin. Sie schien vor Schmerzen nicht mehr bei Sinnen zu sein. Man hatte ihr die Oberarme ausgekugelt, die jetzt wie lose Stricke an ihrem ausgemergelten Körper herabhingen. Die Gruppe stellte sich in einer Reihe vor die Geschworenentribüne.

»Nun, erkennst du die beiden Frauen wieder?«, fragte der Generalvikar.

Christina überlegte und entschied sich für die Wahrheit. »Ja, es sind Gertraud von Neuss und Mhon Ursel. Ich kenne sie aus dem ›Raben‹.«

Zum Romschwinckel hatte sich erhoben und lief um das Pult herum zu den Frauen. Er beugte sich zu Mhon Ursel hinab und hob ihr Kinn. Die alte Frau, deren Gesicht bereits vom Tod gezeichnet war, schaute ihn mit trüben Augen an.

»Stimmt es, was die Angeklagte sagt?«, fragte er. »Wurdest du beim Hexensabbat gesehen und warst an Kindstötungen im Kloster beteiligt?«

Das gemarterte Weib schüttelte nur schwach den Kopf, der kraftlos auf ihre Brust zurücksank, als zum Romschwinckel seine Hand zurückzog.

Christina sah dem Schauspiel mit gemischten Gefühlen zu. Es schmerzte sie zutiefst, dass die beiden Frauen verhaftet worden waren, und sie verstand nicht, worauf diese Inszenierung hinauslaufen sollte. Sie hatte die Reichen und Mächtigen, die wahren Mörder, treffen wollen, das, was sich jetzt vor ihren Augen abspielte, war nicht ihre Absicht gewesen.

»Lasst das Weib in Ruhe, wie soll es denn in diesem Zustand noch etwas aussagen«, herrschte sie zum Romschwinckel an. »Warum, hoher Richter, befragt Ihr nicht die wahren Schuldigen, die Herren auf der Zeugenbank zum Beispiel? Ist ihre Aussage denn weniger wert als die der alten Frauen, oder fürchten sie sich davor, mir Auge in Auge gegenüberzutreten?«

Gertraud von Neuss tauschte einen unendlich traurigen Blick mit ihr und bekundete mit klarer Stimme: »Ich kenne diese Frau nicht. Ich habe sie noch nie zuvor gesehen, und ich war auch nie im Kloster oder beim Hexensabbat. Die Angeklagte muss sich irren und uns verwechseln.«

»So kommen wir nicht weiter«, bemerkte der Generalvikar.

Zum Romschwinckel begab sich wieder zu seinem Platz und nahm die Liste in die Hand. »Woher stammt die Auflistung der Personen?«, fragte er Christina.

»Aus dem Tagebuch der Sophia von Langenberg.«

»Kommen wir zu deiner Krankheit«, übernahm der Generalvikar wieder das Ruder. »Wie uns allen bekannt ist, leidest du unter der Fallsucht. Ich brauche Beweise, die mir Aufschluss darüber geben, ob es sich bei dir wirklich nur um die Krankheit oder doch um einen Dämon handelt.«

Ein seltsames Leuchten glitt über sein Gesicht, als hielte er einen wichtigen Trumpf im Ärmel. Oder wollte er sie doch retten? »Ist es der Teufel, der dich befällt, dann kannst du ihn jederzeit herbeirufen. Die Krankheit kommt willkürlich. Dein Körper kann keinen Einfluss darauf nehmen. Also zeige uns den Dämon, verfalle in Starre, lass die Augen aus den Höhlen treten und weißen Schaum von deinen Lippen fließen. Schließlich sagt man, dass die Person, die mit dem Teufel in Verbindung steht und die man gemeinhin als echte Besessene bezeichnet, übernatürliche Macht nicht nur über andere, sondern auch über den eigenen Geist und den Körper besitzt.«

Christina wusste sehr genau, worauf er hinauswollte. Aber diesmal wollte sie ihm keinen Anfall ähnlich dem in der Klosterbibliothek vorspielen. Anscheinend ging es ihm darum, dem Gericht ihre Unglaubwürdigkeit zu beweisen, um all Ihre Beschuldigungen als die einer geistig Verwirrten hinzustellen. Zudem war sie seine Schülerin gewesen, hatte gelernt, ihren Körper und ihren Geist zu beherrschen. Auf diese Weise würde er sie nicht retten.

Der Teufel schien auf ihrer Seite zu sein, denn plötzlich ging ein Raunen durch die Reihen. Gerade als sie sich eine Antwort zurechtlegte, erschienen etwa zwanzig bewaffnete Gardisten des Erzbischofs und verteilten sich im Saal.

Es dauerte nicht lange, und eine weitere Tür wurde aufgerissen, und der Adjutant des Kurfürsten erschien mit einem Brief, den er mit einer knappen Verbeugung dem Generalvikar überreichte. Bernard öffnete das Siegel und überflog das Schreiben mit gerunzelter Stirn, bevor er sich erhob. »Angeklagte Christina Plum, ich frage dich nun zum letzten Mal: Willst du die Beschuldigungen der angesehenen Bürger und Geistlichen unserer Stadt Köln zurücknehmen?«

Christina warf trotzig den Kopf zurück und begann hysterisch zu schreien: »Das werde ich nicht und niemals tun, so wahr mir Gott oder der Teufel beistehe!«

Der Generalvikar ließ die Klingel auf dem Pult erklingen. Ohne von Christina weiter Notiz zu nehmen, verkündete er: »Unser allerheiligster Erzbischof und Kurfürst Ferdinand von Bayern hat nach dem neuesten Stand der Vernehmungen beschlossen, das Verfahren bis auf Weiteres zu vertagen. Da die Angeklagte bisher nicht bereit gewesen ist, die Denunziationen zurückzunehmen, wird sie sich nun doch der Tortur unterziehen müssen.«

Angesichts der plötzlichen Prozesswendung erklangen im Saal Laute der Enttäuschung. Es würde also nicht zu einer baldigen Verbrennung kommen.

XXI.

In Erwartung der nun folgenden peinlichen Befragung, bei der es weniger um Christinas Bekenntnis zur Hexerei gehen würde, als darum, dass man eine Zurücknahme der Denunzierungen von ihr erzwingen wollte, verweigerte sie die Nahrungsaufnahme. Vielleicht würde sie der gefürchteten Folter ja entgehen, wenn sie körperlich zu geschwächt war.

Der Rat reagierte prompt, denn die Angeklagte durfte schließlich auf keinen Fall während der Folter sterben. Zunächst informierte man Christina über weitere Reinigungsversuche der von ihr bezichtigten Richter und las ihr die Verteidigungsschrift von Dr. Spiegel und vom Reichsgrafen von Taxis in der Hoffnung vor, sie doch noch auf gütlichem Wege zur Aufgabe zu bewegen. Dr. Spiegel erklärte zur Reinigung seiner Frau, mit der er seit vielen Jahren verheiratet war, alle Leute würden sie lieben und als eine gottselige, ehrliche und tugendsame Matrone kennen. Niemand habe den geringsten Argwohn zu bösen Gedanken bei ihr gespürt. Somit sei öffentlich mitgeteilt, dass die ausgegossene und grausame Verleumdung seine Frau nicht beschmutzen könne.

Für die Verteidigungsschrift des Reichsgrafen hatte Christina nur ein höhnisches Lächeln übrig. Angesichts ihrer wüsten Beschimpfungen und unflätigen Flüche sah sich der Gerichtsdiener mehrfach genötigt, im Vorlesen des Briefes innezuhalten. »Ich, Reichsgraf Leonard von Taxis, protestiere mit höchstem Verwundern gegen die schrecklichen, ehrendiebischen, lügenhaften und leichtfertigen Aussagen der wiederholt inhaftierten, ehrenräuberischen Verleumderin. Bei Gott, ich verpfände meinen Leib und meine Seele, Gut und Blut gegen diese unhaltbaren Vorwürfe. Keinen Tag meines Lebens habe ich an solch schmachvolle teuflische Dinge auch nur gedacht. Ich hoffe sehr, dass der Rat mir als einem ehrlichen Bürger der Stadt Köln, der sich hiermit auch von dem Verdacht der Intrige gegen unseren ehrwürdigen Domherrn Jacob Voss freisprechen möchte, Recht widerfahren lässt und mir mehr Glauben schenkt als dem angeklagten Lästermaul.«

In noch vielen ähnlichen Verteidigungsschriften erklärten die von Christina denunzierten Hoheiten sehr anschaulich und sehr überzeugend, dass sie in keinster Weise etwas mit Hexerei zu tun haben könnten.

Im Gegenzug dazu wurden die Christina entlastenden Aussagen der gefolterten »Hexen« Gertraud von Neuss und Mhon Ursel von den Gerichtsherren ignoriert.

Das Todesurteil schien nicht mehr abwendbar, da wurde Christina in den gefürchteten Kunibertsturm zum peinlichen Verhör gebracht. Im untersten Gewölbe, dort, wo kein Laut der grausam gequälten Opfer durch die starken Mauern nach draußen drang, wurde Christina vom Hohen Weltlichen Gericht peinlich verhört und zu einem notwendigen Geständnis gezwungen.

Die Untersuchung auf ein Hexenmahl an ihrem Körper fand nicht statt, da der Generalvikar, der dem Verhör beiwohnte, nicht mitansehen wollte, wie man Christinas schönen nackten Körper lustvollen Blicken preisgab und ihn vor seinen Augen schändete. Auch lehnte er den Einsatz der Kloben-Seile ab, mit denen ihre rückwärts festgebundenen Arme so hoch gezogen würden, dass sie zum elenden Spektakel aller Umstehenden entsetzlich verdreht über den Kopf hinausragten. Überhaupt untersagte der Generalvikar dem Scharfrichter jegliches Ausspannen ihrer Glieder auf der Leiter mit dem gespickten Hasen oder auf der Streckbank, stattdessen befahl er ihm, ihre Leibesstärke und ihren Gesundheitszustand bei der Behandlung genauestens im Auge zu behalten. Er wollte, so es eben möglich war, verhindern, dass man ihren Körper zerstörte.

Zunächst legte der Henker Christina die Daumenschrauben an und zog diese fest zu. Noch während der Tortur gab sie sich den Herren und Richtern gegenüber äußerst unflätig, bespuckte sie, schickte sie zum Teufel und bedachte sie mit Schimpfworten wie Mörder, Hurensöhne, Bösewichte, Grindsköpfe und Rotzaffen. Selbst als der Scharfrichter die eisernen eingekerbten Beinstiefel an der Stelle des Schienbeines ansetzte, wo ein Mensch die größten Schmerzen verspürt, erging sie sich noch in Beschimpfungen. Und sie trieb ihr Spiel sogar noch weiter: In den kurzen Pausen zwischen ihrem markerschütternden Geschrei und wiederkehrenden Ohnmachtsanfällen denunzierte sie weitere hohe Persönlichkeiten. Ihre Beschuldigungen waren wahllos. Selbst die daraufhin neu hinzugezogenen Untersuchungsrichter bezichtige sie der Hexerei, bis man ihr schließlich während der Folter die Augen verband, damit sie niemanden mehr verleumden konnte.

Um endlich Ergebnisse vorweisen zu können, wurden angesehene hohe Geistliche zu den Folterungen hinzugezogen. Sie sollten Christina ihre teuflische Besessenheit mit Hilfe eines Exorzismus austreiben. Die Aufsicht darüber oblag dem Generalvikar. Doch Bernard Fresenius, der Christinas Qualen sowie ihre Halsstarrigkeit nicht mehr länger ertragen konnte, zog sich von dem Verfahren zurück und verbot, die Angeklagte weiterhin peinlich zu verhören. Angeblich, um nicht noch weitere Verleumdungen zu provozieren.

XXII.

Am 11. Januar 1630 nahm der Prozess eine unerwartete Wendung. Plötzlich behauptete Christina, mehrere Hexencliquen trieben in der Stadt ihr Unwesen und würden Schuldige wie Unschuldige denunzieren, um Gerichte zu irritieren und Prozesse zu behindern. Da dieser Vorwurf noch mehr Anzeigen zur Folge hatte, bedeutete er zugleich ihren Tod. Aus Furcht, Christina könnte ihre Hexenlüge auf die gesamte Stadt Köln ausweiten, legten ihr die Schöffen teuflische Konspiration zur Last, sodass ihr Todesurteil am 16. Januar 1630 im Turmhof von St. Kunibert öffentlich verkündet wurde: *»In Sachen der Christina Plum bekannten Missetaten wird zu Recht erkannt, dass Gedachte wegen der eingestandenen Absage Gottes, des Allmächtigen, und seiner Heiligen, der Verunehrung der hochwürdigsten heiligen Sakramente, wegen ihrer Vermischung mit dem leidigen Satan, wegen ihrer katholischen Religion schändlichen Verbindung …«* Hier wurde das Gejohle der Umstehenden zu laut, als dass einzelne Worte noch zu verstehen waren. *»… betreibe sie teuflische Konspirationen, und der Teufel habe ihrer Scheinbeichte beigewohnt. Zugleich habe sie andere der Hexerei beschuldigt. Sie habe an Menschen und Früchten verbotene Zauberei geübt. Deshalb soll man sie auf den Scheit setzen und öffentlich durch die vornehmen Straßen der Stadt schleifen. Sie soll an sicheren Orten mit glühenden Zangen gespitzt zum Galgenberg geführt und mit dem Feuer vom Leben zum Tod gerichtet werden.«*

Als die düsteren Schläge der Blutglocke die Urteilsverkündung auf dem Domplatz ankündigten und alle anderen Glocken schallend in das Geläut einfielen, war vor dem mächtigen Altar zu Füßen der sechs Apostel ein einsamer Mann auf die Stufen gesunken. Das Haupt fiel ihm auf die Brust, und während er die Hände zum Gebet gefaltet hielt und leise die Lippen bewegte, zuckten seine Schultern bei jedem Glockenschlag zusammen. Für ihn war jeder der Schläge ein Peitschenhieb. Einer Ohnmacht nahe, betete er für Christinas Sünden und flehte die Mutter Gottes um ihre Rettung an.

Der Mann brachte es nicht fertig, der Urteilsverkündung beizuwohnen. Er hätte es nicht ertragen können, mitansehen zu müssen, wie man die Verurteilte gegen den großen flachen und in eine Säule eingelassenen Stein auf dem Domvorplatz stieß. Die Worte des Henkers, durch die das Urteil rechtskräftig wurde, hätten ihm das Herz aus der Brust gerissen: *»Ich stüssen dich an dä blaue Stein, du küss din Vader un Moder nit mih heim.«*

»Oh, Herrgott, warum hast du mir solche Leiden auferlegt? Warum nur will sie sich nicht erretten lassen?«, schrie er, als zwischen dem nun einsetzenden tosenden Lärm die Blutglocke erneut erklang, um Christinas Hinrichtung einzuläuten. Die Tränen liefen ihm über die Wangen, und seine Seele blutete, als er sich wie ein Greis erhob und sich langsam zum Tor der Kathedrale schleppte. Er musste ihr noch ein letztes Mal in ihre blauen Augen sehen, musste wissen, ob sie ihm verziehen hatte, sonst würde er in seinem Leben keine Ruhe mehr finden. Er wollte nur ein einziges Mal das Wort »Vater« aus ihrem Munde hören.

Um am schnellsten unerkannt zur Hinrichtungsstätte zu gelangen, hüllte er sich in einen grauen Habit der Franziskanermönche und folgte dem Menschenzug barfuß vom bischöflichen Gefängnis zum blauen Stein. Es ging durch die Breite Straße zum Ehrentor, von wo aus es nur noch ein paar Meter bis zur Hinrichtungsstätte waren. Er wurde vorwärtsgeschoben, stolperte, seine Füße waren bereits starr vor Kälte, aber das kümmerte ihn nicht.

Der Rheinnebel löste sich auf und enthüllte das riesige Gebilde aus übereinandergeschichteten Reisigbündeln, in dem Christina erdrosselt und später verbrannt werden sollte. Die Richter hatten Christina versprochen, Gnade walten zu lassen und sie vor dem Brennen zu erwürgen, falls sie sich doch noch zu einem Widerruf aller denunzierten Personen entschließen sollte. Der Generalvikar konnte die Köpfe und federgeschmückten Hüte der Richter und Henker sehen, die sich nur wenige Meter von Christina entfernt auf Bänken im Schutz mächtiger Baumgerippe niedergelassen hatten. Eisiger Wind hatte sich erhoben und blies feinen Schneestaub in die geröteten Gesichter der Zuschauer.

Bernard Fresenius spürte, wie ihm der kalte Schweiß auf die Stirn trat, und er begann zu rennen. Der Lärm der vorwärtsstürmenden Menge wurde lauter und ging in ein Tosen über, mischte sich mit dem ernsten, düsteren Geläut der Blutglocke.

Er wusste später nicht zu sagen, woher er die übermenschliche

Kraft genommen hatte, sich durch die dichte Menge der Gaffer bis in die vorderen Reihen vor die Kesselkuhle auf dem Richtplatz zu drängen. Bald verkündete wildes Geschrei weithin das Nahen der Verurteilten, und in der Menge wurde ein kleiner zweirädriger Wagen sichtbar. Es war eines jener plumpen Gefährte, die der Generalvikar sonst nur von der Anstalt der Leprakranken kannte. Zuerst gewahrte er den Scharfrichter. Mächtig, die Arme in die Hüften gestemmt, stand er auf dem unwürdigen Schinderkarren und ließ seinen schweren Blick über den johlenden Pöbel schweifen. Gegen den aufkommenden Schneefall hatte er sich in einen weiten dunklen Umhang gehüllt.

Die zwei den Karren begleitenden Priester gingen in dem Gewühl fast unter. Der Generalvikar sah, wie einer der beiden vergeblich versuchte, das Feuer der Kerze in seiner Hand zu erhalten. Sein Gesicht war verzerrt, anscheinend gelang es ihm trotz aller Bemühungen nicht, der Angeklagten auf dem Karren Absolution zu erteilen.

»Sie liegt wahrscheinlich auf dem Boden«, bemerkte ein Mann neben dem Generalvikar. »Es heißt, die Verleumderin sei bereits halb tot.«

Indessen hatte der Karren neben der Hütte gehalten. Berittene Büttel drängten mit ihren Hellebarden den Pöbel zurück, auch Mönche und Nonnen erschienen auf dem Platz, und der Generalvikar musste seine kräftigen Fäuste gebrauchen, um nicht zurückgestoßen zu werden. Noch immer läuteten die Glocken.

Als eine gespenstische Erscheinung die ausgetretenen Stufen erklomm, die zum Platz führten, wurde es schließlich totenstill. Die von Tränen geröteten Augen des Generalvikars erfassten die fahle Gestalt, die sich der Hütte näherte. Ein kräftiger Strick lag um ihren Hals, an dem die Akten festgebunden worden waren, die ihren Kopf zu einer unnatürlichen Haltung zwangen. Ihr schönes Gesicht war blutleer, sie schien um Jahre gealtert. Ihr einziger Schutz gegen die Kälte waren ihre langen blonden Haare, die ihren Oberkörper umhüllten. Sie versuchte, die Seiten der Akten, die ihr bei jedem Schritt ins Gesicht peitschten, mit den zerschundenen Händen vor der Brust zu halten, aber vergeblich. An ihre Knie war noch immer das Holzscheit gebunden, auf dem sie kniend auf dem Karren transportiert worden war. Der Generalvikar konnte Blut an ihm erkennen. Christina hatte sich die Knie bis auf die Knochen aufgescheuert.

Sie war nicht mehr die junge Frau, die selbst auf der Folter ihren Peinigern noch mutig die Stirn geboten hatte. Sie war zu einem Schatten ihrer selbst geworden. Eine Jammergestalt wie all die anderen Jammergestalten, die vor ihr zu dieser Stätte gekommen waren. Barfuß bei schneidender Kälte, nur mit einem Büßerhemd bekleidet und mit schweren Akten an einem Strick um ihren Hals. Dennoch leuchteten in dem bleichen, entstellten Gesicht die blauen Augen riesengroß, als man sie zum Eingang der Hütte stieß und sie den Kopf hob. Langsam glitten ihre Blicke über die graue Front der düsteren Mauer, über die federgeschmückte Riege der schwarz und rot gewandeten Geistlichen und über die endlosen steinernen Türme.

Zu ihrer Linken forderte sie nun ein städtischer Beamter auf zu verkünden, dass all die ehrbaren Bürgerinnen und Bürger, die sie der Hexerei bezichtigt hatte, unschuldig seien. Gleichwohl vernahm der Generalvikar vereinzelt die Satzfetzen »… der Verleumdung, der Gottlosigkeit, der Magie … den Händen des Scharfrichters übergeben … barhäuptig und barfuß …«, als Christina dem Beamten fast demütig Folge leistete.

Tonlos entschuldigte sie sich bei den hohen Bürgern: »Ich bekenne mich des Verbrechens der Verleumdung für schuldig und bitte Gott um Vergebung, da ich so viele unschuldige Menschen ins Unglück gestürzt habe. Alle von mir der Hexerei bezichtigten Personen sind unschuldig.«

Die Worte hatten seelenlos geklungen, als befände sie sich schon nicht mehr auf dieser Welt. Als sie den Kopf wendete, trafen sich plötzlich ihre Augen mit denen des Generalvikars. Was dachte sie in diesem Moment? Sah sie ihn überhaupt?

Er hatte den Eindruck, als würde sie bei seinem Anblick ihre Kräfte noch einmal sammeln. Eine Woge Leben überflutete ihr graues Gesicht. Sie sagte etwas zu dem Beamten, dann sank sie auf die Knie, sodass sie ihm näher war. Sie hatte den Generalvikar selbst in der dunklen Mönchskutte erkannt. Sein Körper zuckte, als der Wind ihm die Kapuze vom Haupt blies. Für einen Moment verstummte das Geheul des Pöbels, da auch dieser den mächtigen Mann erkannt hatte, und verwandelte sich in Ehrerbietung. Gleichfalls bildete sich ein freier Platz um ihn herum, sodass er einen Schritt auf Christina zumachen konnte.

Unter den Zuschauern brandete Beifall auf, während sich Erstaunen und Empörung unter den hohen Herrschaften breitmachte. Noch nie war es auf dem Rabenstein zu Köln zu einem solchen Skandal gekommen. Der zweitmächtigste Mann der Stadt, als Mönch verkleidet und ohne Geleit, wie es seinem hohen Stand zugekommen wäre, wandte sich einer Hexe zu?

Doch Bernard spürte nichts von alledem. Er gab dem Geistlichen, der ein elfenbeinernes Kruzifix über seinen Kopf hielt, ein Zeichen und bat den Beamten um einen kurzen Moment mit der Angeklagten.

Der Wind hatte aufgefrischt, er zerrte an seinem Mönchsgewand und trieb ihm schmerzhaft Eiskristalle ins Gesicht, die sich mit seinen Tränen vermischten. Dann ergriff er ein letztes Mal ihre kraftlosen Hände. »Verzeih mir, Christina«, bat er sie. »Verzeih mir vor Gott in deiner letzten Minute, dass ich dich aus egoistischen Gründen geliebt und für dich getötet habe. Aber unter dieser Soutane lebt und lebte eben auch ein Mann mit Wünschen und Hoffnungen, der sich der Tragweite des Zölibats und seiner eigenen Gefühle nicht bewusst war, als er die Priesterweihe nahm. Ich habe das alles nicht gewollt. Verzeih einem dummen alten Sünder, meine Tochter!«

Christina sah auf den mächtigen Mann hinab, der als reuiger Büßer zu ihren Füßen kniete, und legte ihm die Hand auf den Kopf. Warum nur ließ Gott zu, dass die Mörder stets zu Gewinnern wurden? Dann öffnete sie die blutleeren Lippen und sagte heiser: »Ich verzeihe dir, mein Vater. Ich gehe jetzt heim zu Gott, aber ich werde dich in meinen Gedanken mitnehmen und für dein Seelenheil beten.« Sie machte eine Pause und holte tief Luft, dann fügte sie leise und mit einer Träne im Auge hinzu: »Hätte Gott zugelassen, dass ich unter glücklicheren Umständen das Licht dieser Welt erblickt hätte, ohne Sünde und umgeben von Liebe und Geborgenheit, es hätte für mich keinen besseren Vater als dich geben können.«

Im gleichen Augenblick rissen die Knechte des Scharfrichters sie erbarmungslos von ihrem Vater fort und stießen sie in die Hütte, wo ihr vor dem Brennen die Gnade des Erwürgens gewährt wurde. Bernard stand noch wie in Trance vor der Plattform, als die Masse bereits schrie: »Sie brennt! Sie brennt!«

Der Gluthauch nahm dem Generalvikar die Luft zum Atmen. Vom Wind angefacht, knatterte das Feuer wie Hagelschläge. Er zog die Kapuze tief ins Gesicht und rettete sich mit einem Sprung zurück in die Menge, die sich wie eine dunkle Wand hinter ihm schloss.

Man hörte nie wieder etwas von ihm, er blieb verschwunden. Seine Stelle im Dienst des Erzbischofs übernahm ein anderer, und über sein historisches Werk, das ihm später Ruhm und Ehren einbrachte, erzählt man sich heute, es sei von seinem Bruder erfolgreich zu Ende geführt worden.

Erklärung wichtiger Begriffe und Wörter

Tageszeiten

02.00 Laudes/Lobpreisung/Gebet
03.10 Prim/Lobpreisung/Gebet
04.00 Kapitel
04.40 Arbeit
07.15 Pause/Terz/Hl. Messe
10.40 Sext/Mittagessen
14.00 Non/Arbeit
18.00 Vesper/Abendimbiss/Lesung
19.50 Komplet/Nachtruhe

Ablass – Nachlass von auferlegten Strafen, die von dem Sünder nach seiner Umkehr noch zu verbüßen sind

Abt – der Vorsteher eines zur Abtei erhobenen Klosters

Äbtissin – Vorsteherin eines Frauenklosters, das zur Abtei erhoben wurde

Alba – in der katholischen Kirche ein weißes Kleid, das von allen geistlichen Ständen unter dem Messgewand getragen wird

Amtmann – im deutschsprachigen Raum seit dem Mittelalter der oberste Dienstmann eines vom Landesherrn zur Territorialverwaltung von Gutshöfen, Burgen und Dörfern geschaffenen Amtes

Barett oder Birett – Kopfbedeckung von Akademikern und Geistlichen, die sich durch ihre vier- oder fünfeckige Form auszeichnet

Beichte – durch sie erlangt der Gläubige nach katholischem Verständnis die Vergebung der gebeichteten Sünden

Bischof – leitet eine Diözese und besitzt mit seiner Weihe die Vollmacht, Priester zu weihen und zu firmen

Casula – ein ringsum geschlossener, glockenförmiger Umhang, ein ausschließliches Messgewand

Chor – Altarraum in Kirchen; ist dem Klerus zur Feier des Stundengebets vorbehalten

Dechant – auch Dekan, steht einem Landkapitel der Diözese vor, ihm obliegt die Investitur der Pfarrer

Demeritenhaus – von *démérite* = Schuld; Disziplinarstrafanstalt für straffällige, verurteilte Geistliche beziehungsweise ein Gefängnis für diejenigen, die wegen eines Verstoßes gegen kirchliche Gesetze zur Haft und zur Buße verurteilt worden waren

Diözese oder Bistum – ein in der Regel territorial abgegrenzter kirchlicher Verwaltungsbezirk

Dormitorium – der Schlafsaal oder Zellengang in einem Kloster

Exorzismus – wird in den Religionen die Praxis des Austreibens von Dämonen beziehungsweise des Teufels aus Menschen, Tieren, Orten oder Dingen bezeichnet; wenn Menschen oder Tiere als betroffen angesehen werden, spricht man von Besessenheit; die Interpretation dieses Zustandes ist abhängig von der jeweiligen Kultur

Fallsucht oder Epilepsie – seit dem 16. Jahrhundert nachweisbar; Krankheitsbild mit mindestens einem spontan auftretenden Krampfanfall, der nicht durch eine vorausgegangene erkennbare Ursache (beispielsweise eine akute Entzündung oder eine Vergiftung) hervorgerufen wurde

Franziskanerinnenkloster Santa Klara/ Köln – eine Ordensniederlassung der Klarissen, die in ihrer Gemeinschaft nach dem Beispiel des heiligen Franziskus und der heiligen Klara von Assisi (1193–1253) ihr Leben gestalten wollten. Die Klosteranlage in Höhe des heutigen Römerturmes wurde im Jahr 1306 bezogen und hatte als Konvent Bestand bis zur Säkularisation im Jahr 1802.

Gelübde – öffentliches Versprechen eines Anwärters (Novizen) in einer christlichen Ordensgemeinschaft, nach den Evangelischen Räten und unter einem Oberen nach einer Ordensregel zu leben

Generalvikar – Stellvertreter des Bischofs in der Verwaltung der Diözese, besitzt Disziplinargewalt, aber keine zusätzliche Weihe

Greve – oberster Gerichtsherr des Hohen Gerichts

Habit – Ordenstracht

Hohes Gericht – zwölf, später fünfundzwanzig Schöffen aus der wohlhabenden gesellschaftlichen Oberschicht; zuständig für Kapitalverbrechen

Kammergut oder Tafelgut – die Teile des Landes, über die der Landesfürst unmittelbar verfügen konnte

Kapelle – baulich kleine Bet- oder Gottesdiensträume

Kapitelsaal – die Versammlungsstätte einer klösterlichen Gemeinschaft

Kellner – mittelalterlicher Ministerialer, der in einem ihm zugewiesenen Verwaltungsbereich im Auftrag des Lehns- oder Grundherrn für die Verwaltung, Gerichtsbarkeit und Steuern verantwortlich war; ähnliche Funktion wie der *Rentmeister*; in der Frühneuzeit wurde das Amt zunehmend nicht mehr von Niederadligen und Edelfreien, sondern auch von Bürgerlichen ausgeübt

Klausur – abgegrenzter und den Ordensangehörigen vorbehaltener Bereich, den das Ordensmitglied nur mit vorheriger Erlaubnis seines Oberen verlässt

Klerus – ist die Gesamtheit der Angehörigen des geistlichen Standes (Kleriker)

Klosterzelle – kleiner Raum; Zimmer für die Unterbringung von Angehörigen kirchlicher Orden

Konvent – die Gemeinschaft der sitz- und stimmberechtigten Mitglieder eines Klosters

Kreuzgang – ein von Wandelgängen oder Galerien umgebener Innenhof in christlichen Klöstern

Kruzifix – Bedeutung: »ans Kreuz geheftet«; die künstlerische Darstellung des gekreuzigten Christus

Krypta – ein unter dem Chor oder unterhalb des Altars christlicher Kirchen befindlicher Raum, der in der Regel für Heiligengräber und Altäre dient

Laienschwester – eine Form des Lebens für eine Ordensschwester innerhalb einer Ordensgemeinschaft

Landstände – politische Vertretungen der Stände in den europäischen Gesellschaften gegenüber dem jeweiligen Landesherrn

Monsignore – vom Papst verliehener Titel für verdiente Geistliche

Nuntius – ein kirchlicher Würdenträger, der im Auftrag des Apostolischen Stuhles tätig ist, der Apostolische Nuntius besitzt den Rang eines Botschafters und die Würde eines Erzbischofs

Offizial – Vorsteher eines römisch-katholischen Kirchengerichts

Offizialat – bischöfliche Behörde für alle Angelegenheiten der kirchlichen Gerichtsbarkeit

Pater – Anrede eines Ordensgeistlichen, der die Priesterweihe empfangen hat

Priester – Geistlicher der katholischen Kirche, der die Priesterweihe und damit die priesterlichen Vollmachten erhalten hat

Prior/Priorin – Klostervorsteher bei Dominikanern und Karmeliten oder in Benediktiner-Prioraten, in Abteien Stellvertreter des Abtes, der Äbtissin

Refektorium oder Remter – der Speisesaal eines Klosters

Reisige – gewappnete Dienstleute oder berittene Begleitpersonen

Rentamt – Begriff, der seit dem späten Mittelalter für die Behörde der landesherrlichen oder kirchlichen Finanzverwaltung unter der Führung eines *Rentmeisters/Kellners* oder *Rentamtmanns* stand

Schatzmeisterin – führt über das Gotteshaus die Aufsicht, Schlüsselverwahrerin

Schöffe – ehrenamtlicher Richter

Schrein – ein Reliquiar in der Grundform eines zeltartigen Gebildes oder eines Kastens, der das Mittelstück eines Schnitzretabels bildet; geht auf den Sarkophag zurück

Skapulier – Überwurf über das eigentliche Ordensgewand, das aus zwei bis fast zum Boden reichenden Tüchern auf Rücken und Brust besteht, die mit Bändern verbunden sind und über den Schultern getragen werden

Skriptorium – in Klöstern befindliche Schreibstuben, in denen sakrale und teilweise auch profane Texte handschriftlich dupliziert werden

Soutane – Amtskleid von Klerikern; die schwarze Soutane ist das gewöhnliche Gewand eines Priesters

Stola – streifenförmiges Tuch zur Verzierung der Amtstracht

Vorburg – die zur Burg gehörenden Wirtschaftsgebäude

Die wichtigsten Schriften und Bücher, die mir bei meiner Recherche geholfen haben

Abt, Joseph/Beines, Johannes R./ Körber-Leupold, Celia: *Melaten. Kölner Gräber und Geschichte.* Köln 1997.

Abt, Joseph/Vomm, Wolfgang: *Der Kölner Friedhof Melaten. Begegnung mit Vergangenem und Vergessenem aus rheinischer Geschichte und Kunst.* Köln 1980.

Bösken, Clemens P.: *Hexenprozeß. Gerresheim 1737/38. Die letzte Hexenverbrennung im Rheinland.* Düsseldorf 1996.

Breuers, Dieter: *In drei Teufels Namen: Die etwas andere Geschichte der Hexen und ihrer Verfolgung.* Bergisch-Gladbach 2007.

Bürger, Udo: *Die Guillotine im Schatten des Domes.* Aachen 2001.

Cornelius, Hilde/Geiecke, Cornelia: *Lebendige Vergangenheit. Künstler, Kunstwerke, Kölner auf dem Friedhof Melaten.* Köln 1997.

Franken, Irene/Hoerner, Ina: *Hexen. Die Verfolgung in Köln.* Köln 2000.

Franken, Irene/Hoerner, Ina: Hexen. *Die Verfolgung von Frauen in Köln.* Köln 1987.

Kemmerich, Hetty: *Sagt, was ich gestehen soll. Hexenprozesse – Entstehung – Schicksale – Chronik.* Dortmund 2004.

König, Emil B.: *Hexenprozesse. Ausgeburten des Menschenwahns.* Paderborn 2004.

Macha, Jürgen: *Deutsche Kanzleisprache in Hexenverhörprotokollen der Frühen Neuzeit.* Berlin 2005.

Rick, Detlef: *Melaten. Gräber erzählen Stadtgeschichte.* Köln 2010.

Schwerhoff, Gerd: *Hexenverfolgung in einer frühneuzeitlichen Großstadt. Hexenverfolgung im Rheinland.* Bensberg 1996.

Internet:
www.thomas-p-becker.de
de.wikipedia.de
www.historicum.net

Nachwort und Dank

Obwohl die Geschichte von mir frei erfunden wurde, entbehrt sie deswegen nicht einer umfangreichen historischen Grundlage über die Stadt Köln und ihrer katholischen Geistlichkeit zur Zeit des Dreißigjährigen Krieges. Man könnte vielleicht schmunzelnd sagen: Es könnte sich so zugetragen haben. Von mir zugrunde gelegt wurde die Geschichte der Christina Plum, die am 16. Januar 1630, drei Jahre nach der Ermordung der Klarissin Sophia Agnes von Langenberg in Lechenich in Köln-Melaten hingerichtet wurde. Zudem existieren Spekulationen über die geheimnisvolle Magd der in Lechenich inhaftierten Nonne, die mich ebenfalls zu dieser Geschichte inspirierten.
Da es über diese mutige junge Frau, Tochter eines Gürtelmacherboten, abgesehen von einer einzigen historischen Version, wenig Nachweise gibt, habe ich ihre Geschichte erfunden. Ihr Fall erregte großes Aufsehen, da der Vorwurf der Hexerei erstmals im großen Stil die Oberschicht betraf. Dabei ging ich von der Überlegung aus, was eine so junge Frau wohl dazu getrieben haben mochte, die gesamte bürgerliche und geistliche Hochgesellschaft bis zum Kurfürsten Ferdinand der Hexerei anzuzeigen und damit bewusst ihr Todesurteil zu provozieren. War sie schlicht und einfach nur verrückt, oder gab es einen gewichtigen Grund dafür? Als ich herausfand, dass ihre Spur zum heute nicht mehr vorhandenen Kloster Santa Klara am Römerturm führt, war für mich ein spannender Krimi geboren, der sich während des Schreibens zu einer immer größeren Herausforderung entwickelte. Köln, die Stadt, die ich vorher nie gesehen hatte, ist mir heute so vertraut wie eine zweite Heimat. Die Namen meiner Protagonisten wurden zum besseren Verständnis und um die Geschichte real wirken zu lassen, zum Teil beibehalten oder nur leicht verändert. Jedoch distanziere ich mich von sämtlichen historisch verbürgten Familiengeschehnissen heutiger eventuell lebender Nachfahren und wünsche meinen Lesern spannende Lesestunden.

Mein großer Dank gilt meiner Lektorin Frau Susanne Bartel für die hervorragende Zusammenarbeit.

Bettina Szrama